Bettina Belitz · Panthersommernächte

Bisher von Bettina Belitz erschienen:

Splitterherz
Scherbenmond
Dornenkuss

Linna singt
Vor uns die Nacht
Mit uns der Wind

Luzie & Leander
Band 1: Verflucht himmlisch
Band 2: Verdammt feurig
Band 3: Verzwickt chaotisch
Band 4: Verblüffend stürmisch
Band 5: Verwünscht gefährlich
Band 6: Verboten tapfer
Band 7: Verdächtig clever
Band 8: Verflixt romantisch

Panthersommernächte

Bettina Belitz

Panther Sommer Nächte

Roman

Loewe

FSC
www.fsc.org
MIX
Papier aus verantwortungsvollen Quellen
FSC® C014496

ISBN 978-3-7855-7769-1
1. Auflage 2016

Dieses Werk wurde vermittelt durch die Literatur Agentur Hanauer
Umschlagillustration: shutterstock©Kozoriz Yuriy
Umschlaggestaltung: Florian Frohnholzer
Printed in Germany

www.loewe-verlag.de

Für Kira und all die anderen Katzenwesen da draußen,
die unsere Welt so viel eleganter, eigensinniger, geschmeidiger,
entspannter und geheimnisvoller werden lassen.

MUFFENSAUSEN UND MUFFINS

»Sind sie das?«

Cedric musste nicht antworten, ich konnte schon auf wenige Meter Entfernung riechen, dass sie es waren – fünfhundert frisch gedruckte, jungfräuliche *Hallo, wach!*-Ausgaben. Warum sollte Cedric auch sonst in aller Frühe einen schweren Karton durch das Schulhaus schleppen, selbst wenn ihn diese Anstrengung verstörend gut aussehen ließ? Seine Wangen waren leicht gerötet, nicht zu viel und nicht zu wenig, und in seine Augen trat jenes Glitzern, das sich auch dann zeigte, wenn er beim Basketball in letzter Sekunde einen Korb warf. Meiner Meinung nach bestand sein einziger (und zeitweise alles andere überschattender) Makel darin, dass er mit Sabrina ging, aber heute war ich gewillt, großzügig darüber hinwegzublicken. Der Geruch nach bedrucktem Hochglanzpapier half mir dabei.

»Ja, das sind sie«, keuchte Cedric überflüssigerweise und setzte den Karton direkt vor meinen Fußspitzen auf dem Boden ab. Sofort schlug mein Herz schneller, und ich konnte mich nur mühsam beherrschen, Cedric nicht dabei zu helfen, die Plastikverschnürung zu lösen, was er wie jedes Mal in fachmännischer

Ruhe und mit einem eigens mitgebrachten knallgelben Cutter vollzog. Es war gut, Cedric solche Dinge tun zu lassen, denn er verfasste miserable Artikel, die man entweder komplett umschreiben oder aber in den Müll schmeißen musste. Er brauchte andere Aufgaben, in denen Muskelkraft, ein stabiles Fahrrad und Werkzeuge gefragt waren, sonst würde er unser Team wegen Frust und Überforderung verlassen. Niemand wollte das. Zumindest keines von den Mädchen, seine Beziehung mit Sabrina hin oder her. Cedric musste bleiben. Auch deshalb hatte ich ihm den ehrenvollen Auftrag erteilt, den winzigen Stick mit dem fertigen Layout zur Druckerei zu fahren (nicht ohne ihm zuzuraunen, welch kostbare Fracht ein solcher Stick ist und dass jetzt bloß nichts schiefgehen darf) und am nächsten Morgen in aller Frühe die fertigen Exemplare abzuholen, zur Schule zu bringen und erst wieder aus den Händen zu geben, wenn ich vor ihm stand.

Endlich hatte sein Cutter alle vier Plastikriemen durchtrennt. Der Geruch nach Farbe und Hochglanzpapier verstärkte sich. Erneut musste ich mir auf die Zunge beißen, um nicht »Mach schon!« zu brüllen, als Cedric die Riemen erst zusammenknüllte und in seine Tasche stopfte, bevor er in nervenaufreibender Behutsamkeit den Karton öffnete, die obersten zwanzig Exemplare herausnahm, tief atmend aufstand und mir den Stapel übergab. Rasch drehte ich sie auf den Bauch, sodass mir nur die übliche Schröter-Anzeige entgegenstrahlte – knallrote Schrift und rosa Würstchen –, die wie immer die letzte Seite verunstaltete. Immer noch besser als seine Werbung für »Schröters schlanke Schlachtplatte« im Innenteil, die Mama stets zu provokativen Würgegeräuschen animierte, da mindestens die Hälfte der Schlachtplatte aussah, als würde das Fleisch noch leben (oder gleich zu leben anfangen). Schlank waren an dieser Schlachtplatte allenfalls die drei frisierten Radieschen, die sich zwischen den Unmengen an Blutwürsten, Mett und Schwartenmagen äußerst unbehaglich fühlen mussten.

Doch ohne Schröters Anzeigen hatten wir kein Geld für den Hochglanzdruck und die farbigen Fotos. Die wiederum brauchten wir, um eine minimale Chance im Wettbewerb zu bekommen, ja, um überhaupt von der Jury gelesen zu werden. Deshalb führte kein Weg an Schröters Würstchenimperium vorbei und auch nicht an Lionels Mitarbeit, die größtenteils darin bestand, an den Cartoons herumzunörgeln und *Hallo, wach!* mit todlangweiligen Sudoku-Rätseln zu bestücken. Aber Lionel war Schröters einziger Sohn. Eine Zeitung herauszubringen, bedeutete nun mal, Kompromisse einzugehen. Ab und zu musste man in den sauren Apfel beißen, das hatte ich mittlerweile gelernt. Da Lionel nicht störte und es ohnehin schwer hatte, weil jeder ihn »Lyoner« oder »Würstchen auf zwei Beinen« nannte, war es nur fair, ihn im Team zu lassen, auch wenn er bis heute keinen einzigen Artikel verfasst, keine brauchbaren Ideen beigesteuert und keine einzige Recherche zu Ende geführt hatte.

Ich drückte die Zeitungen fest an meine Brust, damit ich nicht in Versuchung geriet, einen Blick auf die Titelseite zu werfen. Das hatte ich mir nach dem Schock vor einem Jahr abgewöhnt, als ich bei genau jenem ersten freudigen Blick einen dicken Fehler in der Überschrift entdeckte. Dieses Mal musste ich blind darauf vertrauen, dass die Schlussredaktion sorgfältig gearbeitet hatte, denn ich hatte wegen meines Trainings nicht dabei sein können.

»Keine Sorge, Nina«, erriet Cedric meine Gedanken. »Wir

haben alles noch mal durchgelesen, mindestens doppelt. Vielleicht sogar dreifach.«

Vielleicht … Ein *vielleicht* war zu wenig. Sowieso waren Beteuerungen von einem ausgewiesenen Legastheniker nur bedingt tröstlich. »Ich hab die Bilder geprüft, nicht den Text«, schob Cedric rasch hinterher, als er meine betrübte Miene sah. »Sitzen perfekt. Die anderen haben sich um die Texte gekümmert. Es kam wieder in letzter Sekunde ein Gedicht rein, gestern früh, wir haben es anstelle des zweiten Cartoons von Anni reingesetzt. Es ist echt ganz gut.«

»Stand dieses Mal wenigstens ein Name darunter?« Die glatten Seiten begannen, an meinen Fingern zu kleben, so fest umklammerte ich die Zeitungen. Es wurde Zeit, dass ich nach oben zum Lehrerzimmer lief – außerdem klingelte es bereits zum zweiten Mal. Nur noch fünf Minuten bis zum Unterrichtsbeginn.

»Nein, wieder anynom. Was glaubst du, wer es ist?«

Ich zuckte mit den Schultern und versuchte, gegen den Kloß in meinem Hals anzuschlucken. Ich war nervöser, als ich mich je vor einem meiner Eislauf-Wettbewerbe gefühlt hatte. Das hier war nicht nur eine Schülerzeitung, die ich in meinen Händen hielt, als sei sie mein eigenes Baby. Es war unsere letzte Chance, endlich den ersten Platz beim bundesweiten Schülerzeitungswettbewerb in der Kategorie Gymnasium/Mittelstufe zu erreichen und damit eine Reise nach Berlin zu gewinnen, für ein ganzes Wochenende und mit Übernachtung in einem Hotel. Alle brannten darauf, und das auch deshalb, weil es eine der seltenen Möglichkeiten war, Cedric ohne Sabrina zu erleben, und zwar über mehrere Tage hinweg. So eine Gelegenheit war überaus kostbar.

»Ist nicht wichtig, wenn es gut ist.« Ich hatte längst einen konkreten Verdacht. Die Verse mussten von Magdalena stammen, die schon seit der Grundschule davon träumte, eine berühmte Autorin zu werden, irgendwann in einem Haus über den schottischen Klippen zu wohnen und dort mit Blick auf den schäumenden Atlantik ihre Romane in die Tasten fließen zu lassen. Ich verstand zwar nicht, warum sie bei derartigen Zukunftsplänen nicht ihren Namen unter die Gedichte schrieb und sich für unser Team bewarb, aber vermutlich lag das unter der Würde einer zukünftigen Rowling.

»Ich bringe sie nach oben, okay?« Das war mein Job. Ich war die Chefredakteurin. Also war ich auch diejenige, die die Leser der ersten Stunde versorgte – unsere eigenen Lehrer. Dieses Vorgehen war pure Taktik und einer der vielen Kompromisse. Wir bildeten uns ein, dass sie milder gestimmt waren, wenn sie die frisch gedruckte Schülerzeitung vor allen anderen lesen durften – ganz egal, was sie dabei über sich selbst erfahren würden. Bei dieser Vorstellung zuckte mein Magen unruhig, und ich konnte mich nicht überwinden, mich in Bewegung zu setzen.

»Ich schaffe die anderen schon mal in den Redaktionsraum. Hilfst du in der Pause beim Verkauf? Nina? Hey, alles okay?«

»Ich – ja, klar. Ich war nur in Gedanken.«

Verwirrt schüttelte ich den Kopf. In dem Augenblick, in dem mein Magen gezuckt hatte, hatte ich ein sonores, tiefes Knurren in mir vernommen. Kein Bauchgrummeln, auch kein Hungergrollen. Sondern etwas, das ich noch nie zuvor gehört hatte und das eher aus meiner Brust drang anstatt aus meinem Bauch. Ich war mir nicht sicher, ob ich diesen Laut faszinierend oder beängstigend fand. Vielleicht ja beides zugleich.

»Wir haben an alles gedacht. Es kann nichts schiefgehen«, murmelte ich mehr zu mir selbst als zu Cedric, doch er nickte eifrig.

»Ja, wir haben alles. Reportage, Feature, klassischer Bericht, Glosse, Cartoon, Lyrik, Fotostrecken und die Sàtire. Und die ist echt witzig. Niemand kann uns mehr vorwerfen, dass wir nicht witzig sind!«, wiederholte Cedric im Wortlaut, was ich bei der letzten Redaktionssitzung zum Besten gegeben hatte. Ob er es heimlich mitgeschrieben hatte?

Denn genau das war der Knackpunkt gewesen, der uns vergangenes Jahr scheitern ließ. Dritter Platz nicht wegen des Fehlers in der Überschrift, sondern weil wir nicht witzig genug gewesen waren. Es fehle das Element der Satire, merkte die Jury an. Sie vermisse intelligenten Humor. Das hatte meinen Ehrgeiz angestachelt. Intelligenter Humor – das musste ja wohl zu schaffen sein. Also hatte ich mich persönlich darum gekümmert. Mit Erfolg, wie ich fand. Alle hatten geschmunzelt und kichernd genickt, als ich meinen Graufink-Artikel vorgelesen hatte. Sogar Lionel hatte seinen Mund leicht verzogen; die Miesepeterandeutung eines Lächelns. Jetzt bekam die Jury, was sie wollte – und ein anonymes Gedicht gab es gratis dazu. *Hallo, wach!* hatte Glamour und Charme, das würde niemand bezweifeln können.

»Ich muss hoch!«, beendete ich Cedrics und meine Unterhaltung, bevor mein Lampenfieber mir noch die Kehle zuschnürte. »Wir sehen uns in der Pause. Und natürlich nach der Schule! Anni bringt Schokomuffins mit.«

»Ja, bis dann!«

Beschwingt nahm ich die Treppenstufen nach oben. »Ja, bis dann« – das bedeutete, Cedric würde dabei sein. Oh, wie ich diese Nachbesprechungen liebte, wenn wir bei Kaffee und Muffins (die ich eigentlich nicht essen sollte) im gemütlichen Redaktionsraum saßen und zusammen in der frisch gedruckten Zeitung blätterten. Wenn all der Zeitdruck und Stress vorüber waren und wir hoffentlich nicht ganz so viele Fehler entdeckten wie in den Ausgaben zuvor und uns gegenseitig zu unseren Artikeln beglückwünschten. Diese Momente waren jede Nervosität und jede Anstrengung wert.

Mit den Ellenbogen klopfte ich an die Lehrerzimmertür, wartete das streng-nasale »Herein« von Frau Schramm ab, die seit einigen Jahren die Wächterfunktion für diese heilige Halle übernommen hatte, und schob mich samt meiner kostbaren Fracht an der Brust in den Raum.

»Ach, die Nina«, begrüßte mich Herr Rudolf aufgeräumt und griff nach den Zeitungen. Für eine Sekunde überkam mich der Impuls, sie festzuhalten, doch dann ließ ich los. Ich sollte mich dringend entspannen. »Wir freuen uns schon! Ihr schafft es dieses Mal bestimmt. Wir drücken euch die Daumen, wir sind schließlich alle stolz auf euch!«

Frau Schramm warf mir einen säuerlichen Blick zu, der mit Inbrunst das Gegenteil ausdrückte. Sie hatte es uns immer noch nicht verziehen, dass wir in der Frühjahrsausgabe Noten an die Lehrer verteilt hatten und sie nur eine Drei minus bekommen hatte. Seitdem war es tabu, die Lehrer zu zensieren. Denn sie saßen nun mal am längeren Hebel, wenn es um Noten und Prüfungen ging, was Frau Schramm uns in den folgenden Wochen eindrücklich bewiesen hatte. Kein Montag ohne unangekündigte Hausaufgabenüberprüfungen, kein Freitag ohne mündliche Abfragen in der letzten Stunde.

Gelernt hatten wir daraus die goldene Regel Nummer 1:

Nicht künstlich Prüfungen und Tests provozieren. Eine Satire jedoch, hatte ich gelesen, sei eine Kunstform, in der alles erlaubt sei, solange es intelligent und humoristisch geschrieben sei. In einer Satire dürfe man sogar Staatsmänner und den Papst persönlich auf die Schippe nehmen. Da Herr Graufink zu beidem nicht taugte, sondern ein zu Trübsinn und strähnigem Haar neigender Religionslehrer war, der mit Katzen sprach und in seiner Freizeit Bäume umarmte oder nackt im Waldtümpel baden ging, waren wir auf der sicheren Seite. Außerdem tendierte Herr Graufink dazu, die Tests, die wir bei ihm schrieben, auf Nimmerwiedersehen zu verschlampen und mündliche Abfragen in einen Monolog zu verwandeln, aus dem er bis zum Klingeln nicht wieder herausfand. Es war generell schwierig, eine Note von ihm zu bekommen, auch wenn man sich noch so sehr anstrengte. Woher er sie am Schuljahresende nahm, wusste keiner, doch wir alle bekamen Zweien und Einser, ob wir sie verdient hatten oder nicht. Irgendeine Note musste er geben.

»Jetzt aber Marsch nach unten mit dir. Wir sind gespannt!«

Nicht nur ihr, dachte ich mit flauem Gefühl im Bauch, als ich Herrn Rudolfs Aufforderung folgte und zum Klassenraum trabte. Meine Nervosität hatte sich nicht im Geringsten gelegt, sondern steuerte neue Ausmaße an. Mir war, als hätte ich etwas Wichtiges vergessen oder übersehen, aber wann immer ich das Inhaltsverzeichnis der neuen Ausgabe im Kopf durchging, fiel mir nichts Fehlerhaftes auf.

Es war alles in bester Ordnung.

SIGNALTÖNE

Es war nichts in Ordnung. Ich spürte es, bevor ich wusste, warum. Als es dann so weit war, verstand ich auf einmal, was es bedeutete, wenn Menschen sich wünschten, in einem Erdloch zu verschwinden und fortan nie wieder gesehen zu werden. Es fühlte sich scheußlich an.

Dass etwas nicht seinen gewohnten Lauf nahm, wurde mir schon klar, als von Ferne das Martinshorn ertönte und sich so zielstrebig und klar der Schule näherte, dass niemand mehr auf die Worte von Herrn Schrumpf hörte. Es war leicht, nicht auf ihn zu hören, denn er wiederholte die frühneuzeitliche Ständeordnung wie ein einschläferndes Mantra, dessen Sinn und Zweck sich einem niemals auch nur annähernd erschließen würde. Doch immerhin sorgte sein monotones Gebrabbel dafür, dass wir still wurden und unbeteiligt vor uns hin dösten, bis der nächste Geschichte-Test zeigte, dass niemand wach genug gewesen war, um zu verstehen, worum es Herrn Schrumpf eigentlich ging.

Jetzt aber machte sich Unruhe breit. Ein Martinshorn auf dem Weg zu unserem Gymnasium – zu welchem Einsatz gehörte es, Feuerwehr, Polizei oder Krankenwagen? Und wenn der Alarm uns galt, warum? Brannte die Schule? Hatte jemand um sich geschossen (unwahrscheinlich, denn es war so ruhig gewesen, dass man durch das Schrumpf-Mantra hindurch die Wasserleitung des angrenzenden Waschraums hatte gurgeln hören können)? Mit Drogen gedealt? Oder gab es etwa eine Entführung? War jetzt genau das geschehen, worauf wir seit Jahren warteten – dass sich in unserer kleinen Stadt endlich etwas ereignete, das uns zu einer anständigen Schlagzeile verhalf?

Gleichzeitig fühlte ich mich seltsam beklommen – fast als hätte ich selbst etwas mit diesem Blaulicht zu tun und es persönlich angelockt. Piet verrenkte sich bereits den Hals, um von seinem Pult aus durch die verschmierten Fensterscheiben auf die Straße schauen zu können, und sogar Lionel hörte auf, in sein Heft zu kritzeln, als Herr Schrumpf seinen Monolog unterbrach und ans Fenster trat. Im selben Augenblick klingelte sein Handy.

Wir wussten bis zu diesem Zeitpunkt nicht, dass Herr Schrumpf ein Handy besaß, geschweige denn dass er damit umgehen konnte. Herr Schrumpf brauchte eine halbe Stunde, um einen uralten Overhead-Projektor anzuschließen, und weitere zehn Minuten, um die Lampe so einzustellen, dass man etwas erkennen konnte. Fünf Minuten später klingelte es zur nächsten Stunde. Vielleicht war das der Grund, weshalb wir seit einem halben Jahr im Mittelalter feststeckten, obwohl die Parallelklasse schon bei der Französischen Revolution angelangt war. Außerdem gelang es Herrn Schrumpf auch nach dreißig Jahren Schullaufbahn nicht, den Kaffeeautomaten so zu bedienen, dass sich kein Milchsee zwischen seinen abgewetzten Wildlederboots bildete, und seine Versuche, uns DVDs zu zeigen, scheiterten bereits beim Heraussuchen des richtigen Kanals. Auch nach mehrmaligen Erklärungen kapierte er nicht, dass man DVDs nicht über den TV-Kanal schauen konnte. Denn seiner Meinung nach handelte es sich ja um ein und denselben Bildschirm. In diesem Punkt war er stur wie ein Ochse.

Jedenfalls lenkte uns sein Handyklingeln jäh von dem sich nähernden Martinshorn ab, und wir schauten Herrn Schrumpf gebannt dabei zu, wie er ein glitzerndes iPhone aus der Jacketttasche zog und auf das Display starrte. Die Szene hatte eine ähnliche Faszination, wie wenn ein Schimpanse plötzlich damit anfängt, aus einer Tasse zu trinken.

»Ich glaub's nicht ...«, flüsterte jemand hinter mir, und wie die anderen konnte auch ich meine Augen nicht von dem Schauspiel lösen, das sich uns bot – Herr Schrumpf wischte routiniert über das Display und hob das iPhone ans Ohr, als habe er einen Zeitsprung vollbracht und sei nahtlos von der Technik der 70er-Jahre in die des neuen Jahrtausends geswitcht.

Doch das Martinshorn schallte bereits so laut durch die Straße, dass wir nicht hören konnten, mit wem Herr Schrumpf telefonierte und warum. Aber es musste eine ernste Angelegenheit sein, denn das Grau seines Teints verwandelte sich binnen Sekunden in ein Aschfahl, und zu meinem Schrecken winkte er mich zu sich, als habe ich etwas mit seinem Anruf zu tun. Zögernd folgte ich seiner Aufforderung und trat an sein Pult.

»Herr Graufink ist umgekippt, irgendwas mit dem Herzen ...«, versuchte Herr Schrumpf das Schrillen des Martinshorns zu übertönen. »Der arme Kerl. Es war doch alles auf einem guten Weg gewesen ... Ich muss sofort nach oben ins Lehrerzimmer.«

»Was habe ich denn damit zu tun?« Meine Stimme hörte sich so an, wie ich mich fühlte. Schwach und erschrocken. Was war mit Herrn Graufink?

Doch Herr Schrumpf zuckte nur mit den Schultern, als wisse er es ebenfalls nicht, und reichte mir nur stumm das Handy weiter. Widerstrebend führte ich es an mein Ohr.

»Ja, hallo?«

»Nina!?« Noch nie hatte jemand meinen Namen so erbost ausgesprochen. Selbst Ludmilla klang freundlicher, wenn sie auf dem Eis einen ihrer Schreianfälle bekam, weil sie glaubte, das würde mich zu besseren Leistungen anstacheln. Wer da sprach, hatte ich ebenfalls sofort erkannt. Wir nannten ihn nur Mr Right, wegen seines ausgeprägten Gerechtigkeitssinns. Böse Zungen behaupteten, er wiege die Hälften auf der Küchenwaage ab, wenn er mit seiner Frau ein Croissant teile. Auffällig war auch, dass das Kollegium aus exakt so vielen Frauen wie Männern bestand. Am Telefon war der Direktor persönlich, Herr Richt.

»Ja, ich bin es.«

»Sobald Herr Graufink abgeholt wurde, kommst du postwendend in mein Büro, verstanden? Wir müssen miteinander sprechen.«

»Verstanden.« Meine Hände wurden eiskalt, als Herr Schrumpf mir das Handy aus den Fingern zog und es aufs Pult legte. Inzwischen hatten die anderen ihre Plätze verlassen und schauten aus dem Fenster, denn der Krankenwagen hatte vor der Schule gehalten.

Das Martinshorn. Herr Graufinks Zusammenbruch. Unsere Zeitung. Mr Rights strenger Ton. Kombinieren konnte ich, und mir schwante Fürchterliches.

»Ruhe! Ruhe, hab ich gesagt!«, brüllte Herr Schrumpf in das Schnattern der Menge und den Lärm von draußen hinein, doch nur die Hälfte der Klasse hörte auf ihn. Die andere Hälfte klebte an den Fenstern fest. »Lest den Text auf Seite 167 und macht euch Notizen dazu, bis ich wieder da bin! Verstanden?«

Nein, niemand hatte verstanden, und in seiner Not wandte sich Herr Schrumpf wieder mir zu. »Versuche für Ruhe zu sorgen, während ich oben bin. Du kannst das, ich weiß es. Ich komme so schnell wie möglich zurück. Ich verlasse mich auf dich!«

»Das sollten Sie besser nicht«, wisperte ich, doch Herr Schrumpf war bereits auf den Flur gestürmt, so schnell wie ich es ihm niemals zugetraut hätte. Ich jedoch hatte nur eines im Sinn – ich musste die Meute von den Fenstern wegholen. Wenn sie sahen, wer rausgetragen wurde, hatten sie schon den ersten Verdacht – zumindest die, die zum Schülerzeitungsteam gehörten. Noch konnte diese Vielleicht-Katastrophe begrenzt werden.

»Hey, weg von den Fenstern, ihr Gaffer!«, verschaffte ich mir Gehör. »Macht man so was? Gaffen? Nein, oder?«

Unwillig drehten die Mädchen sich zu mir herum, während die Jungs weiter ihre Nase am Fenster platt drückten.

»Och komm, Nina, sei kein Spaßverderber. Willst du nicht wissen, was passiert ist?«, fragte Lena und wandte sich sofort wieder nach draußen um.

»Nein, will ich nicht«, log ich wenig überzeugend. »Schluss jetzt damit. Zurück auf eure Plätze.«

Lionels schmale Augen bohrten sich missgünstig in meine, als er sich als Erster zu seinem Pult bewegte, doch ich lächelte ihm nur dankend zu. Bloß nichts anmerken lassen. Bisher hatte ich lediglich einen Verdacht, einen schrecklichen Verdacht zwar, das ganz gewiss – doch die Wahrheitsprüfung stand noch aus. Bis dahin musste ich so tun, als sei alles in Ordnung. Vielleicht war es das ja. Mr Right konnte sich so erbost angehört haben, da er aufgeregt war, und er konnte mich auch sprechen wollen, weil er mich loben wollte – oder aber wegen etwas ganz anderem. Es musste nicht zwingend mit der Zeitung und Herrn Graufink zu tun haben. Ich war schließlich auch noch Klassensprecherin und Vertrauensschülerin. Mr Right wollte fast jeden Monat mit mir sprechen, es war bestimmt nichts Schlimmes.

»Bis Herr Schrumpf zurück ist, lesen wir den Text auf Seite … 176. Ja, 176, und wir machen uns Notizen dazu. Jeder für sich. In Stille. – Ja, ist halt so, ich kann es auch nicht ändern«, fügte ich etwas zu forsch hinzu, als sich allgemeines Murren breitmachte. »Von mir aus könnt ihr auch etwas anderes lesen. Aber bitte verhaltet euch ruhig, okay? Danke.«

Das Murren wurde leiser. Endlich löste sich auch Jasper vom Fenster und trollte sich auf seinen Stuhl, um wie die anderen sein Handy aus der Tasche zu holen, online zu gehen und Nachrichten zu checken oder zu daddeln. Das Martinshorn war längst verstummt, und die Stille wurde nur von den verschiedenen Signaltönen der Handys durchbrochen. Piepsen, Melodiefetzen, hämisches Gelächter, Wellenrauschen, Möwenkreischen, Wolfsheulen. Einzig Lionel beugte sich wieder über sein Heft und kritzelte mit vorgeschobenem Arm vor sich hin, damit auch ja niemand von ihm abschreiben konnte (was ohnehin nicht funktionieren würde, denn Lionel saß seit Jahren alleine an seinem Zweierpult).

Ich selbst versuchte, nach draußen zu lauschen, um herauszufinden, was dort geschah, doch meine Gedanken polterten zu laut durch meinen Kopf, um etwas Konkretes wahrzunehmen. Was sollte das auch sein? Jemand, der zusammenbrach, machte keine Geräusche mehr. Er war still und blass und leblos.

Herr Graufink kam mir bereits blass und leblos vor, wenn er gesund war. Wie blass und leblos musste er sein, wenn er kollabiert war? Und wie leblos war er jetzt, in diesen Minuten, tatsächlich? Wie gefährlich war sein Zustand? Wie weit war er vom Leben entfernt, wie nah befand er sich dem Tod?

Es schien Stunden zu dauern, gespenstisch lange Stunden, in denen die Handys der anderen sich munter miteinander unterhielten und niemand ein Wort sprach, bis die Tür sich wieder öffnete und ein gealterter, erschöpft wirkender Herr Schrumpf mich finster ins Visier nahm.

»Nina, du sollst …«

»Ich weiß schon«, unterbrach ich ihn. »Recherche«, erklärte ich bedeutungsvoll in Richtung meiner Mitschüler. »Könnte sein, dass wir darüber berichten müssen, was … was da gerade passiert ist.«

Cedric nickte anerkennend, doch ich wich seinem Blick aus und ebenso den stechenden Augen von Herrn Schrumpf, der zu fassungslos war, um mir zu widersprechen. Wenn nur ein Hauch von dem stimmte, was ich ahnte, würde der Rest des Tages alles andere als gemütlich und gesellig werden. Ob mit oder ohne Muffins.

Meine Stunden waren gezählt.

AUF SIE MIT GEBRÜLL

»*Hallo, wach!*? Ja, sicher, Nina, *Hallo, wach!*? Wollt ihr eure Zeitung nicht lieber in *Hallo, tot!* umbenennen? Das wäre passender!«

»Aber Herr Graufink ist doch nicht …«

»Nein. Gott bewahre, nein.« Stöhnend ließ Mr Right sich in seinen schwarzledernen Chefsessel plumpsen, was die Polsterung mit einem pupsartigen Geräusch quittierte, dem aber weder er noch ich Bedeutung schenkten. Hätte ich mir nicht schon Sorgen um Herrn Graufink und mich gemacht, würden sie Mr Right gelten. In einer solchen Verfassung hatte ich ihn noch nicht erlebt. Sein sonst so exakt gezogener Seitenscheitel hatte sich in eine Art Vogelnest verwandelt, in dem ein cholerischer Bergadler gehaust haben musste. In Kombination mit den roten Flecken auf seinem Hals und den Spuckebläschen in seinem linken Mundwinkel ergab das ein Bild, das mich überlegen ließ, ob es sinnvoll wäre, vorsichtshalber einen zweiten Krankenwagen zu bestellen.

Mit beiden Händen fuhr er sich über seinen Hinterkopf und dann über sein Gesicht, bis er versteckt hinter seinen akkurat manikürten Fingern sitzen blieb und einige Minuten lang nichts anderes tat, als vernehmlich zu atmen. Da es für mich das allererste Mal war, einen Lehrer außer Fassung gebracht zu haben, wusste ich nicht, was ich tun sollte. Mich verteidigen? Ihm einen Tee kochen? Still und heimlich den Raum verlassen? Seine Sekretärin um Rat fragen, die mich vorhin noch mütterlich angelächelt und mir zugeraunt hatte: »So schlimm wird es schon nicht werden.«?

Doch es war schlimm. Ich wusste nicht, wohin mit mir vor lauter Unbehagen. Andere Schüler waren es gewohnt, Bockmist zu bauen; es passierte ihnen ständig, selbst wenn sie versuchten, sich gut zu benehmen. Ihnen mussten Standpauken und Zurechtweisungen nichts mehr ausmachen; es war reine Gewöhnungssache. Ich hingegen fühlte mich wie auf einem Scheiterhaufen – ich wartete lediglich darauf, dass der Scharfrichter die lodernde Fackel in das Holz stieß, sodass die Hexe endlich brennen konnte. Dieser Dienstag war der schwärzeste Tag meines Lebens, obwohl ich noch gar nicht wusste, was mir als Strafe blühen würde. Alleine die Tatsache, sich so grauenvoll fehlerhaft und schuldig zu fühlen, war Strafe genug. Dennoch sagte ich mir, dass ich ein Recht hatte, meinen Artikel zu verteidigen. Mr Right musste das verstehen – wenn einer, dann er.

»Es war eine Satire, Herr Richt, und eine Satire …«

»Ach!«, knurrte es hinter seinen Händen hervor, und er löste eine davon, um über die Sprechanlage Verbindung mit seiner Sekretärin aufzunehmen, tobte aber weiter. »Tucholsky, was? Die Satire darf alles, ja, ja. Nein, das darf sie nicht, Nina! Nicht bei einer Schülerzeitung! – Frau Schmitz? Sagen Sie Herrn Patter, er soll alle Zeitungen aus dem Pausenraum holen und in mein Büro bringen. Sofort! Es darf keine einzige davon in Umlauf kommen, keine einzige, hören Sie?«

»Wir haben es nicht böse gemeint«, startete ich einen weiteren Verteidigungsversuch. »Wir wollten die Leser zum Lachen bringen. Die Jury hatte bemängelt, dass …«

Ich wagte nicht weiterzusprechen, denn Mr Right hatte seine *Hallo, wach!*-Ausgabe mit einer hektischen Bewegung aufgeschlagen und mir vor die Nase geschubst, wobei sie beinahe auf meinen Knien landete. Vorsichtig schob ich sie mit den Fingerspitzen zurück auf seinen Schreibtisch. Ich wollte sie weder auf meinen Knien liegen haben noch länger als notwendig berühren. Sie schien mir plötzlich hochgiftig zu sein.

»Schau ruhig hin, Nina. Ist das lustig? Nur lustig? Ja?«

Mit einem Auge schielte ich auf meinen zweiseitigen Artikel. »Wenn Graufink mit Graureiher flirtet«, nun, das war sprachlich sicherlich keine satirische Sternstunde, aber an dieser Überschrift konnte ich nichts Schlechtes oder Gemeines entdecken. Auch der Text war nicht gemein. Ich hatte ein paar humorige Theorien über das Verschwinden der Froschpopulation im Waldweiher aufgestellt und den Verdacht geäußert, dass dies mit Graufinks abendlichen Nacktbade-Aktionen zu tun haben könnte, ebenso wie die Tatsache, dass der Teich im vergangenen Sommer umgekippt war, nachdem es drei Wochen lang nicht geregnet und Graufinks übliche Blässe sich in ein leuchtendes Indianerbraun verwandelt hatte. Unter diesem Absatz hatten wir das Foto eingefügt, das vorigen Sommer entstanden war; Cedric hatte es geschossen. Es zeigte Graufink, der offenbar versuchte, wie Jesus auf dem Wasser zu gehen – was ihm natürlich nicht gelang, weshalb er einen wilden Sprung machte und …

»Oh nein. – Wo ist der Balken? Wir hatten einen schwarzen Balken auf das Bild montiert, ich schwöre es ihnen! Da war ein Balken!«

»Ich sehe keinen.« Jetzt verstand ich, warum Mr Right die Hände vor sein Gesicht legte. Ich wollte es auch tun. An dieser Stelle des Weihers war bis zu diesem Frühling Nacktbaden erlaubt gewesen, in einer kleinen geschützten Zone – bis Schröter sich darüber beschwerte, dass er bei seinen Jagdausflügen in der Abenddämmerung unsittliches Treiben am Weiher beobachte und die Kinder von Bornhausen gefährdet sah. Moralisch sei diese Nacktbadezone nicht vertretbar, nicht in einer sauberen, idyllischen, touristisch aufstrebenden Kleinstadt wie Bornhausen. Sie locke Drogenkonsumenten, Hippies und Prostituierte an. Als Schröter mit diesen Worten in der Bornhausener Rundschau zitiert worden war, meinte Mama spöttisch, dass jeder vernünftige Hippie einen weiten Bogen um Bornhausen machen würde, woraufhin Papa bemerkte, vernünftig und Hippie sei ein Widerspruch in sich, zumal Hippies bereits seit dem vergangenen Jahrhundert ausgestorben seien. Das wiederum brachte mich zu der These, dass die Hippies womöglich nicht ausgestorben wären, wenn sie sich etwas vernünftiger benommen hätten.

Jedenfalls hatte ich auch Schröters altbackene Verdächtigungen in meinen Artikel eingeflochten, ebenfalls humoristisch, und anschließend überlegt, ob die Jäger nicht eher Bedenken hatten, Graufink könne beim Bad im Weiher beobachten, wie sie sich auf ihren Hochsitzen mit verbotenem »Zielwasser« zuprosteten, und seinen Verdacht bestätigt sehen, dass Jäger verantwortungslos durch die Gegend schossen und seine geliebte Fauna und Flora zerstörten, in der er sich so gerne im Adamskostüm aufhielt und *Avatar* nachspielte, indem er mit Pflanzen sprach, Vögel nachahmte und Bäume umarmte.

Diese Passage war jene Stelle gewesen, bei der ich das Gefühl hatte, etwas vollkommen Wahres zu schreiben, ja, sogar etwas Ernsthaftes und Wichtiges, doch meinen Mitschülern war sie nicht großartig aufgefallen. Nur Lionel hatte kurz seine Hand gehoben, sie dann aber schlaff fallen lassen, als ich ihm auffordernd zunickte, und sich wieder in sein Sudoku vertieft.

Stattdessen hatten sich alle neugierig über das unscharfe, verwackelte Foto gebeugt, und ich musste mir den schwarzen Balken über Graufinks Hinterteil mit vielen klugen Argumenten erkämpfen, da es die anderen am liebsten ohne Balken abgedruckt hätten. Man sah nicht mehr als Graufinks blassen Po, und auch den musste man sich mit viel Vorstellungkraft zurechtfantasieren. Dennoch zeigten wir unseren unbekleideten Religionslehrer, von hinten zwar und aus ungefähr fünfzig Meter Entfernung, lediglich ein blasser Streifen Mensch in dichtgrüner Natur, aber eindeutig nackt, und jetzt, wo ich das Bild ohne Balken betrachtete, wusste ich, dass auch der Balken nicht mehr viel gerettet hätte. Wir hatten eine Grenze überschritten.

»Punkt A. Man schießt nicht heimlich Fotos von Nacktbadenden.«

»Ich habe das Foto nicht gemacht, ich …«

»Du bist die Chefredakteurin. Oder?«

»Ja«, erwiderte ich kleinlaut und sackte noch etwas tiefer in meinen Stuhl. »Stimmt.«

»Damit hast du die Verantwortung für den Inhalt der Zeitung, und bisher hast du uns nie enttäuscht. Punkt B. Fotos von Privatpersonen nur mit Genehmigung. Recht am eigenen

Bild. Auch bei einer Satire!«, rief Mr Right streng, als ich mich genau damit freisprechen wollte. »C. Warum ausgerechnet Herr Graufink? Warum?«

»Na ja, er … er ist ziemlich schräg und macht seltsame Sachen, das müssen Sie zugeben. Wir haben ihn beobachtet, er umarmt wirklich Bäume und redet ständig über seine Katzen, anstatt zu unterrichten, oder singt beim Schwimmen laut vor sich hin. Ich könnte Ihnen noch mehr solcher Sachen aufzählen, es gibt genug, und außerdem – es ist eine Satire! Es ist nicht böse gemeint!«

»Das weiß ich doch, Nina.« Mr Right stieß einen abgrundtiefen Seufzer aus und ließ die Schultern ein Stückchen nach unten sacken. »Aber Herr Graufink ist nicht nur ein Gymnasiallehrer – was übrigens Grund genug wäre, kein solches Foto von ihm abzudrucken –, sondern auch Pfarrer. Er soll demnächst in Bornhausen seine erste Predigt halten, womöglich winkt ihm hier eine Festanstellung, und …«

»… und jetzt wissen alle, wie der nackte Hintern unseres neuen Pastors aussieht«, führte ich seinen Satz mit belegter Stimme zu Ende. Von sehr weit weg betrachtet, war das die eigentliche Satire – und ziemlich witzig. Aber eben nur von sehr, sehr weit weg betrachtet. Mindestens fünfhundert Lichtjahre.

»Die Zeitung darf nicht verkauft werden. Das ist euch hoffentlich klar?«

»Sonnenklar«, erwiderte ich apathisch. Um Himmels willen, was hatten wir uns nur dabei gedacht? Wieso überhaupt hatte ich mich dazu überreden lassen, dieses Foto abzudrucken, und unseren Plan irgendwann genauso witzig gefunden wie die anderen? Das war doch eigentlich gar nicht meine Art. »Und Herr Graufink hat sich so darüber erschrocken, dass … dass er ohnmächtig wurde?«, fragte ich verschüchtert nach, während meine Wangen heiß anliefen.

»Ihm genügte die Überschrift. Er schlug die Zeitung auf, erwischte den Artikel über sich selbst, las die Überschrift und das von dir zitierte Zitat von Schröter, griff sich ans Herz und klappte zusammen. Er ist eine sensible Seele, Nina. Und eines ist sicher: Wenn jemand von der Kirche diese Zeitung liest und nur einen Bruchteil von dem glaubt, was ihr … was du …« Mr Right räusperte sich erneut. Es klang, als stünde er kurz vorm Ersticken. »Recherchiert hast. Nennen wir es recherchiert.«

»Ich musste das gar nicht recherchieren! Er redet selbst davon. Im Unterricht. Dass es guttut, wenn man ab und zu einen Baum umarmt, und wir das ausprobieren sollen, wenn wir Kopfschmerzen haben oder uns einsam fühlen.«

Mr Rights schmaler Mund zuckte, doch er hatte sich sofort wieder unter Kontrolle, während seine Haare nach wie vor Adlernest spielten. Er war ein Gerechtigkeitsfreak. Selbst wenn wir hier bis morgen früh sitzen und reden würden: Er würde niemals zugeben, dass Herr Graufink nicht alle Tassen im Schrank hatte.

»Er sagt, wir würden Gottes Atem in den Bäumen fühlen, wenn wir das tun. Das ist … finden Sie nicht, dass das … na ja …« Auf einmal wusste ich nicht mehr, was ich sagen sollte. Wenn ich mit Herrn Richt über diese Dinge sprach, fühlten sie sich nicht mehr ganz so abgedreht an. Herrn Graufinks Worte auf diese Weise und vor den Augen eines Erwachsenen zu wiederholen, ließ mich still und verlegen werden.

»Nina, ich umarme auch keine Bäume, aber wenn Herr Graufink das in seiner Freizeit tun möchte, ist daran nichts Verbotenes. Doch es gehört nicht in eine Schülerzeitung. Nicht wenn er gerade die Chance seines Lebens bekommen hat, von der er seit Jahren träumt. Warum habt ihr das eigentlich nicht recherchiert? Ihr glaubt, alles zu wissen, aber diese Information entgeht euch, ja?« Nächster abgrundtiefer Seufzer. »Nina, Nina, Nina …« Jedes Nina hatte eine andere Betonung, und keine davon gefiel mir. Dennoch schien Mr Right sich langsam zu beruhigen. »Nina.« Mit einem schiefen Lächeln blickte er mich an. »Manchmal schießt man übers Ziel hinaus, wenn man etwas erreichen will. Deinen Ehrgeiz weiß ich zu schätzen, aber du bist zu weit gegangen. Meilenweit. Also, die Zeitung wird weder verkauft noch bei der Jury eingereicht. Wie wäre es, wenn du für die nächste Ausgabe eine Pause einlegst und dich ganz auf deine Eislaufkarriere konzentrierst? Ja? Wir setzen große Hoffnungen in dich!«

»Ich – ich soll meinen Posten abgeben?«

»Nun ja …« Mr Right strich mit gespreizten Fingern über seine Krawatte und schloss dann den Knopf seines Jacketts. »Ich könnte dich auch von ihm entheben. Es würde dir Raum und Ruhe geben, die Dinge sacken zu lassen.«

»Nein, bitte nicht. Ich mach das wieder gut, versprochen. Ich kann Ihnen die nächste Ausgabe vor dem Druck zeigen, Sie können alles vorher prüfen, so was wird nicht mehr passieren!« Beinahe wäre ich aufgesprungen. Keine Schülerzeitungssitzungen mehr mit Cedric und den anderen, wenn sonst niemand mehr im Schulhaus unterwegs war und wir bis in den Abend hinein zusammensaßen? Keine Redaktionswochenenden bei Anni mit selbst gemachter Pizza und Journalisten-Filmen? Wir wollten doch gemeinsam Erin Brockovich schauen, übernächste Woche! Keine Vorfreude auf die nächste Ausgabe, kein angeregtes Pläneschmieden und Diskutieren und Kaffeetrinken? Keine Gelegenheit mehr, Cedric ohne Sabrina zu erleben? Nein, das durfte nicht passieren.

Sonst gab es nur noch Schule und Eislauf, und das war zu wenig für eine Vierzehnjährige, die seit ihrer Geburt in Bornhausen gefangen war. In der Eishalle lernte ich weder Jungs kennen, noch konnte man dort Muffins essen und zusammen über die Lehrer lästern. Ich liebte die Eishalle, und noch mehr liebte ich es, mich zu Musik über das Eis zu bewegen, selbst wenn Ludmilla dabei einen Schreianfall bekam und meine Muskeln brannten vor Anstrengung, aber die Schülerzeitung war meine Insel, meine Auszeit, mein … ja, meine einzige Chance, nach der Schule meine Freunde zu treffen und mit ihnen zusammen nach Berlin zu reisen. Eine Chance, die ich vollkommen vermasselt hatte.

»Nun schau nicht so betrübt, Nina. Wir konnten den Schaden ja noch abwenden, und Herr Graufink scheint einen Schwächeanfall erlitten zu haben, keinen Herzinfarkt. Wir sind froh, dass wir dich an dieser Schule haben, glaub mir. Du bist eine verlässliche Vertrauensschülerin und Klassensprecherin, alle mögen und schätzen dich.« Dessen war ich mir nicht mehr so sicher, doch ich ließ Mr Right weiterreden. Offenbar tat es ihm leid, mich zu Beginn des Gesprächs in einem solch rauen Ton angepflaumt zu haben. »Vertrauensschülerin und Klassensprecherin, das ist schon viel Verantwortung. Dazu die Chance, an den deutschen Meisterschaften teilnehmen zu können. Bornhausen steht hinter dir! Ich denke nur, dass es gut wäre, sich ein wenig Zeit zu gönnen, um darüber nachzudenken, was schiefgelaufen ist. Und du solltest Herrn Graufink eine Karte ins Krankenhaus schicken und ihm gute Besserung wünschen, ja?«

»Klar, natürlich mache ich das. Was – was passiert jetzt mit den Zeitungen?«

»Die sperre ich in den Giftschrank. Auf den Müll schmeißen wäre zu riskant in diesem K… in dieser kleinen Gemeinde«, verbesserte sich Mr Right rasch und schickte ein Räuspern hinterher. »Es wäre gut, wenn die anderen aus eurem Team Stillschweigen bewahren. Der Verdienstausfall – tja, jetzt wisst ihr eben, wie es ist, eine leere Kasse zu haben. So lernt man aus Fehlern.«

Daran hatte ich noch gar nicht gedacht. Kein Verkauf bedeutete keinen Erlös. Wir waren pleite. Wir konnten nicht einmal mehr Kaffee kaufen. Eigentlich mochte ich keinen Kaffee, ich ertrug ihn nur mit viel Zucker und Milch, aber er hatte dazu gehört wie die miefige Luft, die Ausdünstungen der Drucker und das Flüstern der Heizungen. So war das eben in Redaktionsräumen. Niemand hatte behauptet, dass Journalisten ein gesundes Leben führten. Das tat ich schon den Rest meines Tages, dem Eislauf zuliebe, und meistens machte es keinen Spaß.

»Also hat niemand eine Zeitung gesehen außer den Lehrern und uns Schülern?«

»Das hoffe ich«, antwortete Mr Right, schlug die Ausgabe wieder zu und erlöste mich endlich von dem Anblick eines nackten Männerhinterns.

Nur die Lehrer und die Schüler des *Hallo, wach!*-Teams wussten, was in der Zeitung stand. Zwanzig Schüler und ein komplettes Kollegium, das sich zudem erschreckend gut verstand. Der Hausmeister wusste ebenfalls Bescheid, dazu die Leute vom Rettungswagen (noch verdrängte ich, dass möglicherweise mein Vater höchstpersönlich Herrn Graufink abgeholt hatte), die behandelnden Ärzte, die Familie von Herrn Graufink.

Ich hatte meinen Scheiterhaufen noch lange nicht verlassen.

Noch konnte alles gut gehen. Aber es konnte auch eine Katastrophe werden.

SCHERBEN BRINGEN GLÜCK

»Wir sind hier heute leider nicht zusammengekommen, um unsere neue Zeitung zu feiern und sie bei dem Wettbewerb einzureichen«, begann ich mit lauter Stimme zu sprechen, doch die Unruhe im Raum wollte sich nicht legen. Aus unserer Feierstunde war eine Krisensitzung geworden, wie ich sie sonst nur von den Filmen kannte, die wir zusammen schauten, um uns inspirieren zu lassen. Die Stimmung war frostig, und wenn mich nicht alles täuschte, galt der Eisnebel in der Luft mir. Waren denn schon Informationen durchgedrungen über den Zusammenhang zwischen meinem Graufink-Artikel und dem Krankenwagen? Oder würde ich ungeschoren davonkommen?

Noch hatte ich mit niemandem offen reden können. In den Hofpausen hatte ich mich in der Bibliothek versteckt und dort per WhatsApp eine Nachricht in unsere Gruppe gestellt, dass wir uns wie gewohnt um 14 Uhr im Redaktionsraum treffen würden. Doch natürlich mussten die anderen gemerkt haben, dass keine Zeitungen mehr da waren, die verkauft werden konnten, und alleine das warf unzählige Fragen auf.

»Wie ihr mitbekommen habt, fand heute kein Verkauf statt.«

Schweigen. Keine Fragen, nur Schweigen? Ich blickte auf, doch niemand sah mich an. Jeder schaute irgendwo anders hin. Sonst hingen sie an meinen Lippen, wenn ich sprach. »Uns ist ein … ein Fehler unterlaufen. Ein Druckfehler.« Zwei Seiten voller Druckfehler, um korrekt zu sein. Plus Fotofehler. »Herr Richt hat ihn zum Glück rechtzeitig entdeckt und entschieden, dass *Hallo, wach!* nicht verkauft wird, um Schaden von uns und der Schule abzuwenden. Wir können die Zeitung daher nicht beim Wettbewerb einreichen. Lasst uns einfach so tun, als habe es sie nie gegeben.«

»Nina …« Annis »Nina« klang so falsch und gönnerhaft, dass ich zusammenzuckte. »Wir wissen es. Das mit Graufink. Und dass er im Krankenhaus liegt.«

»Wer ist ›wir‹?«, hakte ich sachlich nach, obwohl mir die Hitze den Nacken hinaufstieg. Meine Frage war lachhaft, denn spätestens jetzt wussten es alle, die in diesem Raum waren.

»Na, wir. Wir hier«, antwortete Anni belustigt.

»Woher?« Von Herrn Richt stammte diese Info bestimmt nicht.

»Hey, Nina, wir sind Journalisten, wir können eins und eins zusammenzählen«, mischte Nikki sich ein. »Außerdem hat die Frau vom Patter gesehen, dass Graufink rausgetragen wurde, und hat es gleich überall herumerzählt. Weißt doch, wie sie ist.«

Oh ja, Frau Patter war eine fleischgewordene Buschtrommel.

»Gut, dann wissen es die Patters und wir und das Kollegium und ja, ich geb zu, dass Herr Graufink einen Schwächeanfall erlitt, als er in die Zeitung schaute, und mir tut das leid, ehrlich. Aber wir können es für uns behalten. Die Zeitung ist im Giftschrank, keiner kann reinschauen. Wenn wir schweigen und die Lehrer auch, bleibt unsere Weste rein. Das wollt ihr doch auch, oder?«

»Na jaaaaa …« Das war Lionel, und dass er sich ohne Aufforderung zu Wort meldete, war eine solche Sensation, dass sämtliches Raunen und Murmeln schlagartig verstummte und wir ihn anstarrten, als hätten wir ihn noch nie zuvor gesehen. Irgendwie sah er auch anders aus. Nicht mehr ganz so unscheinbar, und auch seine Stimme kam mir tiefer vor als sonst. Weniger brüchig. Lag es daran, dass er endlich mal etwas Wichtiges zu sagen hatte? »Dazu ist es wohl zu spät.«

»Wie – zu spät? Habt ihr etwa heimlich welche verkauft?«

»Nein«, antwortete Lionel ruhig. »Ich hab heute früh die Web-Version freigeschaltet. Damit hast du mich beauftragt, vorgestern noch. Die Zeitung steht im Netz.«

»Und das sagst du mir jetzt?«, herrschte ich ihn an, zog einhändig mein Laptop aus meiner Schultasche und schob es ihm vor die Nase. »Nimm sie wieder raus, bitte, Lionel! Lösche sie von mir aus, ist mir egal, Hauptsache, sie ist weg!«

Schweigend und mit einer Trägheit, die mich bis aufs Blut reizte und daran zweifeln ließ, dass Lionel den Ernst der Lage begriffen hatte, machte er sich an die Arbeit. Auch die anderen verhielten sich verdächtig still und viel zu gleichgültig. Warum nur? Wussten sie mehr als ich? War es kein Zufall gewesen, dass alle schon hier gewesen waren, als ich pünktlich um 14 Uhr eintrudelte? Normalerweise wurde es mindestens halb drei, bis wir vollzählig waren und endlich anfangen konnten. Außerdem waren die anderen schlagartig verstummt, als ich den Raum betreten hatte. Auch das war mir komisch erschienen. Ich war es zwar gewohnt, dass niemand dazwischenredete, wenn ich sprach, doch dieses Verstummen hatte eine andere Qualität gehabt. Sie waren nicht verstummt, damit ich das Wort ergreifen konnte. Sie waren verstummt, weil ich nicht hören sollte, worüber sie gesprochen hatten.

»So, fertig«, meldete Lionel nach einigen quälenden Minuten, in denen ich vergeblich versucht hatte, in die Köpfe meiner Teammitglieder zu lauschen. Doch leider besaß ich keine übersinnlichen Fähigkeiten, und in der angespannten Stille, die mich umgab, hatte ich lediglich wahrgenommen, was mich vorhin schon irritiert hatte – ein Geräusch in mir selbst, nicht in den Hirnen der anderen. Es ähnelte dem Knurren, das ich mir heute früh bereits eingebildet hatte, doch diesmal schien es noch prägnanter gewesen zu sein, tiefer und kehliger. Animalischer. Andererseits hatte ich seit gestern Abend vor lauter Vorfreude und Aufregung keinen Bissen mehr herunterbekommen. In meinem Bauch musste tiefste Ebbe herrschen, und wenn sich meine Anspannung gelegt hatte, würde ich wahrscheinlich fünf Nutellastullen auf einmal verdrücken. Lionel schloss den Laptop und schob ihn zu mir zurück.

»Danke. Wenn ihr alle Bescheid wisst, warum hast du das nicht schon in der Pause getan?«, fragte ich, ohne ernsthaft eine Antwort zu erwarten. In der Regel ignorierte Lionel meine Fragen. Er tat so, als habe er sie nicht gehört, oder zuckte nur mit den Schultern.

»Hatte meinen Vater am Handy. Er … er droht damit, die Anzeigen zurückzuziehen. Also, was heißt drohen.« Lionel guckte auf den Tisch, was sehr klug war, denn ich spürte, dass meine Augen bereit waren, mit einem einzigen Blick zu töten. »Ähm. Er zieht sie zurück. Sagt er. Wenn ich ihn richtig verstanden habe. Er war ziemlich laut. Und wütend.«

»Warum will er sie zurückziehen?« Ich wusste nicht, wieso

ich überhaupt noch weiterfragte. Aber mir schien alles besser zu sein, als weiter in das vernichtende Schweigen der anderen zu lauschen. Dann lieber ein sinnloses Gespräch mit Lionel.

»Na ja, wegen der Passage über die Hippies und so.«

»Welche Hippies?«, fragte Nikki verdutzt.

»Keine Sorge, die sind ausgestorben«, erwiderte ich barsch und verbarg mein Gesicht in meinen Händen, wie Mr Right es heute Morgen getan hatte. Hatte ich es doch gewusst – keiner von den anderen hatte mir richtig zugehört, als ich meinen Artikel vorgelesen hatte. Sie hatten mir blind vertraut. Doch jetzt hatte sich der Wind gedreht. Ich wurde dafür abgestraft, dass die anderen sich auf mich verlassen hatten. Konnte ich das Blatt noch wenden? Gab es irgendwelche Argumente, mit denen ich sie zurück an meine Seite locken konnte? Oder war das nur eine jener Krisen, die jede Redaktion von Zeit zu Zeit durchmachte? Eines war jedenfalls klar – wenn Schröter die Zeitung bereits gelesen hatte, würden in Kürze alle Bornhausener Bescheid wissen. Schröter war Vorsitzender des Schützenvereins, Präsident des Gewerbevereins und sponserte die Eishockeymannschaft (und mich übrigens auch). Er belieferte zwei Metzgereien und einen Supermarkt, seine Frau saß im Vorstand des Verschönerungsvereins und engagierte sich in der Kirche, und beide zusammen aßen Dienstag und Freitag im Brauhaus am Marktplatz zu Abend, wo jeder sein Bier trank, der mit Bornhausen verheiratet war. Also Pi mal Daumen siebzig Prozent der Altstadtbewohner. Der Worst Case war eingetroffen. »Gut, jetzt ist es passiert. Alle wissen es«, sprach ich tapfer aus, was nicht mehr zu verhindern war. »Und wir sind pleite. Das muss aber nicht heißen, dass wir aufgeben. Wir können immer noch mit der nächsten Zeitung …«

»Also, zum Thema ›wir‹«, unterbrach mich Anni erneut, und ich ahnte mit erdrückender Gewissheit, dass ich in diesem »wir« nicht mehr viel zu melden hatte. »Wir haben vorhin schon zusammen über diese ganze Sache gesprochen und haben einstimmig beschlossen, dass …«

In diesem Augenblick ertönten die Schreie – und retteten mich. Es war keine endgültige Rettung, das nicht. Es war eher so, als sei dem Scharfrichter die Fackel ausgegangen, mit der er meinen Scheiterhaufen hatte anzünden wollen, weil ein Wolkenbruch heruntergeprasselt war. Ich bekam Zeit geschenkt. Denn diese Schreie ließen keinen Zweifel daran, dass es hier um die Wurst ging (und dies war, wie sich später herausstellte, nicht nur eine Redewendung). Die Schreie bohrten sich ins Rückgrat, schossen durch sämtliche Nervenbahnen, schoben sich unter die Haut, ließen die Haare im Nacken erzittern und die Ohren schrillen – und zeitgleich schwirrte das Klirren von zerbrechendem Glas durch die Luft. Dort unten auf der Straße brüllte jemand aus Leibeskräften um sein Leben. Seine Schreie unterbrachen jeden Satz, jeden Gedanken, jedes Bewusstsein für die Vergangenheit und Zukunft, und binnen Sekunden hatten meine Teammitglieder vergessen, was sie mir sagen wollten – nämlich dass ich gefeuert war. Stattdessen stürzten sie wie die Lemminge an das einzige Fenster des Redaktionsraums und rangelten um die besten Plätze, damit sie sehen konnten, wer da unten schrie und warum.

Was seid ihr nur für miese Journalisten, dachte ich grimmig, schnappte mir meine Tasche und ergriff die Flucht. Ein guter Reporter war vor Ort, wenn etwas geschah. Er schaute nicht aus dem Fenster, nein, er näherte sich dem Geschehen so weit wie möglich! Genau das würde ich tun. Ich würde den Bericht liefern, auf den die Lindgren-Schule seit Jahren wartete, weil dieses ach so idyllische Kaff in Langeweile erstickte, und dann würden alle begreifen, dass man mich nicht zu feuern brauchte, weil ich den Mut hatte, mir aus nächster Nähe anzuschauen, wer … wer da gerade starb? Waren das Schreie eines Sterbenden? Hatte ein Sterbender so viel Kraft in den Lungen?

Und war es nicht vollkommen leichtsinnig, sich in eine Situation zu begeben, von der ich nicht viel mehr wusste, als dass jemand vollkommen hysterisch vor sich hin schrie? Es konnte schließlich sein, dass er bedroht wurde, vielleicht hatten wir jetzt doch den Bornhausener Amokläufer und die nächste Kugel würde *mich* treffen. Andererseits wäre das ein auf poetische Weise tragischer Tod, wie er einer kühnen, jungen Reporterin bestens stehen würde – und jeder, wirklich jeder würde zu meiner Beerdigung kommen und bereuen, wie ungerecht er gewesen war.

»Was für ein Quatsch«, murmelte ich. »Ich will doch gar nicht sterben. Nicht wegen so einem Käse.«

Unschlüssig blieb ich stehen. Und nun? Nummer sicher oder das Motto »ohne Risiko kein guter Bericht«? Konnte ich mir das überhaupt leisten – mich wie ein Angsthase hinter der schweren Eingangstür verschanzen und abwarten, während meine Teammitglieder von oben längst alles beobachtet und mit ihren Handys Fotos und Filme gemacht hatten? Nein. Außerdem hatten die Schreie sich verändert. Sie gingen in dramatisches Schluchzen über, und von Ferne näherte sich erneut ein Martinshorn. Jemand musste Hilfe gerufen haben, also waren andere Menschen dazugestoßen, und ich hatte die ganze Zeit über weder einen Schuss noch Explosionen gehört. Nur das Zersplittern von Glas.

Todesmutig stieß ich die Tür auf und marschierte die Eingangsstufen hinunter. Ich brauchte ein paar Sekunden, um zu begreifen, was ich sah, und noch einige mehr, um zu entscheiden, ob es komisch war oder auf verstörende Weise anrührend.

Auf dem Bürgersteig gegenüber stand (falls man diese Haltung als »stehen« bezeichnen konnte) Metzgergeselle Todd, besudelt mit Mett und Zwiebelringen, und schrie weinend nach seiner Mutter, während aus dem Hinterraum der Metzgerei *Atemlos durch die Nacht* schallte (ein Song, der Mama zu ihren berühmten Würgegeräuschen veranlasste und somit thematisch zur Schlachtplatte passte).

Das alles stand im schrillen Kontrast zu Todds Ausmaßen. Er war ungefähr zwei Meter groß und mindestens einen Meter breit und konnte mit seinem Hackebeil vermutlich auch im Schlaf mühelos eine Kalbsschulter durchtrennen. Er selbst schien unverletzt zu sein, sofern ich das zwischen all dem Mett und den Zwiebeln auf seinem Kopf und Bauch erkennen konnte. Auch erschloss sich mir nicht, warum die Schaufensterscheibe zu Bruch gekommen war und die Auslage sich über den gesamten Metzgereiboden und den Bürgersteig verteilte (und über Todd selbst).

Es kam mir unpassend vor, ein Foto von ihm zu machen, wie er mit eingeknickten Knien bebte, zitterte und schluchzte, denn ich war möglicherweise Zeuge einer urplötzlich ausbrechenden Geisteskrankheit geworden. Anders konnte ich mir seinen Zustand nicht erklären. Sollte ich nicht lieber zu ihm gehen und ihn trösten, anstatt ihn anzustarren? Ihm wenigstens ein Taschentuch geben, damit er sich das Gesicht sauber machen konnte? Die Minileberwurst-Kette von seinem Ohr lösen?

Aber wenn ich das tat, war ich nicht mehr in der Lage, neutral über dieses Ereignis zu berichten. Reporter mischten sich niemals verändernd in das Geschehen ein, das hatte ich gelernt. Ich konnte jedoch auch beides tun. Erst ein Foto machen, mir merken, was ich gesehen hatte, bevor ich mich einmischte, und dann zu ihm gehen und ihn zu beruhigen versuchen, denn die anderen Leute, die nach und nach aus ihren Löchern krochen und gafften, sahen sich dazu nicht in der Lage. Aus gebührendem Sicherheitsabstand beobachteten sie die Szenerie und raunten sich hin und wieder bedeutungsvoll etwas zu, doch niemand hatte den Mut, Todd entgegenzutreten – was sicher auch daran lag, dass ein blutiges Hackebeil an seinem Hosenbund baumelte und niemand recht wusste, ob das Blut an der Schneide von einer Schweinshaxe oder einem Menschen stammte. Aber hätte man dann nicht zwischen all dem Fleisch und der Wurst eine Leiche sehen müssen?

Zögerlich erhob ich mein Handy, aktivierte die Kamera und …

»Um Himmels willen, Nina, nicht! Bitte, bitte nicht schon wieder!« Sanft, aber bestimmt drückte Mr Right meine Hand herunter und trat neben mich, um sich mit gehetzten Blicken einen ersten Eindruck zu verschaffen. »Bitte kein neuer Bericht über verzweifelte Menschen, tu uns das nicht an.«

»Aber ich wollte doch nur … Okay, dann eben nicht«, willigte ich ein, als ich sah, wie Mr Rights Verzweiflung in Wut umzuschlagen drohte. »Ich gucke nur. Kein Bericht. Ja, und auch kein Foto.« Demonstrativ ließ ich das Handy in meinen Rucksack plumpsen. »Aber trösten darf ich ihn? Man kann ihn doch so nicht stehen lassen.«

»Hm, hm«, machte Mr Right, unschlüssig wie ich, und wir schauten dabei zu, wie wieder Bewegung in Todds bulligen

Mett-Körper kam und er den rechten Arm hob, um erst in die Metzgerei und dann auf die Straße zu deuten.

»Monster! Riesig ... riesige Zähne ... Krallen ... der Sprung ...«

Immerhin, er fand seine Sprache wieder. Sinn ergab sein Gestammel jedoch nicht. Es sprach viel eher für meinen Anfangsverdacht: Todd verlor seinen Verstand, und das vor den Augen seiner Mitbürger. Ob das die Aufmerksamkeit von meinem Graufink-Fiasko ablenken konnte?

»Schwarz«, heulte Todd, während Schnodder aus seiner Nase lief und auf die Fleischwürste zwischen seinen blutbesudelten Schlachterpantoffeln tropfte. »Schwarz und riesige Zähne. Ein Panther! Ein Panther war in meiner Metzgerei!«

Oh, ein ganzer Satz. Er machte Fortschritte. Doch er weinte und zitterte noch immer wie ein kleines Baby. Trotzdem hallten seine Worte als ein tiefes, flüsterndes Echo in meinem Bauch nach. »Ein Panther war in meiner Metzgerei!« Wie musste das sein, wenn man so etwas sah, von Jetzt auf Nachher – etwas, das es nicht gab, von dem man aber fest überzeugt war, dass es da war? Registrierte man, was mit einem geschah? Oder hielt man alle anderen Menschen für durchgedreht, weil sie nicht sahen und glaubten, was man selbst sah?

Doch die Scheibe war kaputt, und wenn Todd nicht verletzt war, konnte er nichts damit zu tun haben. Oder hatte er sie in seiner Angst eingeworfen, als er plötzlich etwas sah, was nicht da war – nämlich einen schwarzen Panther mit riesigen Zähnen? Aber womit hatte er sie eingeworfen? Wie passte das alles zusammen?

Endlich hatte Helene Fischer zu Ende gesungen, und der nächste Schlachter-Hit, *Finger im Po, Mexiko*, wurde glücklicherweise von der Sirene des Rettungswagens übertönt. Kein geringerer als mein Vater saß auf dem Beifahrersitz und sprang heraus, kaum dass der Wagen gehalten hatte. Seine Gesichtsfarbe wechselte in rekordverdächtiger Zeit von kalkweiß zu leuchtend orange, was bei ihm ein Zeichen von Entspannung war. Armer Papa. Seitdem er als Rettungssanitäter arbeitete, bekam er jedes Mal Panik, wenn ein Einsatz ihn in die Nähe meiner Schule oder der Eishalle rief, weil er die fixe Angstvorstellung pflegte, dass er mich eines Tages von der Straße oder vom Eis kratzen müsse und niemals mehr darüber hinwegkäme. Deshalb winkte ich ihm betont lebendig zu und beobachtete lächelnd, wie er sich in kleinen Schritten dem Panthergeschichten erzählenden Todd näherte.

»Na, Todd? Bisschen zu tief ins Glas geschaut gestern?«, fragte Papa ihn brüderlich, während er beiläufig ein wenig Mett von Todds Schultern wischte, die Leberwurstkette vom Ohr löste und mit der anderen Hand den Puls prüfte. »Unverletzt! Zumindest äußerlich«, rief er seinem Kollegen zu, nachdem er Todds massigen Körper von oben bis unten nach blutenden Wunden untersucht hatte. »Aber der Puls rast, und seine Haut ist kalt. Schock vermutlich. – Leute, habt ihr nichts Besseres zu tun, als zu glotzen? Hier ist nichts passiert, geht wieder nach Hause!«

Papa war ein Gaffer-Hasser, doch heute lag er daneben. Es war etwas passiert. Wir alle waren Zeugen eines Rätsels geworden. Eine Schaufensterscheibe zerbrach nicht ohne äußere Einwirkung, und noch immer wussten wir nicht, wie das hatte passieren können. Auch ich verspürte keine Lust zu gehen.

»Biste in die Auslage gekracht, hm?«, beantwortete Papa eine meiner ungelösten Fragen.

»Nein. Nein!« Nun schluchzte Todd nur noch trocken; Tränen kamen keine mehr. »Ich war hinten und hab eine Schlachtplatte für die Theißens gerichtet und Musik gehört, und auf einmal war da dieser Geruch … und das Knurren … oh, dieses Knurren!« Todd schloss die Augen, während seine Unterlippe einen wahren Tanz aufführte. Sein Gesicht sah aus, als würde es jeden Moment in mehrere Puddings zerfallen. »Ich drehte mich um, ging nach vorne, und … da war er … ein Panther … wirklich, ein Panther! Oder Leopard! Oder Bär, Wolf, ein Raubtier jedenfalls, und es hat die Hirschkeule mitgenommen, ich schwöre es, die ganze Hirschkeule, und als ich angefangen hab zu schreien, sprang es durch die Scheibe …«

»Natürlich«, sagte Papa beruhigend. »Natürlich, Junge. Du schläfst dich jetzt erst einmal gründlich aus, ja? Alles kommt wieder in Ordnung.«

Das wagte ich zu bezweifeln, doch nun wurden Stimmen bei den Gaffern laut, etwas weiter die Straße hinunter.

»Blut!«, rief einer. »Hier sind Blutstropfen auf dem Bürgersteig, ganz frisch!«

Aus einer anderen Ecke ertönte eine Frauenstimme, nicht minder wichtig und geschwollen: »Es stimmt, das Brauhaus hatte eine Hirschkeule bestellt, und heute Morgen hab ich sie noch in der Theke liegen sehen. Ich wollte sie nämlich kaufen, aber Todd meinte, sie sei schon vergeben und ich müsste auf morgen warten. Ist sie noch da?«

Da Mr Right wie angewachsen neben mir stand, wagte ich es nicht, Block und Stift herauszuholen, um mir Notizen zu machen. Stattdessen versuchte ich mir die Worte der Zeugen einzuprägen, so gut es ging. Bluttropfen auf dem Bürgersteig, Hirschkeule im Fenster. Hirschkeule noch da? Beim Brauhaus nachfragen. Unauffällig ließ ich meine Blicke über das Gewusel aus Mett, Würstchen, Steaks, Geschnetzeltem und Rouladen wandern, das die Szenerie mit einem würzigen Aroma nach Curry, Zwiebelpulver und Paprika garnierte. Nein, ich konnte keine Hirschkeule entdecken, weder auf dem Boden noch in der verwüsteten Auslage. Doch auch das war kein Beweis. Todd konnte die Keule dem Brauhaus längst geliefert haben.

Nun näherte sich ein Streifenwagen dem Geschehen, und das Stimmengewirr der Gaffenden wurde lauter. Ich kannte dieses Phänomen schon – in Bornhausen wollte immer irgendjemand irgendetwas Wichtiges gesehen haben, wenn sich ein Unfall ereignet hatte. Bevor ich Genaueres wusste, war es ein Unfall – eine wunderbar neutrale Bezeichnung. Auch das mit Herrn Graufink konnte man als Unfall bezeichnen, obwohl ich an den jetzt nicht denken wollte – ich war dankbar genug, dass Todds aufbrechende Geisteskrankheit meinen Scharfrichter unterbrochen hatte.

Wenn sich ein Unfall ereignete, kam die Polizei – so war es auch heute. Während mein Vater Todd wie ein verwirrtes Kind zum Krankenwagen führte und mir mit einem strengen Blick zu verstehen gab, dass ich gefälligst verschwinden sollte, begannen Herr Brunswick und sein Kollege, ein schmächtiger Typ mit steil gegeltem Haar, den Tatort abzusperren. Wie Störche staksten sie durch die Würstchen und Steaks, in den Händen Flatterband und Metallstangen, und einigen Frauen gelang es, hinter ihrem Rücken ein paar der unversehrteren Fleischwaren vom Boden zu picken, in Taschentücher zu wickeln und in ihre Handtaschen zu stopfen. Die Männer hingegen gaben sich einem unverständlichen Raunen hin, die Köpfe zusammengesteckt und ihre Blicke wichtig und wissend. Die Worte

»armer Kerl« und »zu viel gesoffen« und »schlechte Gene« streiften meine Ohren, als ich mich durch die zusammenstehenden Trüppchen schlich und schließlich fand, was ich suchte: Blut. Es war keine Übertreibung gewesen – dunkelrote, kreisrunde Blutstropfen zogen sich über den Asphalt, und an ihrem Glitzern konnte ich erkennen, dass sie frisch waren. Doch die Straße war ebenfalls feucht. Es hatte den ganzen Vormittag geregnet. Sosehr ich mich auch bemühte – ich konnte keine Pfotenabdrücke oder Ähnliches erkennen. Nur diese kleine Blutspur, frisch und warm. Ja, warm fühlte sie sich an, wenn ich sie betrachtete … und lebendig.

Ich durchwühlte meine Hosentaschen nach einem Tempo, fand aber keines, und mein Halstuch war mir zu schade, um es derart zu besudeln. Dennoch kniete ich mich nieder und berührte mit der Kuppe meines Zeigefingers den kleinsten der Blutstropfen. Ein feines Kribbeln wanderte durch meine Hand, und meine Kehle wurde eng, fast so, als müsse ich gleich wegen eines traurigen Films zu weinen beginnen. Doch am meisten irritierte mich der Duft, der von meinem Finger aufstieg. Das Blut roch nach Wald – einem Wald, den ich nie zuvor betreten hatte. Er war wilder als unser Wald, blumiger, verwunschener, so, wie es ihn nur in Büchern von fremden Ländern gab.

Nun fühlte ich mich selbst ein wenig geistesgestört. Außerdem war mir schwindlig. Als ich mich erhob und meinen Finger verstohlen an meiner Jeans abwischte, knurrte mein Bauch wütend und erinnerte mich daran, dass ich heute noch nichts gegessen hatte. Daher auch dieses merkwürdig ferne Gefühl in meinem Kopf, als würde ich gar nicht wahrhaftig hier sein. Ich fiel gerade in mein Mittagsloch, und es war verschlingend tief, sodass ich mindestens eine Nutella-Stulle brauchte, ganz egal, was Ludmilla dazu sagen würde. Wahrscheinlich hatte ich heute früh mehr Kalorien verbrannt, als es bei einem Training je möglich wäre.

Da die Menge sich langsam zerstreute und es wieder zu regnen begann, trollte auch ich mich und schlenderte mit gesenktem Blick nach Hause. Außer Wurst und Scherben gab es hier nichts mehr zu sehen, und ich hatte kein einziges vernünftiges Foto machen können.

Doch eines hatte ich durch Todds aufkeimenden Wahnsinn gewonnen: Zeit. Zeit, einen Plan zu schmieden, der mich aus meinem Schlamassel befreien und mit dem ich alles wiedergutmachen konnte.

Wenn Todd vom Fenster des Redaktionsraumes aus nur halb so dramatisch gewirkt hatte, wie er sich Mr Right und mir präsentiert hatte, hatte sein Auftritt Herrn Graufinks Zusammenbruch in den Schatten gestellt – und meinen Fehler damit auch.

Noch brannte die Hexe nicht.

JOGHURT-SPEKULATIONEN

»Hallo? Jemand da? Mama?«

Meine Frage war überflüssig. Der kleine Flur zwischen Haustür und Zwischentür verriet es schon. Ohne mir Grundkenntnisse der Spurensuche erarbeitet zu haben, konnte ich mühelos vom Boden ablesen, was sich hier vor nicht allzu langer Zeit ereignet hatte. Mama war über den Flur in den Wohnbereich marschiert – klebrige Schlammabdrücke zur Zwischentür hin – und kurze Zeit später wieder eilig hinausmarschiert – halb getrocknete Schlammklümpchen von der Zwischentür zur Haustür. Sie war also nicht (mehr) zu Hause. Wir hatten uns verpasst.

Seufzend griff ich nach dem Besen, den Papa ostentativ neben die Tür gelehnt hatte und Mama bockig als Deko-Gegenstand betrachtete, und kehrte die trockenen Schlammklümpchen nach draußen, bevor ich mich niederkniete und mit einem von Mamas dicken Socken, die sie hier gerne liegen ließ, den gröbsten feuchten Schlamm von den Fliesen wischte.

Meine Reinigungsaktion erhöhte die Chancen, den berüchtigten »Schlamm-und-Schuhe-Disput«, den Mama und Papa mit ermüdender Regelmäßigkeit führten, zu vermeiden. Dieser Streit war vollkommen sinnlos, denn keiner der beiden bewegte sich auch nur einen Millimeter von seiner Position weg, doch meistens war es Papa, der als Erster die Geduld verlor, während Mamas Sturheit selbst mich zu reizen begann, obwohl ich gar nichts mit dem Streit zu tun hatte. Sie hatte diese provozierende Gabe, ihre Argumente in der gleichen sanften Stimme so oft und im absolut gleichen Wortlaut und gleicher Lautstärke zu wiederholen, dass sie genau das Gegenteil von Frieden erreichte. Papa wurde wütend, und wenn dann keiner von beiden das Feld räumte oder ich sie ablenkte, fiel sein »böser Satz«. Der da lautete: »Ich glaub, du liebst deine Pferde mehr als mich!« Es war nur dieser eine Satz, der mich um die Ehe meiner Eltern fürchten ließ, denn er bot Mama einen unendlichen Nährboden für Gegenangriffe. Ganz abgesehen davon, dass sie »ja immer noch nicht« (Unterton!) eigene Pferde habe, nicht mal ein einziges eigenes Pferd, so könne man doch die Liebe zu Pferden und die zu Menschen nicht vergleichen, da bestehe keine Konkurrenz, es sei lächerlich, so etwas zu glauben, und die Pferde bräuchten sie nun mal, was Papa ermutigte zu sagen, er brauche Mama auch. Das war noch verkehrter als der böse Satz, denn er war laut Mama schließlich ein erwachsener Mann und konnte für sich selbst sorgen – was wiederum Papas Frage nach sich zog, ob Pferde nicht auch erwachsen waren und von ihrem Wesen her Menschen so nötig hatten wie der Nordpol Schneekanonen. Wildpferde hätten weder einen Osteopathen noch einen Homöopathen, so Papa, doch laut Mama hätten sie ja auch nicht irgendwelche überdrehten Besitzer am Hals, die ihre Neurosen auf ihre Tiere übertrugen. Ab da wurde es philosophisch.

Eigentlich ging es nur darum, dass Mama ihre Schuhe vor der Haustür ausziehen und dort stehen lassen sollte, wogegen Mama sich jedoch weigerte, weil sie der Meinung war, dass der kleine Flur genau für solche Dinge gebaut worden war. Dreckige, verschlammte Schuhe. Außerdem wolle sie nicht in kalte Schuhe schlüpfen, wenn sie zur Arbeit fuhr. Denn dann würde sie krank werden und könne für niemanden mehr da sein. Weder für die Pferde noch für ihren Mann. Dass sie mich bei dieser Argumentation ausschloss, nahm ich nicht persönlich. Ich kam ganz gut alleine klar.

Außerdem war Mama auf unerklärliche Weise glücklicher, seitdem sie ihren soliden, gut beheizten Job hinter dem Bankschalter an den Nagel gehängt und auf Pferde-Heilpraktikerin umgeschult hatte, auch wenn ich zwischendurch ernsthafte Bedenken hatte, dass wir deshalb verhungern würden. Mit etwas Glück gab es mittags ein Chili aus der Dose oder eine Nudelsuppe, weil Mama in ihrer kurzen Pause meistens mit leerem Blick und unter drei Fleecedecken vergraben auf dem Sofa hing und ab und zu wie zu sich selbst sagte: »Ich gehe nie wieder in einen Stall. Nie wieder«, um sich zehn Minuten später ächzend und stöhnend das Gegenteil zu beweisen.

Aber sie hatte keine Schlafstörungen mehr und selbst im Winter rosige Farbe im Gesicht, und wenn wir mal etwas Vernünftiges auf dem Tisch hatten, weil ich gekocht oder Papa Pizza bestellt hatte, aß sie für drei. Seitdem einer ihrer alten Schulkameraden, unser Tierarzt Dr. Hinn, sie unter seine Fittiche genommen hatte und die beiden zusammenarbeiteten, verdiente sie mit ihrer neuen Outdoor-Leidenschaft sogar Geld. Anscheinend hatte sie ein Händchen für Pferde mit Neurosen, Verhaltensstörungen und Verspannungen. Auch dieser Punkt hatte mich um die Ehe meiner Eltern sorgen lassen – bis ich Herrn Hinn zu Gesicht bekam. Mama stand nicht auf Hobbits, das wusste ich, und Herr Hinn war ein Hobbit mit seinem zauseligen Vollbart und seinen schiefen, riesigen Füßen. Nein, wegen Herrn Hinn machten sich weder Papa noch ich Gedanken.

In Wahrheit regte Papa sich außerdem gar nicht so sehr über die Unmengen an dreckigen Schuhen, mit Pferdehaaren übersäten Fleecejacken, Frotteesocken und Schlammklumpen in unserem Flur auf, sondern pflegte seit Mamas Selbstfindung ein zweites Sanitäter-Trauma, denn die Ställe verteilten sich um Bornhausen herum, und so konnte jeder Einsatz außerhalb der Innenstadt ihn zu Mama führen, die mit eingetretenem Schädel im Stroh lag und gerade ihren letzten Atemzug tat. Somit gab es für Papa keine Einsätze mehr, bei denen er sichergehen konnte, dass er weder mich noch Mama auflesen musste. Früher oder später würde er eine Therapie machen oder sich einen anderen Job suchen müssen, denn ganz gewiss würde ich nicht aufhören, Eis zu laufen, und Mama nicht damit, bei Wind und Wetter überstresste Pferde zu kurieren.

Zwei verirrte Fleecejacken und ein paar Strohhalme später hatte ich mich ins Wohnzimmer vorgearbeitet, wo der Fernseher noch lief und ein halb aufgegessener Joghurt auf dem Couchtisch stand. Mit Zeitmanagement hatte Mama es nicht so, und heute musste ein besonders eiliger Notfall hereingekommen sein.

Ich wollte den Fernseher schon ausschalten, als ich beim Blick auf den Bildschirm stockte und mich auf die Couch sinken ließ. Eine gemusterte Raubkatze trat aus dem sich im Wind biegenden Gewirr mannshoher dunkelgrüner Gräser und wandte langsam ihren Kopf, um direkt in die Kamera zu blicken – so würdevoll und wissend, dass mir ein Schauer über den Rücken lief. Nach einer Weile, in der sie die Kamera fest fixierte, als könne sie in den Schädel des Menschen dahinter gucken, gähnte sie ausgiebig, watete in den Fluss, der dunkelbraun am Rande des Grases vorüberzog, und glitt durch das Wasser ins nächste Dickicht.

»Einen Jaguar bei der Jagd zu beobachten, konnte bisher keinem Kamerateam gelingen, und selbst dieser Moment hier ist kostbar wie ein Diamant. Denn die scheuen Tiere meiden den Kontakt mit Menschen und verbergen sich tagsüber im hohen Gras oder Gebüsch, wo sie dank ihrer Tarnung nicht zu erkennen sind«, raunte der Sprecher andachtsvoll, als könne er den Jaguar auch im Nachhinein noch mit seiner Stimme stören. Selbst ich drückte betont vorsichtig den Aus-Knopf und blieb regungslos vor dem Fernseher stehen.

Untier, hatte Todd vorhin gestammelt und wie in einem Ratespiel diverse Tierarten aufgezählt, um dieses »Untier« genauer einzukreisen. Leopard. Bär. Wolf. Alles Tiere, die ich nicht in einem Atemzug nennen würde, weil sie völlig unterschiedlich aussahen. Doch als Erstes hatte er Panther gesagt. Schwarzer Panther.

Abwesend griff ich nach dem angegessenen Joghurt und roch testweise hinein. Limone mit Käsekuchen. Mama schaffte dank ihrer leichten Laktoseintoleranz nur halbe Joghurts, niemals ganze, was sie aber nicht davon abhielt, sie palettenweise und in den außergewöhnlichsten Geschmacksrichtungen zu kaufen. Dieser hier war frisch und lecker genug, um ihn zu Ende zu vertilgen.

Die herbe Süße auf meiner Zunge tat so gut, dass ich mich

seufzend zurücklehnte. Angenommen, Todd hatte nicht den Verstand verloren und war auch nicht selbst in das Fenster gestürzt – dafür sprach, dass er keinen einzigen sichtbaren Kratzer hatte –: Wer oder was war es dann gewesen?

Die Wölfe waren nach Deutschland zurückgekehrt, das wusste ich. Doch im Saarland hatte es noch keine einzige Wolfssichtung gegeben. Schon gar nicht in Bornhausen. Zwar wurde der Wald hinter dem Weiher immer dichter, und in den vergangenen Jahren hatte sich das indische Springkraut wie eine Plage ausgebreitet. Im Spätsommer verströmte es einen klebrig süßlichen Geruch, der laut Mama die Pferde nervös machte. Es wuchs überall, sodass man das Gefühl hatte, eine lila Wolke habe die Herrschaft über unseren Wald übernommen. Trotzdem traute ich Wölfen eine Grundintelligenz zu, die sie davon abhielt, sich im Rande eines Städtchens niederzulassen, in dem es von Jägern und Hobbyschützen nur so wimmelte. Schröter sei Dank.

Bär? Ausgeschlossen. Ich hatte mal gelesen, dass Bären gerne in Häuser einbrachen, wenn sie Hunger hatten, und allgemein keine Scheu vor menschlichen Siedlungen pflegten, aber ein Bär hätte niemals so schnell verschwinden können, dass keiner ihn mehr hatte fliehen sehen.

Obwohl der Joghurt längst leer war, kratzte ich mechanisch mit dem Löffel über den Boden und schob ihn mir immer wieder in den Mund. Ich hatte noch nicht fertig analysiert.

Panther – den Gedanken brauchte ich gar nicht erst zu verfolgen, obwohl er der spannendste war. Ich würde später danach googeln, da ich wissen wollte, was genau ein Panther eigentlich war und was ein Jaguar und was ein Leopard, aber der Panther musste ein Bestandteil von Todds Wahnvorstellungen gewesen sein – was jedoch immer noch nicht die Sache mit dem zerbrochenen Fenster erklärte. Oder hatte sich jemand als Monster verkleidet, um dem armen Todd einen Schrecken einzujagen, und dann das Fenster zerschossen? Nein, dann hätte man einen Schuss gehört. Vielleicht hatte ein Einbrecher einen Stein in das Fenster geworfen? Aber woher kam dann das Blut auf der Straße?

Nun spürte ich, was mich immer wieder überkam, wenn wir im Redaktionsraum über einer neuen Ausgabe brüteten: Ich wurde so müde, dass ich wie Mama stöhnte und ächzte, als ich mich von der Couch erhob, um mir das letzte Stück Brot, das ich in unserem wüstenähnlich leeren Küchenschrank finden konnte, dick mit Nutella zu bestreichen und kauend zu meinem Zimmer zu schlurfen.

Dort blieb ich erst einmal stehen, um so schamlos zu gähnen, wie der Jaguar es vorhin in der Dokumentation getan hatte. Googeln und weiterdenken konnte ich auch später noch. Mein Sonntag war der Dienstag, weil Dienstag der einzige Tag war, an dem ich kein Training hatte. Heute hatte ich noch mehr Zeit als sonst, mich auszuruhen und nichts zu tun, denn an den anderen Dienstagen hatten wir bis in die Abendstunden über *Hallo, wach!* gebrütet – eine Vorstellung, die so wehtat, dass ich sie sofort wieder wegschob. Plötzlich schien mir jeder weitere Gedanke ein einziger unnötiger Kraftakt zu sein. Mein Kopf musste ausruhen, und meine Knochen mussten es auch. Ich spürte noch immer die Prellung meines letzten Sturzes in meiner linken Hüfte, als ich mich auf mein Bett fallen ließ und die Decke bis zu den Schultern zog. Meine Stretchingübungen und Pilates würden jetzt sowieso nicht funktionieren.

Es dauerte nur wenige Sekunden, bis meine Augen zufielen.

Einzig das hysterische Kläffen des Nachbarhundes Missy drang noch zu mir durch, bis auch dieses Geräusch verklang und ich still und verzaubert in zwei tiefgrüne Augen blickte, die mich mit in eine ferne, warme Welt nahmen, in der ich noch nie zuvor gewesen war.

WUTZEN-VERDACHT

Als ich Stunden später erwachte, hatte ich das Gefühl, in ein Zeitloch gefallen zu sein – und so unrecht war mir diese Vorstellung nicht, vor allem dann, wenn es ein Zeitloch war, das mich zurück in die Vergangenheit beamte. Doch während ich mich verschlafen durch den unbeleuchteten Flur von einem ungewohnt köstlichen Geruch in Richtung Wohnzimmer und Küche locken ließ, fiel mir nach und nach alles wieder ein. Mein Graufink-Desaster, der daraus resultierende Rauswurf bei *Hallo, wach!*, Todds Geisteskrankheit, das Untier. Bisher hatte ich mir nicht den Kopf darüber zerbrochen, wie ich meinen Eltern die unglückselige Verkettung noch unglückseligerer Umstände erklären sollte, die zu meinem Schülerzeitungsdesaster geführt hatten.

Obwohl Mama und Papa in Berufen arbeiteten, in denen sie ständig von Menschen umgeben waren, hatten sie sich als gerüchteresistent erwiesen und bekamen nur die Hälfte von dem mit, was in Bornhausen geschah. Die Chancen standen gut, dass sie noch gar nichts von meiner missglückten Satire und deren Folgen wussten. Also beschloss ich, das Thema nicht anzuschneiden, sondern in Frieden ruhen zu lassen. Ich fürchtete nicht etwa, dass sie mir wegen meines Artikels böse sein würden oder mir gar eine Strafe aufbrummten. Im Großen und Ganzen waren sie sehr zufrieden mit mir, wie Mama regelmäßig sagte, und in diesem Ausspruch schwang hörbar mit, dass es nicht schaden würde, wenn sie mal ein bisschen weniger zufrieden mit mir wären.

Dennoch wurde mein Gefühl der Scham und des Versagens übermächtig. Jetzt erst begriff ich, was eigentlich geschehen war – ich hatte einen Lehrer so sehr ins Lächerliche gezogen, dass er einen Schwächeanfall erlitten hatte; ein Lehrer, der zwar unserer Meinung nach einen leichten Dachschaden hatte, mir aber nie etwas getan hatte. So ein Verhalten passte nicht zu mir. Eigentlich war ich in unserer Klasse immer diejenige gewesen, die jene beschützte und verteidigte, die von anderen ins Lächerliche gezogen wurden. Sogar vor Lionel hatte ich mich gestellt, den ich wahrlich nicht leiden konnte und dem ich es nun zu verdanken hatte, dass Schröter von meinem Artikel Wind bekommen hatte – und seine gesamte Kund- und Belegschaft wie auch seine Jagd- und Vereinskollegen ebenfalls.

Doch Mama und Papa waren mit anderen Dingen beschäftigt. Mit nahezu wissenschaftlichem Interesse beugte Mama sich über eine Pfanne, in der unter lautem Zischen arme Ritter verbrannten, und Papa über Mamas Hüfte.

»Stör ich?«, fragte ich vorsichtshalber und erschreckte meine Eltern dabei so sehr, dass Mama den Pfannenwender fallen ließ und Papa sich den Kopf am Küchenschrank stieß.

»So ähnlich war das mit den Pferden«, bemerkte Mama trocken in Papas Richtung, nachdem sie den Pfannenwender vom Boden aufgelesen hatte, und lächelte mich müde an. Irgendetwas stimmte mit ihrem Ohr nicht. Es war knallrot und ungefähr doppelt so groß wie das andere. »Hallo, Eisprinzessin.«

Ich verzog missbilligend das Gesicht. Mamas »Eisprinzessin« klang stets liebevoll und ironisch zugleich, und diese Kombination mochte ich nicht. Aber ich mochte arme Ritter, weshalb ich ein Lächeln hinterherschickte.

»Hallo, Ninchen«, begrüßte mich nun auch Papa, der nach wie vor auf Mamas Hüfte starrte. Schwerfällig humpelte Mama zum Kühlschrank und zog ein Glas Apfelmus heraus.

»Was hast du? Warum humpelst du?«

»Warum sie humpelt?« Stöhnend fuhr sich Papa durch seine kurzen Locken. »Weil sie von einem Gaul getreten wurde. Deshalb.«

»Blizzard hat mich nicht getreten, er ist nur erschrocken, und ich stand zufällig im Weg. Alles halb so wild.« Nachlässig wedelte Mama den Qualm von sich weg. Ihre Arme schienen in Ordnung zu sein. »Jedenfalls kein Grund, den Notarzt zu holen.«

»Und das Ohr?«, hakte ich nach, dankbar, dass die Aufmerksamkeit heute Abend nicht bei mir lag. Von mir aus konnten wir stundenlang über Pferde und deren Sozialverhalten reden, auch wenn Papa sich dabei wieder in seine »Huf am Kopf«-Fantasien hineinsteigern würde.

»Ohr?«, echote Papa erschrocken. »Wieso Ohr?«

»Du hast ja mal wieder Augen wie eine Eule«, murrte Mama zu mir rüber und ging vorsichtshalber ein Stück zur Seite. »Ja, am Ohr hab ich auch was – abgekriegt.«

»Einen Huf!?« Papas Hautfarbe begann zu changieren – ein bedenkliches Zeichen.

»Nein.« Mama holte den letzten angekokelten armen Ritter

aus der Pfanne, der sich seinen Namen nun redlich verdient hatte, warf ihn auf den Teller mit den anderen und trug ihn humpelnd zum Tisch. »Einen Kopf. Pferdekopf.« Seufzend ließ sie sich auf die Eckbank fallen. »Oh, tut das gut zu sitzen. Bringst du den Apfelbrei mit, Liebling?«

Papa verharrte eine Weile mit verschränkten Armen und verschiedenen Gesichtsfarben am Küchenschrank, als warte er darauf, dass Mama verkündete, das mit den Pferden sei eine blöde Idee gewesen und sie würde von nun an wieder hinter dem Bankschalter sitzen. Aber da Mama und ich schweigend zu essen begannen, stieß er nur einen vielsagenden Brummlaut aus, schnappte sich den Apfelbrei und kam zu uns.

»Okay, ihr hattet beide einen ereignisreichen Tag«, meldete ich mich freundlich zu Wort. Einer musste hier Ordnung reinbringen. Ich wollte nicht umsonst den Flur von Schlamm befreit haben, und die ewige Pferde-Diskussion lag bereits in der verqualmten Luft. »Wer beginnt?«

Mama und Papa warfen sich einen undurchsichtigen Blick zu, aber keiner sagte einen Pieps. Ich wollte jedoch auch nicht den Anfang machen und von meinem Tag erzählen müssen. Auf gar keinen Fall wollte ich das.

»Da wir noch essen, wäre es gut, wenn ich anfange«, gab sich Mama schließlich geschlagen, als ich sie fest anschaute.

»Bitte, falls du meinst, Pferde sind appetitlicher … nur zu«, erwiderte Papa betont kühl. Mama grinste sich nur eins, während Papa ein zu großes Stück Ritter in seinen Mund stopfte und beinahe daran erstickte.

»Wir können ja Regeln aufstellen«, schlug ich Mama vor, als Papa wieder atmen konnte und sie sich immer noch nicht bemüßigt fühlte anzufangen. »Papa verzichtet auf offene Brüche,

Blutstürze und Körperflüssigkeiten und du auf Schilderungen von Kotwasser, Koliken und Wurmbefall. In Ordnung?«

Papa beanspruchte Mama und mich regelmäßig beim Abendessen als Gesprächstherapeuten für seine Erlebnisse als Rettungssanitäter. Mit leuchtenden Augen und ausholenden Gesten schilderte er haarklein, was er bei seinem Einsatz gesehen, gerochen, verarztet und weggeputzt hatte. Er fühlte sich danach besser, wir uns schlechter. Seit ihrer beruflichen Neuorientierung, wie sie es gerne nannte, rächte sich Mama mit derben Stallgeschichten und Einzelheiten aus der bunten Welt der Pferdeverdauung. Beides half mir dabei, Ludmillas Diätplan einzuhalten, denn nicht selten verließ ich den Tisch, bevor mein Teller leer war. Doch heute brannte ich auf Papas Neuigkeiten. Er hatte Todd abgeholt und in die Klinik gebracht. Aber vielleicht auch Graufink?

»Dann fang ich halt mal an«, entschied Mama und schob mir noch einen armen Ritter auf den Teller. »Kurzzusammenfassung. Überdrehte Pferde, eine Fehlzündung am Traktor, allgemeine Panik, fliehendes Pferd, das aber festgebunden war. Einer musste den Haken losmachen. Ich. Was die Panik leider verstärkte. Es war aber nur ein Streiftritt. Eine Prellung, mehr nicht. Das war die erste Geschichte. Die zweite ist noch lustiger.«

Papa fand schon die erste nicht lustig. Mit verkniffenem Mund fixierte er Mamas Hüfte, als würde sich dort gleich ein Alien durch die Haut graben und ihn anspringen. Dann hefteten sich seine Blicke nicht minder strafend auf ihr Ohr, das inzwischen neben dem Dunkelrot ein schillerndes Blau zeigte.

»Weil ich ja noch laufen konnte, habe ich beim Füttern der Hustenpferde geholfen. Leider können Pferde nicht lesen, was auf den Eimern steht – nämlich ihre Namen. Das war mir erst klar, als ich vom falschen, aber ranghöheren Pferd umgerannt wurde und in den Zaun krachte, wo ich gleich noch einen Schlag bekommen habe. Also quasi die Elektroschocktherapie gratis dazu.«

Ich musste kichern, stoppte mich aber sofort wieder, als ich Papas Miene sah. Er fand auch die zweite Geschichte kein bisschen lustig.

»Jetzt schau nicht so.« Mama strich liebevoll über seinen karierten Hemdsärmel, und sein Blick wurde etwas weicher. »Ich musste lachen, als ich mit den Eimern in der Hand im Zaun hing, also kannst du auch darüber lachen. Die Zossen haben heute alle gesponnen, und niemand wusste, warum. Sind halt Fluchttiere, denen kann man nicht hinter die Stirn gucken. Trotzdem merkwürdig. Wir konnten sie kaum beruhigen. Und was war bei dir so los?«

»Och, Papa wurde gerufen, weil ein Panther durch die Metzgereischeibe gesprungen ist. Nichts Besonderes.«

»Du hast – was?« Mamas graublaue Augen sprangen belustigt zwischen Papa und mir hin und her, während wir einen wissenden Blick austauschten. »Ein Panther?«

»Nein. Doch. Nein …« Kopfschüttelnd lehnte Papa sich zurück und schloss die Augen, um sich so plastisch wie möglich zu erinnern – ein Ausdruck, den wir kannten und fürchteten. »Der arme Todd übernachtet heute in Waldfriedbach. Irgendetwas war in seiner Metzgerei, das ihm einen riesigen Schrecken eingejagt hat, und da er unter Schock stand und schluchzte wie ein Baby und außerdem eine gute Portion Restalkohol im Blut hatte – na ja, wir dachten, es sei besser so.«

»Waldfriedbach?«, riefen Mama und ich aus einem Mund.

Oh je, das war ja dramatischer, als ich angenommen hatte. Waldfriedbach war ein winziges Dorf in der Nähe von Bornhausen, das seine unfreiwillige Prominenz einzig und alleine einer uralten, baufälligen Nervenklinik verdankte, die inzwischen den blumigen Namen »Erholungshaus« trug. Niemand dachte an das Dorf selbst, wenn sein Name fiel. Waldfriedbach *war* das »Erholungshaus«, und es wurden die unterschiedlichsten Geschichten über diese Klinik ausgetauscht. Angeblich hatten alle Fenster dicke Gitter, und im Keller lagerten riesige Elektroschockapparate – etwas, das Mama nicht brauchte, solange sie mit Pferden arbeitete und sich ihre Therapie bei Zaunstürzen abholte.

»Wahrscheinlich wird er in ein paar Tagen wieder zurück in die Klinik verlegt. Wir wollten auf Nummer sicher gehen, versteht ihr? Ich mache das nicht gerne, jemanden dorthin zu fahren, das könnt ihr mir glauben. Dieses Haus ist gruselig. Aber er war so außer sich, und auf der anderen Seite … irgendwie glaube ich ihm. Da muss etwas gewesen sein. Deshalb haben wir anschließend den Schröter informiert und …«

»Warum denn den Schröter?«, fiel ich angespannt dazwischen. Egal, wohin man in dieser Stadt horchte und was man auch tat oder plante – immer grätschte der Schröter samt seinem Wurstimperium dazwischen.

»Weil …« Papa überlegte, ob er ein weiteres Mal das Patientengeheimnis brechen konnte – und uns die Wahrheit zumuten? »Schröter geht davon aus, dass dieses Untier, von dem Todd sprach, eine angeschossene Wildsau war, die durch die Scheibe gebrochen ist und die Auslage verwüstet hat. Die können ziemlich sauer werden, wenn sie verletzt sind.«

»Ja, ja, der Schröter und seine Suffbrüder«, entgegnete Mama in einem Tonfall, der keine Fragen darüber offenließ, was sie von diesen Männern hielt. Nämlich nichts. »Können die eigentlich auch zielsichere Schüsse abgeben oder trauen die sich nicht, ohne Alkohol im Hirn ein Gewehr in die Hand zu nehmen? Weißt du, wie oft ich das schon gehört habe? Dass Reiter mitten im Wald umkehren müssen, weil die Jäger am helllichten Tage einer verletzten Sau nachstellen, die sie nachts nicht sauber erwischt haben? Kein Wunder, dass die Pferde heute so nervös waren. Wahrscheinlich war das Vieh ganz in der Nähe.«

Ein angeschossenes Wildschwein – auf diese Idee war ich bei meinen Überlegungen gar nicht gekommen. Sie klang erdrückend logisch und plausibel. Und dazu schrecklich langweilig. Ja, auch ich hatte davon gehört, dass angeschossene Wildschweine vor Wut schäumen konnten, und wenn man zusätzlich einen im Tee hatte, wurde aus einer Wutz auch mal ein Monster. Die nötige Kraft hatten diese Tiere jedenfalls, eine Scheibe zu durchbrechen – und spitze Hauer dazu. Auch die Blutstropfen auf der Straße passten zu der Schröter-Theorie, und im Nachhinein fand ich es widerlicher als Papas und Mamas Abendessengeschichten zusammen, dass ich meinen Finger vor lauter Neugierde in Wutzenblut getaucht hatte. Allerdings hatte ich noch nie von Wildschweinen gehört, die Hirschkeulen raubten.

»Schröter hat sogar zugegeben, dass es vorige Nacht möglicherweise einen Fehlschuss eines jungen Kollegen gegeben hatte. Sie haben sich sofort auf die Pirsch gemacht und durchkämmen heute Abend den Wald.«

»Möglicherweise? Wieso nur möglicherweise?«, ereiferte sich Mama. »Ich sag dir, irgendwann knallen die ein Pferd ab. Oder den Reiter. Oder gleich beide zusammen.«

Das stellte ich mir schwierig vor, hielt aber meinen Mund. Bisher war der Name Graufink nicht gefallen, und das war gut so. Mama wollte zu einer neuen Ausführung ihrer Reitunfall-Visionen ansetzen, als das Telefon klingelte.

»Lass es läuten«, schlug ich ihr vor, denn unser Gespräch bewegte sich gerade so wunderbar weit weg von Graufink und *Hallo, wach!*, doch sie war schon zur Küchentheke gehinkt und nahm ab, um sich mit dem Telefon in der Hand in ihren Schlammflur zu verziehen.

»War Todd denn dein einziger Einsatz heute?«, fragte ich Papa beiläufig, traute mich aber nicht, ihn dabei anzusehen.

»Mein einziger größerer, ja. Später wurde noch eine Frau von ihrem Hund gebissen, und ich musste ihn ins Tierheim bringen, weil sie ihn nicht mehr haben wollte. Ehrlich gesagt, ich hätte sie auch gebissen, wenn ich ihr Hund wäre. Woanders ist er wahrlich besser dran.« Papas Gesichtsfarbe normalisierte sich langsam, und er begann, seine Hemdsärmel hochzukrempeln – ein Hinweis, dass die Einsatztherapie sich ihrem Ende zuneigte und bald ich an der Reihe sein würde. »Wie sieht es bei dir aus, Ninchen? Alles in Ordnung?«

»Alles prima«, log ich, doch die Haltung, mit der Mama zu uns zurückkam, verhieß nichts Gutes. Fragend vertieften sich ihre Augen in meine – und Mama hatte eine unnachahmliche Art, sich in die Augen anderer Menschen zu bohren. Worte brauchte es dann nicht mehr viel. Entweder man drehte sich um und rannte weg, so schnell man konnte, oder aber man sagte, was man nie hatte sagen wollen. Selbst Papa wich diesem Blick gelegentlich aus. Ich senkte meine Lider und tat so, als habe ich ihn nicht bemerkt, doch ihr Schweigen zeigte mir, dass sie mich immer noch anvisierte.

»Nina … ?«, fragte sie schließlich gedehnt und zog die beiden Silben meines Namens unangenehm in die Länge. »Das am Telefon war Julia.« Mist. Annis Mutter. »Was war denn los bei euch, hm?«

»Nichts Besonderes.«

»Nichts Besonderes? Ein Lehrer musste ins Krankenhaus gebracht werden, und sie sagte, das habe mit eurer Zeitung und einem Artikel von dir zu tun? Ist das wahr?«

»Ich …« Ein paar Sekunden lang überlegte ich, die Sache mit aller Gewalt herunterzuspielen, doch dann sah ich ein, dass es zwecklos war. Mein Fiasko hatte sich wie befürchtet herumgesprochen. Julia war eine von Mamas besseren Bekannten in Bornhausen, vielleicht sogar eine Freundin. Das wusste auch Mama nicht ganz genau. Aber die Verbindung reichte aus, um Informationen hin- und herzusenden. Dieser Anruf war nur die Anfangsdosis Klatsch gewesen. »Ja, so ähnlich. Er hat einen Schrecken bekommen und dann …«

»Einen Schrecken weshalb?« Mamas Erstaunen ließ mich noch verlegener werden, als ich ohnehin schon war. Ja, das hätte sie wohl nicht von mir gedacht.

»Wegen meiner Satire über ihn. Ich hab doch eine Satire geschrieben, weil die Jury bemängelt hatte, es gäbe bei *Hallo, wach!* nicht genug zu lachen und sie wolle mehr intelligenten Humor.«

»Herr Graufink also …« Mama warf Papa einen undefinierbaren Blick zu. Papa zuckte nur mit den Schultern. Er hielt Herrn Graufink für einen harmlosen, gutmütigen Spinner; nicht weiter der Rede wert. »Willst du uns den Artikel mal zeigen?«

Nein, das wollte ich nicht. Trotzdem stand ich stumm auf,

ging in mein Zimmer, kramte den letzten Ausdruck aus meiner *Hallo, wach!*-Ablage und legte ihn Mama vor ihre neugierige Nase. Papa und sie rückten näher zusammen und begannen schweigend zu lesen.

»Da war noch ein Foto dabei. Cedric hat es geliefert. Es zeigt den nackten Herrn Graufink beim Baden im Weiher …« Ich unterbrach mich, da Mama ein kieksendes Geräusch von sich gab, das ich noch weniger einordnen konnte als ihren seltsamen Blick. »Herrn Graufink genügte allerdings schon die Überschrift, um ohnmächtig zu werden.« Mama kiekste noch einmal und presste sich die Faust vor den Mund. »Gleich, Schatz. Lass mich erst zu Ende lesen«, bat sie mich, als sie meine wachsende Verzweiflung bemerkte.

Nach vier weiteren Kieksern von Mama und Gesichtsfarben zwischen Kalkweiß und Purpur bei Papa hoben meine Eltern wieder ihre Blicke und schauten mich fragend an. Mamas Mund zuckte unkontrolliert vor sich hin. Schließlich kam sie nicht mehr dagegen an und gab ein kurzes, leicht hysterisches Kichern von sich, das klang, als sei es nur ein Vorbote für etwas viel Mächtigeres. Lachen oder Weinen? Schimpfen oder Schreien?

»Nina … Was ist nur in dich gefahren? Ich – wir – wir kennen dich so gar nicht. Das ist gar nicht deine Art. Du bist doch immer gerecht und korrekt.« So, wie Mama diese beiden Worte aussprach, hörte es sich an, als sei gerecht und korrekt etwas abgrundtief Langweiliges. War es wahrscheinlich auch.

»Ich weiß es doch selbst nicht! Ich wollte endlich gewinnen, zusammen mit dem Team, damit wir nach Berlin fahren können, und es fühlte sich gut an, als ich den Artikel mitbrachte und ihn vorlas und alle lachten und …« Ja, so war es gewesen.

Es hatte sich gut angefühlt, dass die anderen mich witzig fanden und ich mal aus meiner Rolle fallen konnte. Für ein paar Minuten war ich nicht diejenige gewesen, die Streit schlichtete und Aufgaben verteilte und die Artikel der anderen korrigierte und in Form brachte. »Es fühlte sich anders an. Ein bisschen freier. Keine Ahnung.« Ich konnte es selbst nicht beschreiben. Am ehesten konnte ich es mit dem Gefühl vergleichen, das ich hatte, wenn Ludmilla mir nach einem harten Training eine kurze Runde Freestyle zu einem meiner Lieblingssongs gönnte. Aber dabei tat ich niemandem weh – höchstens mir selbst, wenn ich es übertrieb und aufs Eis krachte. Jetzt hatte ich jemand anderem wehgetan. Das war nicht fair.

Papa war immer noch nicht fähig, etwas zu sagen, weshalb Mama wieder das Wort ergriff, doch sie legte dabei ihre Hand auf meine und drückte sie tröstend.

»Also – der Artikel ist gut geschrieben und auch witzig, teilweise jedenfalls. Aber Graufink und Schröter in nur zwei Abschnitten die Hosen runterzuziehen, das ist schon … sehr kühn. Und irgendwie cool. Nein, okay, vielleicht doch nicht cool«, verbesserte sich Mama, nachdem Papa ein mahnendes Summen ausgestoßen hatte. »Ich darf dich dafür nicht loben, weil ich dann eine schlechte Mutter wäre und du lernen musst, wann du aus der Reihe tanzen kannst und wann nicht. Niemals gegen Schwächere, okay? Ja?«

»Schröter ist nicht schwach«, widersprach ich piepsig.

»Oh, doch, das ist er … Und genau deshalb gefährlich. Nimm ihm seine Würstchen und seinen Jagdschein und sein Imperium und seine Vorstandsposten, und er ist selbst ein Würstchen. Mit solchen Typen legt man sich nicht an, denn er hat genug Geld und Macht, um einen ganzen Krieg anzuzetteln. Was

Graufink betrifft: Er ist ein zu leichtes Opfer. Der ist ja weich wie Butter. Mach so was nicht wieder, ja? Dir zuliebe.«

»Okay«, flüsterte ich den Tränen nahe. Insgeheim hatte ich gehofft, dass Mama entweder wütend werden oder nur über die Sache lachen und sie schnell wieder vergessen würde. Dass keine von beiden Möglichkeiten eintraf, sondern sie offen und ehrlich mit mir redete, ließ mich erst recht vor Scham erbeben.

»Vor allem tu es nicht, um andere zu beeindrucken. Das hast du nicht nötig!«

Jetzt konnte ich nicht mal mehr ein Okay hauchen, denn sie traf erneut ins Schwarze. Genau das war es gewesen: Ich hatte beeindrucken wollen – aber gar nicht mal so sehr die Jury, sondern Anni und Nikki und Cedric und all die anderen, die dauernd etwas miteinander unternahmen und tausend Gruppen auf WhatsApp hatten und sich auf Facebook alle naselang gegenseitig in salbungsvollen Worten ewige Freundschaft schworen. Mir wurde noch nie ein solcher Schwur geleistet.

»Aber dass meine Eisprinzessin für einen handfesten Bornhausener Skandal sorgt – das hätte ich nicht gedacht. Glückwunsch, Nina.« Mama wischte mir mit dem Zeigefinger eine Träne von der Wange. »Das war voll daneben. Muss man auch erst mal hinkriegen.«

Ich schaffte es nicht, ihr schelmisches Grinsen zu erwidern, und schaute stattdessen flüchtig zu Papa, der nach wie vor gründlich zu überlegen schien, was er von alldem halten sollte.

»Tut mir leid«, sagte ich, weil ich immer noch das Gefühl hatte, mich entschuldigen zu müssen. »Die Zeitung wurde sofort aus dem Verkehr gezogen, und Herr Graufink hatte nur einen Schwächeanfall, nichts Gefährliches, aber die Gerüchte waren schneller, und … und jetzt weiß es jeder. Ich mach es wieder gut, morgen schon. Ich werde Herrn Graufink im Krankenhaus besuchen und Herrn Schröter um Verzeihung bitten …«

»Das lass mal lieber«, riet mir Mama mit kritischer Miene ab. »Der wird sich von alleine wieder beruhigen.«

»Aber er ist mein Sponsor!«, erinnerte ich Mama an das, was ich in meinem Ehrgeiz zwischenzeitlich völlig vergessen hatte. Schröter hatte nicht nur die Eishalle modernisieren lassen und für beheizte Umkleidekabinen gesorgt, sondern investierte permanent Geld, damit Ludmilla exklusiv für mich und ihr Mann Igor für die beiden aufsteigenden Eishockeymannschaften engagiert werden konnten. Die beiden hatten sogar anfangs bei ihm im Gartenhaus wohnen dürfen, bis sie eine eigene Bleibe gefunden hatten. Im Gegenzug prangten nun Würstchen auf der Eingangsfront der Eishalle und sein Logo auf meinen Kostümen und Trainingsanzügen.

»Er macht sich dick, wo er kann, und meint dadurch, überall mitreden zu können, mehr ist es nicht«, erwiderte Mama abwinkend. »Der wird wegen so was nicht alles hinschmeißen, dann könnte er ja nicht mehr in der ersten Reihe auf seinem beheizten roten Sessel sitzen, wenn eine Gala oder ein Spiel stattfindet. Dem geht es nicht um dich, dem geht es um sich selbst.«

»Aber er droht, die Anzeigen aus *Hallo, wach!* abzuziehen.« Warum hatte Lionel mich eigentlich nicht gewarnt, fragte ich mich im Stillen. Er wusste doch, was in dem Artikel stand! Es ging immerhin um seinen Vater, wieso hatte er keinen Protest eingelegt? Wollte er etwa, dass ich auf die Nase falle?

»Nun warte doch erst mal ab. Nichts wird so heiß gegessen, wie es gekocht wird. Apropos …« Mama schob mir erneut einen armen Ritter auf den Teller. »Du hast heute bestimmt noch nicht viel in den Magen bekommen.«

»Nein, lass mal. Hab schon drei gegessen, und bis zur Qualifikation muss ich auf zweiundfünfzig Kilo runter. Ludmilla will …«

»Ach, Ludmilla!« Mama verdrehte die Augen. »Wie viel wiegt die denn? Zweihundert Pfund?«

»Aber sie geht nicht mehr aufs Eis«, protestierte ich dumpf. Dieses Gespräch hatten wir schon mindestens hundert Mal geführt; es ähnelte der sinnlosen Schuhe-im-Flur-Diskussion. »Sie darf dick sein.«

»Ich verstehe das trotzdem nicht. Nina, du kannst so oft eislaufen, wie du willst, du kannst dir von mir aus dabei auch alle Knochen brechen, solange du nicht erwartest, dass ich bei jedem Training in der Halle stehe und dir zuschaue, aber das mit dem Gewicht, das finde ich nicht gut! Du hast eine wunderbare athletische Figur, warum musst du dürr sein?«

»Weil ich dann weniger Gewicht nach oben stemmen muss, wenn ich springe«, leierte ich Ludmillas Argument runter.

»Blödsinn.« Mama tunkte ein Stück Brot in den Zimtzucker, zog es durch das Apfelmus und hielt es mir vor die Nase. Automatisch öffnete ich den Mund und nahm es mit den Zähnen von der Gabel. »Wenn du mehr Gewicht hast, hast du auch mehr Kraft, dieses Gewicht in die Höhe zu ziehen. Früher waren die Eisläuferinnen auch keine Knochengestelle.«

»Na, vom Knochengestell bin ich weit entfernt … Willst du auch noch etwas dazu sagen?«, wandte ich mich zu Papa. »Ich bin müde, ich möchte auf mein Zimmer.«

Papa blinzelte dreimal, dann verzog sich sein Gesicht zu einem warmen Lächeln.

»Du bist perfekt, Ninchen.« Ich hatte keine Ahnung, was er damit sagen wollte und ob er mein Gewicht oder den Graufink-Skandal meinte. Er klang lieb, verwirrt und erschöpft – und das brachte mich beinahe zum Weinen. »Es wird schon alles wieder in Ordnung kommen.«

Seine Worte hallten noch in meinen Ohren nach, als ich in mein Zimmer kam und sofort sah, dass mein Handy blau blinkte. Eine WhatsApp-Nachricht – von unserer *Hallo, wach!*-Gruppe? Mit wackeligen Knien setzte ich mich auf das Bett, nahm das Handy vom Nachttisch und öffnete die Nachricht.

»Liebe Nina, da du so schnell weg warst, konnten wir dir leider nicht mehr persönlich sagen, dass wir beschlossen haben, dass Nikki in der nächsten Ausgabe die Leitung übernimmt. Es ist zu viel schiefgegangen. Bitte schreib auch erst mal keinen Artikel mehr. Es muss Gras über die Sache wachsen. Ist besser für alle. Im Auftrag, Cedric.«

Im Auftrag, Cedric. Wie affektiert! Und im Auftrag von wem? Lionel, dem Würstchen auf zwei Beinen? Nikki? Oder allen anderen zusammen? Ausgerechnet Cedric, auf den ich ein Auge geworfen hatte und von dem ich gehofft hatte, dass er zu mir stehen würde, weil er das entscheidende Foto geschossen hatte, teilte mir mit, dass ich gefeuert war? Jetzt schossen die Tränen nur so aus meinen Augen, und ich musste mir auf die Lippen beißen, um nicht laut aufzuschluchzen. Von wegen Rettung in letzter Sekunde. Der Scheiterhaufen brannte bereits lichterloh, ich hatte es nur nicht bemerkt.

Aber es hatte immer wieder Hexen gegeben, die es schafften, sich in letzter Sekunde zu befreien. Wenn ich Schröter besänftigte und mich bei Herrn Graufink entschuldigte, konnte ich die anderen vielleicht um eine zweite Chance bitten, auch wenn sich das bereits in der puren Vorstellung unterwürfig und ungerecht anfühlte.

Aber wie hatte niemand anderes als Graufink in einer seiner Erzähl-Religionsstunden einst gesagt? »Fehler sind nur dann Fehler, wenn man nichts daraus lernt.« Ich würde daraus lernen, ganz bestimmt. Gleich morgen würde ich mit meiner Wiedergutmachung beginnen, auch wenn ich im Moment nicht die leiseste Lust dazu verspürte, je wieder mit den anderen Redaktionsmitgliedern Muffins zu essen und viel zu bitteren Kaffee zu trinken.

Doch ich würde zurückkommen. Es war wie beim Eislaufen – wer hinfiel, konnte auch aufstehen.

Immerhin, das hatte Ludmilla mir beigebracht. Ich wusste, wie man wieder aufsteht.

Schuld und Sühne

Am nächsten Morgen bekam ich zum ersten Mal in meinem Leben eine vage Vorstellung davon, was das Wort »deprimierend« bedeutete. Es war nicht so, dass niemand mehr mit mir redete oder meine Klassenkameraden mich schnitten. Doch jeder Blick, jedes Wort, jedes falsche Lächeln zeigten mir, dass ich verspielt hatte. Ich gehörte nicht mehr dazu – falls ich je richtig dazugehört hatte. Gehörte man denn zu einem Team, wenn man dieses leitete? Gehörte man zu seinen Schulkameraden, wenn man Klassensprecherin und Vertrauensschülerin war? Oder konnte man gar nicht zu den Menschen gehören, die man führte? Schloss das eine das andere unweigerlich aus?

Die erste Pause verbrachte ich alleine im Zimmerchen der Schulsozialarbeiterin, die nur an zwei Tagen der Woche ins Gymnasium kam und mir ihren Raum mittwochs und freitags für meine Streitschlichtungsgespräche und Vertrauensschüler-Dienste überlassen hatte. Sogar Anni und Frieda waren schon zu mir gekommen, weil sie sich nicht einigen konnten, wer von wem abgeschrieben hatte und schuld an den schlechten Noten ihrer Matheklausur war. Weinende Fünftklässlerinnen hatten sich von mir trösten und beruhigen lassen. Ich hatte zwischen Lehrern und faulen Jungs vermittelt, Zickenkriege sortiert, bei Liebeskummer Händchen gehalten und einmal sogar ein Mädchen aus der Zehnten davor bewahrt, wegen einer schlechten Note von zu Hause abzuhauen. Wie mir das gelungen war, konnte ich mir nicht erklären, denn ich muss wie eine kleine Schwester für sie gewesen sein. Aber irgendetwas musste ich richtig gemacht haben. Ich hatte mich bei alldem niemals wie vierzehn gefühlt, sondern mindestens wie achtzehn. Jetzt kam ich mir vor wie neuneinhalb.

In der zweiten Pause ging ich gar nicht erst in das blaue Zimmer, wie wir den Raum wegen seiner Möbel nannten, sondern verzog mich in die Bibliothek, um der Vollständigkeit halber nachzuschlagen, was cin Panther war – und mit Erstaunen festzustellen, dass es den schwarzen Panther per se gar nicht gab. Alle Großkatzen trugen den lateinischen Namen »panthera«, ergänzt mit unterschiedlichen Zusätzen, aber ein schwarzer Panther war entweder ein schwarzer Leopard oder ein schwarzer Jaguar. Die schwarze Fellfarbe entstand durch eine Anomalie. Umgangssprachlich wurden sowohl schwarze Jaguare – sie lebten in Mexiko und Südamerika – als auch schwarze Leoparden, die in Afrika und Asien zu Hause waren, als Panther bezeichnet. Baghira aus dem Dschungelbuch war demnach ein schwarzer indischer Leopard gewesen.

Der Vollständigkeit halber schlug ich zudem nach, was Wildschweine so zu sich nahmen, und war erstaunt, dass sie sich zu neunzig Prozent vegetarisch ernährten, aber auch Kleintiere und Aas fraßen. Hirsche fielen nicht in ihr Beuteschema.

Allerdings konnten sie in der Brunftzeit und in jenen Wochen, in denen die Bachen ihre Frischlinge hatten, äußerst gefährlich werden. Ein Keiler war in der Lage, einen Menschen mit seinen spitzen Hauern so brutal aufzuschlitzen, dass er an seinen Verletzungen starb, und auch eine Bache konnte eine erwachsene Person problemlos umrennen. Außerdem gaben die Wutzen bedrohliche Laute von sich, wenn sie in Rage waren, ähnlich wie ein Bellen und Fauchen.

Wenn Schröters Jagdgenossen eine Bache mit Jungen oder einen Keiler angeschossen hatten, war es also durchaus denkbar, dass ein solches Tier dem armen Todd einen gehörigen Schrecken eingejagt hatte. Auch das Zerbrechen der Scheibe passte dazu. Für eine wütende Wildsau war so etwas ein Kinderspielchen.

Doch jetzt musste ich mich mit menschlichen Emotionen auseinandersetzen, obwohl ich nicht in der Stimmung dazu war. Meine Stimmung rief nach »ins Bett verkriechen und Decke über den Kopf ziehen« und nicht nach »Buße tun«. Selbst auf mein abendliches Training hatte ich keine Lust; im Gegenteil, die Aussicht darauf hing mir wie ein schweres Gewicht im Nacken, das mich träge und müde werden ließ.

Aber beides musste getan werden, und so machte ich mich gleich nach der sechsten Stunde auf den Weg in unsere kleine Klinik, auf die Bornhausen mindestens so stolz war wie auf die Eishalle und das Schröter-Imperium, auch wenn die Klinik keinen Kreißsaal hatte, weshalb kein Bornhausener tatsächlich in Bornhausen geboren worden war – etwas, worüber niemand gerne sprach. Zum Gebären mussten die Mütter nach Dillingen fahren. Dass die Klinik überhaupt noch stand, hatten wir, wie ich mich unbehaglich erinnerte, ebenfalls Schröter zu verdanken, der einen Verein zur Rettung des Hauses ins Leben gerufen und reichlich mit Kapital versorgt hatte, sodass die notwendigen Erneuerungsmaßnahmen vollzogen und die Klinik bewahrt werden konnte.

Also hatte ich es auch Schröter zu verdanken, dass ich zu Fuß zu Herrn Graufink laufen konnte und mein Vater keine weiten Arbeitsfahrten hatte (es sei denn, er musste wieder einmal Waldfriedbach ansteuern). Für mich war klar, dass Graufink der leichtere Part werden würde, weshalb ich mich mit dem Besuch bei ihm für die Stippvisite beim Schröter-Imperium aufwärmen wollte.

Im Kiosk vor der Klinik erstand ich eine Tafel Schokolade (gut für die Nerven) und einen kleinen Strauß »Frühsommerglück«. Beides konnte Herr Graufink gebrauchen, genauso wie ich, und ich musste mir gut zureden, um die Schokolade nicht selbst anzubrechen und ihm lediglich die Blumen zu überlassen.

»Ich möchte gerne Bennet Graufink besuchen«, teilte ich der freundlich schauenden Schwester durch die Glasscheibe mit, in der Hoffnung, dass Diakonissen ebenso immun gegen Klatsch und Tratsch waren wie meine Mutter.

»Sind Sie eine Verwandte?«

»Seine Nichte. Lisa Graufink«, schwindelte ich tapfer und schickte ein verbindliches Lächeln hinterher.

»Er hat keine Nichte, Liebes. Aber ich nehme mal an, du hast einen guten Grund, ihn zu besuchen?« Oh, der Skandal war also doch schon ins Krankenhaus vorgedrungen – aber offenbar hatte ich eine gute Seele vor mir, die mir meine Schwindelei nicht krummnahm. Und wusste, dass ich den Skandal ausgelöst hatte? Ja, ihr wissender Blick sah ganz danach aus.

»Ich möchte einfach nach ihm sehen«, antwortete ich verlegen.

»Zimmer 213, im Gang hinter der Kapelle. Die Besuchszeit endet um sieben Uhr.«

»Danke.«

Erleichtert machte ich mich auf den Weg. Um sieben Uhr würde ich längst auf dem Eis sein. Ich hatte vor, meinen Graufink-Bußgang in spätestens einer halben Stunde abzuschließen. Da die Klinik klein und überschaubar war, fand ich das Zimmer schnell, brauchte aber dreimal so lange wie für den Weg dorthin, um endlich meine Hand zu heben und an die Tür zu klopfen.

»Ja, bitte?«, fragte Graufink mit brüchiger Stimme. Ojemine!

Leise drückte ich die Klinke hinunter, um ihn nicht ein zweites Mal aus der Fassung zu bringen – doch dazu genügte mein purer Anblick.

»Du?«, stieß er blass hervor und zog die Decke über seine hagere Brust. Hatte er jemand anderen erwartet – und war das nun Schreck oder Erleichterung, was ich in seinem Gesicht sah? Prüfend musterte ich ihn. Er trug seine Haare offen, was ich noch nie zuvor gesehen hatte. Wellig und glänzend fielen sie auf seine schmalen Schultern. Normalerweise flocht er sie zu einem unauffälligen Mozartzopf. Er sah anders aus mit offenen Haaren. Weicher und robuster zugleich. Doch aus seinen Augen sprach das pure Elend.

»Keine Sorge, ich – ich will mich nur entschuldigen. Und alles erklären. Es war nicht so gemeint. Hier.« Ich hielt ihm von der Tür aus die Blumen und die Schokolade entgegen, als wollte ich zeigen, dass ich unbewaffnet bin. So ähnlich fühlte ich mich auch – als sei ich ein gefährliches Raubtier, das in das Territorium eines schwächeren Tieres eingedrungen war. Herr Graufink musste unbedingt an seiner Ausstrahlung arbeiten.

»Was gibt es denn da schon zu erklären«, erwiderte Herr Graufink tapfer und überwand sich, mich zu sich zu winken. »Was passiert ist, ist passiert. Nehmt es euch nicht so zu Herzen.«

»Was passiert ist, ist nicht gut«, widersprach ich kleinlaut. Wieso sagte er eigentlich »euch« und spielte es herunter? Für die anderen war ich schuld gewesen und niemand sonst. »Ich habe das nicht so gemeint, mir war nicht bewusst, dass …«

»Ach Nina.« Herr Graufink lächelte dünn und schüttelte den Kopf, wobei ihm eine dunkelbraune Strähne in die Stirn fiel. »Du musst nicht den Kopf für einen Dumme-Jungs-Streich hinhalten. Ich weiß doch, dass das nicht auf deinem Mist gewachsen ist. Du würdest so was niemals … Nina? Geht es dir gut?«

»Jain.« Graufink wusste gar nicht, dass ich den Artikel verfasst hatte? Aber natürlich, er hatte nur die Überschrift gesehen und das Bild, mein Name stand klein und unauffällig am Ende des Artikels. Jetzt hätte ich tatsächlich ein Stück Schokolade gebrauchen können. »Herr Graufink … Ach, Sie würden es sowieso herausfinden oder jemand würde es Ihnen erzählen. Es ist seit gestern Stadtgespräch. Ich hab das verbockt. Den ganzen Artikel. Ja, ich hab ihn geschrieben«, wiederholte ich, als seine Augen sich weiteten. »Und selbst wenn ich es nicht getan hätte – ich bin die Chefredakteurin.« Ich war es gewesen, um korrekt zu sein. »Ich bin verantwortlich für den Inhalt.«

Jetzt war es raus. Herr Graufink richtete seinen Blick auf die leere Wand gegenüber seines Bettes und starrte sie eine Weile stumm an, während seine Hände an den Knöpfen seines verwaschenen Pyjamaoberteils nestelten.

»Du?« Er konnte es nicht fassen. Ich auch nicht.

»Ja, ich. Ich wollte witzig sein. Das ging wohl daneben. Es tut mir leid, wirklich.«

Herr Graufink richtete sich ein Stückchen auf und strich sich seine lockigen Haare zurück. »Ja, das ging daneben.« Nachdenklich blickte er mir ins Gesicht, doch ich zog es vor, aus dem Fenster zu schauen, fühlte seine Augen aber so deutlich, als seien Scheinwerfer auf mich gerichtet.

»Das Foto ist übrigens von Cedric, nicht von mir. Ich mache so was nicht«, startete ich einen müden Versuch, mich zu entlasten.

»Das hätte ich auch nicht von dir erwartet.«

»Ich hatte Angst um Sie, ehrlich, und erst in dem Moment hab ich kapiert, was wir mit der Zeitung angerichtet haben. Jetzt wünschte ich, es wäre niemals geschehen. Es war falsch, ich weiß es. Jetzt sagen Sie doch mal was!« Doch Herr Graufink zog es vor, mich noch eine Minute lang anzusehen, und ich wand mich förmlich dabei.

»Was immer man auch tut, hat Konsequenzen, Nina«, erbarmte er sich endlich, wieder mit mir zu reden, und er hörte sich müde und erschöpft dabei an. »Heute Nachmittag hätte ein Klärungsgespräch mit Heinz Schröter stattfinden sollen und – nun, jetzt hat er mich nicht nur nackt gesehen, sondern durch deinen Bericht wird es noch schwieriger für mich, ihm Paroli zu bieten.«

»Aber davon wusste ich doch nichts!« Ich stand auf, weil ich den Eindruck hatte, im Sitzen keine Luft mehr zu bekommen. »Wenn ich gewusst hätte, dass Sie bald bei uns Pfarrer werden und ein Gespräch mit Schröter haben, dann … ich hätte niemals … wir …« Verwirrt brach ich ab, denn ich wusste nicht mehr, ob ich die Wahrheit aussprach. Hätten wir es dann wirklich bleiben lassen? Oder wäre es für die anderen erst recht ein Grund gewesen, die Sache durchzuziehen, und ich hätte mitgemacht? Ich wusste es nicht.

»Du musst dich nicht im Staube wälzen, Nina! Davon hat niemand was. Ich dachte außerdem, es erleichtert dich zu hören, dass es mir nicht so schlecht geht, wie du angenommen hast«, wandte Herr Graufink friedensstiftend ein, als er merkte, wie meine Gedanken sich im Kreise drehten. »Das ist doch die Hauptsache, oder?«

»Ja, schon, aber … Ich stecke jetzt richtig in Schwierigkeiten«, verschaffte ich meinem Kummer Luft. »Ich bin meinen Posten los, ich darf sogar keine Artikel mehr schreiben! Ich hatte ein Gespräch bei Mr Right, äh, Herrn Richt, das ganz und gar nicht schön war, und Schröter will seine Anzeigen zurückziehen! *Hallo, wach!* ist pleite und Nikki die neue Chefredakteurin! Eine schöne Scheiße ist das!«

So hatte ich noch nie mit einem Lehrer gesprochen, aber es tat gut. Ich fühlte mich umgehend zehn Kilo leichter, obwohl ich wusste, dass dies nicht viel an meiner Situation ändern würde.

»Nina – ich habe immer noch Schwierigkeiten, dir zu glauben.« Herrn Graufinks schmale Lippen wurden spitz. »Ich hätte schwören können, es sei einer der Jungs gewesen, der dir den Artikel untergeschoben hat, weil ihnen deine Zeitung zu brav war.«

Herrn Graufinks feingliedrige Hände fuhren suchend am Bettrand entlang. Doch sein Blick wirkte beinahe trotzig, als er mich aus seinen sanften tiefbraunen Augen ansah. »Wenn ich deinen Namen unter der Überschrift gelesen hätte, hätte ich tatsächlich einen Grund gehabt, einen echten Herzinfarkt zu kriegen. Warum um Himmels willen schreibst du so etwas? Ich habe dir nie etwas getan, wir kamen doch immer gut miteinander aus, oder nicht?«

Mutlos ließ ich mich zurück auf den abgewetzten Besucherstuhl fallen.

»Das weiß ich doch. Mich hat wohl der Teufel geritten. Und Sie sind schon ein wenig … seltsam. Sie boten sich sozusagen an.«

Er war ehrlich, also konnte ich auch ehrlich sein.

»Ja, und was seltsam ist, wird in Bornhausen gejagt und gehetzt«, sagte Herr Graufink wie zu sich selbst. »Da hast du wohl recht, ich bin anders als die anderen.«

Ich wusste nicht, was ich erwidern sollte. Herr Graufink *war* anders. Er war so anders, dass ich deshalb sogar vergessen hatte, was richtig und falsch war. Aber ich war jetzt ebenfalls anders. Ein einziger Artikel hatte mein ganzes Leben umgekrempelt – und ich konnte nicht einmal anderen die Schuld dafür geben. Denn ich hatte ihn eigenhändig geschrieben und drucken lassen.

»Worum geht es denn in dem Gespräch mit Schröter, das Sie heute führen wollten?«, wechselte ich das Thema, um von meiner Schmach abzulenken. Vielleicht konnte ich ihm dabei irgendwie helfen und etwas von meinem Fehler gutmachen?

»Ach, er will mich dazu bringen, meine Beschwerde beim Umweltministerium zurückzuziehen, in der ich mich über seine Jagdmethoden beklagt habe. Er schießt zu viel und zu oft. Ich hab ihn beobachtet. Er hält die Schonzeiten nicht ein. Das geht so nicht. Er kann nicht denken, er ist Gott.«

»Und Sie meinen, durch den Artikel geht Schröter auf Sie los?«, fragte ich unbehaglich.

»Er ist zumindest eine gute Vorlage dafür. Und zugleich wurde ich ins Lächerliche gezogen. Für jemanden wie Schröter ist das Futter genug.« Sinnend hielt Herr Graufink inne und bekam jenen Gesichtsausdruck, der seinen langen Erzählphasen im Unterricht vorausging. Ob das ein gutes Zeichen war? »Ich kann es nicht einschätzen … nur eines weiß ich mit Sicherheit …« Wieder hatte ich den Eindruck, er sprach mit sich selbst und nicht mit mir, doch dann öffnete er plötzlich seine Augen und sah mich direkt an. »Ich soll der neue Bornhausener Pfarrer werden«, wisperte er, als habe er diese Botschaft eben erst erfahren. »Ich! Nach diesem Artikel kann das nur ein Spießrutenlauf werden!«

»Ja … also …« Was nur sollte ich entgegnen? Herr Graufink auf einer Kanzel – war er dort besser aufgehoben als in der Schule? Reden konnte er, das musste man ihm lassen. In seinem Unterricht war noch niemand jemals eingeschlafen. Dafür wurde umso mehr gekichert und gelästert. Es hatte jedoch auch Momente gegeben, in denen wir mucksmäuschenstill gewesen waren und keiner ein einziges Wort verpassen wollte. Wenn Herr Graufink über Jesus sprach, wirkte es, als habe er ihn persönlich gekannt. Dann war Jesus ein faszinierender, junger Typ, der ständig missverstanden wurde und mit dem man gerne befreundet sein wollte. In diesen Momenten war Herr Graufink mein Lieblingslehrer, aber natürlich hatten wir über seine Jesus-Erzählstunden ebenfalls unsere Witze gerissen, weil keiner zugeben wollte, wie gebannt er gewesen war. In einer Kirchengemeinde würde dies womöglich nicht geschehen. »Wenn Sie predigen, dürfen Sie keine Angst vor niemand haben. Auch nicht vor Schröter. Und erst recht nicht vor einem Artikel in einer Schülerzeitung.«

Ich argumentierte mutig, das wusste ich, doch Herr Graufink faltete die Hände vor seiner Brust und begann von Neuem, auf die weiße Wand zu starren.

»Wie recht du hast«, antwortete er geistesabwesend. »Als Pfarrer darf ich vor niemandem kuschen. Und Jesus ... Jesus hätte es auch nicht ... der hätte über jemanden wie Schröter nur milde gelächelt.«

Unauffällig schielte ich auf seinen Nachttisch. Welche Medikamente hatten sie ihm gegeben? Oder war Graufinks Benehmen nur eine Krankenhaus-Spezial-Variante von seinen vielen Merkwürdigkeiten? Wie auch immer – ich musste zusehen, dass ich hier wegkam, denn dieses Gespräch wurde langsam etwas peinlich, zumal es sich immer mehr zu einem Selbstgespräch entwickelte. Ich wollte mich gerade rückwärts und auf leisen Sohlen zurückziehen, als eine Schwester ins Zimmer rauschte und mich von hinten zurück auf den Besucherstuhl schob.

»Hierbleiben. Beide«, befahl sie resolut, aber mit einem Beben in der Stimme, und im gleichen Moment hörte ich durch die halb geöffnete Tür einen unterdrückten, unmissverständlich panischen Schrei, der sofort meine Neugier weckte.

»Warum hierbleiben? Ich bin keine Patientin, und ich wollte gerade gehen.« Mein Versuch, erneut die Tür anzusteuern, wurde im Keim erstickt, indem die Schwester mich an beiden Schultern packte und mit erstaunlicher Kraft auf den Stuhl drückte.

»Jetzt niemand raus«, zischte sie. Sie hatte einen ähnlichen Akzent wie Ludmilla. »Hier warten. Bis alles vorbei ist. Niemand raus, verstanden?«

Ich warf Herrn Graufink einen fragenden Blick zu, doch der

fixierte wieder die Wand und hatte dabei angefangen, vor sich hin zu flüstern, was mein Unbehagen weiter verstärkte.

»Etwas wird passieren ... es wird passieren ...«, wiederholte er prophetisch. »Da draußen ist etwas.«

Ich war der Meinung, dass vor allem in seinem Kopf etwas war und dieses Etwas gründlich zurechtgerückt werden musste, doch sein beunruhigendes Verhalten und der strenge Befehlston der Schwester, die gerade wieder auf den Gang verschwand und die Tür fest hinter sich zuzog, schrien nach Flucht. Ich wollte keine Sekunde länger als nötig in diesem Zimmer und in dieser Klinik bleiben. Sie kam mir vor wie ein neues Subunternehmen von Waldfriedbach.

Mit dem Ohr an der Tür lauschte ich nach draußen, bis ich mir einigermaßen sicher war, dass die Schwester außer Sichtweite war und auch sonst niemand davor lauerte, und schob sie langsam auf. Der Gang war in beide Richtungen menschenleer. In Horrorfilmen hätte noch eine Neonleuchte geflackert, oder unter einer Türritze wäre Blut hindurch gesickert. Doch der Boden glänzte sauber, und die Lampen funktionierten einwandfrei. Auch das unterdrückte Schreien war verstummt.

Was nicht zu dem sterilen Krankenhausgang passte, war der Geruch, der mir in die Nase stieg und mich zwischen den Augen zu kitzeln begann – nein, es war mehr ein Duft statt eines Geruchs und doch so urwüchsig und kraftvoll, dass ich instinktiv einen tiefen Atemzug nahm und mich an die Wand lehnte, weil das Aroma mich schwindelig machte. Grün. Ja, dieses Aroma hatte eine grüne Farbe, ich sah es vor mir, ein tiefes, dschungelartiges Dickicht. Flechten, Farne und Moose, dazwischen rote und violette Blüten mit gelben Dolden in ihren weit geöffneten Kelchen ... der Boden hatte sich mit Feuchtigkeit vollgesogen, sodass meine nackten Füße darin einsanken … Schmetterlinge und Kolibris schwirrten durch die schwüle Luft, irgendwo plätscherte ein Wasserfall, ich hörte das Summen von Insekten und das Rufen der Papageien, die weit oben in den Felswänden und Baumwipfeln saßen …

Benebelt registrierte ich, dass ich meine Augen geschlossen hatte und mich mit den Händen an der rauen Wand abstützte, als könne ich fallen, wenn ich mich aus den Dschungelbildern in meinem Kopf löste. Ich hatte einen solchen Duft noch nie gekostet – und ich wollte mehr davon. Von Ferne nahm ich ein Martinshorn wahr, verscheuchte es aber sofort wieder aus meinem Ohr, wo ich doch gerade eben noch den Stimmen der Vögel, dem Brausen des Wassers und dem Flüstern der Farne zugehört hatte. Auch die Durchsage, die aus den Lautsprechern schallte, ignorierte ich, um erneut tief einzuatmen und zu versuchen, die Quelle des Geruchs zu orten. Von links … ja, sie kam von links. Was auch immer es war, ein Blumenstrauß, ein Raumparfum, ein neuer Weichspüler – ich musste es haben. Diesen Duft durfte ich nie wieder vergessen. Mir war, als gehörte er zu mir.

Geduckt schlich ich den Gang entlang, mit leisen, leichten Schritten, sodass ich mich völlig lautlos bewegte. Irgendetwas ging in dieser Klinik vor sich, und ich durfte hier nicht sein, das wusste ich – vielleicht rannte ein Irrer durch die Korridore, oder es brannte, oder ein hoch infektiöser Patient wurde eingeliefert. Doch das interessierte mich alles nicht mehr, als ich einen dritten Atemzug nahm und mich von ihm zu einer dicken hölzernen Tür mit einem goldenen Kreuz in der Mitte leiten ließ.

Dahinter lag die Krankenhauskapelle. Dann waren also Blumen die Quelle des Duftes. Tropische Blumen? Konnte sich die beinahe bankrottgegangene Bornhausener Klinik diesen Luxus leisten? Und konnte ich diesen Luxus gleich wieder stehlen? Aber ich musste – und wenn es nur eine einzige Blüte war, die ich aus dem Altarschmuck löste und mit nach Hause nahm. So etwas würde niemandem auffallen. Die Leute, die hier beteten, hatten andere Sorgen, als das Gesteck auf dem Altar zu überprüfen.

Ich brauchte Kraft, um die Tür zu bewegen, doch dann gab sie seufzend nach und ich tauchte in das Halbdämmer der Kapelle ein. Im hinteren Bereich stand ein Fenster weit offen und ließ die warme Frühsommerluft hineinströmen. Doch den Duft konnte sie nicht zerstreuen. Hier roch ich ihn noch intensiver, noch deutlicher – und plötzlich dachte ich nicht mehr nur an Blumen, Kolibris und Insekten. Ich witterte etwas anderes. Mit jagendem Herzen wagte ich mich einen weiteren Schritt nach vorne, atmete erneut ein. Was war das? Es mutete warm an, lebendig. Dunkel. Voller Energie und Kraft. Es war …

»Oh Gott«, keuchte ich und biss mir im selben Moment auf die Lippe. Haltsuchend krallten sich meine Hände an einer Kirchenbank fest, während sich meine Augen nicht von dem abwenden konnten, was sie entdeckt hatten, während sie vergeblich nach Blumen suchten.

Es gab keine Blumen. Es gab nur einen öden grauen Altar auf dunkelrotem Teppich – und den schwarzen, schimmernden Schwanz eines riesigen Tieres, der sich in seinem ganz eigenen Rhythmus nach rechts und dann wieder nach links krümmte, sacht und geräuschlos, als würde er den Boden abtasten. Er war mindestens einen Meter lang. Was immer da auch hinter dem Altar lag – es war keine Katze. Es war etwas viel Größeres. Es war fremd und gefährlich und konnte mich mit einer einzigen Bewegung töten.

Jetzt war ich es, die schrie, ohne Stimme zwar, aber so tief in meinem Bauch, dass mir beinahe davon übel wurde. In einer einzigen Bewegung schnellte ich herum und stürzte aus der Kapelle, floh durch den Gang und die beiden Treppen hinunter, rannte an der Rezeption vorbei und sprang durch die offen stehenden Glastüren nach draußen. Ich achtete weder auf die Polizeiwagen, die vor der Klinik standen, noch auf die Beamten, die mich mit Schreien und Pfiffen aufhalten wollten. Alles, was ich tun konnte, war zu rennen, und ich hörte erst wieder damit auf, als ich unseren Bungalow erreicht hatte und es mir gelungen war, die Haustür aufzuschließen.

Sobald das vertraute Aroma nach Schlamm, Heu und Pferd in meine Nase drang, stöhnte ich vor Erleichterung laut auf.

»Mama? Papa?«, rief ich, doch es kam keine Antwort. Niemand da. Ludmilla konnte sich freuen, ich hatte durch meinen Sprint mindestens fünfhundert Kalorien verbrannt und ein grandioses Ausdauertraining hingelegt.

Warum eigentlich? Was zur Hölle war da eben passiert? Verschwitzt ließ ich mich auf das Sofa fallen, wischte ein paar Pferdehaare vom Kissen und presste mein Gesicht hinein. Doch ich fühlte mich noch immer so aufgeputscht, dass ich trotz nahendem Lungenkollaps noch drei weitere Kilometer hätte laufen können.

War ich mir denn sicher in dem, was ich gerochen und gesehen hatte? Beinahe kam es mir vor, als hätte ich alles nur geträumt – wäre da nicht diese ziehende Sehnsucht in meinem Bauch gewesen, nur noch einmal diesen köstlichen, urigen Geruch einzuatmen, der mich in die Kapelle gelockt hatte.

Selbst meine Angst konnte dieser Sehnsucht nicht standhalten. Es war wie bei den Sprüngen auf dem Eis, die ich irgendwann das erste Mal machen musste, für die es keinerlei Garantie gab und die furchtbar schmerzhaft enden konnten – ich sehnte mich nach ihnen, und nur deshalb wagte ich es, sie auszuprobieren.

Seufzend drückte ich die Handballen gegen meine Augen. Es mochte ja sein, dass ein besonderer Geruch in der Klinik gewesen war, meine Nase täuschte sich selten. Doch das in der Kapelle – hatte ich das wirklich gesehen? Diesen sich sacht bewegenden Schwanz einer schwarzen Katze, die hinter dem Altar gelegen hatte? Oder war es eine Lichtspiegelung gewesen, eine optische Täuschung?

Ich versuchte, den Augenblick zurück in meinen Kopf zu holen, doch er entzog sich mir immer wieder. Sobald ich vor meinem geistigen Auge sah, wie die Schwanzspitze sich langsam nach rechts und dann nach links drehte, und dieses Bild festhalten wollte, blickte ich ins Leere.

Spielte meine Wahrnehmung mir einen Streich? Hatte mich das *Hallo, wach!*-Desaster so durcheinandergebracht, dass ich Halluzinationen bekam?

Weil ich nicht stillstehen konnte, tigerte ich eine geschlagene Stunde lang durch unser Haus – Wohnzimmer, Küche, Flur, mein Zimmer, Badezimmer (wo ich mich skeptisch im Spiegel betrachtete, aber jedes Mal zugeben musste, dass mir mein frischer Teint und der Glanz in meinen Augen gefielen), dann wieder zurück ins Wohnzimmer. Irgendwann war ich meine eigenen unnützen Schleichgänge leid und die dazugehörenden Gedankenknoten auch, warf mich der Länge nach auf mein Bett und schaltete das Radio an.

»Was, wenn alles gut geht?«, schmetterte Laith Al-Deen mir energiegeladen entgegen, was mich zu einem höhnischen Lachen motivierte, auch wenn meine Zehen munter im Takt wippten. Ja, was, wenn alles gut ging – in meinem Fall war dieser Gedanke inzwischen reine Fantasterei, so gerne ich auch daran glauben wollte. Bevor mein Kopf und meine Füße sich miteinander arrangieren konnten, wurde der Song mitten im Refrain unterbrochen.

»Panther-Panik in Bornhausen! Helle Aufregung bei den Bewohnern der idyllischen Gemeinde zwischen Dillingen und Saarbrücken. Schon zum zweiten Mal innerhalb von vierundzwanzig Stunden soll ein schwarzer Panther gesichtet worden sein – einmal am gestrigen Nachmittag in einer Metzgerei, wo das Tier das Schaufenster zerstört haben soll, heute in der Bornhausener Klinik. Ein Patient behauptet, die schwarze Raubkatze sei an seiner offen stehenden Tür vorbeigelaufen. Sondereinsatzkräfte der Bundespolizei durchkämmten jeden Raum der Klinik, konnten jedoch kein Tier finden. Wolfram Diederich, Bürgermeister von Bornhausen, appelliert an seine Bürger, ruhig zu bleiben und nicht in Panik zu geraten. Es gebe keinen Panther in Bornhausen. Möglicherweise habe sich ein angeschossenes Wildschwein in die Metzgerei verirrt. Die Jäger bereiten nun eine gezielte Treibjagd vor, um das vermutlich verletzte Wildtier zur Strecke zu bringen, sodass Bornhausen wieder aufatmen kann. Derweil mehren sich die Augenzeugenberichte von Bürgern, die ein schwarzes, katzenartiges Tier in der Nähe der Klinik und der Metzgerei gesehen haben wollen. Foto- und Filmaufnahmen des Bornhausener Panthers gibt es bisher jedoch nicht. Auch Experten zweifeln die Berichte an. – Na, und was meint ihr dazu? Spinnen die Bornhausener?

Haben wir es hier mit einer typischen Sommerlochgeschichte zu tun oder könnte etwas Wahres dran sein? Ruft an oder schreibt uns eine E-Mail! Die passende Musik haben wir jedenfalls dazu – ›Gasoline‹ von David Bowie aus dem Film *Cat People*. Enjoy!«

Sofort schaltete ich meine Anlage wieder aus und blieb steif wie ein Brett auf meinem Bett liegen. Das war ja ein Knaller – Radio Salü berichtete über Bornhausen! Sie hatten sich das Untierthema geschnappt.

Dass es mittlerweile Augenzeugenberichte gab, konnte ich mir gut vorstellen. Echte Bornhausener liebten es, sich wichtigzumachen, und erfanden dafür gerne mal ein Märchen. Trotzdem rannen unaufhörlich kühle Schauer über meinen Nacken. Denn ich war ebenfalls eine dieser Augenzeugen, ohne dass jemand das ahnte. Zumindest glaubte ich, es gewesen zu sein. Ich würde deshalb nicht den Sender anrufen und dem Moderator davon erzählen; es reichte, wie ich mich mit meinem Graufink-Bericht ins Aus katapultiert hatte. Niemand würde mich ernst nehmen; jeder würde denken, ich erzähle davon, um abzulenken. Aber auch ich hatte vorhin geglaubt, etwas gesehen zu haben, was zu einem Panther passte und nicht zu einem Wildschwein.

Was, wenn ich tatsächlich den Schwanz eines schwarzen Panthers in der Kapelle gesehen hatte? Was, wenn der Geruch, der mich so betört hatte, sein Geruch gewesen war – der Geruch nach wildem Dschungel, nach Schwüle, nach Blüten, warmem Regen und fremden, gefährlichen Wesen? Was, wenn Todd gar nicht den Verstand verloren hatte, sondern die Wahrheit erzählte? Was, wenn die Augenzeugen wirklich ein Raubtier gesehen hatten? Was, wenn es mitten unter uns war?

Und was, wenn jedes dieser *wenns* wahr war?

Fröstelnd wickelte ich mich in meine Decke ein, hellwach und mit rhythmisch rauschenden Ohren.

Jetzt wollte ich um jeden Preis wissen, was dahintersteckte – und das nicht alleine wegen der Schülerzeitung. Nein, hier ging es um mehr, und ich war bereit, alles zu riskieren, um herauszufinden, ob ich einem wilden Raubtier begegnet war oder nicht.

Selbst wenn ich dabei Leib und Leben riskierte – ich würde seine Spur verfolgen.

JAGDGEBRÜLL

In der nächsten Nacht träumte ich so viel von diversen Möglichkeiten, durch Raubtierbisse frühzeitig sein Leben zu verlieren, dass ich vollkommen zerknittert erwachte und beschloss, zu meinem Ursprungsplan zurückzukehren. Klassische Wiedergutmachung. Ich würde nachmittags bei Schröter zu Kreuze kriechen und bis dahin »Trockenrecherche« betreiben, indem ich still und leise notierte und abspeicherte, was nur irgendwie mit dem Panther von Bornhausen zu tun hatte.

Radio Salü half mir bereits beim Zähneputzen dabei. Die Moderatoren hatten sich an Bornhausen festgebissen, ohne in die Tiefe zu gehen – stattdessen wurde viel gewitzelt, gespottet und gelacht. Offensichtlich war es bislang bei bloßen Augenzeugenberichten geblieben. Bürgermeister Diederich hatte bei allen deutschen Zoos nach entlaufenen Großkatzen gefragt. Ohne Ergebnis. Es gab keine entwischten Tiere, auch eine Bestandsaufnahme bei Varietés und umherreisenden Zirkussen blieb erfolglos. Dompteure arbeiteten nicht mit schwarzen Panthern, da diese sich niemals vollends zähmen ließen (ein Detail, das mich mit einem weiteren Gänsehautschauer versorgte, während ich versuchte, Ordnung in meine Haare zu bringen).

Doch was ich während der Freistunde am Computer in der Bibliothek herausfand, stellte alles Bisherige weit in den Schatten. Bornhausen war kein Einzelfall! Immer wieder hatte es in den vergangenen Jahren Medienberichte über Panthersichtungen gegeben – und das in ganz Europa: Italien, Belgien, Eifel, Schweiz, England, Frankreich. Es existierten sogar Fotoaufnahmen und kurze Videos, leider so unscharf, dass auch ich nicht sagen konnte, ob eine große schwarze Katze, ein Hund oder ein echter Panther vor die Linse gelaufen war. Besonders üppig war über die Fälle im belgischen Malmedy und im Schweizer Solothurn berichtet worden. Der *Tagesanzeiger* titelte daraufhin mit »Der schwarze Panther ist der Yeti von Europa«, schrieb aber sogleich in der Unterzeile: »Bisher ist das Raubtier nie verifiziert worden.« Trotzdem wies der Artikel darauf hin, dass sich die Beobachtungen jedes Mal auf erstaunliche Weise ähnelten. In England gab es sogar eine »Big Cats Society«, eine Interessensgemeinschaft, die angebliche Sichtungen von Großkatzen in Europa dokumentierte.

Allen Fällen war gemeinsam, so der *Tagesanzeiger* in seinem Yeti-Bericht, dass es sich jeweils um einen schwarzen Leoparden handelte und das streunende Tier nicht nur von aufgeregten Bürgern, sondern auch von Wildhütern und Polizisten gesehen wurde. Weder Zoos noch Zirkusse hatten jedoch einen schwarzen Panther vermisst. Auch war bisher kein Panther je in eine der aufgestellten Fallen getappt – und stets konnte nur unscharfes Fotomaterial geliefert werden, oder aber es handelte sich um Aufnahmen, die aus viel zu weiter Entfernung gemacht worden waren.

»Das ist es«, flüsterte ich und schloss mit glühenden Wangen das Fenster, in dem ich den Bericht geöffnet hatte. »Das ist meine Aufgabe. Ich muss das Foto schießen!«

Genau das war es, was bei all den Berichten aus Belgien, England, der Toskana, der Eifel und der Schweiz fehlte – ein scharfes Foto, das Beweisfoto schlechthin, vielleicht sogar ein Video! Hatte ich nicht gerade erst auf schmerzhafte Weise gelernt, dass man mit Fotos keine halben Sachen machen und Bildern aus zweiter Hand niemals vertrauen durfte? Mein eigener Fehler wies mich darauf hin, was ich jetzt besser hinkriegen konnte. Ich musste mich auf die Lauer legen und den Panther von Bornhausen vor die Linse bekommen – und danach würde niemand mehr über Graufink und Schröter sprechen. Vielleicht wurde ich dadurch sogar eine Art Heldin.

Auf der anderen Seite wusste ich, dass dieses Vorhaben milde formuliert kompletter Wahnsinn war. Die wenigen Bilder, die bisher über vermeintlich streunende Panther existierten, wurden von Spaziergängern aus weiter Entfernung gemacht, und dennoch zitterten die Hände der Hobby-Fotografen so sehr, dass die Aufnahmen komplett verwackelten. Das war nur verständlich – wie ich am eigenen Leib erfahren hatte, schaltete der Körper beim Anblick eines ausgewachsenen Raubtieres (oder eines Teils davon) sofort auf Flucht. Allerdings hatte mein System erst mit Flucht reagiert, nachdem mein Kopf identifiziert hatte, was ich da überhaupt sah. Vorher war ich wie auf magische Weise gebannt gewesen. Doch ich hatte keine Sekunde lang daran gedacht, ein Foto zu machen, und wenn, wäre es ebenfalls verwackelt.

Sich einem Panther zu nähern, um aus wenigen Metern Entfernung ein Bild zu knipsen, war in meinen Augen purer Selbstmord. Ich hatte außerdem gar keine Zeit, stundenlang irgendwo auf der Pirsch zu liegen und zu warten, dass ein Raubtier vorbeigelaufen kam. Wie schon der Sprecher der Dokumentation im Fernsehen es gesagt hatte – Jaguare verbargen sich stundenlang im Dickicht und gingen nur nachts auf die Jagd. Wir hatten es hier zwar aller Wahrscheinlichkeit nach mit einem Leopard zu tun, der eine deutliche Vorliebe für städtische Schmelzpunkte zeigte, aber das hieß noch lange nicht, dass man ihn leicht vor seine Linse bekam. »Bescheuerte Idee«, wisperte ich, konnte meinen Blick aber nicht von dem letzten geöffneten Artikel losreißen, auf dem mich ein Panther direkt aus seinen unergründlichen Augen anschaute, geknipst in einem Zoo, wo die Tiere ihren engen Käfig niemals verlassen durften. Wenn kein Zoo und Zirkus einen Panther vermisste, dann musste der Bornhausener Panther ein Wildling sein. Oder war er aus einer illegalen Privathaltung irgendeines Spinners ausgebüxt?

Selbst wenn es ein verweichlichter Wohnzimmer-Panther war – ein Raubtier blieb ein Raubtier, es hatte die Fähigkeit, sekundenschnell zu töten, und in meiner kargen Freizeit alleine auf Großwild-Jagd zu gehen, war eine sichere Reise in den Kühlraum der Klinik. Es sei denn …

Vorsichtig spähte ich über den Rand des Bildschirms hinweg auf Cedric, der sich hinter den Tisch am Fenster geklemmt hatte und schwitzend über seiner Deutsch-Lektüre brütete. »Andorra« von Max Frisch. Ich spürte bis hierher, dass er kein Wort verstand. Wenn ich jetzt zu ihm ging, ihm all die seriösen Artikel zeigte, die ich gefunden hatte, und meine Idee möglichst sachlich schilderte – würde er mir dabei helfen, sie umzusetzen? Konnte es mir gelingen, ihn zu mir ins Boot zu holen, weg von der Meute des *Hallo, wach!*-Teams? Er hatte schließlich etwas bei mir gutzumachen. Zu zweit konnten wir vielleicht einen Plan schmieden, der uns nicht direkt in Lebensgefahr brachte.

Doch die viel entscheidendere Frage war: Vertraute ich ihm? War er jemand, mit dem man Raubtiere beobachten konnte? Oder würde er mich für verrückt erklären, bevor ich meine Bitte zu Ende ausgesprochen hatte? Mehr üble Nachrede konnte ich wahrlich nicht gebrauchen.

Nun stutzte er, weil er meine Blicke bemerkte, und hob sein Kinn, doch ich verbarg mich hinter dem Computerbildschirm, bevor unsere Augen sich treffen konnten. Nein, ich vertraute ihm nicht – jedenfalls nicht genug, um ihn in eine Jagd auf ein Phantom einzuweihen. Denn solange es kein Beweisfoto gab, war der Panther ein Phantom. Daran gab es nichts zu rütteln.

Erneut klickte ich das nur sekundenlange, unscharfe You-Tube-Video an, das angeblich den Panther von Ligneuville zeigte. »Zu klein«, schoss mir durch den Kopf, was ich vorhin bereits gedacht hatte, als ich die Aufnahme betrachtete. Wenn man die Größe der schwarzen Silhouette mit der Breite der Radspuren auf dem Weg verglich, hatte man eine stinknormale Hauskatze vor sich. Ein ganz anderes Gefühl beschlich mich, als ich mir eine Amateuraufnahme des Eifel-Panthers von Kyllburg anschaute – was vielleicht auch an der Musik lag, die mich dabei über meine Kopfhörer beschallte. Die Aufnahmen waren ebenfalls unscharf, da sie vielfach vergrößert worden waren, doch die Bewegungen, die ich bei dem Tier erkennen konnte, hatten etwas Raubtierhaftes an sich und auch die Größe stimmte. Trotzdem – was war Wunschdenken, was malte die Fantasie dazu, was war Realität? Realität war ein schwarzer Schatten am Waldrand, den ich möglicherweise niemals mit einem Panther in Verbindung bringen würde, wenn nicht »Panther« darüber stand. »Es ist schwer, hier etwas zu erkennen«, bekannte der Mann aus dem Off. »Es war jedenfalls ein schwarzes Tier, ein großes schwarzes Tier. Nur ob es da einen Panther gegeben hat – das ist die Frage. Da müssen Sie sich selbst ein Bild davon machen.«

Ja, das musste ich wohl. Ich hatte weder Zeit, nachmittags in der Natur herumzustromern, noch, mich mit aufwendiger Kameratechnik vertraut zu machen oder mir gar solche zu beschaffen – also blieb nur zu hoffen (und gleichzeitig zu fürchten), dass ich dem Panther durch Zufall begegnete und geistesgegenwärtig genug war, ein Foto zu schießen. Diese Hoffnung konnte beim besten Willen nicht als Strategie bezeichnet werden, weshalb Plan A (Wiedergutmachung) nach wie vor durchgezogen werden musste.

Also schlug ich nach der Schule widerstrebend jenen Weg ein, der mich noch weiter von zu Hause weg und näher an den westlichen Stadtrand brachte, wo Schröter sein Imperium aufgebaut hatte – eine Anlage, die laut Graufink »negative Energien« in die Gemeinde strömen ließ, da dort täglich zig Tiere geschlachtet wurden. Graufink war überzeugt davon, dass es gesundheitsschädlich war, Fleisch von Tieren zu essen, die in Panik starben – etwas, worüber ich gar nicht erst genauer nachdenken wollte. Mama war schon länger zur Vegetarierfront übergetreten, doch Papa kaufte regelmäßig ein paar Würstchen. Ich hatte es längst aufgegeben, mich vor den schröterschen Fleischwaren zu drücken, denn es gab kein Schulfest, keinen Jahresabschlussball und kein Eishallen-Catering ohne Schröter-Würste. Ohne Schröter wäre ich längst verhungert.

Doch als ich mich seinem Anwesen näherte, überkam auch mich ein mulmiges Gefühl beim Anblick der großen grauen Gebäude, die ich schon aus der Ferne erkennen konnte. Die Familie Schröter selbst wohnte etwas abseits davon, verborgen in einem kleinen Waldgarten, was Mama verlogen fand, ich aber gut verstehen konnte. Die grauen Schlachter- und Zuchthallen wirkten wie eine kalte Festung, in denen das Böse hauste; daran konnte auch die weiter hinten gelegene, leuchtend rote Fleischerei-Firma nichts ändern. Mehrere LKWs standen vor der Schlachthalle, vermutlich Viehtransporte, die gerade neue Schweine anlieferten oder abholten. Schröter vermehrte, schlachtete und verarbeitete Schweine in rauen Mengen. Trotzdem prahlte er bei jeder Gelegenheit damit, dass sein Fleisch aus liebevoller Zucht stammte und die Würste im »Familienbetrieb« hergestellt wurden.

Je mehr ich von seinem Anwesen erkannte und je mehr unappetitliche Details meine Vorstellungskraft hinzudichtete, desto langsamer wurde ich. Mit Liebe und Familienbetrieb hatte das hier rein gar nichts zu tun. Immer wieder blieb ich stehen und drehte mich um – zum einen aus dem unguten Gefühl heraus, beobachtet zu werden, zum anderen, weil ich mir in diesen Stunden keinen besseren Ort vorstellen konnte als unseren schlammverkrusteten Flur mit seinen Strohresten, Pferdehaaren und Mamas verloren gegangenen Socken. Die Nachmittagssonne brannte sengend auf meinen Nacken, und die drückende Schwüle ließ meinen Atem immer schwerer werden. Die vergangenen Wochen hatte es außergewöhnlich viel geregnet, und nun, da es endlich warm wurde, kochte die Luft. Wenn ich nicht verschwitzt und halb verdurstet bei Schröter ankommen wollte, musste ich in den Schatten und fort von der

Straße, die seinen Namen trug und nur ein Ziel hatte – die Zuchthalle und den Schlachthof.

Kurzentschlossen machte ich einen Schlenker und lief über eine hoch gewachsene Wiese zum Wald, wo es einen kleinen Jagdpfad gab, der in einem Bogen zum Imperium führte. Ich kannte diesen Schleichweg, weil Schröter uns auf ihm vor Jahren bei einem Schulausflug den Wald erklärt hatte, was in seinem Falle bedeutete, dass er aufgezählt hatte, welche Tiere was kaputt machten und wie viele wann geschossen werden mussten, um eine gefährliche Überpopulation zu verhindern. Außerdem wies er uns auf giftige Pilze, giftige Pflanzen und giftige Insekten hin. Als unsere Grundschullehrerin das nächste Mal mit uns in den Wald wollte, fing die halbe Klasse an zu weinen und klammerte sich an den Schulbänken fest. Dank Schröter war der Wald für sie zu einem gefährlichen Ort mutiert. Auch ich war seit diesem Ausflug nur noch von der südlichen Seite Bornhausens zum Weiher gefahren, um baden zu gehen, bis meine Freundinnen und ich eines Nachmittags Herrn Graufink den FKK-Strand ansteuern sahen. Seitdem gingen meine Freundinnen nur noch in das Freibad. Wenn ich mit dem Training fertig war, hatte es bereits geschlossen.

Sobald ich in den Schatten der Bäume eintauchte, sank die Temperatur, und ich fühlte mich trotz des vielen Giftes um mich herum augenblicklich wohler. Als nach der nächsten Kurve eine Taube gurrend aus einem blühenden Busch aufstob, kam mir die ganze Panther-Geschichte unwirklicher vor denn je. Das hier war ein ganz normaler deutscher Wald, der so stark bejagt wurde, dass man von Glück sagen konnte, dort einmal in seinem Leben einem Hasen oder einem Reh zu begegnen. Die Bäume standen zwar ungewöhnlich dicht, und fast alle

Wege endeten irgendwann im Nichts (eine Schikane Schröters, so Mama, der den Wald für sich alleine haben wollte und somit systematisch Spaziergänger und Reiter vertrieb). Doch die wahre Wildnis blieb einem verwehrt. Wahrscheinlich war es so, wie der Schreiber des einen Artikels es in den letzten Zeilen zusammengefasst hatte. Die Panthersichtungen drückten lediglich den Wunsch der Menschen aus, in ihrer hochzivilisierten Welt endlich wieder auf ein Stück echte Wildnis zu stoßen und …

»Autsch«, entfuhr es mir, als ich mit meiner Hand in einem Dornengeflecht hängen blieb und mir den Unterarm aufritzte. Hellrotes Blut sickerte in winzigen Tröpfchen aus den dünnen Striemen und benetzte wie in einem geheimnisvollen Muster meine Haut. Ohne darüber nachzudenken, hob ich mein Handgelenk an den Mund und leckte die Wunde ab. Sofort legte sich der metallische Geschmack des Blutes auf meine Zunge und stieg über den Rachen hinauf in meine Nase. Wenn ich schon mein eigenes Blut so deutlich roch – wie mochte es für Wesen riechen, die über tausendmal feinere Sinne verfügten als ich? Welche Instinkte weckte dieser Geruch in ihnen? Welchen Hunger? Wie schnell würden sie mich finden?

Den Rest des Weges rannte ich, als wären zig angeschossene Wutzen hinter mir her, obwohl ich wusste, dass auch Schweiß Botenstoffe aussenden musste, doch das Gefühl, beobachtet und verfolgt zu werden, wurde immer intensiver, sodass ich kurz vor einem neuen Panikanfall stand, als ich endlich das schrötersche Imperium erreichte.

Haha. Und du willst ein Foto von einem Raubtier machen?, fragte ich mich in Gedanken spöttisch, nachdem ich mich mit einem gehetzten Blick nach hinten vergewissert hatte, dass ich alleine war. Ich flüchtete ja schon, wenn ich nur an einen Panther *dachte*. Das einzige Tier, dem ich auf meinem Umweg begegnet war, war eine ängstliche Taube gewesen.

Doch jetzt war ich in Sicherheit. An diesen Ort würde sich kein wildes Tier freiwillig wagen. Schröters wuchtiges Haus im bayrischen Landhausstil schrie nach Jagd, Lodenmänteln und Munition, und der ausladende Zwölfender über dem Eingang unterstrich diesen Eindruck zusätzlich. Ich musste an das denken, was Mama kürzlich gesagt hatte – wenn Menschen auf die Idee kämen, Totenschädel von Ermordeten über ihre Eingangstür zu hängen, würde jeder aufschreien und fordern, diese sofort zu entfernen. Bei Tierschädeln aber gälte es in manchen Kreisen nach wie vor als schick.

»Tut mir leid, dass er dich erwischt hat«, flüsterte ich dem Zwölfender über meinem Scheitel zu, bevor ich auf den messingfarbenen Klingelknopf drückte. Ich hatte keine Ahnung, ob man ohne telefonische Anmeldung an Schröters Privathaus läuten durfte, aber immerhin war ich eine Klassenkameradin von Lionel, und damit würde ich mich im Ernstfall herausreden.

Es vergingen Minuten, bis die Tür sich einen Spalt weit öffnete und mir Schröters Frau aus dem Halbdunkel entgegenlugte. Über ihrem wild gemusterten Sommerkleid trug sie eine bemehlte Schürze, und ihre Haare waren in einen Frotteeturban gewickelt – ganz offensichtlich hatte sie nicht mit Besuch gerechnet, sondern Küchenarbeiten mit Schönheitspflege kombiniert, und ihrem Lächeln sah ich an, dass sie sich dazu ein wenig zwingen musste.

»Nina. Mit dir habe ich nun wirklich nicht gerechnet.« Einhändig wickelte sie sich die Schürze ab und warf sie hinter sich. Kurz griff sie sich auch an den Turban, entschied sich aber anders. »Was ist denn?«

»Guten Tag Frau Schröter«, begrüßte ich sie in aller gebotenen Höflichkeit. »Könnte ich Ihren Mann sprechen, bitte?«

»Sofort?« Sie machte die Tür nicht weiter auf, trat aber zu mir nach draußen. »Es ist vielleicht nicht der beste Zeitpunkt. Er ist …« Vertraulich beugte sie sich zu mir herunter. »… nicht gut auf dich zu sprechen – um es vorsichtig zu formulieren.«

»Ja, genau deshalb bin ich hier.«

»Oje«, murmelte Frau Schröter, und noch immer hatte ihr Lächeln etwas Gezwungenes. »Mutig bist du ja, das muss man dir lassen. Bist du sicher, dass das eine gute Idee ist?«

»Ja.« So schnell wollte ich mich nicht abwimmeln lassen. »Es dauert auch nicht lange. Ich muss es jetzt tun, bitte.«

»Na, dann versuch mal dein Glück …« Kopfschüttelnd trat sie zu mir nach draußen, zog die Tür hinter sich zu und führte mich mit flatterndem Kleid und schwankendem Turban ums Haus herum zu der kleinen Jagdhütte, die in der linken hinteren Ecke des Gartens stand und in der sich Schröter und Konsorten gerne aufwärmten, wenn sie von der Jagd zurückkamen – mit einem Bullerofen und selbst gebranntem Obstler (Quelle: Mama).

Nun aber bereiteten sie sich auf eine Jagd vor. An der Veranda lehnten frisch polierte Gewehre, zu kurz angebundene Hunde kläfften nervös vor sich hin, und aus der Hütte tönte das polternde Palaver von Männern, die zum Töten bereit waren.

»Bitte schön. Viel Erfolg!«, wünschte Frau Schröter in einem undefinierbaren Tonfall und wandte sich sofort wieder um, um zurück zum Haus zu eilen. Entweder gab es da etwas, was nicht warten konnte, oder sie hatte selbst keine Lust, ihrem

Ehemann zu begegnen. Verstehen konnte ich sie gut, doch ich hatte gehofft, dass sie mir wenigstens die Tür öffnete und Schröter Bescheid sagte, dass ich da war. Nun musste ich das alleine tun.

Einer der Hunde, der direkt neben dem Eingang festgekettet war, versuchte geifernd nach mir zu schnappen, als ich an ihm vorbeiging, während ein anderer sich fast hilfesuchend an meine Beine drängte und mich bittend aus blutunterlaufenen Augen anschaute. Er hatte offensichtlich keine große Lust auf das, was ihm gleich bevorstand. Sein Halsband war so eng geschnürt, dass ich mir Sorgen um seine Luftzufuhr machte. Doch wenn ich mich bückte, um es zu lockern, würde der andere Köter mir in den Hintern beißen.

Also strich ich ihm nur über den Kopf, griff beherzt nach der Klinke und trat ein. Schlagartig verstummten die Männerstimmen. Ich musste husten, so sehr reizte der Gestank nach Pfeifentabak, Bier und abgestandenem Schweiß meine Kehle. Was gar nicht ins Bild passte, waren die Laptops, über die einige der Männer sich beugten und auf deren Bildschirm Google Maps lief – und die Schlagermusik, die aus der kleinen Anlage über dem Tresen dröhnte. Hinter dem Tresen lehnte Schröter. Er hatte seinen massiven Oberkörper in ein ledernes Wams gezwängt, rauchte Pfeife und putzte mit rot angelaufenen Wangen eines seiner Gewehre, als würde er gleich zur Safari seines Lebens aufbrechen. Das Antilopengeweih an der Wand bewies, dass das nichts Neues für ihn gewesen wäre.

Keiner der anderen Männer wagte, etwas zu sagen, bis Schröter endlich das Gewehr ablegte, die Pfeife in den anderen Mundwinkel schob und mich mit unverhohlener Neugierde anschaute. »Tag, Nina. Wir haben hier zu tun.«

»Das sehe ich, und ich will auch nicht lange stören.«

Schröter stieß einen Grunzlaut aus und paffte ein paar stinkende Wölkchen in die Luft. Das Raunen der anderen Männer – verwundert bis verächtlich – war Antwort genug. Alle hier wussten, wer in ihre heilige Hütte eingedrungen war und was ich verbrochen hatte.

»Geh lieber aufs Eis, anstatt zu schreiben, Mädel«, knurrte einer. »Das kannste besser.«

»Genau deshalb bin ich hier«, ließ ich mich nicht beirren, obwohl ich mich selten an einem Ort unwohler gefühlt hatte als in dieser verrauchten Hütte. Der Krankenhausbesuch war ein Spaziergang im Vergleich hierzu gewesen. »Ich wollte mich entschuldigen. Bei Herrn Graufink war ich schon und …«

»Ach, bei dem Spinner zuerst, ja?« Schröter leckte sich einen Tabakkrümel von seinen Schneidezähnen. »So. Ist ja gut zu wissen. Zahlt der dir deine Trainerin?«

»Er liegt im Krankenhaus, während Sie sich offenbar bester Gesundheit erfreuen«, entgegnete ich, und wieder erhob sich das strafende Murmeln hinter mir. »Also habe ich ihn zuerst besucht. Jetzt bin ich ja hier. Also. Es tut mir leid, dass ich …« Ja, was eigentlich? Ihn in einem Artikel erwähnt hatte? Musste ich mich wirklich dafür entschuldigen? Er mischte sich ständig in die Angelegenheiten anderer ein – sollte er es sich dann nicht auch gefallen lassen, dass man über ihn schrieb? »Dass ich Sie … na, Sie wissen schon. Mein Artikel. Bitte ziehen Sie Ihre Anzeigen nicht zurück. Wir brauchen Sie.« Der letzte Satz fühlte sich an wie ein Würgen, aber ich setzte trotzdem noch einen drauf. »Bornhausen braucht Sie.« Okay, das nannte man Arschkriechen, und ich bereute meine Worte in dem Moment, in dem ich sie ausgesprochen hatte.

»Das ist wahr«, antwortete Schröter und musterte mich aus engen Augen. »Bornhausen braucht Menschen wie mich. Ich sag dir, was du tun kannst, Mädchen. Lass deine Finger von der Schülerzeitung, geh brav aufs Eis und sieh zu, dass du es zu den deutschen Meisterschaften schaffst und wir sie ausrichten können. Das Catering geht an mich. Klar?«

»Brav aufs Eis? Wie reden Sie eigentlich mit mir?«, platzte mir der Kragen, obwohl ich wild entschlossen gewesen war, Frieden zu stiften. »Glauben Sie, Sie können mir vorschreiben, ob ich für eine Schülerzeitung schreibe oder nicht?«

Nun lachten die Männer, amüsiert und überheblich. Wütend fuhr ich herum und sah einem von ihnen direkt in seine kababraunen Augen. Ich kannte ihn vage; er hieß Hubert, war im gleichen Alter wie meine Eltern und grüßte Mama immer betont freundlich, wenn wir ihm begegneten. Sekundenschnell erstarb sein Lachen, und er wandte sich wieder dem Computerbildschirm zu, als existiere ich gar nicht. Auch das Gelächter der anderen wurde leiser – aber nicht, weil sie meinen Zwergenaufstand nicht mehr amüsant fanden, sondern hören wollten, was Schröter sagte, der lediglich wartete, bis es ruhig genug dafür war.

Doch bevor er den Mund aufmachte, paffte er mir stumm seine Tabakwölkchen entgegen und fixierte mich, als sei ich ein Tier, das es möglichst schnell zu erlegen galt – und dabei sollte bitte schön kein Pulver verschwendet werden.

»Ich glaube das nicht nur, Mädchen. Ich weiß, dass ich es kann. Ohne mich kannst du im Winter wieder auf dem Weiher im Wald eislaufen gehen. Falls es mal so kalt wird, dass er zufriert. Im Sommer kannst du die Schlittschuhe ganz an den Haken hängen. Ist dir eigentlich klar, was das für ein Luxus ist, im Sommer in einer Eishalle trainieren zu können? Ja? Wenn ich dir den Hahn abdrehe, schreit kein Hahn mehr nach dir.« Er begann, dröhnend über seinen eigenen Wortwitz zu lachen, und die anderen fielen wie unterwürfige Hyänen ein. Das hatte ich nun davon, dass ich ihm in den Hintern gekrochen war. Er machte sich erst recht dick und glaubte, er könne Mafia-Spielchen mit mir treiben. Aber verdammt, das konnte er auch! Wenn er damit aufhörte, Ludmilla zu bezahlen, hatte ich keine vernünftige Trainerin mehr und konnte nur noch in anderen Leistungszentren arbeiten – und das würde Mama nicht unterstützen. Sie hatte gar keine Zeit, mich jeden Tag zum Training zu fahren, und ebenso wenig würden Mama und Papa von Bornhausen wegziehen, damit ich meine Eislaufträume verwirklichen konnte. Schröter hatte mich in der Hand. Ob es um die Schülerzeitung ging oder um das Eis – er bestimmte, wo es langging und was dabei möglich war und was nicht.

»Auf dem See war es immer sehr schön«, entgegnete ich dennoch – und sprach die Wahrheit aus. Auf dem Weiher hatte alles angefangen. Mama nahm mich mit zum Schlittschuhlaufen, und ich entdeckte, dass das Eis viel mehr war als eine glatte Fläche, auf der man sich bewegen konnte. Es lud mich zum Tanz ein, zur Schwerelosigkeit. Zum Fliegen. Die Landungen waren hart, ob auf dem See oder in der Halle – doch ich würde niemals meine ersten Höhenflüge und Stürze in der eisigen Winterwaldkälte vergessen, die der Weiher mir beschert hatte.

»Natürlich. Du weißt, was du zu tun hast.« Schröter wandte sich von mir ab und drehte mir seinen breiten Rücken zu. »Leg eine ordentliche Leistung hin, lass die anderen die Zeitung machen, und wir sind wieder im Geschäft. Und jetzt geh nach Hause, wir haben hier zu tun.«

»Bisschen Töten am Nachmittag, was?«, murmelte ich so leise, dass Schröter mich nicht hören konnte, und verließ provokativ langsam die Hütte. Der gefleckte Hund hatte sich inzwischen fast mit seinem eigenen Halsband erwürgt, während der andere weiterhin wütend vor sich hin geiferte. Er konnte es kaum erwarten, Fährte aufzunehmen. Oder hatte er schon eine in der Nase?

»Hey!«, rief es hinter mir. Schröter. Er war mir gefolgt.

»Was?«, fragte ich genauso unhöflich wie er, ohne mich dabei umzudrehen.

»Geh die Straße entlang, vorne an der Firma vorbei. Ist zu gefährlich im Wald. Wir haben das Vieh noch nicht erlegt.«

Oh. Schröter sorgte sich um mein Wohlergehen?

»Das Vieh?«, fragte ich unbeeindruckt.

»Da draußen ist was, Mädchen, und du kannst dem lieben Gott danken, wenn es nur ein angeschossener Keiler ist. Also los jetzt, andere Richtung.«

»Sie sollten lernen, besser zu treffen«, entgegnete ich kühl und tat so, als würde ich ihm gehorchen und zur Straße laufen – doch sobald er wieder in der Hütte war, kehrte ich um. Ich hatte gar keine Wahl, ich musste die Abkürzung durch den Wald und am Weiher vorbei nehmen; dieses Mal nicht den gleichen Pfad wie vorhin, sondern den direktesten Weg von Schröter zu unserem Haus, denn ich hatte bei meiner sinnlosen Wiedergutmachungsaktion zu viel Zeit verloren. In einer Stunde begann mein Training – und eine halbe Stunde ging bereits beim Umziehen und bei der Fahrt zur Eishalle drauf.

Doch schon nach der ersten Wegbiegung traf ich auf eine Sperre. Rotweißes Band hing schlaff zwischen zwei Pfosten, die in den feuchten Boden gerammt worden waren. Dazwischen verkündete ein Schild: *Stopp! Treibjagd!* Aber die Jäger saßen noch in der Hütte und brüteten über ihren Waffen und Karten, als könnten sie dort erkennen, wo sich das »Vieh« befand. Außerdem kannte ich mich mit Grenzüberschreitungen inzwischen bestens aus. Das war nichts Neues für mich.

Flink schlüpfte ich unter der Absperrung hindurch und trabte im Joggingtempo den Pfad entlang, der sich an dieser Stelle immer weiter verschmälerte, bis ich an den Weiher gelangte und ein paar Minuten am Ufer entlangpirschen musste, um auf den Fahrradweg zu kommen, der von der Stadt zum offiziellen Badestrand führte. Doch es gab keinen Pfad am Ufer mehr. In den vergangenen Tagen hatte es so viel geregnet, dass der Pfad unter Wasser lag und der Weiher sogar die Stämme der Bäume umspielte, die am Rande des Ufers wuchsen. Und jetzt? Schuhe aus und durch das Hochwasser waten oder mich durchs Dickicht schlagen?

Da ich nicht abschätzen konnte, wie schnell das Ufer abfiel und wie tief das Wasser werden würde, entschied ich mich fürs Dickicht, bereute es aber schnell. Ich hätte eine Machete gebraucht, um hier rasch durchzukommen. Immer wieder fühlte es sich an, als ob sich die Wurzeln am Boden um meine Knöchel wanden und die Büsche mich am Weitergehen hindern wollten – ja, als wolle der Wald mich verschlingen, bis ich zu einem seiner Wesen wurde.

Laut atmend blieb ich stehen und versuchte, mich zu orientieren. Ich konnte weder zu meiner Rechten noch zu meiner Linken weiter als bis zum nächsten Baum schauen. Selbst über mir wuchsen die Zweige so dicht, dass ich nur Lichtsprenkel im Gewirr der Blätter und Äste erkennen konnte, nicht aber ihre Quelle. Der Wald hatte die Sonne und den blauen Himmel verschluckt. War ich wirklich geradeaus gelaufen, wie ich es vorgehabt hatte? Oder versehentlich im Kreis? Sollte ich versuchen, zurück zum Weiher zu gelangen, und doch lieber den Weg durchs Wasser wählen?

»Was mache ich jetzt nur?«, entfuhr es mir, und ich erschrak darüber, wie ängstlich meine Stimme klang. Es gab keinen Grund, ängstlich zu sein! Ich war in der Nähe des Badeweihers und damit in der Nähe der Stadt, auch wenn ich sie hier weder sehen noch hören konnte. Ich musste nur noch ein paar Meter weiter gehen, dann würde sich der Wald lichten und ich konnte mich wieder orientieren. Trotzdem kniete ich mich auf den blätterübersäten Boden, legte die Hände auf meine Oberschenkel und hörte mich ein weiteres Mal fragend flüstern: »Was mache ich jetzt nur?«

Folge deinem Herzen. Komm zu mir.

Erstarrt blieb ich sitzen. Was war das gewesen? Nein – *wer* war das gewesen? Ich hatte etwas vernommen, jedoch keine menschliche Stimme, keine Stimme von außen, die in messbaren Schallwellen meine Ohren erreichte. Was ich gehört hatte, war Klang und Duft gewesen, ein Gemisch aus dem Atem des Waldes, der Wärme um mich herum und einem wilden, verwirrenden Geruch, und aus alldem hatte sich eine Botschaft in mir geformt, klar und deutlich: Folge deinem Herzen. Komm zu mir.

»Zu dir?« Gebannt lauschte ich in das Rascheln der Blätter und das Wispern der Insekten, in dieses nicht nennbare Geräusch, das Sommer bedeutete. Doch ich empfing keine weiteren Impulse, keine Botschaft, die sich in Worte verwandelte. Alles, was ich spürte, war dieses packende, enervierende Gefühl, aus nächster Nähe beobachtet zu werden, nicht nur mit den Augen, sondern mit allen Sinnen, einer schärfer und wacher als der andere. Etwas war da, das mich längst bemerkt hatte und nicht aus dem Blick ließ und mich selbst dann noch wahrnehmen würde, aus weiter Ferne und mitten im größten Lärm, wenn ich schlief.

Es war so viel mächtiger, stärker und weiser als ich.

Flach atmend, heftete ich meine Augen auf meine Hände, die immer noch auf meinen Knien lagen.

Wenn dieses »Es«, das ich vor mir spürte, *er* war, waren die Regeln klar. Ich hatte sie heute Morgen erst gelesen, jeder einzelne Artikel hatte sie mir vorgebetet. Ich durfte nicht aufschauen, schon gar nicht seinen Blick erwidern. Auch durfte ich nicht überhastet wegrennen, sondern sollte mich langsam, Schritt für Schritt, rückwärts entfernen.

Doch ich musste gar nicht aufschauen, um seinen schwarzen Schatten wahrzunehmen, nur wenige Meter vor mir im Geäst eines uralten Baumes. Dort lag er und wartete ruhig und gelassen, bis ich einen Fehler machte – den Fehler meines erbärmlich kurzen Lebens.

Der Schweiß rann meine Schläfen hinunter, während ich auf dem Waldboden kniete und Stunden zu zerrinnen schienen, weil ich nicht tun konnte, was ich zu tun hatte. Mein Leben retten, indem ich ihn nicht ansah und weglief.

Doch selbst wenn es das Letzte war, was ich jemals tat – ich musste seinen Blick erwidern.

Wie sollte ich ihn nicht anschauen können? Mit einem leisen Seufzen, von dem ich nicht wusste, woher es kam und was es bedeutete, hob ich meine Wimpern.

Mein Blut begann zu rauschen, als er seine Lider senkte und wieder aufschlug, ohne seine grünen, gleißend hellen Augen von mir abzuwenden. Wie Smaragde leuchteten sie durch das Halbdunkel des Waldes. Die Sonne spielte keck mit dem schwarzen Schimmer seines Fells, als würde sie es streicheln und liebkosen wollen. Ihr konnte er nichts tun. Mir schon. Doch ich wollte es wie sie – ihn berühren, seine Geschmeidigkeit und Kraft unter meinen Fingern spüren.

»Was tust du hier? Warum bist du da?«

Als er meine Worte hörte, legte er seinen Kopf auf seinen dicken, schweren Pfoten ab, ohne seine länglichen Pupillen von mir abzuwenden, und ein tiefer Atemzug hob seine Rippen an und ließ sie wieder sinken. Zufrieden wirkte er – und so im Einklang mit sich und der Welt, dass ich mir wie ein Fremdkörper vorkam. Eine Träne rann meine Wange herab, und ich spürte, wie mein Herz schwer wurde. Ich wollte nicht gehen. Ich wollte bei ihm bleiben, nur noch ein paar Minuten – und ihn ansehen. Wieder beobachtete ich, wie er einen tiefen Atemzug nahm, und automatisch tat ich es auch – ich löste mich aus meiner Starre und atmete tief ein, trank dabei von seinem wilden, schweren Duft, der durch meine Kehle glitt wie ein labendes Elixier. Als würde er bemerken, was ich da tat, hob er seinen Kopf, stemmte die Vorderpfoten auf den Ast und richtete sich drohend auf.

Ich schrie erst, als ich den Waldrand erreicht hatte. Es war ein schwacher Schrei, ein jämmerliches, ersticktes »Hilfe«, und ich ersparte mir ein zweites, denn hier war niemand, der mich hören konnte. Die Stadt hielt Nachmittagsschlaf. Bei einem hektischen Blick zurück konnte ich außerdem sehen, dass mir kein schwarzes Raubtier hinterherlief. Japsend stützte ich die Hände auf meinen Knien ab, um zu Luft zu kommen und mich erneut zu vergewissern, dass ich alleine war.

Dabei war mein Fluchtversuch sowieso lachhaft gewesen. Wenn der Panther mich hätte haben wollen, wäre ich längst in seinem Magen – und zwar in vielen kleinen Einzelteilen. Ich war ja kaum vorwärtsgekommen vor lauter Gestrüpp und immer wieder beinahe auf meine Nase gefallen. Es wäre ihm ein Leichtes gewesen, mich mit einem einzigen Tatzenhieb zu stoppen und seine Zähne in mein Genick zu schlagen, um mich zu erwürgen. Denn das taten Leoparden – sie bissen einem nicht die Kehle durch, sondern drückten ihren Opfern die Luftzufuhr ab, bevor sie sie töteten.

Trotzdem richtete ich mich wieder auf und rannte wie eine Verrückte weiter. Was ich eben im Wald getan hatte, war das Verkehrteste gewesen, was ich hatte tun können – überstürzt weglaufen, denn das weckte seinen Jagdinstinkt, das hatte ich in den vielen Panther-Berichten von heute Morgen gelesen. Ich hatte alles falsch gemacht, was man falsch machen konnte. Ich hatte ihm in die Augen gesehen, mit ihm gesprochen, hatte mich dann panisch umgedreht und war geflüchtet. Es war ein Wunder, dass ich noch lebte. Deshalb musste ich weiterrennen. Ich flüchtete nicht mehr vor ihm, sondern vor meinen eigenen Gedanken und Schlussfolgerungen, vor allem vor dem »Was wäre, wenn«, das in jeder Variante blutig endete.

Als ich endlich schweißgebadet in meinem Zimmer stand und meine von Kratzern übersäten Arme und zerrissenen Hosen betrachtete, begann ich laut zu lachen, und gleichzeitig hätte ich mir meine Haare raufen können vor Wut. Die Panik hatte ich mir aus dem Leib gelaufen, und erst jetzt begriff ich, welche Chance ich mir hatte entgehen lassen.

Das Foto! Dieser Anblick wäre das Foto gewesen, das mich mit einem Schlag von aller Schmach befreit hätte – der schwarze Panther von Bornhausen, wie er nur wenige Meter entfernt von mir auf einem quer wachsenden Baum am Rande des Weihers döste und mich anschaute, als würden wir uns seit Ewigkeiten kennen.

Ja, genau so hatte er mich angeschaut. Etwas war zwischen uns gewesen, das ich nicht in Worte fassen konnte, aber unentwegt von ihm zu mir strömte und wieder von mir zurück zu ihm, als würden wir miteinander kommunizieren. Eine unsichtbare Verbindung, die mich jede Vernunft hatte über Bord werfen lassen.

Wieder wurde ich von einem hysterischen Lachanfall erschüttert, während sich zugleich Tränen aus meinen Augen lösten. Mir war nach Weinen und Schreien zumute, nach Tanzen und Rennen, Still-da-Liegen und In-den-Himmel-Schauen, Musik-Hören, Schweigen, Beten und Hoffen.

Doch am stärksten war die wilde, unbezähmbare Sehnsucht in mir. Dieses Tier war das Schönste, was ich jemals in meinem Leben gesehen hatte. Der Panther war mehr als nur eine Gestalt aus Fell und Formen. Er war mir vorgekommen wie ein Bote aus einer längst vergessenen Welt – und gleichzeitig berührend menschlich und nah. Ich musste an Mama denken, die sich oft darüber ärgerte, dass Pferdebesitzer ihre Tiere vermenschlichten. Tiere seien Tiere, Menschen seien Menschen. Das müsse man zu unterscheiden wissen.

Doch dieser Panther war mir begegnet, als habe er auf mich gewartet. Nicht weil er mich gerufen hatte, nein – sondern weil ich ihn gerufen hatte. Ich hatte es nur nicht gewusst.

»Ich möchte dich wiedersehen«, sprach ich bittend aus, was ich seit dem Moment dachte und fühlte, in dem ich mich wieder in Sicherheit gewähnt hatte. Die Jäger waren bestimmt schon unterwegs, schwärmten schwer bewaffnet aus, um ihn in die Enge zu treiben und zu erlegen. Durch das Visier eines Gewehrs konnte man einem Tier nicht in die Augen sehen. Niemals würden sie verstehen, was ich empfunden hatte. Das konnte nur, wer ohne schützende Gitter und ohne Waffe jenes Wesen direkt anblickte, das es in seiner Welt nicht geben durfte.

Mit zitternden Knien sank ich vor meinem Bett auf den Boden. Mein Lachen war verebbt, und eine Schwäche nahm von mir Besitz, wie ich sie selbst damals nicht erlebt hatte, als ich zwei Wochen lang mit einer Lungenentzündung im Krankenhaus gelegen hatte. Ich konnte jetzt nicht trainieren. Die Vorstellung, mich umzuziehen und in die Eishalle zu fahren, um dort unter Ludmillas Geschrei meine Kür zu üben, war absurd. Alles, was ich tun konnte, war, die Augen zu schließen und mir den Anblick meines Panthers zurück ins Gedächtnis zu rufen, so lange und so oft, bis ich einschlief und von ihm träumte.

Würde ich irgendwann sterben und spüren, dass mein letzter Atemzug nahte, dann wären es seine grünen Augen, die ich noch einmal vor mir sehen würde. Das Spiel der Sonne auf seinem Rücken und die Bewegung seines Atems unter seinem Fell.

Sie durften ihn nicht töten.

EISHEILIG

»Er lebt … Gott sei Dank, er lebt …« Die Erleichterung durchflutete mich so stark, dass meine Hände zu zittern begannen und ich meinen Kopf auf dem Esstisch ablegen musste. Seit fünf Uhr in der Früh hatte ich wach gelegen und gegen den Drang angekämpft, das Radio anzuschalten oder im Internet nach neuen Nachrichten zum Panther von Bornhausen zu suchen, weil ich fürchtete, zu erfahren, was ich weder hören noch lesen wollte – dass die Jäger den Panther gestellt und getötet hatten. Dennoch kreisten meine Gedanken ohne Unterlass um eine einzige Frage: Lebte er noch?

Beim Frühstück war ich am laufenden Radio nicht mehr vorbeigekommen. Es war eine heilige Institution bei uns, denn ohne Radio drohte Mama über ihrem Kaffee einzuschlafen. Ich konnte mich also nicht mehr dagegen wehren – und endlich, gerade eben hatte Radio Salü in den Regionalnachrichten vermeldet, dass die gestrige Treibjagd ohne Erfolg gewesen sei. Also lebte der Panther noch. Das war alles, was ich wissen musste.

»Nina? Bist du okay?«

Überhastet riss ich meinen Kopf wieder nach oben und zerrte mir dabei meinen Nacken. Doch ich lächelte Mama, die gerade in Stallmontur durch das Haus hetzte und ihre Siebensachen zusammensuchte, nur müde zu.

»Ja, mach dir keine Sorgen. Hab schlecht geschlafen heute Nacht. Bin nur einen Moment eingenickt.«

Eines lag auf der Hand – würde sie erfahren, was mir gestern geschehen war, würde sie in ihren Sorgen ertrinken. Wie Papa auf diese Geschichte mit mir und dem Raubtier im Wald reagieren würde, lag fern jeder Vorstellungskraft. Womöglich würde er sich bis an die Zähne bewaffnet an der nächsten Treibjagd beteiligen. Meine Pantherbegegnung am Weiher, die mir an diesem Morgen fern, märchenhaft und fantastisch vorkam, musste ein Geheimnis bleiben.

»Möchtest du …«

»Pscht!«, unterbrach ich Mama zischend und deutete auf das Radio. Gerade hatten sie das Pantherthema wieder aufgenommen.

»Heute soll der Wald am Stadtrand von Bornhausen, wo der Panther sich aufhalten könnte, mit zwei Lebendfallen bestückt werden. Außerdem wird das gesamte Waldgebiet bis auf weiteres für Spaziergänger, Jogger und Reiter gesperrt.«

»Na klasse …«, murrte Mama. »Dann hab ich die nächsten Tage ja wieder mit jeder Menge unausgeglichener Pferde und Reiter zu tun. Panther … Die spinnen ja wohl. Du glaubst diesen Mist doch nicht etwa, Nina?«

»Nein, natürlich nicht«, erwiderte ich locker und schielte auf meinen Teller, um ihrem prüfenden Blick auszuweichen. Ich musste es nicht glauben, denn ich wusste es. Ich wusste, dass er da war.

»Inzwischen meldete sich auch ein Experte des Naturschutzbundes zu Wort, der darauf hinwies, dass Leoparden pro Tag bis zu vierzig Kilometer zurücklegen können – deshalb sei es gut möglich, dass der Panther sich gar nicht mehr in Bornhausen befindet und längst weitergezogen ist.«

»Wenn er klug ist, tut er das«, kommentierte Mama bissig und drückte mir zum Abschied einen Kuss auf die Stirn. »Ich hätte ja nicht gedacht, dass ich das mal sage, aber bitte denk an das Training heute Abend, ja? Ich hab jetzt noch ein Pfeifen im Ohr von Ludmillas Kreisch-Anruf.«

»Ja, mach ich«, antwortete ich abwesend. Mir war schlagartig der Appetit vergangen. Diese Information war mir noch nicht untergekommen – ein Panther konnte vierzig Kilometer pro Tag zurücklegen? Wie hoch war die Wahrscheinlichkeit, dass ein Raubtier in einem Waldstück blieb, in dem es vor Jägern nur so wimmelte und kaum mehr Wild gab, von dem es sich ernähren konnte? Sollte mein Panther nicht restlos verweichlicht sein, hatte er längst das Weite gesucht. Ich hätte es an seiner Stelle auch getan. Trotzdem verspürte ich das Bedürfnis, ihm sein Weiterziehen übel zu nehmen, ja, es ihm sogar vorzuwerfen. Aber wie konnte man einem Tier etwas vorwerfen? Das ging nicht. Lustlos rührte ich in meinem Kakao herum und schob ihn schließlich von mir weg.

Es war ja eigentlich gut, wenn der Panther fort war. Was sollte er hier auch noch? Vor Schröters geladenes Gewehr spazieren? Ich sollte froh sein, dass er gegangen war, weit weg von hier, in eine menschenleere Gegend, wo er unbemerkt leben und jagen konnte.

Doch im Unterricht schaffte ich es nicht, mich auf den Stoff zu konzentrieren. Kaum eine Minute verging, in der ich nicht an meinen Panther dachte, an ihn und diesen mystischen Augenblick, in dem wir uns anschauten und ich seinen Duft einzuatmen begann. Doch genau in diesem Moment hatte er sich aufgerichtet, eine Regung, die mir vorkam wie eine Drohgebärde, und ich war um mein Leben gerannt.

Selbst die Schadenfreude darüber, dass Schröters Treibjagd ergebnislos geblieben war, konnte meine Schwermut nicht durchdringen. In den Pausen hörte ich über mein Handy Radio und checkte die Nachrichten, aber es gab nichts Neues. Nun waren wieder andere Themen wichtiger. Weltfrieden, Autobahn-Maut, Radikalisten und Lebensmittelskandale.

So war ich sogar dankbar, dass Ludmilla mich abends in Anspruch nehmen würde. Ich hatte mein Training gestern verschlafen – noch nie zuvor war mir so etwas passiert. Wie ich Ludmilla kannte, würde das bedeuten, doppelt so hart und länger als sonst trainieren zu müssen. Doch mir war alles lieb, was mich vom Denken und Grübeln abhalten konnte. Denn das tat ich unentwegt – ich versuchte auszurechnen, wie gut die Chancen standen, dass der Panther noch da war, wie viel Wild er am Tag brauchen würde, um zu überleben, in welche Richtung er gelaufen sein könnte und ob es sich lohnen würde, dort nach ihm zu suchen. Doch all diese Denkereien führten ins Leere. Er war ein Raubtier. Er ließ sich nicht berechnen. Raubtiere taten einfach, was sie wollten.

Deshalb war es wahrscheinlich auch pure Willkür und Launenhaftigkeit gewesen, dass er diesen Leckerbissen von Mädchen gestern Nachmittag verschmäht hatte. Heute konnte das ganz anders sein. Aber der Wald war sowieso abgesperrt. Ich hatte nicht einmal die Chance, es darauf ankommen zu lassen. Außerdem regnete es in Strömen, und der Donner rumpelte ohne Unterlass, seitdem der Himmel sich am Nachmittag zugezogen hatte.

Ich war völlig durchnässt, als ich mein Rad vor der Eishalle abstellte, etwas zu früh, um ein paar Minuten vor Ludmilla da zu sein und mich in Ruhe umziehen zu können – doch sie erwartete mich bereits in greller Kriegsbemalung und mit vorwurfsvoll geschürzten, dunkelrot getünchten Lippen. Ihre blondierten Haare standen in dramatischen Wellen von ihrem Kopf ab, als habe sie den Nachmittag zwischen zwei Ventilatoren verbracht.

»Na, kleines Fräulein? Heute wach?«

Obwohl sie mir mein gestriges Fehlen sichtlich übel nahm, zog sie mich mit beiden Händen an ihre Brust und drückte mich fest. Für Ludmilla gehörten brutale Umarmungen ebenso zum Training wie feuchte Küsse nach einem gelungenen Sprung. Vielleicht konnte ich ihr auch deshalb nie richtig böse sein. Sie bewegte sich stets am Rande des Wahnsinns, wie Mama es zu formulieren pflegte, aber ich hatte viel von ihr gelernt – und das meiste davon spielte sich nicht auf dem Eis ab.

»Tut mir leid. Lief alles nicht so gut diese Woche«, bekannte ich bedrückt.

»Kindchen, wann immer solche Dinge geschehen wie mit diese Zeitung – ist es Fiegung! *Das* ist Fiegung!« Ludmilla hatte Probleme mit deutschen Umlauten. Fiegung bedeutete Fügung und war eines von Ludmillas Lieblingsworten. Für sie war alles Fiegung, und sie hatte es drauf, jedes noch so ärgerliche Ereignis dahingehend zu interpretieren, dass es Fiegung war und darauf hindeutete, dass ich noch mehr und noch härter trainieren musste. »Zeitung ist weg, mehr Zeit fier Training!« Ich wusste es doch. Schon tat sie es. »Fiegung! Nicht

Kopf hängen lassen, ja? Wenn eines weg ist, kommt anderes. Ist immer so. Weglaufen ist keine Lesung!«

»Keine Lösung«, verbesserte ich sie im Flüsterton, ließ aber weiterhin den Kopf hängen.

»Mädchen? Schau mich an! Schau Ludmilla an!« Ludmilla griff nach meinem Kinn und drückte es nach oben, damit ich sie ansehen musste und ihr typisches Aroma nach Vanille, einem Hauch Wodka und Haarspray in meiner Nase kitzelte. Ihre überschminkten Augen befanden sich so dicht vor meinen, dass ich jedes einzelne Krähenfüßchen hätte zählen können. Es waren viele. »Wir wussten, dass diese Zeit kommt. Pubertät. Nina hat Freund. Ist verliebt, ja?«

»Na ja …« Blinzelnd versuchte ich, ihrem Blick auszuweichen, schaffte es jedoch nicht. Ludmillas Blick konnte man ebenso wenig ausweichen wie Mamas »Ich durchschaue dich«-Augen – und der Panther hatte auf mich weder alt noch weiblich gewirkt. Ich war gar nicht auf die Idee gekommen, er könne weiblich sein – das erschien mir absurd und unpassend. Der Panther war männlich. Kein Weibchen hing so faul und gleichzeitig würdevoll auf einem Baum herum. »Ja, stimmt wohl«, antwortete ich schließlich vage.

»Aaaaah. Aaaaaaaaah!«, rief Ludmilla aus und packte mein Kinn noch ein bisschen fester. »Ist gefährlich! Junger Mann sehr gefährlich für unschuldige kleine Mädchen …«

Ja, das stimmte vermutlich auch. Gefährlich war er. Tausend Mal gefährlich als jeder menschliche Mann.

»Wir haben keine Zeit für Männer. Männer bringen nur Chaos und Tränen. Vergiss Mann. Ist nicht wichtig!«

Auch da hatte Ludmilla recht. In der Eishalle zählte nicht, was sonst in meinem Leben oder in Bornhausen passierte, und das war auch das, was ich daran immer genossen hatte. Sobald ich auf dem Eis war, galten andere Regeln, und weder die Schule noch meine verrückten Eltern noch Schröter himself konnten die Gesetze des Eises irritieren. Solange ich im Gleichgewicht blieb, während ich mich bewegte, war alles gut.

Doch heute funktionierte das nicht. Vergeblich wartete ich beim Warmlaufen auf den Moment, in dem ich den Rest der Welt vergaß und es nur noch das Jetzt gab – das Eis und mich. Heute fühlten sich meine Bewegungen zäh und beschwerlich an, die kalte Luft brannte in meinen Lungen, und bereits beim Warmlaufen stolperte ich in der Kurve über meine Kufen – etwas, was mir seit Jahren nicht mehr passiert war. Ich kam mir vor, als hätte ich gerade erst Eislaufen gelernt und sei durch und durch unsportlich.

Als ich in der nächsten Runde erneut ins Straucheln geriet, hielt Ludmilla es nicht mehr hinter der Bande aus. Ich sah nur noch, wie ihr toupierter Lockenschopf abtauchte – ein ernst zu nehmendes Warnsignal, denn es bedeutete, dass sie sich ihre Schlittschuhe nachschnürte, um zu mir aufs Eis zu kommen. Ich verlangsamte mein Tempo, bis ich stand.

»Kind!« Mit wogenden Hüften lief Ludmilla auf mich zu, in der Hand einen dampfenden Kaffeebecher, und bremste so knapp vor mir, dass ich Angst hatte, sie würde auf mich stürzen. Doch sie fing sich mit einer überraschend eleganten Bewegung ab und streckte grazil die freie Hand in die Luft, um sich auszubalancieren. Ich wunderte mich immer wieder, wie sie ihr üppiges Gewicht so geschmeidig übers Eis tanzen lassen konnte. »Wo bist du? Wo?«

»Ich … Ich weiß es ehrlich gesagt nicht.«

Ich wusste es sehr wohl. Ich war im Wald, am Weiher, umgeben von Bäumen, Sträuchern und Gras, immerzu tauchte das duftende Grün des Sommers vor meinem inneren Auge auf und hielt mich gefangen. War er noch dort?

»Musst nicht wissen! Musst nur sein! Hier sein, auf Eis! Fiehlen! Das Eis fiehlen …«

Ludmilla drückte mir ihren Kaffeebecher in die Hand und begann, in ausladenden Kreisen um mich herumzulaufen.

»Eis fiehlen, Mädchen … Kontakt! Immer Kontakt haben! Körper fiehlen! Hüften, Beine, Bauch, Herz! Du bist nur in Kopf, wo ist dein Herz?«

Das habe ich gestern verloren, dachte ich bitter. An ein wildes Tier. Das war ziemlich beknackt.

»Mitlaufen! Lauf mit Ludmilla!«

Seufzend stellte ich ihren Kaffeebecher auf der Bande ab und ergriff ihre Hand mit den zweifarbig lackierten Nägeln, die sie mir fordernd entgegenstreckte. Ich wusste, was jetzt kam – wir schwebten wie ein Liebespaar übers Eis, bis Ludmilla zu keuchen begann und ich meine Finger nicht mehr spürte. Sie hatte einen eisernen Griff. Dennoch schaffte sie es auch dieses Mal, mich damit aufzuwecken und mir neue Energie zu übertragen. Meine Bewegungen wurden leichter, freier und gelöster, und in den Kurven spürte ich, wie die Fliehkraft an uns zog und uns gleichzeitig beflügelte. Auch wenn das unpassend erscheinen mochte – mit Ludmilla Hand in Hand durch die Halle zu fegen, erinnerte mich an mein Lieblings-Eislauf-Video. »Beyond the invisible« von Enigma. Ein Mann und eine Frau tanzten zusammen über einen zugefrorenen Waldsee, um einen riesigen Baum herum, der in der Mitte des Teiches aus dem Eis wuchs und in dem seltsame, elfenähnliche Wesen lebten. Der Wald war grün und blühte, doch der See lag eisig starr. Irgendwann wollte ich so etwas auch erleben. »Nicht träumen, fiehlen!«, schrie Ludmilla im Laufen, weil sie merkte, dass ich unkonzentriert wurde. »Hier sein, du bist nicht hier!«

Nach zwei weiteren Runden stand Ludmilla kurz vor einem Lungenkollaps, doch ich fühlte mich warm und kräftig genug, um mit meiner Kür zu beginnen. Ludmilla sah das anders.

»Nur siebzig Prozent. Wir brauchen hundert. Hundertfünfzig, Nina! Was ist damit!? Schau!« Sie wiegte sich hustend in ihren Hüften, verbog sich, machte einen kleinen Satz, breitete die Arme aus – eine dicke Amsel auf dem Eis, doch so viel tänzerischer als ich. »Wo ist dein Temperament?«

Unter einem weiteren Hustenanfall lief sie zur Bande zurück und verschwand im Technikraum. Wenn nichts mehr half, half immer noch DJ Guetta – eine von Ludmillas zweifelhaften Weisheiten. Doch lieber DJ Guetta als einen ihrer endlosen Kreischanfälle. Schon drei Sekunden später dröhnte »Dangerous« durch die Boxen der Halle – und es wirkte.

Der Sog der Musik half mir dabei, mich nur auf mich selbst zu fokussieren, und ich lief mit geschlossenen Augen, anstatt mich um Ludmilla und meine Kür zu kümmern. Jetzt tat ich das, was ich sonst nur tun durfte, wenn ich eine besonders gute Leistung gebracht hatte – ich gönnte mir eine Freestyle-Runde. Ludmilla konnte sich von mir aus heiser schreien, ich blendete ihre Stimme aus. Die Musik war das Einzige, was ich noch zu mir ließ, und dazu das einzigartige, wunderschöne Geräusch der Kufen auf dem Eis, wenn ich zu einem Sprung ansetzte oder eine Pirouette drehte, bis mir schwindlig wurde.

Plötzlich waren alle Grübeleien, alle Sehnsucht und aller Kummer vergessen. Ich spürte, wie mein Körper sich dehnte und bog, als würde ich nicht aus Knochen und Muskeln bestehen, sondern aus purer Energie, und musste nicht mehr die Augen öffnen, um zu sehen, wo die Bande war. Es gab keine Bande mehr, keine Begrenzung. Ich befand mich in der Mitte der Halle, und sie öffnete sich für mich wie ein riesiger, zugefrorener See in einer sternklaren Winternacht, über mir der Himmel, um mich herum der stille, verwunschene Wald ... Tief atmete ich ein, Kälte und Wärme zugleich, und breitete meine Arme aus, um meinen nächsten Sprung zu starten – den Doppelaxel, den ich eigentlich noch nicht machen durfte, weil ich noch etwas zu schwer dafür war und die Vorbereitungen noch nicht astrein liefen, aber heute würde er glücken, das wusste ich.

Schon verließen die Kufen das Eis, und ich schraubte mich in die Höhe, als plötzlich die Musik aussetzte und Ludmillas Kreischen ein Timbre annahm, das ich nicht mehr ignorieren konnte. Sie klang wie eine Sirene, völlig außer sich und in greller Panik.

Noch im Sprung riss ich meine Augen auf. Die Landung war hart und unsanft, doch ich schaffte es, mich auf den Beinen zu halten, auch wenn ich dabei in die Hocke gehen und mich mit den Händen auf dem Eis abstützen musste. Feine weiße Kristalle rieselten auf meine Finger, bis meine Kufen endgültig zum Stehen kamen.

Auch seine Pfoten wirbelten winzige Fontänen aus Eis auf, nachdem er über die Bande gesprungen war und auf allen vieren landete. Seine Hinterbeine gerieten ins Schlingern und schoben sich unter seinen Bauch, doch es gelang ihm, sich auszubalancieren, während er immer näher auf mich zu glitt, lautlos nun, eine Lautlosigkeit, die mich schützend umhüllte und in der ich mich vergessen wollte.

»Du«, wisperte ich ungläubig – und zugleich wissend, dass meine Freude möglicherweise das Letzte war, was ich in diesem Leben fühlen würde.

Ich, drang es aus der Stille zu mir. *Bin dein.*

Seine Pfoten fanden keinen Halt, obwohl er seine Krallen ausfuhr, sodass sie tiefe Rillen im Eis hinterließen. Nur noch wenige Zentimeter, und sein Körper würde gegen meinen prallen. Doch anstatt zu weichen, ließ ich ihn keine Sekunde aus den Augen. Die Wärme seines Fells brandete mir weich entgegen, und ich roch schmelzendes Eis unter den samtigen grauen Ballen, die sich zwischen seinen Krallen befanden.

Aber dann ertönte die echte Sirene. Es war nicht mehr Ludmilla, die schrie, es war der Feueralarm der Eishalle – eine Frequenz, die dem Panther zuwider war. Gereizt duckte er den Kopf und entblößte vier lange, leicht gebogene Reißzähne, zwischen denen eine rosarote Zunge hervorquoll. Sein grollendes Fauchen kam so tief aus seinem Bauch, dass ich für einen Augenblick versucht war einzustimmen. Wir wollten das alles nicht – den Alarm, Ludmillas Kreischen, das grelle Licht, das plötzlich aufflammte und in unseren Augen schmerzte.

Vor allem aber wollte ich noch nicht sterben.

Ein zweites Mal fauchte der Panther, ein mehrstimmiges Geräusch, das sich jeglichen Beschreibungen entzog und verriet, welch ungeheure Kraft und Zorn in ihm lauerten. Und doch tat er mir nichts. Rückwärts schlich er der Bande entgegen, seine grünen Augen hypnotisch in meine versenkt, bis er sich von mir abwandte, mit einem Satz über die Absperrung sprang und sein Schatten zwischen den Sitzreihen verschwand.

Nun schrillte nur noch der Feueralarm, denn Ludmilla war ohnmächtig geworden – eine gewisse Erleichterung, die aber nur kurz anhielt. Auf butterweichen Knien stakste ich zur Bande, schlüpfte durch das Törchen, vergewisserte mich mit einem kurzen Blick, dass Ludmilla noch atmete, und rannte mit Schlittschuhen an den Füßen auf die Toilette, wo ich mir erst kaltes Wasser ins Gesicht spritzte und schließlich gute zehn Minuten eingeschlossen auf dem Klo verbrachte, ohne dass sich dabei etwas Nennenswertes ereignete. Mir ging es eigentlich gar nicht schlecht. Ich war aufgeputscht, mein Körper bebte, ich konnte keinen einzigen Gedanken zu Ende führen, aber alles in allem war ich glücklich.

Der Panther lebte, und er war noch in Bornhausen. Er war zwar direkt auf mich zugelaufen, und nur der Henker wusste, warum, aber die Sirene hatte ihn nicht animiert, mich zu töten, sondern sich zurückzuziehen. Sein Fauchen war grauenerregend gewesen – und doch ein Klang, der schon jetzt seinen sicheren Platz in meiner Seele gefunden hatte. Jedes Katzenfauchen war lachhaft im Vergleich zu dem, was aus seinem Bauch gedrungen war. Dieses Fauchen erzählte vom Töten.

Aber er hatte mich nicht getötet, und sein Fauchen hatte nicht mich gemeint. Es hatte der Sirene gegolten und … Oh mein Gott, und Ludmilla, die ohnmächtig hinter der Bande lag? Ludmilla war ein mächtiges Stück Fleisch und saftig dazu – ein Leckerbissen für ein hungriges Raubtier. Ich musste sofort nach ihr sehen! Wieso war mir das nicht früher in den Sinn gekommen?

Doch als ich aus dem Klo rannte, stürzte sie mir schon entgegen, quicklebendig, in Tränen aufgelöst und nass geschwitzt. »Kind … mein liebes Kind!«, schrie sie und drückte mich so fest an sich, dass ich röcheln musste. Danach folgte ein langatmiger Monolog auf Litauisch, der mit zahlreichen Bekreuzigungen und Blicken nach oben garniert wurde und von dem ich kein Wort verstand. Anschließend drückte sie mich wieder an ihre Brust. Ihre Mascara war verschmiert, und der scharfe Schweißgeruch, der aus ihrer pelzbesetzten Jacke aufstieg, bewies mir, dass sie in heller Panik gewesen sein musste, während ich debil grinsend auf dem Klo gesessen hatte.

Es vergingen ein paar Minuten, bis die Polizisten und Feuerwehrmänner, die inzwischen in die Halle geströmt waren, zu mir durchkamen und mich befragen konnten, denn Ludmilla wollte mich nicht mehr loslassen.

»Hast du einen Panther gesehen? Stimmt es, dass ein Panther hier war?«, fragte mich ein Beamter, der sich immer wieder unruhig nach hinten umsah. Auch er hatte Angst.

»Ich bin noch ganz durcheinander«, antwortete ich schwach und versuchte, meine Lippen ebenso zittern zu lassen wie Ludmilla. Ich durfte jetzt nicht drauflosplappern, sondern musste Zeit gewinnen – Zeit, in der der Panther fliehen konnte. »Ich weiß nicht … Ich glaub, ich steh unter Schock. Mir war eben richtig schlecht.«

»Der Rettungsdienst ist bereits unterwegs – er wird gleich hier sein.«

»Nein! Nein, das ist nicht nötig.« Ich legte die Hand auf mein Herz, als müsse ich mich beruhigen, und atmete tief durch. »Mein Vater ist Rettungssanitäter, ich bin zu Hause in guten Händen. Und ich will jetzt nach Hause, bitte …«

»Natürlich, du kannst gleich nach Hause. Wir müssen trotzdem wissen, was du gesehen hast. Ist es richtig, was Frau Balanski gesagt hat? Sprang ein Panther aufs Eis?«

»Ich … also, ich hatte gerade die Augen geschlossen und befand mich mitten im Sprung, deshalb … ich kann es nicht mit

Sicherheit sagen. Aber es war ein Tier da, das schon. Vielleicht war es aber auch ein großer Hund, ein Labrador oder so, keine Ahnung. Wir hatten nicht die volle Beleuchtung, ich konnte es nicht gut sehen, tut mir leid. Ich bin so erschrocken …«

»Das ist verständlich.« Der Polizist blickte sich erneut prüfend um, und jetzt erst sah ich, dass Ludmilla, er und ich von Beamten mit erhobenen Waffen umstellt waren, die alles tun würden, um uns zu schützen, falls der Panther noch einmal auftauchte. Ludmilla wimmerte dramatisch auf, als von der anderen Seite der Halle ein dumpfes Rumpeln ertönte. Auch mir entwich ein Aufschrei – aber nicht, weil ich um mein Leben fürchtete, sondern um seines. Das hier war kein Spiel mehr. Wenn er sich zeigte, würde er vor meinen Augen im Kugelhagel sterben. Nun fingen auch Hunde an zu winseln und zu kläffen, es war Verstärkung eingetroffen. Uns blieb nichts anderes übrig, als stehen zu bleiben und abzuwarten, denn uns herauszubringen war in den Augen jedes vernünftigen Menschen gefährlicher, als inmitten der bewaffneten Beamten zu verharren. Ich allerdings fühlte mich nicht gewillt, vernünftig zu sein. Ich wollte hier weg, je schneller, desto besser, und ihn warnen. Doch wie warnte man einen Panther? Und hatte er nicht längst gespürt, was hier vor sich ging?

»Alles in Ordnung!«, rief es endlich aus der Ecke, aus der wir das Rumpeln vernommen hatten. »Die Hunde wittern etwas, aber es ist nicht mehr hier. Sie haben eine frische Fährte aufgenommen, und die führt fort von der Halle, Richtung Feld und Wald.«

Ludmilla ratterte ein Dankesgebet herunter, während ich vor Erlösung beinahe zu weinen anfing. Die Beamten interpretierten dies sofort als weiteres Schocksymptom, wickelten mir eine muffige Decke um die Schultern, flößten mir ein paar Schlucke lauwarmen Tee ein und fuhren mich schließlich in einem ihrer Streifenwagen nach Hause.

Es gelang mir nur mit vielen Beteuerungen, dass es mir gut gehe, sie davon abzuhalten, mit ins Haus zu kommen und meinen Eltern zu erzählen, was gerade vorgefallen war. Sie würden es erfahren, spätestens morgen früh, aber vorher wollte ich noch einmal nach draußen schleichen und zum Tatort zurückkehren. Sobald sie schliefen, würde ich mich durch mein Fenster davonstehlen und zurück in die Eishalle laufen. Der Panther hatte seine Pfoten in die Bande geschlagen, als er geflohen war, und das musste Spuren hinterlassen haben, die ich fotografieren wollte. Es würde mein erster Beweis sein, ein erster hieb- und stichfester Beweis, den ich für einen Bericht verwenden konnte.

Aber es ging mir eigentlich gar nicht mehr um die Schülerzeitung.

Ich wollte einfach noch einmal in die Mitte der Halle treten, wo er auf so drollige und gleichzeitig erhabene Weise auf mich zugeschlittert gekommen war, und mich in jene Sekunden zurückträumen, in denen wir uns so nah gewesen waren, dass ich die Wärme seines Atems auf meinem Gesicht hatte fühlen können.

Uns hatte weniger als eine Armeslänge getrennt. Hätte ich meine Hand ausgestreckt, hätte ich sie auf seinen Kopf legen können. Mir war, als könnte ich fühlen, wie es gewesen wäre, ihn zu berühren, wenn ich nur so bald wie möglich in die Eishalle zurückkehrte.

Also sagte ich meinen Eltern, die abgespannt auf dem Sofa saßen und einen Krimi schauten, dass ich erschöpft vom Training sei und schnell ins Bett gehen würde, wo ich hellwach und mit offenen Augen lag und sehnsüchtig darauf wartete, bis es endlich ruhig geworden war.

Als ich mich lautlos und geduckt aus dem Haus schlich, hatte ich das Gefühl, selbst eine Raubkatze geworden zu sein.

ÜBERRASCHUNGSBESUCH

Obwohl ich schon befürchtet hatte, meine Eltern würden niemals ins Bett gehen und einschlafen, hatte die lange Wartezeit für mich gearbeitet. Die Eishalle lag vor mir, als sei heute Abend nichts Außergewöhnliches geschehen. Keine Streifenwagen standen mehr vor dem Eingang, kein Blaulicht flackerte, keine schwer bewaffneten Polizisten mit Spürhunden liefen herum. Jetzt erst wurde mir bewusst, welches Glück ich gehabt hatte, dass Papas Schicht schon zu Ende gewesen war, als der Panther auf das Eis gesprungen war. Er hatte nicht in dem Krankenwagen gesessen, in dem Ludmilla vorsorglich mitgenommen worden war. Es musste ein schrecklicher Moment für sie gewesen sein, als sie dabei zusah, wie dieses Tier auf mich zugeschlittert kam – und doch konnte ich mir ein Schmunzeln nicht verkneifen. Für mich war es ein perfekter Moment gewesen. Ich hatte zum ersten Mal den zweifachen Axel ausgeführt – und in der gleichen Sekunde zeigte sich der Panther. Zwei Sechser im Lotto auf einmal. Oder war mir der Sprung geglückt, *weil* mein Panther in der Nähe gewesen war? Hatte seine Kraft mich beflügelt?

»Fang nicht an zu spinnen, Eisprinzessin«, mahnte ich mich zur Vernunft und tastete in meiner Jackentasche nach dem Schlüssel für den Hintereingang. Zwar waren die Beamten verschwunden, doch der Haupteingang der Halle war mit Absperrungen und Flatterband versehen – allerdings ohne einen Hinweis, warum. Dafür hatten die Polizisten nicht mehr gesorgt und es wahrscheinlich auch nicht für nötig befunden. Es war mitten in der Woche und spät am Abend. Ich war die Letzte, die freitags trainierte, die Eishockeymannschaften waren erst morgen wieder dran – es war nicht davon auszugehen, dass sich zu dieser Stunde jemand in die Halle verirren würde.

Wie gestern im Wald duckte ich mich unter dem Absperrband hindurch, umrundete die Halle von der linken Seite und tastete mich im Dunkeln zum Hintereingang vor, bis ich die Tür erreicht hatte und so leise wie möglich aufschloss. Im Flur zu den Umkleidekabinen und den Duschen flackerte eine schwache Notleuchte an der Decke, mehr Dunkelheit als Licht, und ich blieb stehen, um mich an den Halbdämmer zu gewöhnen und meine Gedanken zu ordnen.

Ich trieb mich an einem Ort herum, an dem vorhin noch ein wildes Raubtier gejagt worden war – so weit, so gut. Zweimal hatte der Panther mich nicht angegriffen, obwohl er mich hätte angreifen können, und das verlieh mir ein Gefühl von bedingungslosem Welpenschutz. Doch genau dieses Gefühl konnte eine Illusion sein, die mich das Leben kostete. Deshalb durfte ich es mir nicht leisten, unvorsichtig zu werden.

Ein paar Atemzüge lang verharrte ich und holte immer wieder tief durch die Nase Luft, um herauszufinden, ob er hier war. Aber der Gang roch nur nach altem Schweiß, verschwitzten Socken und Ludmillas Vanille-Parfüm. Es waren meine

Ohren, die plötzlich so aufmerksam wurden, dass die aufkeimende Enttäuschung in meinem Bauch schwand und ich mich kerzengerade aufrichtete. Sofort hielt ich den Atem an, um genauer hinhören zu können.

Da – da war es wieder gewesen, das typische Geräusch von einem Gewicht, das gegen die Bande prallte. Nicht allzu fest und poltrig, sondern eher, als würde sich jemand daran abfangen, und im gleichen Moment schien die gesamte Umrandung zu vibrieren. Instinktiv machte ich meine Hände flach und drückte sie gegen die Wand hinter mir, denn ich erinnerte mich daran, wie es sich anfühlte, wenn ich bei meinen wilden Freestyle-Runden zu viel Schwung bekam und mich wie ein Eishockeyspieler an der Bande ausbremsen musste.

Etwas war in der Halle, auf dem Eis, und kam mit dem glatten Untergrund nicht zurecht ... War der Panther zurückgekehrt, genau wie ich, und wartete dort auf mich?

Ohne das Licht anzuschalten, lief ich auf Zehenspitzen den dämmrigen Gang entlang, drückte die schwere Tür zur Halle auf und blieb erneut stehen, um zu lauschen.

Ja, da war es wieder gewesen, die Bande erbebte, ich hatte mich nicht geirrt! Auch war kein Licht an, es flackerten nur ab und zu die Blitze – jetzt in weiter Ferne, mehr ein Wetterleuchten als ein Gewitter – durch die großen Deckenluken. Sehen konnte ich nichts, von hier unten war es unmöglich, auf die Eisfläche zu schauen. Dazu musste ich an die Bande treten.

Ein Mensch würde Licht anmachen. Menschen konnten im Dunkeln nicht gut sehen. Selbst wenn der Hallenwart Heiner das Eis polierte und pflegte, gönnte er sich die volle Festbeleuchtung. Aber er machte das morgens, nicht abends, und er rammte dabei nicht die Bande.

Würde ich es aushalten, nicht nachzuschauen und stattdessen auf Nummer sicher zu gehen? Meine Beine unter den Arm zu klemmen und zuzusehen, dass ich nach Hause kam, wo mir nichts passieren konnte? Nein, niemals. Ich würde es mein Leben lang bereuen. Vierzig Kilometer am Tag, erinnerte ich mich. Vielleicht war es unsere letzte Gelegenheit.

Ich würde mich auf ihn zu bewegen, wie Raubkatzen es taten. Langsam, furchtlos, weich und voller Kraft. Doch mein Herz raste und mein Mund wurde trocken, als ich die letzten Stufen zur Tribüne nahm und an die Bande trat, um aufs Eis zu blicken.

Ja, da war etwas – und es war schwarz, aber viel zu klein für ein Raubtier. Zu menschlich. Denn es ging aufrecht. Ein galliger Geschmack legte sich auf meinen Gaumen, als ich nach unten tastete und den Lichtschalter betätigte, um zu entlarven, wer da über das Eis glitt.

Die Halogenbeleuchtung, gestiftet von Schröter, hatte es in sich. Kein Flackern, keine Verzögerung. Von einem Moment auf den anderen war das Eis in grelles Licht getaucht, und der Mensch erschrak so sehr, dass er erstickt aufkeuchte, ins Torkeln geriet und mit dem Kopf gegen die Bande knallte.

»Autsch«, raunte ich mitfühlend und kniff die Augen zusammen, denn das Licht blendete mich ebenso wie ihn. Ja, es war ein Er, und ich hatte ihn hier noch nie zuvor gesehen, weder bei den Eishockey-Teams noch bei den Ice Kids, aber irgendwie kam er mir bekannt vor, beinahe vertraut …

»Lionel? Bist du das?« Ich rieb mir die Augen, doch was ich sah, war keine Sinnestäuschung. Nur wenige Meter von mir entfernt lag Lionel Schröter in verkrümmter Haltung auf dem Eis und hielt sich die Hände vors Gesicht. War er verletzt oder so geblendet, dass ihm die Augen schmerzten? Warum rührte er sich nicht? »Hast du dir wehgetan?«

Nun schob er zwei seiner behandschuhten Finger zur Seite und blinzelte durch die Lücke.

»Nina …?«

»Ja, Nina. Was machst du hier?«

»Nina.« Er sprach meinen Namen aus wie ein Stoßgebet. Hatte er geglaubt, ich sei jemand anderes? »Ich dachte schon, mein … ach, egal. Mann, erschreck mich doch nicht so!«

»Erschreck *du* mich doch nicht so!«, konterte ich, obwohl er mich kein bisschen erschrocken, sondern Enttäuschung ausgelöst hatte. Einen Panther zu erhoffen und einem Würstchen auf zwei Beinen zu begegnen, war sogar eine gigantische Enttäuschung. Trotzdem dimmte ich das Licht ein wenig, öffnete das Törchen und glitt auf Turnschuhen zu ihm. Man konnte mit allen Schuhen eislaufen, hatte ich festgestellt – man war nur nicht so schnell und grazil wie auf Kufen.

»Du solltest nicht hier sein. Komm, steh auf, das ist zu …«

»Fängst du jetzt auch noch damit an?«, raunzte Lionel und wehrte meine Hand ab, mit der ich ihn nach oben ziehen wollte. »Kann alleine aufstehen, danke.«

»Womit anfangen?«

»Na, dass ich hier nichts verloren habe und …« Er unterbrach sich und strich sich verlegen die verschwitzten Haare zurück. »Nicht so wichtig.«

»Das meinte ich nicht.« Argwöhnisch beobachtete ich ihn dabei, wie er sich in die Höhe hievte, doch er schien es schon oft getan zu haben. Anscheinend war er nicht das erste Mal gegen die Bande geknallt. Es beruhigte mich, dass er Ellenbogen- und Knieschoner trug. »Ich meinte, dass …« Ich zögerte.

Sollte ich ihm von dem Panther erzählen? War das klug? Er war immerhin der einzige Sohn vom Schröter – und alleine deshalb konnte ich mir kaum vorstellen, dass er nichts von den Geschehnissen am Nachmittag wusste. Aber wenn, warum war er dann da? »Was tust du hier eigentlich?«

»Na, wonach sieht es denn aus?«

»Hinfallen?«, riet ich.

»Ha, ha, sehr witzig, Nina.« Er schlüpfte mit der Rechten aus seinem Handschuh, fingerte ein zerfleddertes Taschentuch aus seiner Jackentasche und schnäuzte sich. Er musste schon eine Weile hier gewesen sein und was-auch-immer getan haben, denn seine Wangen waren gerötet und seine Schläfen schweißnass. »Ich trainiere.«

»Was genau? Stürzen im Dunkeln?«

Lionel atmete tief durch und hieb mit Wucht seine Faust gegen die Bande. So zornig hatte ich ihn noch nie erlebt. Er hatte nichts mehr gemein mit dem dauerkritzelnden Jungen, der im Unterricht nicht den Mund aufbekam und nur dann was sagte, wenn er mindestens dreimal gefragt wurde.

»Das gehört nun mal dazu, wenn man sich auf dem Eis bewegt, oder? Dass man sich ab und zu auf die Schnauze legt?«

»Und wieso tust du das einsam und alleine im Dunkeln, mitten in der Nacht? So was erlauben deine Eltern?«

»Meine Eltern wissen davon nichts, Mann!«

»Frau«, verbesserte ich ihn spitz.

»Ach Scheiße … jetzt ist auch das vorbei, echt klasse … was für eine Scheiße … Danke, Nina, vielen Dank!« Nun trat er mit den Kufen gegen die Bande und fiel dabei fast wieder hin.

»Vorbei? Meinst du, ich fahr zu deinen Eltern und sag ihnen, dass du hier warst? Denkst du etwa, ich bin eine Petze?« Entrüstet stemmte ich die Arme in die Seite. »Glaub mir, von deinem Alten hab ich erst mal genug für die nächsten fünf Jahre. Der hat mich gestern wie Dreck behandelt. Ich wollte mich bei deinem Vater entschuldigen, für den Kack mit der Schülerzeitung, aber er war so arrogant und überheblich, dass ich hätte kotzen können.«

Wenn Lionel fluchte, durfte ich das auch – und es tat gut. Meine diversen Vorzeige-Posten war ich sowieso los. Ich musste mich nicht mehr vorbildlich benehmen.

»Du bist vielleicht keine Petze, aber … na ja, eben perfekt und supergerecht und weißt immer alles besser.«

»Oh ja, total perfekt. Hat man ja am Dienstag gesehen. Ich bin unten durch, noch nicht bemerkt? Keine Bange, ich sag nichts weiter, allerdings …«

»Was?« Lionels Blick wurde wieder misstrauisch.

»Du solltest heute Abend ebenso wenig hier sein wie ich. Haben deine Eltern dir nichts gesagt? Sie wissen es doch bestimmt.« Noch wagte ich es nicht, mit den harten Fakten herauszurücken, doch die Panther-News machten garantiert schon die Runde. Selbst wenn ich den Mund hielt – Schröter würde davon erfahren und damit auch Lionel.

»Was?«, fragte er erneut und schlang die Arme um seinen Leib. Ihm schien kalt zu werden. Nass geschwitzt auf dem Eis stehen zu bleiben, war keine gute Idee.

»Schaffst du es, Runden zu laufen, ohne gegen die Bande zu krachen?« Ich bot ihm meinen Arm an. »Ich erzähle es dir unterwegs. Du musst in Bewegung bleiben, sonst wirst du krank.« Und ich gewann damit Zeit.

»Du brauchst dich nicht um mich zu sorgen«, entgegnete Lionel patzig und ignorierte meinen Arm, setzte sich aber in

Bewegung. Seine Schlittschuhe sahen alt und wackelig aus – ob er sie sich von seinem Taschengeld bei ebay ersteigert hatte?

»Also, was ist passiert, was ich wissen sollte?«

Ich beobachtete ihn erst ein paar Meter aus den Augenwinkeln, um sicherzugehen, dass er gleichzeitig zuhören und sich auf dem Eis aufrecht halten konnte. Doch eigentlich lief er nicht schlecht. Die Balance hatte er gefunden, er starrte nur zu viel auf seine Füße und Arme, anstatt weich nach vorne zu sehen.

»Kopf gerade … Versuch dich aufzurichten. Okay, ist ja gut, ich sag nix mehr«, beschwichtigte ich ihn, als ich seine zusammengezogenen Brauen bemerkte. »Dann krach halt wieder gegen die Bande. Also, heute Abend bei meinem Training, da … Er war wieder da.«

»Wer?«

»Na, wer wohl? Oder besser: Was wohl? Das Untier von Bornhausen. Würde mich wundern, wenn dein Vater noch nichts davon weiß. Schließlich war die Polizei hier und hat die ganze Halle umstellt.«

Lionel bremste abrupt und kam schwankend vor mir zum Stehen. Da ich mit meinen Turnschuhen nicht so schnell bremsen konnte wie er, rutschte ich gegen seinen Arm, doch er griff reaktionsschnell nach meinem Handgelenk, fing mich ab und positionierte mich wieder auf den üblichen Sicherheitsabstand. Was immer ich ihm auch getan hatte – er war kein Fan von mir, so viel stand fest.

»Hier? In der Eishalle? Und du hast es gesehen?«

Ich deutete mit meinen Händen den Abstand an, der zwischen mir und dem Panther gelegen hatte.

»So nah war er mir.«

»Er?«

Ausweichend schlug ich die Augen nieder. »Ich bin mir nicht sicher, denn es ging alles so schnell ... aber es war ein schwarzes, großes Tier, hatte riesige Fangzähne und es hat gefaucht. Doch, ich glaube, es war ein Panther.« Warum nur war ich so ehrlich? Warum log ich nicht, wie ich es vorhin bei dem Polizisten getan hatte? Vor mir stand Schröters Sohn! »Aber er ist sofort wieder weggelaufen, und da Panther bis zu vierzig Kilometer am Tag zurücklegen, braucht dein Vater nichts zu unternehmen, denn ... Sag es ihm nicht, Lionel. Bitte. Sonst sag ich ihm, dass du hier heimlich trainierst!«

Lionels Lippen wurden schmal, doch seine Augen staunten. Er war hin- und hergerissen.

»Oh, machst du jetzt einen auf Erpressung?«

»Er erpresst mich doch auch. Ich soll die Meisterschaften nach Bornhausen holen, damit er wieder Anzeigen schaltet.«

»Nina, ich ... Irgendwie kann ich dir das nicht glauben. Ein Panther auf dem Eis, das ist doch ... völlig irre.«

»Ja, ist es. Finde ich auch. Aber es ist trotzdem geschehen. Frag Ludmilla. Sie ist ebenso durchgedreht wie Todd. Auch sie ist ins Krankenhaus gebracht worden. Sie war sogar ohnmächtig vor Panik.«

»Und du?«, fragte Lionel zweifelnd. »Springst hier putzmunter herum, nachdem du einen Panther vor deiner Nase hattest? Sehr glaubwürdig.«

»Ich hatte keine Angst vor ihm.«

Kopfschüttelnd sah Lionel mich an. Wieder kam er mir anders vor als die vergangenen Monate und Jahre. Vielleicht lag es an den zurückgestrichenen, verschwitzten Haaren, vielleicht daran, dass ich ihn sonst immer nur mit gesenkten Lidern erlebt hatte. Seine Augen waren eisblau, ein auffallender Kontrast zu seinen dunklen Brauen und Wimpern.

»Du erzählst mir Märchen …«

»Nein. Ich hatte keine Angst. Du musst mir das auch nicht glauben, mir glaubt eh keiner mehr. Es reicht, dass ich es weiß.«

Wieder musterte er mich, dieses Mal ohne Kopfschütteln. Doch er glaubte mir immer noch nicht.

»Warum wollen deine Eltern nicht, dass du eisläufst?«, wählte ich ein anderes Thema. Über den Panther zu sprechen fühlte sich unangenehm privat und intim an. »Dein Vater sponsert das ganze Sportlerteam und hat die Halle quasi bezahlt!«

Lionel streckte demonstrativ seine Arme aus und streifte seine dünnen Handschuhe ab. Seine Fingerknöchel waren rot angelaufen, und an einigen Stellen hatte er Schrammen, wahrscheinlich von seinen Karambolagen mit Eis und Bande.

»Ich soll die Firma übernehmen, und ein guter Metzgermeister braucht gesunde Hände.«

»Du bist vierzehn.« Ich glaubte ihm nicht eines seiner fadenscheinigen Argumente. Es musste einen anderen Grund geben, weshalb er heimlich aufs Eis ging.

»Fünfzehneinhalb«, korrigierte Lionel mich.

»Was?« Argwöhnisch musterte ich ihn. »Erzählst *du* mir jetzt Märchen?«

»Nein. Ich bin wirklich fünfzehn. Kann dir meinen Ausweis zeigen.« Doch Lionel machte keine Anstalten, ihn aus seiner Tasche zu ziehen. Also musste ich weiterbohren.

»Wenn du auch noch in Deutsch und Kunst eine Eins hättest, müsste man dich Streber nennen. Du willst mir doch nicht weismachen, dass du sitzen geblieben bist!«

»Doch. In der Grundschule.«

»In der Grundschule …« Ich lachte schnaubend. »Mann, Lionel, hältst du mich wirklich für so dämlich, dass ich dir das glaube? Niemand bleibt in der Grundschule sitzen. Jedenfalls niemand, der mit Nachnamen Schröter heißt. Dein Vater hätte dir ein besseres Zeugnis gekauft, wenn es nötig gewesen wäre!«

»Es ging nicht um Noten, verdammt! Boah, kannst du nerven, Nina!«

»Du auch«, entgegnete ich unberührt. »Also, was war dann der Grund, wenn es kein mieses Zeugnis war?«

Lionel atmete dreimal schwer durch und durchbohrte mit seinen Blicken die Bande, bevor er sich überwand zu antworten, und ich wusste sofort, dass er nicht log.

»Ich musste die vierte Klasse wiederholen, weil ich von einem aggressiven Bullen so übel zugerichtet wurde, dass ich vier Monate lang im Krankenhaus lag. Zufrieden?«

»Oh.« Mehr wusste ich nicht dazu zu sagen – nicht jetzt. Lionel hatte nie etwas davon erzählt, und es schien ihm nicht leichtzufallen, darüber zu sprechen. Also begann auch ich auf die Bande zu starren, als könne sie mir verraten, wie ich den Bogen zu einem weniger brisanten Thema schlagen konnte.

»Und deshalb … deshalb darfst du auch nicht eislaufen?«, hakte ich schließlich vorsichtig nach.

»Wenn es nach meiner Mutter geht, ja. Sie will mich von allem fernhalten, was in ihren Augen irgendwie gefährlich ist. Ätzend.«

»Na, mein Training heute Abend war gefährlicher«, versuchte ich mich an einem Scherz, doch Lionels Worte machten mir das Lachen schwer. Angefallen von einem wütenden Bullen, zusammengeflickt im Krankenhaus – das Leben der Schröters war riskanter, als ich dachte, und ich kam nicht umhin, mir auszumalen, wie der Bulle mit gesenkten Hörnern auf Lionel zugerannt war und ihn aufgespießt hatte. Kein schönes Bild.

»Außerdem meint Dad, dass Eislaufen nix für Jungs ist. Entweder soll ich Eishockey spielen oder es bleiben lassen. Aber Eishockey interessiert mich nicht. Also muss ich heimlich tun, was ich … was ich hier tun will.«

Jetzt wusste ich nicht, was ich sagen sollte, aber mir wurde klar, dass ich Lionel zu Unrecht als Memme betrachtet hatte. Im Sport brachte er ständig Atteste mit, die ihn von diesem und jenem befreiten, und nahm nur an Leichtathletik, Volleyball und Basketball teil. Bei allen anderen Disziplinen saß er auf der Bank und kritzelte vor sich hin. Das hatten Cedric und Timo, unsere Vorzeigesportler, erzählt. Nun wusste ich, was der Grund dafür war – kein Desinteresse, sondern eine Gluckenmutter und ein wütender Bulle, der ihn einst auf die Hörner genommen hatte. Das rückte ihn schlagartig in ein völlig anderes Licht.

»Wie oft bist du denn hier? Und wie lange schon?«

»Seit Januar drei- bis viermal die Woche. Ich schleich mich heimlich raus und … na ja, Vater hat die Schlüssel. Ich hab mir einen nachmachen lassen, den für den Hintereingang.«

Tja, den hatte ich auch, allerdings ganz offiziell.

»Und nach so langer Zeit krachst du immer noch gegen die Bande?« Ich grinste ihm frech zu, doch er lief nur rot an.

»Ich krache nicht gegen die Bande. Ich lasse mich absichtlich dagegenfallen, damit ich mich abhärte und lerne, so zu fallen, dass ich mich nicht verletze.«

»Ich kann dich gerne umfahren, wenn dir das hilft. Hast du eh verdient.«

Wieder schaute Lionel mich direkt an. Ich wusste nicht, ob ich vorher schon einmal solch helle Augen gesehen hatte. Oder lag es an dem beleuchteten Eis unter uns, dass sie so gleißend wirkten? Er erwiderte mein Grinsen nicht, doch etwas flammte in seinem Gesicht auf, das nicht zu seinem abweisenden Gehabe passte.

»Es hätte keinen Sinn gehabt, dich wegen meinem Vater und seinen Anzeigen zu warnen, Nina.«

»Ach, nein? Wirklich nicht? Sehe ich anders.«

»Ich wäre gar nicht zu dir durchgekommen. Cedric kann den größten Mist erzählen, und du hörst ihm zu, als wäre er ein Filmstar. Aber wenn ich anfange zu sprechen, kriegst du es gar nicht mit.«

»Du sprichst doch gar nicht! Du schweigst, schaust nach unten und kritzelst vor dich hin!«, verteidigte ich mich.

»Tu ich das jetzt? Ich rede seit zehn Minuten ununterbrochen mit dir und erfriere dabei fast! Kriegst du übrigens auch nicht mit …«

»Kriege ich wohl mit«, erwiderte ich knurrig und packte seinen Arm, der sich unter meinem Griff sofort anspannte. »Los, wir laufen noch ein bisschen, ich fang nämlich auch an zu frieren. Aber erst muss ich die Schuhe wechseln. Sonst bin ich zu langsam.«

Lionel blieb schweigend stehen, während ich meine Eislaufschuhe aus dem Spind holte, anzog und mit fliegenden Fingern zuschnürte, wehrte sich aber nicht, als ich wieder zu ihm glitt und mich bei ihm unterhakte. Ich hatte zwar anfangs das Gefühl, ein störrisches Tier zu führen, doch das, was ich hier tat, war der Ludmilla-Trick, und ich begann zu begreifen, warum er funktionierte. Lionels Schritte wurden nach und nach weicher und ausholender, und ab der dritten Runde liefen wir exakt im Takt, ich auf meinen Profi-Kufen, er auf seinen gebrauchten, alten schwarzen Schlittschuhen. Doch das Schönste war, dass wir nicht mehr redeten – und damit auch nicht mehr zankten. Wir waren einfach nur zusammen auf dem Eis. Es war das, was ich am liebsten tat, aber nun zum ersten Mal zu zweit und ohne Ludmillas Geschrei.

»Jetzt wieder warm?«, fragte ich nach der fünften Runde und ließ Lionel los, um mich mit beiden Händen an der Bande abzubremsen.

»Ja. Das hätte ich übrigens auch alleine hingekriegt, dafür brauche ich dich nicht, und jetzt lass uns nach Hause gehen, es ist spät.«

Er hatte den Kanal voll, das war deutlich zu spüren, und auch ich fühlte mich auf ungewohnte Weise überfordert. Trotzdem lag mir noch eine Frage auf der Zunge, die ich nicht herunterschlucken konnte.

»Lionel … ?«

»Hm«, brummte es zwischen zwei Stuhlreihen hervor, wo er gebückt saß und sich aus seinen Oldtimer-Schuhen befreite.

»Bist du dir sicher, dass du nachts alleine über das Eis laufen willst? Und nicht vielleicht … ?«

»Was?« Gähnend blickte er auf. »Sudoku? Malen nach Zahlen? Schach? Willst du mich aus deinem Reich vertreiben?«

»Nein, das will ich nicht, ich … Vergiss es. Gute Nacht.«

Ich drehte das Licht herunter und ließ ihn alleine im Dunkeln zurück, wartete aber gut verborgen im Gebüsch vor der Halle, bis er aufs Fahrrad gestiegen und davongeradelt war. Schließlich konnte ich nicht wissen, ob der Panther noch hier war. Erst als ich das rote Rücklicht seines Rads nicht mehr erkennen konnte und der Regen wieder zunahm, holte ich mein Rad und machte mich auch auf den Heimweg.

Ich wollte Lionel nicht aus der Eishalle vertreiben, auch wenn er nicht unrecht hatte, sie als »mein Reich« zu bezeichnen. So oft hatte ich schon das Gefühl gehabt, dass das Eis mein eigentliches Zuhause war. Doch von mir aus sollte er dort dreimal die Woche gepflegt gegen die Bande krachen und auf seinen alten Schuhen das Hinfallen üben, wenn er glaubte, dass ihm das zu seinem Glück verhelfen würde.

Es war nur so, dass ich wieder an »Beyond the invisible« hatte denken müssen, als wir zusammen übers Eis gelaufen waren – und zwar auf ganz andere Weise, als es mir mit Ludmilla passiert war. Noch immer konnte ich kaum glauben, was ich dabei gespürt hatte und sich mir unmissverständlich gezeigt hatte, denn niemals hatte ich mit dieser Erkenntnis gerechnet. Lionel war ein geborener Eistänzer. Er hatte sich zwar angefühlt wie ein Stück sperriges Holz in meinem Griff, und am liebsten hätte er mich abgeschüttelt, aber da war noch etwas anderes in seinen Bewegungen gewesen – etwas, an dem Ludmilla sich festbeißen und an dem sie so lange feilen würde, bis es sich in seiner vollen Blüte entfaltete.

Ich konnte es nicht definieren, und es gab kein passendes Wort dafür, weder Talent noch Begabung traf das, was ich meinte, aber es war da gewesen. Ich hatte es genau gespürt, und ich wollte mehr davon sehen.

Doch da Lionel mich nicht leiden konnte und mich für eine perfekte, gerechtigkeitsfanatische Besserwisserin hielt, musste ich mir nicht die Mühe machen, es ihm zu erklären. Er würde mir sowieso nicht glauben, genauso wie er mir die Sache mit dem Panther nicht geglaubt hatte.

Trotzdem dachte ich an diesem Abend keine einzige Sekunde mehr an mein Schülerzeitungsdebakel.

In meinem Leben hatte ein neues Kapitel begonnen – und niemand wusste, wie es ausgehen sollte.

Das war spannender als alles andere, was ich bisher erlebt hatte.

UNVERSEHRT

»Nina Patricia Bouvier!«

Meinen vollen Namen in voller Lautstärke zu hören riss mich im Nu aus meinen wirren morgendlichen Träumen und klang in meinen Ohren außerdem viel zu französisch. Am meisten jedoch alarmierte mich der Tonfall. Mama benutzte meinen zweiten Vornamen nur, wenn ich etwas angestellt hatte, und das war sehr selten der Fall – doch sie klang gar nicht, als habe ich etwas angestellt. Sie hörte sich fassungslos und sorgenvoll zugleich an – und auch zutiefst erleichtert.

»Aufwachen! Sofort!«

»Ich bin wach. Ich habe nur noch nicht die Augen geöffnet«, antwortete ich mit belegter Stimme und versuchte, zu klären, welchen Tag wir hatten, wo ich mich befand und was gestern geschehen war. Doch Mama ließ mir keine Zeit dazu.

»Setz dich auf. Bist du unverletzt? Du bist doch hoffentlich unverletzt, oder?«

Da ich nicht reagierte, zog sie mich an den Schultern hoch und begann, mich fahrig abzutasten, wobei sie mir immer wieder mit aufgerissenen Augen ins Gesicht sah.

»Warum hast du uns nichts erzählt? Nina, um Himmels willen, warum? Schleichst dich auf dein Zimmer, ohne Miff oder Maff zu sagen, obwohl du von einem Raubtier angefallen wurdest. Wie kannst du nur!?«

»Wieso – woher weißt du ...« Mein Herz begann, so heftig zu schlagen, dass mein ganzer Körper in seinem Rhythmus zu erzittern schien. »Gibt es Neuigkeiten? Was ist passiert?«

Wenn Mama von dem Panther wusste, hatten sie in den Nachrichten darüber berichtet – und über das, was danach geschehen war? Hatten sie ihn doch noch gestellt?

»Das versuche ich dich gerade zu fragen, und du hättest mir längst davon erzählen müssen! Mensch, Nina! Was soll das denn? Julia ruft mich um sechs Uhr früh auf dem Handy an und fragt, ob du in Ordnung bist ... und ich wusste von nichts! Was glaubst du, was für einen Schrecken ich bekommen habe! Papa musste zwei Baldrian schlucken, um überhaupt zur Arbeit fahren zu können, und wird seine Schicht in der Zentrale verbringen, weil er gar nicht in der Lage ist, Menschen zu helfen, so durcheinander war er!«

»Mama ... bitte, bisschen langsamer und leiser und weniger«, bat ich sie und schob ihre Hände von mir weg. Sie würde keine Blessuren finden, ich war vollkommen unversehrt. »Du hast es also nicht aus den Nachrichten erfahren?«

»Nein, ich hab es von Julia erfahren, aber sie hat es aus dem Radio und ...«

»Und? Gibt es etwas Neues?«

»Oh ja.« Mama richtete sich auf und beäugte mich streng. »Meine Tochter wurde beim Eislauftraining von einem entlaufenen Panther angefallen und – und sagt mir nichts!!! Ich weiß nicht, was davon schlimmer ist, aber es ist neu, ja, das ist es!«

»Und? Haben sie das Tier nun erlegt oder nicht?«

»Ich – nein, nein, das haben sie nicht. Tut mir leid, natürlich willst du das wissen.« Verwirrt fuhr Mama sich durch die Haare, und ich biss die Zähne zusammen, um einen Jubelruf zu unterdrücken. »Keine Angst, Kleines, wir sind ja da, und hier kann dir nichts passieren. Das hoffe ich wenigstens.« Mama warf einen misstrauischen Blick auf mein weit geöffnetes Fenster, stand auf und schlug es rabiat zu. Es führte zum Garten hinaus, und hinter dem Garten war nichts als Wald und Feld. Freie Bahn für wilde und weniger wilde Tiere. Doch die Luft war heute Nacht so schwül gewesen, dass ich es hatte öffnen müssen – und das würde ich bei Bedarf ein weiteres Mal tun. Andernfalls verlor Mama ihre Tochter nicht durch einen Raubtierüberfall, sondern durch Ersticken.

»Und jetzt möchte ich wissen, warum du uns nichts erzählt hast. Du warst doch bestimmt außer dir vor Angst!« Mama ließ sich auf meinen Schreibtischstuhl fallen und drehte sich einmal um sich selbst. »Ich verstehe das nicht.«

»Ich stand halt noch unter Schock«, versuchte ich es mit meiner neuen Standarderklärung. »Ihr saht außerdem so müde und erschöpft aus, dass ich euch nicht unnötig belasten wollte …«

»Ha!«, quietschte Mama auf. »Du wolltest uns nicht unnötig belasten!? Sehe ich jetzt etwa unbelastet aus?«

Nein, das sah sie wahrlich nicht. Ihre Haare führten Krieg, ihre Wangen waren fahl, und ihre Lider zuckten. Ich hatte sie schon entspannter erlebt. »Nina, selbst wenn ich im Koma auf dem Sofa liege, wache ich sofort auf, sobald ich höre, dass meine Tochter von einem Panther …«

»Es ist doch gar nicht sicher, dass es ein Panther war«, unterbrach ich sie. Standarderklärung Nummer zwei. »Ich bin mir jedenfalls nicht sicher.« Das wiederum war keine Erklärung, sondern eine Lüge.

»Aber Ludmilla ist sich sehr sicher!«

»Ja. Ludmilla. Du kennst sie doch«, erwiderte ich bedeutungsvoll und winkte ab. »Sie stand weit weg, hinter der Bande. Ich war die Einzige, die das Tier direkt vor sich hatte. Und es hätte auch ein ... ein schwarzer Labrador sein können.«

»Nina.« Mama stöhnte auf. »Labrador: treuer Blick aus braunen Augen, Schlappohren. Panther: wilder Blick aus grünen Augen, Reißzähne, Katzenohren. Willst du mich für blöd verkaufen?«

»Gestern hast du selbst noch gesagt, es wäre Unsinn, an einen Panther zu glauben!«, wehrte ich mich. »Ludmilla war völlig hysterisch und hat vor dem Training schon nach Wodka gerochen. Wahrscheinlich hatte sie einen im Tee gehabt!«

»So wie Todd, ja? Sind wir umgeben von Säufern, die plötzlich meinen, anstelle von weißen Mäusen Raubkatzen zu sehen?«

»Jetzt mach dir nicht so viele Sorgen. Du warst nie eine von diesen Sorgen-mach-Mamas, und das fand ich toll. Würde ich denn so ruhig im Bett sitzen, wenn ich tatsächlich einem Panther begegnet wäre und er mich angefallen hätte? Bestimmt nicht. Ich hab nicht mal einen Kratzer. Dieses Tier ist von alleine wieder abgehauen, was auch immer es war. Alles ist gut.«

Ich tat so, als würde ich etwas in meinem Schulrucksack suchen, um Mamas Blicken zu entkommen, die sich in untrüglicher Röntgenschärfe auf mein Gesicht richteten. Im Nachhinein kam auch mir mein eigenes Verhalten unpassend vor. Ich hatte nur den Panther im Kopf gehabt, als ich nach Hause gekommen war – den Panther und meinen Plan, in die Halle zurückzukehren, was aus objektiver Sicht so ähnlich war, als würde man freiwillig ein zweites Mal über ein Minenfeld marschieren, das man nur wie durch ein Wunder ohne Detonationen überquert hatte. Was wäre geschehen, wenn Mama und Papa spätabends von dem Vorfall erfahren hätten, in mein Zimmer gekommen wären und mich nicht vorgefunden hätten, wohl aber ein weit offen stehendes Fenster? Papa würde jetzt neben Ludmilla und Todd in der Klinik liegen.

»Wenn alles gut ist, hättest du es mir auch erzählen können. Bitte, Nina, teil dich uns mit. Seit der Sache mit der Schülerzeitung redest du kaum mehr. Wir konnten doch immer gut miteinander sprechen. Oder schämst du dich noch?«

»Nein. Aber wenn wir jetzt weiterquatschen, komme ich zu spät zur Schule. Sollten mir wilde Tiere über den Weg laufen, schreib ich dir sofort eine SMS. Jetzt will ich unter die Dusche und mich anziehen. Darf ich?«

Mama musste erst mit dem Drehstuhl zur Seite rollen, damit ich zur Tür gehen konnte, und die Ratlosigkeit stand ihr ins Gesicht geschrieben.

»Heute ist keine Schule, Nina. Es ist Samstag.«

»Ehrlich?« Unsicher wandte ich mich wieder zu ihr um. Ich hatte offenbar mein Zeitgefühl verloren.

»Ja, ehrlich. Und wir fahren in einer halben Stunde übers Wochenende zu Tante Leslie, denn ich brauche dringend ein paar ruhige Stunden zusammen mit meiner Familie. Das wird auch dir guttun nach diesem Schrecken.«

Ein ganzes Wochenende ohne jede Chance, dem Panther zu begegnen? Das gefiel mir gar nicht.

»Es war nicht schlimm. Ehrlich. Die Bornhausener machen

immer aus einer Mücke einen Elefanten, das weißt du doch selbst.«

»Mag ja sein, Nina. Aber so gerne Ludmilla einen Wodka bechert und so schrill sie sich auch benimmt – sie befindet sich mehr auf dem Boden der Realität, als man glauben möchte. Sonst würde ich sie dich nicht trainieren lassen.«

Daraufhin konnte ich nichts erwidern. Mama hatte recht, und auch Ludmilla hatte recht. Ich war diejenige, die Lügengeschichten zu erzählen begann. Doch ich konnte Mama nicht die Wahrheit sagen. Sie würde mich nicht wieder vor die Tür lassen – jedenfalls nicht unbeaufsichtigt. Dann lieber ein Wochenende bei Tante Leslie, auch wenn ich keine Ahnung hatte, wie ich dort meine Zeit totschlagen sollte.

Sobald ich mich im Bad eingeschlossen hatte, drehte ich das Radio auf. Ich wagte nicht, länger als zwei Minuten zu duschen, weil ich auf keinen Fall die Nachrichten verpassen wollte. Doch sie brachten ihr Special schon vor den News, und ich musste den Föhn ausschalten, um ihm folgen zu können.

»… auch Experten gehen inzwischen davon aus, dass es sich bei dem Tier um einen Panther handeln könnte, der möglicherweise aufgrund starken Hungers ein aggressives Verhalten an den Tag legt und daher die Nähe zu Menschen sucht. Um halb zehn haben wir einen Raubkatzen-Spezialisten aus Südafrika zu Gast, der uns einige Fragen zum Panther von Bornhausen beantworten wird. Die vierzehnjährige Nina, die als aufstrebendes Eislauftalent gehandelt wird und beinahe von dem Panther attackiert wurde, blieb unversehrt und konnte direkt nach dem Vorfall nach Hause gehen. Der Panther floh, nachdem ihre Trainerin Ludmilla Balanski die Sirene und das Starklicht der Halle aktiviert hatte. Beide kamen mit dem Schrecken davon. Mehr Panther-News gibt es um kurz nach acht, bleibt dran!«

Aggressiv aufgrund von starkem Hunger – traf das denn zu? Warum hatte er dann nicht angegriffen? Doch was gesagt worden war, konnte ich nicht leugnen – er suchte die Nähe der Menschen. Oder etwa die Nähe zu mir?

Mit dem Föhn in der Hand sank ich auf den Wäschekorb, dessen Deckel unter meinem Gewicht knarzend nachgab. Ja, er suchte mich … Die Szene in der Metzgerei. Die Begegnung in der Krankenhauskapelle. Unser erster Blickkontakt im Wald. Sein Sprung auf die Eisfläche. Jedes Mal wenn der Panther auftauchte, war ich in nächster Nähe gewesen – oder hatte er am Ende sogar gezielt nach mir gesucht? Aber wenn ja, warum nur? Was verband mich mit ihm?

Und warum empfing ich Worte, ohne dass ich sie mit meinen Ohren hören konnte? Ich verdrängte das immer wieder, weil es mir abenteuerlich und auch ein wenig geistesgestört vorkam, aber gestern hatte ich erneut etwas zwischen ihm und mir gespürt, etwas, das ich sofort in Worte übersetzte, obwohl es eigentlich keine Worte waren. Wie man es auch drehte und wendete: Wir sprachen miteinander.

Oder redete ich mir das nur ein, weil ich ihn so faszinierend und schön fand, dass ich mir wünschte, er würde sich mir mitteilen?

Jetzt fiel mir plötzlich Lionel wieder ein – und dass ich mich von ihm dermaßen hatte ablenken lassen, dass ich meinen ursprünglichen Plan völlig vergessen hatte. Ich hatte Fotos von den Panther-Kratzspuren machen wollen, etwas, das nun sicherlich die Experten an meiner Stelle taten.

»Lionel«, murrte ich genervt und stand wieder auf, um den

Föhn zurück an seinen Haken zu hängen und mich anzuziehen. Meine Laune sank weiter in den Keller, als ich darüber nachdachte, was er gestern über mich gesagt hatte. Als er behauptet hatte, ich sei perfekt, hatte das wie eine Beleidigung geklungen. Trotzdem war er nicht mehr der Sudoku-Kritzel-Lionel, den ich vorher gekannt (oder eben nicht gekannt) hatte. Jetzt war er ein Junge, der ein Jahr älter als ich war, in seiner Kindheit von einem wütenden Bullen zerfetzt worden war und heimlich eislief. Ja, er machte das Gleiche wie ich, nur später am Abend, doch wir beide verbrachten unsere freie Zeit am liebsten auf dem Eis, und irgendwie passte mir das gar nicht.

Vielleicht war es doch eine gute Idee, für ein Wochenende Bornhausen, Lionel, Schröter und dem Eis den Rücken zuwenden zu können. Ich musste Ordnung in meine Gedanken bringen und versuchen, wieder vernünftig zu werden.

Doch als wir im Auto saßen, Bornhausen hinter uns im schwülen Dunst verblasste und ich an kaum etwas anderes denken konnte als an meinen Panther, wusste ich, dass ich die Minuten zählen würde, bis wir endlich wieder nach Hause fuhren.

PANTHERHAUSEN

Schon nach der ersten Schulstunde am Montag wandelte sich meine Euphorie, wieder in Bornhausen zu sein, in vorsichtiges Misstrauen. Denn über das Wochenende hatte sich die Stimmung mir gegenüber komplett gewandelt.

Meine Klassen- und Teamkameraden, die mich seit meinem Schülerzeitungsdebakel kaum mehr eines Blickes gewürdigt hatten, beobachteten mich neugierig und tuschelten hinter meinem Rücken, wann immer sich die Gelegenheit dazu bot. Die Begegnung auf dem Eis hatte sich gründlich herumgesprochen – plötzlich war ich wieder interessant geworden. Doch ich war mir nicht sicher, ob es wohlwollendes Interesse war, und ließ mich deshalb nicht davon beeindrucken, sondern versuchte mich an einer stolzen Haltung und einem neutralen »Ist mir doch egal«-Gesicht. Beides war so anstrengend, dass ich mich in der Pause in die Bibliothek an den Computer verzog, um die neuesten Meldungen zu prüfen.

Gerade hatte ich mich ins Internet eingeloggt, als eine Zeitung auf meinen Tisch segelte. Beim Blick zur Seite erhaschte ich jedoch nur noch Lionels Kehrseite. Als umgebe mich der

Pesthauch des Todes, setzte er sich an den am weitesten entfernten Tisch und wandte mir seinen Hinterkopf zu.

Seufzend zog ich die Zeitung auf die Tastatur. Es war eine Ausgabe der Bornhausener Rundschau, die ihren Leitartikel dem Vorfall in der Eishalle gewidmet hatte, und Lionel hatte bereits leuchtend gelb markiert, was er für wichtig empfand. Typisch Schröter.

»Die Trainerin der vierzehnjährigen Nina Bouvier, Ludmilla Balanski, war trotz ihrer Aufregung in der Lage, eine relativ exakte Beschreibung der von ihr beobachteten Szene abzugeben. Laut ihren Worten hat der Panther zunächst die Vorderpfoten auf die Bande gestützt und das Mädchen bei seiner Kür beobachtet, bevor er über die Absperrung sprang und auf Nina zuschlitterte. Nabu-Experte Günther Schüttler sieht in dieser Beobachtung einen Hinweis auf ein typisches Angriffsverhalten. »Raubkatzen schleichen sich im Verborgenen an, fixieren ihr Opfer mit den Augen und attackieren es dann, je nach Entfernung verbunden mit einem kurzen Sprint. Vermutlich haben die Bewegungen des Mädchens das Angriffsverhalten des Tieres zusätzlich motiviert.« Dass Nina daraufhin stehen geblieben sei und sich nicht geregt habe, habe ihr womöglich das Leben gerettet, so Schüttler weiter. Auch habe der Alarmton der Sirene den Panther aller Wahrscheinlichkeit nach in die Flucht getrieben.

Doch es bestehen weiterhin Zweifel daran, dass es sich bei dem Tier um einen Panther handelt, denn Nina lieferte eine abweichende Beschreibung des Vorgangs. Sie sei sich nicht sicher, ob es ein Panther gewesen sei, es könne auch ein schwarzer Labrador gewesen sein, der zu ihr aufs Eis gekommen war. Dafür spricht, dass Nina nach Aussagen der Polizei relativ ge-

lassen wirkte und deutlich weniger Schocksymptome aufzeigte als ihre Trainerin, die das Geschehen außerdem bei schlechter Beleuchtung und von weiter weg beobachtet hatte.

Schnelle Bewegungen könnten bei Hunden ebenfalls einen Angriff provozieren, so Schüttler. Auch könne ein Hund vorschnell als Panther interpretiert werden, wenn ein Gerücht über ein streunendes Raubtier bereits die Runde gemacht und sich in den Köpfen der Menschen eingeprägt habe. »Manchmal sehen wir, was wir sehen wollen, auch wenn wir uns davor fürchten«, äußerte sich Verhaltenspsychologin Margot Trimmer zu den Vorfällen in Bornhausen. »Da Nina sich gerade in einem Flow befand, als das Tier zu ihr kam, könnte dieser Zustand ihre Wahrnehmung beeinträchtigt haben. Wenn wir in einem Glücksrausch sind, nehmen wir Gefahren weniger intensiv oder aber gar nicht wahr.«

Bis ein Beweisfoto geschossen wird, bleibt der Fall des Bornhausener Panthers also weiterhin unklar. Auch andere Belege stehen bislang aus. Deshalb wird sich heute ein Expertenteam aus Biologen und Zoologen an den Tatort begeben und eventuelle Spuren sichern und auswerten. Daran, dass ein aggressives Tier Bornhausen verunsichert, zweifelt indes niemand mehr.«

»… also doch ein Labrador?«, hatte Lionel unter den Artikel geschrieben und einen Smiley daneben geschmiert. Na schön, er nahm mich also nicht ernst und glaubte, ich hätte ihm Humbug erzählt.

»Kein Labrador«, zischte ich, nachdem ich zu ihm gegangen war, und knallte ihm den Artikel auf das Buch, in dem er gerade gelesen hatte. »Ich kann das Wort Labrador nicht mehr hören!«

»Warum sagst du es dann dauernd? Wieso lügst du? Oder

hast du mich angelogen, indem du behauptet hast, es sei ein Panther?«

»Weil … geht dich nichts an.«

»Also war es ein Panther. Hey, Nina. Antworte mir.«

Ich blickte stur auf die Zeitung. Es war seltsam, dass über mich geschrieben worden war, während ich übers Wochenende bei Tante Leslie war. Mussten die mich nicht um Erlaubnis fragen? Oh nein, jetzt verhielt ich mich schon wie Schröter und Graufink. Plötzlich war ich auf die andere Seite geraten.

»Keine Antwort ist auch eine Antwort. Schau mal hier.«

Lionel schob mir sein Smartphone rüber. Hastig überflog ich den Artikel, der auf dem Display angezeigt wurde. Meine Wangen liefen warm an. Spuren deuten auf Panther hin … Kotproben aus Wald in Labor … erfahrene Großwildjäger auf dem Weg nach Bornhausen … Tier müsse schnellstmöglich gefangen oder gestellt werden …

Mehr wollte ich nicht erfahren. Ich gab Lionel das Handy zurück, ohne den Bericht zu Ende zu lesen.

»Heute Abend ist es so weit. Sie wollen ihn mit Fleisch ködern. Er hat ja offenbar Hunger«, wisperte Lionel. »Ich geh mit meinem Dad auf den Hochsitz.«

»Du – was? Wieso denn das?«, fragte ich entsetzt. »Willst du ihm beweisen, wie tough du bist?«

»Das auch«, entgegnete Lionel kühl. »Ist ja nur eine Frage der Zeit, bis du wegen Freitagabend petzt.«

»Panther können klettern. Nur zur Info.«

»Aber nicht, wenn auf sie geschossen wird. Au!« Ich hatte Lionel fest in den Arm gezwickt. Sofort begann die Haut sich zu verfärben, und er rieb sich die Stelle, um den Schmerz zu vertreiben. »Spinnst du? Ich hab nicht gesagt, dass ich ihn abknallen will. Ich will nur wissen, ob du recht hast oder die Geschichte vom Pferd erzählst.«

»Na, vom Pferd bestimmt nicht!« Es klingelte zum Unterricht – viel zu früh für meinen Geschmack. Ich konnte jetzt noch nicht zurück in die Klasse gehen. Meine Gedanken hasteten wild durcheinander, und jeder davon war wie ein Stich im Magen. Lionel wollte einen auf Jäger machen und die Nacht auf dem Hochsitz verbringen, zusammen mit seinem schwer bewaffneten Vater? Er wurde mir von Sekunde zu Sekunde unsympathischer. Was hatte ich mir nur eingebildet, zusammen mit ihm übers Eis zu laufen? »Ihr könnt euch das sparen, der Panther ist wahrscheinlich gar nicht mehr da! Das hab ich dir schon gesagt!«

»Und wenn doch? Wenn er da ist und da bleibt? Hunger hat und nicht ganz dicht ist? Was dann? Ich lass mir das jedenfalls nicht entgehen. Bin schon gespannt auf deinen Labrador.«

»Lionel, warte ...« Doch er war schon aufgestanden und gegangen – und ich musste ihm ins Klassenzimmer folgen, wenn ich nicht zu spät kommen wollte. Ich hätte ihm gerne ein paar Beleidigungen hinterhergebrüllt, wenn diese nicht für noch mehr Blicke und Getuschel gesorgt hätten. Also stiefelte ich ihm in wutentbranntem Schweigen hinterher, bis plötzlich ein schmaler Schatten vor mich trat und mich aufhielt.

»Nina! Hallo.«

»Oh.« Ich versuchte mich an einem Lächeln, konnte meine Verwunderung aber nicht verbergen. »Herr Graufink.«

Er sah noch etwas blass aus, jedoch nicht krank, und als er mich am Arm nahm und in eine Nische zwischen dem Kaffeeautomaten und einer vor sich hin kränkelnden Palme zog, fühlte sich seine Berührung warm und energiegeladen an.

»Ich muss kurz mit dir sprechen, Nina. Geht es dir gut?«

»Ähm – ja.« Hätte ich ihn das nicht fragen müssen? Immerhin lag er vor ein paar Tagen noch in der Klinik.

»Nina.« Herr Graufink sah sich nach allen Seiten um und senkte dann noch einmal die Stimme. »Das Tier in der Eishalle. Bist du sicher, dass es ein Labrador war? Ganz sicher?«

»Ich …« Oh je. Herrn Graufink anzulügen, war ein hoffnungsloses Unterfangen. Ich wusste nicht, ob es daran lag, was ich ihm mit meinem Artikel angetan hatte, oder damit zusammenhing, dass ich ihn schon im Pyjama gesehen hatte – aber ich konnte es nicht. »Nein. Ich bin mir nicht sicher.«

»Also könnte es wahr sein, was deine Trainerin sagt und auch Todd? Und der Patient in der Klinik? Gibt es einen Panther in dieser Stadt?« Seine Augen leuchteten, als er das Wort »Panther« aussprach, und ein Lächeln huschte über seinen Mund.

»Es könnte sein, ja.«

»Oh mein Gott …« Herr Graufink schloss die Augen, und seine Lippen erzitterten. »Ein schwarzer Panther …«

»Es gibt keinen Grund zur Panik. Wirklich. Sie müssen keine Angst haben, wahrscheinlich ist er längst weitergezogen und …«

»Angst?« Herrn Graufinks Lächeln wurde breiter. »Warum denn Angst?«

Irritiert blinzelte ich zu ihm hoch. »Na, weil es ein Raubtier ist und mit einem Biss ein menschliches Genick brechen kann?« Doch Herr Graufink befand sich nicht mehr in dieser Welt. »Ein schwarzer Panther«, flüsterte er andachtsvoll. »Das ist … oh … Was *er* wohl machen würde? Wie würde er sich verhalten?«

»Wer?«, versuchte ich, seine Trance zu durchbrechen.

»Jesus.« Herr Graufink richtete seine Augen wieder auf mich. Sie schillerten dunkel. »Würde er in Panik geraten? Nein. Würde er Panik schüren? Nein. Würde er alles tun, um das Tier zu töten? Nein.«

»Würde? Hätte, oder? Jesus ist doch tot.« Ob tot oder nicht – Herr Graufink schien ihn gut zu kennen.

»Aber darum geht es doch gar nicht, Nina! Es geht darum, dass ein wildes Tier zu uns gekommen ist, und so etwas hat immer eine Bedeutung, immer! Wusstest du, dass der schwarze Panther bei den Inkas als Gottheit verehrt und im alten Indien bei Hofe gehalten und als heiliges Tier betrachtet wurde? Weil er ein Meister der Meditation ist und dem Mensch Zusammenhänge eröffnet, die er ohne Hilfe gar nicht erfassen kann?« Herr Graufink hob eine Hand und strich sich damit verträumt über seinen Mozartzopf.

»Ich kann auch nicht erfassen, was Sie gerade sagen, und ich muss zum Unterricht. Jetzt.« Drängend wies ich den Gang hinunter, doch Graufink schien noch im fernen Indien zu weilen. »Kann ich gehen?«

Herr Graufink nickte abwesend. »Meine Katzen benehmen sich schon seit Tagen anders. Wilder und ungezähmter. Markieren das ganze Haus. Ich wusste, dass da draußen etwas ist …«

»Okay. Ich muss los. Gute Besserung weiterhin!«

Weil ich mir nicht anders zu helfen wusste, ließ ich ihn kurzerhand zwischen Palme und Kaffeeautomaten stehen und eilte zum Unterricht, der längst begonnen hatte – was mir neuerliches Tuscheln einbrachte, doch meine Aufmerksamkeit lag bei Lionel. Mit gesenktem Blick kritzelte er vor sich hin, dieses ewig gleiche Bild, das mich früher nicht weiter berührt hatte und nun auf hilflose Weise zornig machte. Minutenlang starrte ich auf seine Stirn, bis er endlich den Kopf hob und mich aus seinen Polaraugen anschaute, ohne dass ich auch nur irgendetwas darin lesen konnte. Fast unmerklich schüttelte ich den Kopf. Sah er meine Geste? Wusste er, was ich ihm damit bedeuten wollte?

»Nicht töten«, formte ich mit meinen Lippen. Er senkte seine Augen nicht sofort. Eine kurze Weile sahen wir uns an, er ausdruckslos, ich bittend und wütend zugleich, bis er wieder abtauchte und weiter vor sich hin kritzelte, als sei nichts geschehen.

Ich hätte ihn umbringen können.

Abendschlummer

Nach den Nachmittagsnachrichten wusste ich, dass Lionel nicht übertrieben hatte – und dass ich mir dringend einen neuen Plan überlegen musste. Schon bei der Heimfahrt von der Schule hatte das Städtchen wie ausgestorben gewirkt. Die Pantherphobie hatte um sich gegriffen, niemand wagte sich noch auf die Straße, wenn es nicht unbedingt sein musste.

Papa hatte darauf bestanden, mich nach Unterrichtsschluss abzuholen, und das Auto direkt vor dem Schuleingang geparkt, damit ich auch ja keinen einzigen Meter unbeaufsichtigt zurücklegen musste. Auch die anderen Schüler fuhren mit dem Bus oder ließen sich von ihren Eltern kutschieren. Die Fahrradständer auf dem Pausenhof blieben verwaist.

Da die Experten noch in der Halle auf Spurensuche waren und Ludmilla sich von ihrem Schrecken erholen musste, fiel mein Training aus, und ich konnte nur das tun, was ohnehin jeden Tag auf meinem Plan stand: Hausaufgaben und danach ein wenig Fitness und Gewichte stemmen in Papas Hobbyraum, doch auch dabei wälzte ich ununterbrochen Gedanken, denn eines war mir klar: Ich konnte nicht tatenlos herumsitzen und abwarten, während sich eine blutrünstige Meute von Jägern im Wald versteckte, Köder auswarf und darauf wartete, dass der Panther sich zeigte. Zwar galt die Order – so wurde es jedenfalls in den Nachrichten vermeldet –, dass dem Tier lediglich ein Betäubungsschuss verpasst werden sollte. Vom Töten war nicht die Rede. Doch ich konnte mir ausrechnen, dass nicht jeder Jäger ein Betäubungsgewehr in der Hand halten würde, und die Wege eines Panthers waren nicht kalkulierbar. Keiner konnte sagen, von welcher Seite er sich dem Köder nähern würde und wer ihn dabei beobachtete. Da inzwischen von einem »außergewöhnlich aggressiven Tier« die Rede war, würde niemand aufschreien, wenn einer der Jäger einen echten Schuss absetzte. Viel eher feierten sie ihn als Helden.

Laut Radio Salü würde die Jagd bei Einbruch der Dunkelheit beginnen – das war spät, die Sonne würde erst gegen zehn untergehen. Den Köder wollte man kurz vorher auslegen. Dann würden die Jäger ihre Hochsitze und Verstecke beziehen. Jedes Mal wenn ich mir dies vorzustellen versuchte, wurde mir übel – und erst recht, wenn ich daran dachte, dass Lionel einer von ihnen sein würde, ja, dass er neben seinem fetten, rotgesichtigen Vater auf dem Hochsitz hocken und von oben in aller Ruhe beobachten würde, wie mein Panther sich dem Leckerbissen näherte. Eine solche Jagd war feige. Doch das Argument, dass der Panther bisher niemandem etwas zuleide getan hatte – sah man mal von den Schreckmomenten und Nervenzusammenbrüchen ab –, zählte nicht. Im Radio sagten sie immer wieder, dass man nicht darauf warten könne, bis es geschah. Ein wildes Tier bleibe ein wildes Tier, und wann immer wilde Tiere auf die menschliche Zivilisation trafen, wurde es kompliziert.

Doch es gab einen Ausweg – einen waghalsigen und weltfremd anmutenden, aber ich wollte ihn nicht unversucht lassen. Ich musste mich ebenfalls in den Wald schleichen und darauf hoffen, dass ich dem Panther ein weiteres Mal begegnete. Sollte diese mysteriöse Kommunikation, die ich zwischen uns wahrgenommen hatte, existieren, dann musste ich versuchen, ihn wegzulocken. Von mir aus sollte er mir hinterherlaufen, raus aus dem Wald, wenn er nur den Gewehren der Jäger entkam.

Es machte mich traurig, über all das nachzudenken, doch ich musste mich damit beschäftigen, denn Bornhausen hatte mobilgemacht. Angeblich waren alle drei Hotels und sämtliche Ferienwohnungen ausgebucht, weil Journalisten und Hobbyfotografen in Scharen angereist waren. Auch sie durften den Wald nicht betreten.

Ich aber kannte ein Schlupfloch. Die Jäger würden, so hoffte ich, nur jenen Teil des Waldes absichern, der von der Stadt aus erreichbar war. Den gesamten Wald abzusichern war unmöglich. Er zog sich kilometerweit bis zum nächsten Tal und dem nächsten kleinen Dorf. Sicherlich würden sie ein paar Außenposten aufstellen, aber man hätte Hunderte von Leuten benötigt, um das komplette Waldgebiet abzuriegeln.

Wenn ich früh genug startete, konnte ich über die Wiesen und Äcker hinter dem Haus jenen Teil des Waldes ansteuern, der außerhalb des Stadtgebietes lag, und mich von dort aus durch das Dickicht in Richtung Weiher schlagen – an den Ort, wo ich den Panther das erste Mal inmitten der Natur gesehen hatte. Dafür musste ich mindestens fünf Kilometer zurücklegen, und das in einem raschen Tempo – aber wozu war ich Leistungssportlerin?

Ich rechnete und überlegte eine Weile, während ich mit meinen Beinen Gewichte nach oben drückte und den Stepper quälte, doch dann stand mein Zeitplan fest. Um 18 Uhr würde ich aufbrechen, sobald Mama zum Reiterstammtisch und Papa zur Nachtschicht gefahren waren, mir Wasser und einen kleinen Snack mitnehmen und gegen 19 Uhr im Wald unterkriechen. Dort würde mir nur noch mein Orientierungssinn weiterhelfen, doch die grobe Richtung wusste ich ja, und wenn ich nahe genug am Feld blieb, hatte ich einen Fixpunkt. Den Waldrand steuerte ich am besten über das Maisfeld an. Der Mais stand zwar noch nicht sehr hoch, aber es würde genügen, um sich bäuchlings durchschieben zu können, ohne gesehen zu werden, falls dort bereits Wachen postiert worden waren.

Bis 18 Uhr hatte ich noch zwei Stunden Zeit, und die nutzte ich dazu, auf YouTube nach Panthervideos zu suchen – was sich als keine gute Idee herausstellte. Zwar rührte mich eine Dokumentation zu Tränen, in der eine Tierflüsterin sich mit einem eingesperrten, apathischen schwarzen Leoparden »unterhielt«, nur über Augenkontakt, und dabei erkannte, dass er seine Freiheit brauchte, denn er ließ mich umso deutlicher verstehen, dass mein Panther auf keinen Fall hinter Gittern landen durfte. Doch dann verirrte ich mich in Aufnahmen von vor Wut schäumenden Raubkatzen und Szenen aus *Life of Pi*, in denen der Tiger versuchte, das Boot zu zerlegen, und ich konnte mich nicht damit trösten, dass ein Panther kein Tiger sei und jeder Vergleich hinke. Es waren beides Raubtiere mit gewaltigen Kräften und einem enormen Aggressionspotenzial. Ich war schon kurz davor, meinen Plan in den Wind zu schießen und den Abend in meinem Zimmer zu verbringen, als mir ein ganz anderer Clip begegnete, in dem eine südafrikanische

Tierpflegerin ein Gehege betrat und ihr ein junges Pantherweibchen vor Begeisterung in die Arme sprang, sodass sie es festhielt wie ein Kind, während ihr der Panther hingebungsvoll über die Wangen schleckte – und dieses Filmchen war genau die richtige Motivation, die ich brauchte, um mich von den Bildern des wütenden Tigers und grausligen Fauchgeräuschen zu erholen und meinen Plan durchzuziehen. Ich wollte mir den Clip gerade ein zweites Mal anschauen, als Mama ins Zimmer kam und ich sofort den Bildschirm ausschaltete.

»Na?« Freundschaftlich boxte sie mir in die Seite. »Was hast du heute Abend vor? Du willst doch nicht etwa in die Eishalle?«

»Nein, heute nicht. Die ist noch gesperrt. Nikki hat mich gefragt, ob ich mit ihr und Marie ins Kino nach Dillingen gehe. Ihr Bruder fährt uns und holt uns danach wieder ab.«

Auch das gehörte zu meinem Plan – und es war keine Lüge. Nikki hatte mich vorhin – oh Wunder – über WhatsApp gefragt, ob ich sie ins Kino begleitete. Das war verdächtig, und womöglich hatte sie das nur getan, weil sie Insiderinformationen über den Vorfall in der Eishalle bekommen wollte. Denn Nikki war, wie ich erfahren hatte, nun ganz vorne im Team der Schülerzeitung. Ich hatte nicht geantwortet, sondern mich still und heimlich über diese willkommene Möglichkeit eines Alibis gefreut. Nikkis Mutter hatte ihren Mädelsabend, somit konnte sie meiner Mutter erst einmal nichts verraten, denn die beiden befanden sich jeweils am anderen Ende der Stadt. Bis Julia erfuhr, dass ich gar nicht dabei gewesen war, würde ich wieder in meinem Zimmer sein. Sollte Mama vorher zurückkommen und ich nicht zu Hause sein, würde sie sich nicht wundern, denn ich war ja offiziell im Kino. Es fühlte sich nicht besonders gut an, andere Menschen gezielt hinters Licht zu führen, aber mir blieb nichts anderes übrig. Ich konnte ihnen schlecht erzählen, dass ich gegen Sonnenuntergang in den Wald spazieren wollte, um einen wilden Panther zu retten.

»Ja, natürlich«, sagte Mama nach kurzem Überlegen. »Das ist mir lieber, als dich hier alleine zu lassen. Schön, dass ihr euch wieder vertragt. Und nach Dillingen wird das Vieh wohl kaum laufen. Wann bist du zurück?«

»Spätestens um zehn.«

»Sven soll dich direkt vor der Haustür absetzen, ja? Versprich mir das! Und dann rufst du mich an, und ich komme heim.«

»Versprochen«, schwindelte ich mit einem bleiernen Gefühl im Bauch, vermied es aber, Mama dabei anzuschauen. Sven würde mich überhaupt nicht zu Gesicht bekommen. Sobald Mama weggefahren war, zog ich mich um. Nach einigem Überlegen wählte ich schwarze Kleidung. Grüne Klamotten besaß ich nicht, und alle anderen Stücke waren mir zu hell und zu bunt. Also entschied ich mich für meine schwarze Trainingshose und ein schwarzes Longsleeve. Sollte ich mir auch das Gesicht tarnen? Es konnte aus dem Dunkel des Waldes heraus leuchten und mich verraten. Prüfend schaute ich in den Spiegel, ging dann rüber ins Wohnzimmer, griff mir eine Handvoll Asche aus dem Kamin, verschnürte sie in einem Taschentuch und stopfte sie in die Hosentasche. Ich würde sie erst im Gesicht verteilen, wenn ich im Wald war. Denn sollte ich vorher entdeckt und aufgehalten werden, würde ich mit einem schwarz angemalten Gesicht in Erklärungsnot geraten. Auch die dünne schwarze Mütze, die ich manchmal beim Training trug, stopfte ich in meine hintere Hosentasche. Die kleine Wasserflasche nahm ich in die Hand, der Müsliriegel kam in die andere Potasche.

Nun hatte ich noch fünf Minuten, um mich für das richtige Schuhwerk zu entscheiden, und wählte kurz entschlossen meine schwarzen Wildleder-Sneakers. Es gab Schuhe, in denen ich besser rennen konnte, doch die Sneakers hatten Flüstersohlen, die profiliert genug waren, um sich damit durch den Wald zu bewegen. Wenn ich erwischt wurde, konnte ich mein Outfit immer noch als Joggingdress deklarieren.

Doch die Journalisten und Fotografen mussten sich allesamt am städtischen Waldrand versammelt haben. Ich begegnete keinem einzigen Menschen, als ich unter der brütenden Abendsonne über den Feldweg trabte, Äcker durchquerte, Wassergräben übersprang und nach einer Dreiviertelstunde endlich das Maisfeld erreichte. Mein Shirt klebte an meinem Rücken, und mein Mund war so ausgedörrt, dass ich kaum schlucken konnte. Durstig trank ich von meinem Wasser und blieb eine Weile stehen, um zu Atem zu kommen.

Allzu deutlich wurde ich mir meiner eigenen Gerüche bewusst. Ich nahm das Shampoo in meinen Haaren wahr, eine leicht bittere, frische Note, ich registrierte den vom Deo neutralisierten Schweiß unter meinen Armen, der ein anderes Aroma hatte als der in meinem Nacken und auf meiner Brust, ich konnte sogar den Labello auf meinen Lippen und den Weichspüler in meiner Unterwäsche erkennen. Ich war ein lebendiges Parfum der zivilisierten Welt, vermischt mit dem unterschwelligen Urgeruch meines Körpers, und ich wusste nicht, ob einer Raubkatze ein solcher Cocktail gefallen würde. Von Herrn Graufink wusste ich, dass Katzen äußerst sensibel auf Gerüche reagierten – je chemischer, desto massiver ihre Protestaktionen. Seine Kater akzeptierten zum Beispiel keine Badezimmerteppiche, wegen der gummierten Beschichtung auf der Unterseite. Außerdem hatten sie seine neue Rattancouch zerkratzt, denn das Rattan war mit allerlei stark riechenden Chemikalien bearbeitet worden. Ich hätte nie gedacht, dass mir Graufinks Katzengeschichten jemals nützen würden – jetzt aber waren sie mir eine Hilfe.

Ich wartete, bis sich die dunkle Wolke, die sich während meines Laufes über den Feldern aufgetürmt hatte, in einem warmen, leichten Sommergewitter zu entladen begann, und stellte mich mitten in den strömenden Regen. Mit beiden Händen strich ich über meine Arme und durch meine Haare und rubbelte mir über das Gesicht, um all die fremden Duftstoffe von meinem Körper zu vertreiben, bis ich mich klarer und reiner fühlte.

Die nötige Tarnung kam von ganz alleine, sobald ich mich auf alle viere begab und durch das Maisfeld robbte. Die feuchte Erde hinterließ lehmige Spuren auf meinen Armen und Beinen, und der Regen hatte die Asche in meinem Taschentuch aufgeweicht, sodass ich sie mühelos im Gesicht verteilen konnte, nachdem ich das Ende des Maisfelds erreicht hatte. Jetzt strahlten nur noch meine Augen heraus.

Für den Panther war es doch unerheblich, wie ich aussah, oder?, fragte ich mich bang, als mir bewusst wurde, wie verändert ich in diesem Aufzug wirken musste. Woran erkannte er mich eigentlich? Oder saß ich sowieso einem lebensgefährlichen Irrtum auf, wenn ich glaubte, den Panther und mich würde mehr verbinden als sein rasender Hunger und mein junges, saftiges Fleisch?

Plötzlich wurde mir mulmig zumute. Ich war ein vierzehnjähriges Menschenmädchen, das sich einbildete, mit Raubkatzen sprechen zu können, und bewegte mich dabei nicht in einem Hollywood-Streifen à la *Life of Pi*, sondern in der Realität.

»Aber er hat mich nicht getötet«, sprach ich gedämpft aus, was ich mir jedes Mal sagte, wenn die Zweifel mich zu lähmen drohten. »Er hat mich nicht getötet. Und ich will nicht, dass sie ihn töten.« Das zweite Argument kam mir wesentlich gewichtiger vor als das erste. Selbst wenn er ein ganz normaler unkommunikativer Panther war und ich mir die Bindung zwischen ihm und mir eingebildet hatte: Ich wollte nicht, dass sie ihn lockten und erschossen. Lieber lockte ich ihn. Bei mir war er sicher. Wenn er mich zum Dank auffraß, hatte ich eben Pech gehabt. Wenigstens killten Panther schnell und effizient. Ich würde nicht lange leiden müssen.

Mit knackenden Knien robbte ich an den Rand des Feldes, bog zwei Maisstauden auseinander und linste zum Waldrand hinüber. Keine Wachen. Ich hätte das letzte Stück gar nicht kriechen und mich mit Schlamm besudeln müssen. Trotzdem blieb ich geduckt, während ich in vier schnellen Sprüngen zur ersten Baumreihe sprintete, und verlangsamte mein Tempo erst, als die Fichten und Tannen so dicht standen, dass ich nicht mehr schnell gehen konnte. Ein irritierendes Bild bot sich mir, als ich aufsah – zwischen den vertrauten Stämmen der heimischen Nadelbäume wucherte das Indische Springkraut wie ein Miniatur-Dschungel in Rosa und Grün. Klebrig legte sich sein süßlicher Duft auf meine Schleimhäute und intensivierte sich, je weiter ich lief. Bei jedem meiner Schritte platzten links und rechts Samenknollen auf und verteilten ihren Inhalt explosionsartig in der Luft. Bald haftete das penetrante Aroma des Krautes auch an meiner Haut. Je hektischer meine Bewegungen wurden, desto mehr Knospen öffneten sich, weshalb ich mich dazu zwang, ruhiger zu gehen und mir ohne zu viel Kraftverbrauch meinen Weg zu bahnen.

Ich musste mich nach links orientieren und diese Richtung beibehalten, durfte mich dabei aber nicht zu weit in den Wald ziehen lassen, denn dann würde ich mich nicht mehr zurechtfinden. Hier gab es keine Wege oder Schilder – dieser Teil des Waldes war für Menschen nicht vorgesehen.

Doch die Wildpfade der Tiere halfen mir dabei, voranzukommen und den dichten Dornengeflechten, die sich zwischen dem Springkraut und den Bäumen ausbreiteten, so gut wie möglich auszuweichen. Trotzdem riss auch jetzt meine Haut auf, denn es war so schwül geworden, dass ich die Ärmel hochgeschoben hatte und meine Arme somit nicht mehr geschützt waren. Mein Wasser hatte ich bereits ausgetrunken, und obwohl es mir schwerfiel, ließ ich die Flasche in einem Gebüsch zurück, um leichter voranzukommen.

Als der nächste Wildpfad meinen Weg kreuzte, stockte ich mitten in der Bewegung. Die schmale Schneise war übersät von weißen Federn und Bluttropfen, doch eine Vogelleiche konnte ich nicht finden. Stattdessen entdeckte ich etwas anderes. Mir wurde flau, als ich mich niederkniete und die Spuren im Schlamm genauer betrachtete, obwohl ich bereits ahnte, dass ich mich in ihnen nicht täuschte. Es waren Tatzenspuren in XXL. Der Abstand zwischen Hinter- und Vorderpfoten betrug mindestens einen Meter – es war so, wie ich es in Erinnerung hatte, der Panther war ein auffallend großes Tier. Er war hier gewesen und hatte einen Vogel gerissen, wahrscheinlich eine Taube. Nun fiel mir auch der Baum auf, der sich am Rande des Tatorts befand. Sein Stamm sah zerfetzt aus, als habe ihn der Panther als Kratzbaum benutzt. Die tiefsten Kratzspuren befanden sich oberhalb meines Kopfes. Etwas weiter unten klebten schwarze, feine Haare am Stamm. Außerdem vernahm ich den durchdringenden, beißenden Gestank nach Katzenurin.

Der Panther hatte sein Revier markiert. Töten, Bäume zerfetzen, Kopf am Stamm reiben, urinieren. Warum hatte ich vorher nie an so etwas gedacht? Dass er auch eine Verdauung hatte und wie jede unkastrierte Katze Pipiwölkchen hinterließ, mit denen er unmissverständlich klarmachte, dass außer ihm niemand etwas zu melden hatte? Galt das denn auch für mich?

Ich schlich schließlich gerade selbst herum wie ein menschlicher Panther, schwarz von Kopf bis Fuß und zum Teil auf allen vieren – wenn er mich für einen Konkurrenten hielt, war das hier ein reines Suizidunternehmen.

Dennoch folgte ich weiter seinen Spuren, langsam und leise, die Augen aufmerksam auf den erdigen Untergrund gerichtet, und redete mir in Gedanken unentwegt gut zu, um nicht in meiner schwelenden Angst zu verglühen. Die Pfotenabdrücke führten mich direkter in Richtung Stadtwald und Weiher, als ich es selbst hätte planen können. Mal machten sie einen kleinen Schlenker, mal hatte der Panther den Untergrund mit seinen Krallen aufgewühlt und eine Urinwolke hinterlassen, mal war er durch einen Regenwassertümpel gewatet und die Spuren verloren sich kurz – doch es gelang mir jedes Mal, sie wiederzufinden, bis ich das Wasser des Sees durch die Baumstämme und Büsche glitzern sah und das Quaken der Frösche hörte.

Dieser blöde todessehnsüchtige Panther war wieder an den Stadtrand zurückgekehrt, dorthin, wo man ihn am besten umzingeln und abknallen konnte. Besaß er denn überhaupt keine vernünftigen Instinkte mehr?

»Du bist eine dumme Katze«, murrte ich erschöpft und suchte mit flimmernden Augen nach seinen Spuren, die auf dem mit Blättern und Nadeln übersäten Boden kaum noch auszumachen waren. »Warum kommst du immer wieder hierher?«

Damit du mich finden kannst.

Japsend hielt ich inne. Da war es wieder gewesen, etwas hatte mich gestreift, ein Sinnesgemisch aus Riechen, Hören und Fühlen, und hatte sich in Sprache gewandelt, doch dieses Mal hatte ich auch eine Stimme vernommen – in mir selbst zwar, aber tief und samtig. Und sehr, sehr männlich, ohne dabei in irgendeiner Weise menschlich zu sein.

Jetzt musste ich mutiger werden als bei unserer ersten Waldbegegnung. Die Sonne sank bereits, das Licht wurde golden, und die Jäger wappneten sich, schleppten vielleicht schon den Kadaver heran. Ich durfte nicht minutenlang tatenlos im Dickicht herumstehen und gegen meine Ängste und Wünsche ankämpfen. Ich roch ihn doch längst. Er war hier, und er sprach mit mir – oder ich sprach mit ihm, wer konnte das schon unterscheiden? Ich musste jetzt verdammt noch mal herausfinden, wo er war – bestimmt wieder auf einem der quer wachsenden Bäume drüben am Ufer, wo er das letzte Mal gefaulenzt hatte. Doch ich konnte es nicht tun, ohne dabei zu plappern.

»Okay, ich bin schon wieder hier, und es ist dein Revier, ich weiß, aber du hast mich dreimal nicht getötet und ich wäre dir sehr dankbar, wenn du es auch ein viertes Mal nicht tun würdest, denn … oh.«

Erst bei meinem letzten Halbsatz hatte ich mich überwinden

können, in die Baumkronen am Ufer zu schauen, doch da war er nicht. Er lag nur wenige Meter vor mir auf einem verwitterten, flachen Felsen, der über und über mit Moos und Pilzen bewachsen war, und blickte mich aus halb geschlossenen Augen an, als würde er zwar alles verstehen, was ich da von mir gab, jedoch auch, als würde es ihn zutiefst langweilen. Auf dieses Menschengeplapper würde er nicht antworten. Es war für ihn nicht mehr als das Rauschen des Windes in einem weit entfernten Baum.

»Na gut, dann eben nicht«, sagte ich leise und ging in die Hocke, weil ich vor Aufregung und Schwäche nicht mehr stehen konnte. Der Panther quittierte mein Einknicken mit einem herzhaften Gähnen. Wie hypnotisiert starrte ich auf seine Reißzähne, die er dabei offenherzig entblößte, und zuckte zusammen, als sie anschließend klackend aufeinanderstießen. »Hübsche Zähnchen hast du. Bisschen gelb, aber …« Großer Gott, ich sollte endlich aufhören zu quasseln. Dieses Angstgeschnatter brachte mich nicht weiter, und vor allem erreichte es ihn nicht.

Wie sollte ich ihm nur begreiflich machen, dass er nicht länger auf seinem Moosfelsen liegen und chillen konnte, weil bald der Geruch von Fleisch in seine Nase dringen und ihn an einen Ort locken würde, wo Dutzende Augen ihn beobachteten, gut verborgen hinter den Visieren von Jagdgewehren? Wie konnte ich zu unserer ureigenen Zwiesprache zurückfinden, mit der wir uns verständigen konnten – und würde es mir gelingen, bevor er Hunger bekam und mich ansprang?

Doch er sah nicht aus, als würde er einen Sprung planen. Sein graziös dahingestreckter Körper strahlte eine beneidenswerte Gelassenheit aus. Aber natürlich, warum sollte das auch nicht so sein? Für ihn gab es keine Zukunft, keine Befürchtungen oder Sorgen. Nur Menschen konnten in die Zukunft und in die Vergangenheit denken und machten sich damit das Leben schwer. Aus seiner Warte war die Welt in diesem Moment vollkommen in Ordnung.

Wie zur Bekräftigung hob er seine linke Tatze und begann, sie umständlich mit seiner rosafarbenen Zunge zu säubern. Genau wie eine Katze, dachte ich verblüfft. Dieselbe Hingabe, dieselbe penible, leicht schrullige Genauigkeit, wenn er an seinen Krallen knabberte und ihre Zwischenräume säuberte – und doch hielt er seine Pfote so vornehm in die Höhe, als sei sie das Schönste und Wertvollste, was er besaß. Ich konnte nicht umhin zu lächeln, während ich ihm bei seiner akkuraten Körperpflege zusah. Hin und wieder hielt er inne, um mich anzuschauen, wobei er vergaß, seine Zunge wieder einzufahren, sodass ihre Spitze aus seinem Maul lugte, oder er haschte in spielerischem Gleichmut nach einer um ihn herumschwirrenden Libelle, die sich schließlich todesmutig auf seine Nasenspitze setzte. Wieder hielt er inne und fixierte sie schielend, bis sie sich sirrend auf den Weiterflug machte.

Hatten Katzen wahrhaftig Sinn für Humor, wie Graufink es einmal behauptet und damit eine rege Diskussion ausgelöst hatte? In der nächsten Stunde hatte er uns dreißig Minuten lang »funny cats«-Videos gezeigt, bis wir vor Lachen Bauchschmerzen hatten, und ich hatte zugeben müssen, dass Katzen sich freiwillig in die absurdesten Situationen begaben, von denen sie eigentlich genau wussten, dass sie nicht gut ausgehen konnten.

Wie mein Panther sich nur wenige Meter vor meinen Augen gebärdete, brachte mich zum Schmunzeln, bis ich leise lachte und gleichzeitig Tränen aufsteigen fühlte, weil mich seine königliche Erhabenheit zutiefst rührte. Doch er gähnte nur ein zweites Mal, streckte sich noch ein bisschen länger, bis seine Zehen erzitterten und ein Ächzen aus seiner Brust drang, und ließ seine Lider nach unten gleiten. Seine Vorderpfoten hingen nun weit über den bemoosten Felsen, sodass sie, angezogen von der Schwerkraft, nach unten sackten und ich ihre mattgrauen Ballen erkennen konnte. Die Krallen waren eingefahren, dieses Tier war nicht auf Kampf aus.

Es gönnte sich das, was vermutlich die meiste Zeit des Tages ganz oben auf seiner To-do-Liste stand: ein ausgiebiges Nickerchen. Auch ich spürte mit einem Mal, wie erschöpft ich war. Ich sehnte mich danach, mich auszustrecken und den lieben Gott einen guten Mann sein zu lassen – etwas, was der Panther offenbar vortrefflich beherrschte. Doch noch lieber wollte ich seine Pfoten berühren. Nur kurz, nur an den Ballen, es musste gar nicht mehr sein.

Ohne darüber nachzudenken, welche Gefahren mein Sehnen barg, ging ich auf meine Knie und rückte etwas näher an ihn heran. Ja, ich wollte ihn berühren …

Mein ganzes Dasein bestand nur noch aus diesem einen Wunsch, er flutete sogar meinen Kopf und verdrängte jegliches Denken, Überlegen und Abwägen. Ich wollte fühlen. Nichts sonst.

Dann tu es.

Noch ein Stückchen … und noch eines … Wieder dehnte er seine Vorderläufe, spreizte seine Zehen dabei genüsslich, und auch ich streckte meinen Arm weit aus, nur wenige Zentimeter über dem Waldboden, doch nah genug, um … ja, um …

Unsere Berührung dauerte nur eine Millisekunde, eine Sternschnuppe innerhalb von Äonen, doch sie war meine kleine Ewigkeit, die mich von nun an auf immer begleiten würde. Kühl waren seine Pfoten, aber sie erzählten von warmem Blut und felsigen, sonnenbeschienenen Böden, von dem dichten Grün des Dschungels und labenden Gebirgsbächen, von schwülen Nächten und sternenbeschienenen Berggipfeln. Sie versprachen mir ein fernes Reich, das mich jegliche Vorsicht über Bord werfen ließ. Noch einmal streckte ich meinen rechten Arm aus und schmiegte meine Handinnenfläche unter seine Pfote. Sie war größer als meine ganze Hand, doch der runde, innenliegende Teil ihrer Ballen passte genau hinein. Ganz sacht erwiderte er meine Berührung, ein leiser Druck nur, zart und vorsichtig, als wolle er mir zu verstehen geben, dass ich nichts zu befürchten hatte. Nicht jetzt – und unser Jetzt war für immer.

So streckte auch ich mich lang aus, legte meinen Kopf auf meinen Arm ab wie er, schloss die Augen und fiel in einen tiefen, süßen Schlummer.

STREIFSCHUSS

Es war die Stille, die mich weckte, und sofort kam die Angst. Der Wald war stumm und finster geworden, als sei alles Leben von einem einzigen schwarzen Atemzug des Todes verschluckt worden. Verzweifelt blinzelte ich und rieb meine Augen, bis ich begriff, dass ich nichts sehen konnte, da es längst Nacht geworden war. Ich musste stundenlang geschlafen haben, und der morastige Boden, der mir vorhin noch so warm und weich vorgekommen war, drückte nun kühl gegen meinen Rücken.

Schwerfällig richtete ich mich auf und sah mich mit weit geöffneten Augen um. Es war unmöglich, auch nur irgendetwas Konkretes zu erkennen. Ich wusste nicht, ob die dunklen Schlieren, die ich wahrzunehmen glaubte, sich verflüchtigende Traumbilder waren, oder dichter Nebel, der um die Bäume kroch.

»Bist du noch da?«, flüsterte ich. Keine Antwort, weder in meinen Ohren noch in meinem Herzen. Auch sein Duft war fort. Jetzt roch es nur noch nach Pilzen, nassem Laub und Tannennadeln. »Na, du bist mir ja ein schöner Freund …«

Mit der Linken tastete ich nach meinem Handy, und im gleichen Moment stöhnte ich vor Unmut auf. Schon wieder war es passiert! Schon wieder hatte ich in der Gegenwart des Panthers vergessen, meine Kamera zu zücken – das musste ein Fluch sein. Es wäre das Selfie des Jahrhunderts gewesen, ich und der Panther, wie meine Hand und seine Pfote sich sanft berührten. Wieso vergaß ich jedes Mal das Beweisfoto, wenn wir zusammen waren? Ich dachte gar nicht mehr an mein Handy oder an die Schülerzeitung. Mir wurden goldene Gelegenheiten geschenkt, und ich war zu dumm, um sie zu nutzen.

Doch jetzt befand ich mich in anderen Nöten. Der Blick auf mein Display zeigte mir, dass es bereits auf Mitternacht zuging. Mama und Papa waren längst zu Hause, der Köder lag im Wald, die Jäger hatten ihre Posten bezogen und – und der Panther?

Hatte ihn der Geruch des Fleisches bereits gelockt? Wäre ein Schuss gefallen, wäre ich davon aufgewacht – das redete ich mir jedenfalls ein, während ich aufstand und erneut versuchte, etwas um mich herum zu sehen. Die beängstigende Stille lähmte mich. Kein Rascheln war zu hören, kein Grillenzirpen, kein Froschquaken. Die Tiere schienen zu wissen, was hier gleich passieren sollte – oder war es bereits eingetroffen?

Erst nach und nach konnte ich die Umrisse der Bäume und Sträucher erkennen, die mich umgaben. Rechts von mir musste der See liegen, denn vor mir konnte ich nun vage den Felsen ausmachen, auf dem mein Panther gedöst hatte – ein Beweis dafür, dass ich die ganz Zeit hier geruht und nicht etwa noch schlafgewandelt hatte. Ich musste also nach links laufen, um zurück zur Stadt zu kommen – und geradeaus, um noch tiefer in den Bornhausener Wald vorzudringen, mitten in die Jäger und Fallen hinein.

Mein Nacken verkrampfte sich, als ich mich nach kurzem Überlegen für geradeaus entschied. Doch genau das war mein Plan gewesen, deshalb war ich überhaupt hier! Ich wollte den Panther fortlocken. Gut, ich war spät dran, weil ich ein leichtsinniges Nickerchen dazwischengeschoben hatte, aber noch hatte ich eine Chance. Hundert Schritte würde ich gehen; wenn ich ihn dann nicht sah oder witterte, würde ich kehrtmachen, um so schnell wie möglich nach Hause zu kommen.

Weil es mir sicherer erschien und ich das Gefühl hatte, auf diese Weise besser Kontakt mit dem Panther aufnehmen zu können, ließ ich mich wieder auf alle viere nieder und kroch geduckt vorwärts, die Augen abwechselnd auf den Boden und in das Gebüsch vor mir gerichtet. Zwei Bewegungen mit den Knien und Armen entsprachen einem Schritt, rechnete ich aus, und war gerade bei dreiundzwanzig angelangt, als mich ein süßlich-schwerer und zugleich beißender Geruch stocken ließ. Ich kannte dieses Gemisch. Kurz nachdem wir unseren Bungalow bezogen hatten, hatte sich genau dieser Geruch im gesamten Wohnzimmer ausgebreitet und die Luft verpestet, bis Papa unter einer Bodenleiste eine verwesende Maus entdeckt und entsorgt hatte. Doch das, was hier stank, musste größer sein als eine Maus. Viel größer. Auch ließ der Geruch mich nicht würgen wie die Mausleiche unter der Diele – was da stank, war noch nicht lange tot. Aber tot war es. Etwas Lebendiges verströmte kein solches Aroma.

»Bitte nicht …«, betete ich lautlos und starrte vor mir auf den Waldboden, wo unzählige beharrliche Beinchen für ein beständiges, kaum hörbares Rascheln sorgten. Wie eine kleine Armee marschierten die bepanzerten Tierchen dem Gestank entgegen, und sogar im Dunkeln schillerten ihre Rücken grünlich auf.

Aaskäfer. Eine der Spezies, die Schröter uns bei seiner illustren Waldexkursion besonders ausführlich vorgestellt hatte. Doch damals hatten wir nur ein einziges Exemplar zu Gesicht bekommen, das träge zwischen unseren Füßen durch die Tannennadeln gekrochen war. Diese Tiere hier formierten sich in Dutzenden. Sie bildeten eine fast kerzengerade, dunkle Straße, der ich nur noch folgen musste, um – ja, um was? Meinen toten Panther auf dem Waldboden liegen zu sehen? Aber warum vernahm ich dann sonst kein Geräusch? Warum kam niemand, um ihn zu holen? Jäger ließen niemals ein Tier liegen. Es sei denn, sie hatten den Panther in mehrere Teile zerfetzt, und das, was ich roch, waren lediglich Überreste von ihm.

Mit aller Gewalt unterdrückte ich ein Wimmern und kroch neben den Aaskäfern her, bis der Gestank so intensiv wurde, dass ich schlucken musste, um weiteratmen zu können. Jetzt roch die Luft nicht nur nach einem toten Tier. Sie roch nach Blut, schmutzigem Fell, nach Kot, Schlamm und – Maggi? Irritiert hielt ich inne und nahm einen weiteren vorsichtigen Atemzug. Ja, es roch eindeutig nach Suppenwürze. Maggi ... Moment ... Doch mein Erkennen kam zu spät.

Angstvoll hob ich meinen Blick, als ich das sonore Grunzen vor mir vernahm, genau dort, wo der Kadaver langgestreckt auf dem Boden lag und ausblutete, und zwei glitzernde Äuglein bohrten sich über den Leichnam hinweg feindselig in meine. Den zu den Äuglein gehörenden Rest des Tieres konnte ich mir denken. Dicke Schnauze, kurze Beine, borstiges Fell, zwei scharfe Hauer. Wildschweine waren tückisch und aggressiv – und diesem hier hatte ich in seiner begrenzten Wahrnehmung gerade das Abendessen streitig gemacht.

Trotz meiner Panik wusste ich, dass ich sofort um Hilfe rufen oder wegrennen musste, doch stattdessen drang ein drohendes Fauchen aus meiner Kehle, das mir eisige Schauer über meine Arme und Beine jagte. Sämtliche Härchen in meinem Nacken richteten sich auf, als ich es erneut anschwellen ließ und dabei eine Hand erhob, als könne ich das Wildschwein damit beeindrucken. Es durfte sich nicht an dem toten Panther vergehen, dem meine Seele gehörte. Niemand durfte das. Wieder grunzte das Schwein, dieses Mal mit einem schrillen, alarmierenden Unterton, und ich hörte, wie es mit den Vorderläufen das Laub aufwühlte.

Bevor ich schreien konnte, fiel der Schuss. Kreischend stob die Wutz davon, und ich blickte distanziert auf das Projektil in meinem Oberarm, an dessen Ende eine rote Feder rhythmisch hin und her wippte. Tumb griff ich mit der Linken danach, um es rauszureißen, und gab dabei einen zischenden Laut von mir.

»Ein Mensch! Nicht schießen, das ist ein Mensch!«, schrie es von Ferne. »Alle Waffen runter! Da ist ein Mensch!«

Noch einmal versuchte ich, das Projektil herauszuziehen, nun mit meinen Zähnen, doch ehe ich zubeißen konnte, wurde mein Körper so schwer, warm und weich, dass ich alles vergaß, was jemals in meinem Leben von Bedeutung gewesen war, und das Bewusstsein verlor.

AMORS PFEILE

»Was in Gottes Namen ist nur in dich gefahren? Kannst du mir das erklären, Nina?«

Mama war so blass, wie ich sie das letzte Mal gesehen hatte, als sie zu ihrer Heilpraktiker-Abschlussprüfung aufgebrochen war, doch es fehlte die grimmige Entschlossenheit, die ihre bleiche Gesichtsfarbe damals ausgeglichen hatte. Jetzt war Mama weder grimmig noch entschlossen, sondern verzweifelt. Außerdem schien sie seit Stunden nichts gegessen und getrunken zu haben. Ihre Lippen waren spröde, und unter ihren Augen lagen dunkle Schatten. Wahrscheinlich hatte sie unentwegt neben meinem Bett im Klinikzimmer gesessen und gewartet, bis ich wieder so weit hergestellt war, dass sie mir eine Standpauke halten konnte, die sich gewaschen hatte.

»Du bist doch meine Tochter, oder? Nina, die Eisprinzessin? Klassensprecherin, Vertrauensschülerin, Oma- und Opa-Liebling? Hast du irgendeinen Seelentausch gemacht, von dem ich nichts mitbekommen habe? Wer haust jetzt in dir – Iwan der Schreckliche?«

»Mama, bitte, ich hab Kopfschmerzen ...«

»Das ist mir egal, und sie geschehen dir recht! Die eine Sache ist, dass du mir direkt ins Gesicht gelogen und damit unser Vertrauen missbraucht hast, die andere ist – und ehrlich gesagt finde ich die viel erschreckender …« Mama schwankte und musste sich setzen, um sich wieder zu fangen. »Die andere ist, dass du um Mitternacht und umzingelt von mordlustigen Jägern mitten im Wald ein Rendezvous mit einem Hirschkadaver und einem zornigen Wildschwein hattest. Das wäre schon zu normalen Zeiten ein Grund, wütend zu werden. Aber in dieser Stadt geht ein wildes Tier um! Nina, bitte, erklär mir das, sonst verkünde ich offiziell, dass sich eine fremde Seele in meine Tochter verirrt hat und ich ab sofort das Sorgerecht niederlege!«

Mama übertrieb gerne, wenn sie sich über etwas aufregte, und neigte dabei zu dramatischen bis tief düsteren Bildern, doch dieses Mal hörte ich aus ihren Worten echte Sorge heraus. Es war vor allem ihre Ratlosigkeit, die mich immer tiefer in mein Kissen sinken ließ. Sie hatte ja recht – was ich getan hatte, passte nicht zu dem, was ich vorher gewesen war, und verlangte nach einer soliden Erklärung. Doch leider hatte ich die nicht.

»Ich … kann ich von vorne beginnen?«, fragte ich mit heiserer Stimme. Das Reden fiel mir noch schwer, denn die Wirkung der Betäubung ließ nur langsam nach.

»Ich bitte darum. Und, Nina, ich möchte eine gute Erklärung. Eine, die ich glauben und verstehen kann. Mit der ich ruhig schlafen kann. Ist dir eigentlich klar, dass du hättest tot sein können? Das war eine Betäubungsdosis für einen ausgewachsenen Panther, nicht für ein Mädchen, und hätte sie dich voll erwischt, wärst du entweder unter der Erde oder für den Rest deines Lebens debil! Wie es Papa geht, kannst du dir denken … Vielen Dank. Jetzt hab ich zwei Patienten.«

Schuldbewusst nestelte ich an meinem Verband herum. Ja, dass Papa derjenige war, der die Erstbehandlung an mir durchführen musste, war keine besonders glückliche Fügung gewesen. Ich hatte zwar nichts davon mitbekommen in meinem seligen Schlummer, doch man brauchte nicht viel Fantasie, um sich auszumalen, wie er auf diesen Fund reagiert hatte. Mit grellen Schattierungen im Gesicht und der ein oder anderen Herzrhythmusstörung.

»So. Jetzt die Erklärung, bitte. Ich bin gespannt.« Mama verschränkte die Arme und schloss erschöpft die Augen, doch ich brauchte mir nichts vorzumachen – ihr würde kein einziges Wort entgehen, und ich hatte immer noch keine schlüssige Idee, wie ich mein Verhalten begründen sollte, ohne dass ich Hausarrest auf Lebenszeit bekam. Es gab nur eine Alternative zur Wahrheit – und die war so beschämend, dass ich jetzt schon errötete. Trotzdem musste ich vorher eines noch wissen, sosehr ich mich auch davor fürchtete.

»Haben sie … haben sie ihn eigentlich geschnappt?«

»Wer *ihn*?« Mama öffnete ein Auge. »Den Hubert? Der arme Kerl, er ist fix und fertig. Er dachte, du bist der Panther, also kann man ihm nichts vorwerfen, er sah etwas Schwarzes dicht am Boden und …«

»Nicht Hubert.« Aha. Hubert war es also gewesen, der mich angeschossen hatte – der Mann mit den kakaofarbenen Augen, der mich in der Hütte so seltsam angesehen hatte und Mama stets auffallend unterwürfig grüßte, wenn wir ihn mal trafen. Doch er war für mich Nebensache. »Ich meine den Panther! Haben sie den Panther erwischt?«

»Natürlich nicht.« Mama gähnte und rieb sich die Stirn. »Der wäre ja auch schön blöd, wenn er sich von einem Hirschkadaver anlocken ließe, der zwischen vollbesetzten Hochsitzen abgelegt wurde. Keine Ablenkungsmanöver mehr, Nina, es wird Zeit, dass ich Antworten bekomme.«

»Ist ja gut.« Erleichtert löste ich meine Hände, die ich unter der Decke zu Fäusten geballt hatte. Sie hatten ihn nicht erwischt. Ob er blöd war oder nicht, konnte ich nicht beurteilen, mit menschlichen Kriterien kam man da wohl nicht weit. Aber vielleicht war es tatsächlich mein Einsatz gewesen, der ihn gerettet hatte. Denn ich hatte mit meinem Erscheinen die ganze Jagd durcheinandergebracht, und spätestens nachdem der Krankenwagen mit Blaulicht und schallendem Martinshorn in den Wald gebrettert war, hatte der Panther riechen müssen, dass etwas nicht stimmte. Aber da er noch lebte, musste ich jetzt eine Erklärung zusammenreimen, die möglichst wenig mit ihm zu tun hatte. Wäre er tot gewesen, wäre es einfacher geworden, denn dann hätte ich die Wahrheit sagen können. Trotzdem hätte ich vor Glück platzen können, lügen zu dürfen – so peinlich es auch werden würde.

»Also, Lionel hat gestern in der Schule erzählt, dass er seinen Vater nachts auf den Hochsitz begleiten würde und dass sie versuchen wollten, den Panther zu stellen und …« Ich seufzte schwer. Zu lügen machte keinen Spaß – nicht wenn ich Lionel dabei ins Spiel bringen musste. »Na ja, ich bin gegen Abend übers Feld in den hinteren Wald gelaufen und wollte dort … ähm …«

Mama bedachte mich mit einem Blick, der mich zum Stottern brachte. Verlegen schielte ich aus dem Fenster.

»Weiter«, bat sie mich leise.

»Weiter, okay«, echote ich matt. »Ja. Ich war dann im Wald und wollte dort warten, bis es dunkel wurde, aber ich bin eingeschlafen und …«

»Warum?«, fragte Mama schneidend.

»Weil ich müde war.«

»Nein. Warum wolltest du in den Wald, Nina? Und dort warten, bis es dunkel wurde?« Jetzt waren ihre beiden Augen wieder offen und die Erschöpfung aus ihrem Gesicht verschwunden. Mama schaute mich an, als würden bunte Blumen aus meinen Ohren wachsen. Unbehaglich zog ich meine Knie an.

»Weil … ich … ach Mama …«

»Sag es!«

»Weil ich Lionel treffen wollte! Ich wollte bei ihm sein, ich – ich dachte, das sei romantisch! Zusammen auf dem Hochsitz!«

»Wenn der fette Schröter neben euch hockt?« Mamas Stimme überschlug sich vor Erstaunen. »Du mit dem Würstchen auf zwei Beinen und seinem dicken Vater nachts auf einem Hochsitz beim Pantherschießen – das ist für dich romantisch? Alles klar, ich nenne dich ab jetzt Iwan. Die Nina-Zeiten sind vorbei.«

»Er ist kein Würstchen auf zwei Beinen!«, rief ich erhitzt, und Mamas Blick milderte sich schlagartig. »Er ist … er heißt Lionel, und so sollte man ihn auch nennen, alles andere ist gemein.«

»Du verteidigst ihn und wirst rot … ooooh … also ist das dein Ernst? Echt? Du hast dich in Lionel Schröter verknallt? Aaaaah! Das glaub ich nicht!«

»Hab ich nicht! Er hat nur so geprahlt und gesagt, dass sich ja niemand sonst trauen würde, zu ihm auf den Hochsitz zu kommen, wenn der Panther unterwegs sei und … ja, okay, ich bin ein bisschen in ihn verknallt. Zufrieden?«, lenkte ich betreten ein, als ich registrierte, dass das immer noch die beste Erklärung von allen war. Verliebte Menschen machten dumme Sachen, das war gemeinhin bekannt. Mich als verliebt hinzustellen, war das Einzige, was mich retten konnte. Ich musste ab sofort so tun, als wäre ich in Schröters Sohn verschossen. So weit ging ich also schon, um meinen Panther aus der Schusslinie zu bringen.

»Er war übrigens als Erster bei dir.« Mama zwinkerte mich auf eine Weise an, die ich von nun an wahrscheinlich täglich erleben würde – und ich war nicht erpicht darauf. »Dein Vater musste ihn von dir wegreißen.« Sie übertrieb, um zu testen, wie ich reagierte – ganz sicher tat sie das, das war typisch Mama. Trotzdem spürte ich, wie meine Mundwinkel sich zu einem Lächeln verziehen wollten, als ich mir vorstellte, dass Lionel zu mir geeilt war, nachdem der Schuss gefallen war, und zwang sie sofort wieder nach unten. Er gehörte zu den Jägern, und das konnte ich ihm nicht verzeihen. Jedenfalls heute noch nicht.

»Nina – ich weiß, wir haben noch nie richtig über so was geredet, aber wenn man Jungs beeindrucken will, dann ist es am geschicktesten, wenn man sie nicht zu sehr beeindruckt. Vor allem wenn es jemand wie Lionel ist. Du bist sowieso schon ein Powerpaket, du musst nicht nachts noch bei Raubtierjagden auf blutende Kadaver klettern und dich mit Wildschweinen anlegen, um bei ihm zu punkten …«

»Aber das wollte ich doch gar nicht. Ich musste von der anderen Seiten in den Wald, weil sie mich nicht durchgelassen hätten, und das war so anstrengend, dass ich am See eingeschlafen bin, und danach verlor ich die Orientierung, und als ich dann das Aas roch ... es war total unheimlich! Ich wusste nicht, wohin! Bist du noch nie nachts im Wald gewesen?«

»Oh doch.« Mamas Stimme klang überraschend weich und wissend, doch ihre Augen wanderten in die Ferne. »Es ist eine andere Welt. Und wenn man sich in dieser Welt nicht zurechtfindet, dann ...« Ein leiser Seufzer drang aus ihrer Brust, während sich ein verträumtes Lächeln auf ihr Gesicht stahl. Plötzlich sah sie aus wie siebzehn. Doch dann schüttelte sie den Kopf, als würde sie alte Erinnerungen vertreiben, und ihr Blick wurde wieder klar. »Du hast andere Möglichkeiten. Lad ihn von mir aus zu uns nach Hause ein, trefft euch nach der Schule zum Eis, geht ins Kino, macht etwas, was normale Teenager machen. Falls es normale Teenager gibt.«

»Aber er findet mich doof.« Das war nicht gelogen. »Er meint, ich wäre ja so perfekt und hätte immer recht, und wenn er das sagt, klingt das wie eine Beleidigung.«

»Na, das hat sich ja nun geändert. Von perfekt ist nicht mehr viel übrig«, sagte Mama, was ich ihm gegenüber auch schon angedeutet hatte. »Nina, bitte versprich mir, dass du solche Dummheiten nicht mehr machst, ja? Es ist zu gefährlich da draußen. Was glaubst du, was jetzt los ist in Bornhausen und welche Wellen die Sache schlägt ...« Mama stieß einen trockenen Lacher aus. »Im Moment weiß keiner, was zu tun ist. Eine weitere Kadaver-Aktion gibt es vorerst nicht. Sie sind noch damit beschäftigt, sich gegenseitig die Schuld für deine Verletzung in die Schuhe zu schieben. Hubert hadert mit seinem schlechten Gewissen, und Schröter will am liebsten den ganzen Wald abriegeln. Du wirst langsam berühmt, Iwan. Ich musste heute schon zwei Journalisten abwimmeln, die mit dir sprechen und ein Foto von dir machen wollten. Deshalb bleib ich auch bis morgen früh hier sitzen und halte Wache.«

»Und was ist morgen früh?«, fragte ich vorsichtig. Wurde ich dann dem Scharfrichter vorgeführt?

»Dann kommst du nach Hause.« Mamas Stimme klang schläfrig, und ihre Augen fielen wieder zu, erst das linke, dann das rechte. »Dort bist du sicher. Ich binde dich an der Heizung fest, wenn's sein muss.«

»Bitte nicht«, bat ich wispernd, doch Mama war schon eingenickt. »Ich muss frei sein.«

Mit dem Zeigefinger hob ich den Verband an und schielte darunter. Die Schusswunde war mit drei Stichen genäht worden, und um die Stiche herum bildete sich ein blaugrüner Bluterguss, doch ich fühlte mich von Minute zu Minute klarer und lebendiger, und die Schmerzen waren nicht allzu quälend. Deshalb wagte ich es, aufzustehen, mit dem Tropf in der Hand aufs Klo zu gehen und danach mein Handy aus der Tasche meiner schlammverkrusteten Hose zu ziehen, die auf dem Stuhl neben der Heizung lag. Bei jedem Schritt hämmerten meine Schläfen, sodass ich erst ein paar Schnarchern von Mama lauschte, bis mein Kreislauf sich so weit normalisiert hatte, dass ich auf mein Handy schauen konnte.

Es vermeldete fünf neue WhatsApp-Nachrichten. Alle fünf kamen von Lionel.

2.35 Uhr: »Du bist echt total irre, Nina.«

3.50 Uhr: »Wie geht's dir? Hast du Schmerzen?«

4.20 Uhr: »Was wolltest du da eigentlich?«

5.10 Uhr: »Mach so einen Mist nicht wieder, okay?«

6.30 Uhr: »Ich werde spätestens beim Mittagessen ins Koma fallen. Du bist schuld.«

Wieder musste ich lächeln, obwohl ich es nicht wollte. Lionel hatte die ganze Nacht nicht geschlafen, wegen mir. Er hatte sich Sorgen gemacht, so gut er das auch zu vertuschen versuchte. Jetzt erst ahnte ich, wie die Situation für die Jäger und Lionel ausgesehen haben musste. Etwas Schwarzes kroch auf allen vieren aus dem Dickicht und näherte sich langsam dem Kadaver. Das Wildschwein reagierte darauf, und das schwarze Ding fauchte zurück. War das denn so gewesen?, fragte ich mich misstrauisch. Hatte ich wahrhaftig wie eine Katze gefaucht, oder hatte ich mir das nur eingebildet? Ob ja oder nein – Hubert musste gedacht haben, ich sei der Panther, und wahrscheinlich war es nicht nur ihm so ergangen. Wer war es dann gewesen, der erkannt hatte, dass ich ein Mensch war? Lionel? Hatte er gerufen?

Mit leicht zitternden Fingern aktivierte ich die Tastatur.

»Jain, gut, nein, geht dich nichts an, weiß nicht, von mir aus.« Das waren die Antworten auf all seine Fragen und Bemerkungen. Weniger war manchmal mehr.

Danach las ich die E-Mails, die mittlerweile eingelaufen waren – und fand eine Anfrage von Wolf Blum, dem Chefredakteur der Bornhausener Rundschau. Er wünschte mir baldige Besserung und fragte, ob ich bereit wäre, ihm den Vorfall aus meiner Sicht zu schildern. Oh ja, das war ich.

»Ich bin nachmittags an den See gelaufen, von der anderen Seite, und dann eingeschlafen. Als ich wieder aufwachte, war es Nacht, und ich hatte die Orientierung verloren. Ich fand den Weg nach Hause nicht mehr.« Irgendwie klang das nach Rotkäppchen und Hänsel und Gretel in einem, doch genau das gefiel mir. Die Presse liebte es schließlich, Märchen zu erzählen – je nebulöser ich die Sache schilderte, desto besser. »Ich weiß nur noch, dass plötzlich ein Wildschwein kam und ein Schuss ertönte. Das ist alles.«

Die Wahrheit würde niemand verkraften. Ich musste sie für mich alleine behalten. Morgen, wenn ich ausgeschlafen war, würde ich in aller Ruhe sämtliche Nachrichten zusammensuchen und durchforsten, die den Panther betrafen, und mir überlegen, was zu tun war.

Das hier war nur eine blutige Wegetappe, von der ich mich erholen musste, um neue Kraft zu schöpfen. Ich hatte lediglich ein bisschen Zeit gewonnen.

Als ich eindämmerte und die ersten Traumbilder aufstiegen, sah ich sie auf mich zulaufen – mein Panther von links, Lionel von rechts. Sie näherten sich mir zielstrebig, aber ohne Eile. Ich konnte in beide Augenpaare gleichzeitig sehen. Grün und polarblau.

Es fühlte sich an wie heimzukommen.

ZWEI FLIEGEN, EINE KLAPPE

»Nina? Ach, hier bist du …«

»Ja, ich …« Hastig zog ich den letzten Zeitungsartikel aus dem Drucker und drehte ihn auf den Bauch. »Ich musste was für die Schule ausdrucken. Für ein Referat. Das ich noch halten muss.«

»Aber nicht heute«, erwiderte Mama bestimmt.

»Nein, heute nicht.« Das Lügen nahm kein Ende mehr. In Wahrheit hatte ich mich noch gar nicht über den versäumten Unterricht informiert. Alles, was ich im Sinn hatte, war, endlich an die neuesten Panthernachrichten zu gelangen. Es waren zu viele, um sie am Handy oder Laptop lesen zu können. Deshalb hatte ich mich in Mamas Arbeitszimmer zurückgezogen, denn sie hatte vor zehn Minuten angefangen, hektisch von A nach B zu rennen und Fleecejacken und Socken im Haus zu verteilen – sie musste zu einem Pferdetermin, und das kam mir nur recht. Seit unserer Rückkehr aus dem Krankenhaus wurde ich rund um die Uhr beschattet und kontrolliert. Doch nun gab es ein Zeitfenster, knappe zwei Stunden, in denen Mama weg war und Papa noch nicht da. Dieses Zeitfenster gehörte mir.

Ich wollte es mir auf dem Sofa gemütlich machen und all die Artikel lesen, die ich mir gerade ausgedruckt hatte, um endlich wieder auf dem neuesten Stand zu sein. Doch Mama blieb in der Tür stehen.

»Kommst du mal bitte ins Wohnzimmer?«

»Gleich«, antwortete ich ausweichend.

»Nein, jetzt.« Mamas Tonfall war nicht mehr bestimmt, sondern diktatorisch, und sie hatte diesen ganz speziellen listigen Ausdruck auf dem Gesicht, der nichts Gutes verhieß. »Ich hatte heute früh spontan eine Idee, wie ich zwei Fliegen mit einer Klappe schlagen kann. Sie wird dir gefallen.«

Oh nein. Zwei Fliegen mit einer Klappe zu schlagen war Mamas private Lieblingsdisziplin, seitdem sie nicht mehr in der Bank, sondern mit verkorksten Pferden arbeitete, und meistens war sie darin nicht besonders erfolgreich. Doch ich versuchte gar nicht erst, mich davor zu drücken – das würde nur neuen Verdacht wecken. Ich musste mich von Iwan dem Schrecklichen zurück in Nina verwandeln, zumindest offiziell, und das war schwierig genug, zumal Mama mich seit gestern bei jeder sich bietenden Gelegenheit mit Iwan ansprach oder mich an meinen nächtlichen Waldausflug und meinen *merkwürdigen Sinn für Romantik* erinnerte.

»Na gut. Aber das Referat nehm ich mit.«

Mit einem demonstrativen Augenverdrehen stand ich auf und trottete Mama und dem herben Pferdegeruch ihrer Fleecejacke hinterher ins Wohnzimmer, wo der Tisch feierlich gedeckt war und auf dem Sessel eine der beiden Fliegen saß, die Mama erschlagen wollte. Ich, die andere Fliege, verspürte den sofortigen Wunsch, davonzubrummen.

»Was machst *du* denn hier?«

Lionel zuckte verstockt mit den Schultern und linste auf den Teller mit trockenen Keksen, den Mama anstelle von Kuchen – wie ihn normale Mütter backen würden – auf den Tisch gestellt hatte. Doch auch ein selbst gebackener Kuchen hätte diese Situation nicht mehr retten können.

»Ach, ihr seid echt süß.« Mama stupste mich gegen die Schulter, verzichtete aber auf eine dieser ätzenden vertraulichen Zwinkereien. »Ich hab ihn eingeladen.«

»Und du sagst einfach Ja?«, herrschte ich Lionel an. »Spinnst du?«

»Wir sind uns heute Morgen auf der Straße begegnet, und ich … ich hatte keine Chance.« Lionel zuckte erneut mit den Schultern, während ich versuchte, Mama mit Blicken zu erdolchen, doch sie tat, als sähe sie mich nicht. »Ich soll hierbleiben, bis dein Vater kommt.«

»Mama, ich bin kein Baby mehr!«, zischte ich sie an, doch sie unterdrückte nur ein amüsiertes Kichern. »Nimm das endlich mal zur Kenntnis!«

»Viel Freude, ihr beiden! Ich muss los. Ihr habt euch sicher einiges zu erzählen, oder?«

Schon war Mama in den Flur entwischt, und ich schluckte all die Iwan-Flüche, die mir auf der Zunge lagen, wieder herunter, obwohl sie sehnlichst rauswollten.

»Ist vielleicht gar nicht schlecht, dass ich hier bin«, murmelte Lionel nach zehn marternden Minuten, in denen wir uns schweigend gegenübergesessen und auf den Wohnzimmertisch gestarrt hatten, ohne den Tee und die Kekse anzurühren. Sie sahen ohnehin etwas staubig aus.

»So? Warum denn? Falls du Tiere abknallen willst – hier gibt es keine.«

Lionel stöhnte auf und lehnte sich mit geschlossenen Augen zurück, was mir die Gelegenheit gab, ihn unbeobachtet zu betrachten. Auch er sah genervt und übermüdet aus. Doch meine Augen blieben vor allem an seinen schwarzen, schmalen Brauen hängen und an zwei Strähnen, die ihm in die Stirn hingen. Anscheinend hatte er seine »Ich kleb meine Haare an den Kopf«-Phase überwunden, und das Ergebnis stand ihm besser, als ich zugeben wollte.

»Solange du im Wald rumkriechst, setze ich mich nicht mehr auf einen Hochsitz, das kannst du mir glauben … Mann, ey …«, beschwerte er sich und gähnte herzhaft. »Willst du jetzt wissen, warum es gut ist, dass ich hier bin – oder weiter rumzicken?«

»Ich zicke nicht«, stellte ich klar und begriff im gleichen Moment, dass ich es sehr wohl tat. Doch das war mir gleich. Mädchen durften Jungs anzicken, vor allem, wenn sie ungebeten zu Staubkeksen und Tee erschienen. Jedes meiner öden Puppen-Teekränzchen hatte mehr Freude bereitet. »Dann sag es mir halt.«

»Die von *Hallo, wach!* haben mich auf dich angesetzt.«

»Was!?« Erschrocken richtete ich mich auf. »Wieso denn das? Und wieso du?«

»Nikki kommt nicht damit klar, dass ich – na ja, dass ich nichts sage und nur meine … mein Sudoku erfinde.« Aha. Das Kritzeln mit gesenktem Blick. Ja, dafür musste man starke Nerven haben. »Deshalb hat sie beschlossen, dass ich etwas für die nächste Ausgabe recherchieren muss. Daseinsberechtigung nannte sie das.« Lionels verkniffener Blick ließ keine Spekulationen offen, was er davon hielt. »Sie wollen, dass ich dich interviewe.«

»Vergiss es«, entgegnete ich hart und knallte den Packen Artikel so heftig auf den Tisch, dass ein Großteil der Blätter raschelnd auf den Boden segelte. »Erst feuern sie mich, und dann wollen sie mich ausfragen? Die haben sie ja wohl nicht mehr alle.«

»Na ja … du bietest schon … äh … Gesprächsstoff.« Lionel versuchte, seinen Sessel ein Stück zurückzuschieben, doch das Leder gab nur ein quietschendes Geräusch von sich. »Du bist dem Panther begegnet und warst im Wald, als er gestellt werden sollte, und deshalb …«

»Nein. Keine Chance. Ich werde ab jetzt kein Wort mehr sagen, bis mein Vater kommt. Kannst ja Kekse essen.« Ich schob Lionel den Teller vor die Nase und verschränkte bockig die Arme, um zu demonstrieren, dass es mir ernst war.

Seufzend bückte er sich und las die heruntergefallenen Ausdrucke auf. Ich wollte sie ihm aus den Händen reißen, doch er war schneller – was mich so verdutzte, dass ich keinen weiteren Versuch unternahm, ihn zu stoppen. Seine Reaktionen waren verblüffend flink. Bevor ich noch näher kommen konnte, sprang er mit einem geschmeidigen Satz über die Rücklehne des Sessels und streckte die Ausdrucke so weit in die Höhe, dass ich ohne Leiter nicht an sie herankommen konnte. Er war mindestens einen Kopf größer als ich.

»Aha. Panthergeschichten«, raunte er und setzte sich mit Schwung auf die Anrichte, als sei er hier zu Hause. »Willst du hören, wie du bei der Presse ankommst?«

»Nein, will ich nicht …«

»Für großes Rätselraten sorgt indes Schülerin Nina Bouvier, die dem Panther von Bornhausen bereits während ihres Eislauftrainings begegnet war. Ausgerechnet sie wurde während des Versuchs, den Panther mit einem Köder anzulocken, von einem Betäubungsprojektil getroffen und verbrachte die Nacht im Krankenhaus. Noch ist nicht klar, was sie um diese Uhrzeit im Wald zu suchen hatte«, las Lionel mir vor, während ich schnaufend vor Anspannung im Wohnzimmer auf und ab pirschte und am liebsten die Tapeten von den Wänden gekratzt hätte. »Ja, das ist mir auch nicht klar … Sie schreiben weiter: Auffällig war das Erscheinungsbild Ninas. Das Gesicht des Mädchens war dunkel verschmiert, und sie trug schwarze Kleidung, sodass sie von Jäger Hubert Kieling mit dem Panther verwechselt wurde. Möglicherweise hatte sie sich in den Wald geschlichen, um eine Mutprobe zu bestehen.«

»Ja, klar. Das wird es gewesen sein«, giftete ich Lionel an. »Mich interessiert nicht, was sie über mich schreiben, das ist eh nur erstunken und erlogen. Mich interessiert, was dein Vater und seine Kollegen vorhaben.«

»Das wirst du aus der Zeitung nicht erfahren. Die Journalisten sind immer ein paar Stunden hintendran und …«

Das Klingeln der Haustür ließ uns zusammenfahren. Langsam glitt Lionel von der Anrichte, und für ein paar Sekunden äugten wir bewegungslos zum Flur, bis ich schließlich zur Wohnzimmertür lief und die Gegensprechanlage aktivierte.

»Hallo?«

Keine Reaktion, nur das übliche Knistern und Rauschen in der Leitung.

»Hallo, wer ist denn da?«

Wieder keine Reaktion, doch die Klingel ertönte erneut. Funktionierte die Anlage nicht mehr?

»Nina, lass es lieber, das könnte …«

Doch ich war schon in den Flur getreten und öffnete die Tür, um sie sofort wieder zuzuschlagen. Geblendet drehte ich mich zu Lionel rum, der noch im Wohnzimmer stand und abwehrende Bewegungen machte.

»Scheiße ...«, flüsterte ich. »Das ist ja wie im Film ...«

»Komm wieder rein. Schnell. Rein mit dir! Bei uns waren sie auch schon.« Lionel ergriff den Ärmel meiner Strickjacke und zog mich ins Wohnzimmer, wo er sofort an die Fenster eilte und die Rollos so weit runterließ, dass kein Fitzelchen Licht mehr durch die Ritzen drang. Jetzt war ich dankbar, dass Mama Kerzen auf den Tisch gestellt hatte, denn vor meinen Augen tanzten noch immer rosa-gelbe Punkte und Kreise herum. Künstliches Licht wollte ich jetzt nicht um mich haben.

»Die waren mindestens zu fünft ... Sie haben mich erwischt, oder?«

Lionel versuchte sich an einem Lächeln, wobei er den linken Mundwinkel etwas höher zog als den rechten.

»Fragt sich nur, wie ... Du bist – na ja. Ach, du siehst bestimmt auch damit gut aus«, versuchte er, sich zu retten, als ich betreten registrierte, dass ich immer noch meine Jogginghose, ein schlabbriges T-Shirt und Mamas ausgediente graue Strickjacke trug. An meine Haare wollte ich gar nicht erst denken.

»Scheiße«, flüsterte ich ein zweites Mal und ließ mich auf das Sofa nieder. »Das gibt's doch nicht ...« Nun wurde nicht nur der Panther gejagt. Sie hatten auch Jagd auf mich genommen. Mama musste mich gar nicht einsperren. Bei Tageslicht würde ich ohne Begleitung nicht mehr freiwillig rausgehen – ausgerechnet jetzt, wo der Panther mich mehr denn je brauchte! »Bist du wenigstens auch mit drauf?«

Lionels linker Mundwinkel wanderte noch ein Stückchen höher, als er den Kopf schüttelte und sich eine schwarze

Strähne aus der Stirn strich. Also nicht. Wunderbar, dachte ich zynisch. Er war mal wieder fein raus. Auf der anderen Seite begrüßte ich es jedoch, dass er den Kameras entkommen war, denn Lionel und ich zusammen in der Bornhausener Rundschau oder gar in der Bild – das würde nur neue Gerüchte geben. Dennoch wurmte es mich, dass sie mich erwischt hatten und er die Gefahr im Gegensatz zu mir rechtzeitig gewittert hatte. Seine Instinkte waren besser als meine.

Wieder klingelte es, doch ich schaltete die Anlage wütend auf stumm. »Ihr könnt mich mal«, fluchte ich. »Was geht da draußen eigentlich ab? Was ist los seit dem … dem Unfall?«

»Ich glaub, du solltest mal einen Tee trinken. Du siehst irgendwie grün im Gesicht aus.«

»Das ist ja auch kein Wunder! Gestern lag ich noch halb im Koma, und jetzt lauern Journalisten vor der Tür, und mein einziger verbliebener Freund will mich für die Schülerzeitung ausquetschen und …«

»Ah, ist ja interessant. Bin ich das? Ich war es doch noch nie.« Lionel grinste und drückte mir eine Tasse Tee in die Hand. »Keine Sorge, ich quetsche dich nicht aus. Ich muss denen nur Bericht abliefern, dass ich bei dir war. Ich kann ja sagen, du hättest mir nichts erzählt.«

»Werde ich auch nicht.« Verlegen senkte ich mein Gesicht so tief wie möglich in die bauchige Tasse, damit Lionel nicht sah, dass meine Gesichtsfarbe von grünlich zu dunkelrot gewechselt war. Meine Wangen loderten. Ich hatte ihn meinen einzigen verbliebenen Freund genannt. Und der Idiot grinste nur frech. Wahrscheinlich waren doch noch Reste des Betäubungsmittels in meinem Blut. Ich hatte mich kein bisschen unter Kontrolle. »Aber du könntest mir erzählen, was da draußen los ist und was sie planen. Dein Vater und die Jäger und Biologen und …«

»Großwildexperten«, vollendete Lionel meine fahrige Aufzählung. »Einer von denen übernachtet bei uns. Er schnarcht so laut, dass man ihn durchs ganze Haus hört.« Ich musste lachen und entspannte mich ein wenig. »Ich weiß nicht genau, was sie vorhaben. Eigentlich sollte ich auch gar nicht hier sein. Seit deinem Selbstmordtrip im Wald steh ich unter ständiger Beobachtung, und sie halten alles von mir fern.«

»Aber warum denn das?«, fragte ich erstaunt. »Du hast doch garantiert gepunktet bei deinem Vater, indem du dabei warst.«

»Na jaaaa …« Lionel hob einen Keks an, roch an ihm und legte ihn wieder zurück auf den Teller. »Anfangs schon, aber als ich dann vom Hochsitz sprang, weil ich dich erkannt hatte …«

»Sprang? Du bist runtergesprungen?« Das wurde ja immer abenteuerlicher.

»Ja. Geht schneller, weißt du?« Lionel erwiderte meinen fragenden Blick entspannt, und als ich in das helle Blau seiner Augen schaute, wurden meine Wangen noch etwas wärmer. »Der Boden war ja weich, und die ersten Stufen bin ich noch geklettert. Alles gut. Hab Übung darin, ich spring abends öfter aus meinem Fenster, um abzuhauen. Nur … als ich dann bei dir war und bei dem Kadaver, da … also …«

»Was?«

»Die Wildsau hatte dem Hirsch den Bauch aufgerissen, und die Gedärme hingen raus, dazu die Käfer und Maden und du in dem ganzen Blut … Ich dachte, du bist tot und … oh Mann …« Lionel hob erneut den Blick, doch nun sah er gequält aus. »Ich hab auf dich draufgekotzt.«

»Du hast – was? Bääääh!« Ich sprang auf und jagte einmal um das Sofa herum, während ich mich schüttelte wie ein nasses Tier. »Das ist ja widerlich! Igitt!« Aber stimmt – ich hatte nur meine Hose wiederbekommen, mein Shirt nicht. Ich dachte, Mama hätte es in die Waschmaschine gesteckt. Doch wahrscheinlich hatten sie es mir schon an Ort und Stelle ausgezogen und ... oh nein. Ich freute mich nicht auf die Antworten, aber ich brauchte mehr Details.

»Genauer, bitte. Wo draufgekotzt? Und was ist dann passiert?«

»Auf deinen Arm und auf den Kadaver. War 'ne schöne Schweinerei und für meinen Vater der Beweis, dass ich doch nicht stark genug für solche Aktionen bin, wobei man ja nicht bei jedem Jagdausflug beobachtet, wie eine Klassenkameradin auf allen vieren durch den Wald kriecht und dann abgeschossen wird ... wenn du verstehst, was ich meine.« Lionel machte eine frei interpretierbare Handbewegung.

»Haben sie mir das Shirt ausgezogen?«

»Hä? Das weiß ich doch nicht. Sie haben mich von dir weggezogen und sofort zum Krankenwagen gebracht, und den Rest weiß ich auch nur von der Zeitung. Aber ich hoffe mal, sie haben es dir ausgezogen. Wir hatten Erbseneintopf zum Abendessen. Mit Wurststückchen.«

»Hör auf!« Ich hielt mir protestierend die Ohren zu. »Sonst fang ich auch noch an zu kotzen! Und hör vor allem auf, mich die ganze Zeit so unverschämt anzugrinsen!«

»Ist ja gut. Ich hör auf.« Lionel wurde wieder ernst. »Das ist alles saupeinlich für mich. In dem Augenblick, als es mir passierte, war es mir zwar scheißegal, da ging es mir nur darum, ob du lebst oder nicht, aber danach ... wenn ich zurückdenke … an all die Leute um mich herum und an dich, dann bin ganz froh, dass du ohnmächtig warst.«

»Ich auch.« Nun musste ich ebenfalls grinsen, verbarg es aber in der Teetasse. »Und du hast keine Ahnung, was sie jetzt vorhaben?«

»Aufgeben werden sie bestimmt nicht. Das Vieh ist ja immer noch da. Sie beraten sich. Hocken den ganzen Tag in der Hütte, und Mama bringt ab und zu Essen rüber. Sie warten wohl auf neues Material. Fotofallen und eine weitere Lebendfalle, und wenn ich richtig gelauscht habe, dann denken sie darüber nach, Köder auszulegen, in die bereits Betäubungsmittel gespritzt wurde.« Lionel schnupperte erneut prüfend an einem Keks, entschied sich aber auch dieses Mal gegen den Verzehr. »Sie gucken sich außerdem bei Wilderern ab, wie man Tiger in Sibirien jagt und mit welchen Tricks man sie in die Falle locken kann. Es geht ja nicht um gesundes Fleisch, sondern um …«

»Um das Fangen einer Bestie«, ergänzte ich sarkastisch. »Die keine Bestie ist. Sondern einfach nur ein Panther, der sich in unseren Wald verirrt hat.« Auch das war nicht die Wahrheit. Dieses Tier war nicht zufällig hier. Es hatte sich nicht verirrt. So etwas konnte Hasen passieren oder Schildkröten. Nicht aber einem ausgewachsenen Panther. Es musste einen Grund geben, warum er hier war.

»Okay, Nina. Ich hab dir gesagt, was ich weiß. Jetzt sag du mir, was du da wolltest.«

»Das kann ich nicht«, flüsterte ich und schlang Mamas Sofakuscheldecke um meine Schultern. Plötzlich war mir eiskalt. Köder mit Betäubungsmittel … Nicht nur einer, sondern mehrere. Wahrscheinlich schon heute Nacht. Und ich war hier gefangen, ohne irgendeine Möglichkeit, etwas zu planen oder zu tun.

»Du kannst schon, wenn du willst.«

»Ich kann dir die Version erzählen, die ich meiner Mutter gesagt habe. Ich war da, um dich zu treffen. Zufrieden?«

»Du lügst.« Ja, das sah er richtig. Ich log. Prüfend schaute er mich an – jetzt wieder auf der Anrichte sitzend, auf der er sich sehr wohl zu fühlen schien, während ich auf dem Sofa kauerte und seinen Blick lauernd erwiderte. »Jemand wie du geht nicht in den Wald, um einen Jungen zu treffen. Schon gar nicht, um mich zu treffen. Erzähl doch keinen Scheiß.«

»Ich kann dir nicht vertrauen. Du gehörst zu den Jägern. Und du willst deinen Vater beeindrucken. Außerdem musst du der Schülerzeitung einen Bericht über mich liefern. Ich wäre doof, wenn ich dir vertrauen würde.«

»Ich bin der Sohn eines Jägers. Ob ich zu ihnen gehöre, weiß ich nicht«, antwortete Lionel ehrlich.

»Tut mir leid. Das genügt mir nicht.«

Schweigend sahen wir uns an, während es vor den Rollläden raschelte und knisterte, weil die Reporter ums Haus schlichen, und sagten kein Wort mehr, bis es endlich ruhig wurde und Papas Schlüssel in der Haustür knirschte.

»Ich bin heute Abend wieder in der Halle. Kommst du auch?«, flüsterte Lionel mir zu, bevor Papa zu uns stieß, und ohne zu wissen, warum, nickte ich.

Doch erst als es auf Mitternacht zuging, wagte ich mich nach draußen. Die Straße lag leer vor mir. Keine Reporter mehr, keine Blitzlichter. Sie rechneten nicht damit, dass ich mich um diese Uhrzeit zeigen würde – warum auch? Aufatmend schwang ich mich auf mein Rad und trat kräftig in die Pedale, um so schnell wie möglich aufs Eis zu können, denn das brauchte ich jetzt. Ich musste mich bewegen und mir meinen Frust aus dem Bauch laufen. Lionel war bereits in der Halle. Wir teilten sie wortlos auf; er trainierte in der linken Hälfte, ich lief in der rechten. Er fiel kein einziges Mal hin. Aus den Augenwinkeln sah ich, wie seine Schritte immer kraftvoller und weicher wurden, wie er sich in die Kurve legte, rückwärts glitt und Wendungen vollführte.

Die letzten zehn Minuten liefen wir zusammen, die Arme ineinander verhakt und im Gleichschritt, bis unsere Wangen brannten und unsere Knie zitterten.

»Kann ich jetzt sicher sein, dass du nicht mehr in den Wald gehst?«, fragte Lionel, als wir wieder draußen in der warmen Nachtluft angelangt waren und unsere Räder aufschlossen. Ich war so müde, dass ich kaum mehr stehen konnte.

»Ich weiß nicht ...«

»Nina. Bitte. Fahr nach Hause. Was willst du denn nur im Wald?« Kopfschüttelnd griff er nach meinem Lenker, marschierte los und gab mein Rad erst wieder frei, als wir vor meiner Haustür standen. Mein Gähnen war nun so stark, dass ich dabei erschauerte, und mir war flau vor Erschöpfung.

»Leg dich schlafen. Sie machen heute Nacht nichts. Sie brauchen noch eine Genehmigung nach ... na, nach dem Vorfall mit Hubert und dir. Jetzt stehen sie unter Beobachtung.«

»Ich will nicht, dass er erschossen wird. Ich will das einfach nicht ...« Warme Tränen liefen meine Wangen runter, ob vor Müdigkeit oder Angst, konnte ich nicht sagen.

»Ich weiß, dass ihr Mädchen manchmal spinnt mit großen Tieren und denkt, Pferde wären was zum Kuscheln und so.

Aber das hier ist eine Raubkatze. Die macht dich alle, ehe du Hallo sagen kannst. Sie müssen sie einfangen oder abschießen. Das ist der einzige Weg. Ehrlich, Nina, geh da nicht wieder hin. Bitte.« Nun griff er nach meiner Hand, nahm sie in seine und drückte sie bekräftigend. »Versprich es mir.«

»Das kann ich nicht …«

Lionel ließ meine Hand los, packte den Saum seines T-Shirts und zog ihn mit einem Ruck über seinen nackten Bauch. »Es ist nicht lustig, von einem wild gewordenen Tier zerrissen zu werden. Ich hab keine Milz mehr und nur noch anderthalb Nieren. Und ich kann das Wetter vorhersagen.« Er grinste sein schräges Grinsen, mehr entschuldigend als vergnügt, hielt das T-Shirt aber weiter nach oben, sodass ich nicht anders konnte, als hinzusehen. Mit angehaltenem Atem blickte ich auf das beinahe geheimnisvoll anmutende Muster aus Narben, die Lionels Bauch überzogen und im schwachen Licht der Straßenlampe silbern glitzerten. Drei von ihnen waren mit unzähligen dicken Stichen genäht worden, die anderen hatten ohne Naht verheilen dürfen. »Regen im Voraus zu spüren, kann von Vorteil sein. Aber es ist ein Wunder, dass ich noch lebe. Ich hatte einen Liter Blut verloren und ein münzgroßes Loch in der Lunge.«

Scheu wandte ich meine Blicke ab – nicht nur, weil mir der Anblick seiner Narben viel zu intim erschien, sondern auch, weil wir ihm alle Unrecht getan hatten. Er war kein Würstchen auf zwei Beinen. Er hatte den Überlebenswillen eines Löwen und außerdem kein Gramm Speck auf den Rippen.

»Gute Nacht, Lionel.«

Ich fühlte mich leer und fern von jeder Hoffnung, als ich mich ins Bett legte und den Tränen nachgab, doch sobald ich die Augen schloss, war ich wieder in der Halle, und Lionel und ich flogen zusammen übers Eis, während der Panther entspannt auf der Bande lag und uns aus halb geschlossenen Augen beobachtete.

Ich war so glücklich, dass er da war.

NACHTSCHATTEN

Zuerst dachte ich, ich hörte noch die Kufen von Lionels alten Schlittschuhen übers Eis schrammen, als ich erwachte – wie ein Echo meines Traums, das sich in meinen Ohren verfangen hatte. Doch was ich vernahm, hatte nichts mit Kälte und Eis und geschlossenen Räumen zu tun, sondern mit einem zu warmen Fell und Sonnenhitze. Denn es war ein Hecheln, und ich hörte es so deutlich, dass das Tier, das es von sich gab, in nächster Nähe sein musste.

Mein Fenster stand offen, ich hatte es vor dem Einschlafen noch weit aufgerissen, weil ich das Gefühl hatte zu ersticken, wenn ich es nicht tun würde. Leise holte ich Luft. Was ich dabei roch, duftete so animalisch und intensiv nach Wald, dass mein Herz zu poltern begann. Frischer Speichel strömte über meine Zunge, als ich erneut nach Luft schnappte. Eigentlich war es unnötig, denn ich hatte ihn längst erkannt. Doch ich glaubte meiner Wahrnehmung erst, als ich meine verweinten Augen aufschlug und seine mächtige Silhouette erkannte.

Die Vorderpfoten aufgestützt, thronte er göttergleich auf meinem Fensterbrett, den Blick nach draußen in die helle

Mondnacht gerichtet, und hechelte rhythmisch vor sich hin. Auch mir wurde schlagartig so heiß, als läge ich nicht unter einer, sondern unter zehn Decken, und ich gab ein ersticktes Geräusch von mir.

Das Hecheln verstummte, sobald er seinen Kopf zu mir drehte und ich seine Augen grünlich aufglimmen sah.

»Wenn du mich fressen willst, dann tu es sofort. Bitte. Und tu es schnell. Ich halte das sonst nicht mehr aus ...«

Mit einem Satz sprang er vom Fensterbrett und kam federnd auf meinem Teppich auf, wobei er keinen Laut von sich gab. Das war es also gewesen mit mir und meinem Leben – jetzt geschah es. Lionel hatte recht gehabt, in allem. Der Panther war ein wildes, menschenfressendes Raubtier, das mich nicht nur aufschlitzen, sondern in Stücke reißen würde. Als Wetterstation wie Lionel würde ich danach nicht mehr dienen können, ich wäre nur noch Inhalt für einen kleinen, hübschen Sarg, auf den die Tränen meiner Eltern und Freunde tropfen würden.

Stocksteif blieb ich liegen, während sich das Glimmen seiner Augen unaufhaltsam näherte. Gott, wie er schlich und eine Pfote vor die andere setzte – welch berückende Anmut und wie überflüssig, dass ich jetzt noch einen Sinn dafür hatte! Oder war es besser, von etwas getötet zu werden, das ich schön fand? Machte es den Tod leichter, den ich gleich erleiden würde?

Im Wald war Raum um mich gewesen, viel Platz für uns beide, aber nun befand ich mich in meinem Zimmer, sechzehn vollgestopfte Quadratmeter und keine einzige Möglichkeit zu entweichen, da mein Bett in der hintersten Ecke zwischen Schrank und Wand stand und ich über den Panther hätte springen müssen, um wegzulaufen. Die einzige Chance, die ich hatte, war, mich tot zu stellen. Also hielt ich die Luft an und befahl meinem Herz, nicht zu klopfen. Doch genauso gut hätte ich die Arktis bitten können, sich in eine Wüste zu verwandeln. Es schlug so heftig, dass ich mir einbildete, die Federn der Decke in seinem Takt rascheln zu hören. Wenn ich das hörte, hörte er es auch – und zwar mindestens zehnmal so laut.

Nun spürte ich seinen warmen Atem auf meinem Oberarm, und der Geruch nach Dschungel, Blüten, feuchter Erde und Tropengewittern spornte mein Herz nur weiter zu seinen irrsinnigen Schlägen an. Es wollte leben, nicht sterben! Kühl berührte seine Nase meine Haut – genau dort, wo der Schuss mich verletzt hatte und der Verband ansetzte. Mit einem gedämpften Knurren riss er den Mull von meinem Arm, und ich hörte, wie die metallene Klammer, die ihn zusammengehalten hatte, leise klirrend zu Boden fiel.

»Tu es schnell, hab ich gesagt! Das, was du gerade tust, ist langsam!«, bettelte ich mit zitternder Stimme, denn die Sache mit dem Totstellen hätte mir sowieso niemand geglaubt. Ich begann ja schon zu schlottern – und hörte jäh damit auf, als ich begriff, was gerade geschah. Der Panther fing an, über die Wunde zu lecken, mit einer dicken, rauen Zunge und genau so sorgfältig, wie er sich im Wald seine Pfote geputzt hatte. In aller Seelenruhe säuberte er sie. Nun, säubern war relativ, erinnerte ich mich. Katzenspeichel enthielt Myriaden von hochinfektiösen Keimen, und das hier war keine Katze, sondern ein Panther, der statt Whiskas Wildschweine fraß. Wenn er mich nicht gleich tötete, würde er mich mit dieser Aktion auf jeden Fall zu einem späteren Zeitpunkt umbringen.

Doch was er tat, fühlte sich an wie Heilung, und so lag ich nur passiv da und ließ es geschehen, bis er mit seiner Behandlung zufrieden war und sein Kinn schwer auf meinem Unterarm ablegte. Vorsichtig wendete ich meinen Kopf, um ihn ansehen zu können. Mit stoischer Ruhe blickte er mir in die Augen, wie immer mit sich im Einklang und in dem unverrückbaren Bewusstsein, dass alles, wie es jetzt geschah, vollkommen und ohne jeden Makel war. Ich hatte eine Wunde, er hatte sie gereinigt (oder mir den sicheren Tod geschenkt), mehr gab es nicht zu tun.

»Also willst du mich gar nicht fressen ...«

Seine Antwort war so berührend, dass ich lächeln musste. Wieder war es weder eine menschliche Stimme gewesen noch ein Satz – aber ein Lachen. Dessen war ich mir sicher. Der Panther hatte innerlich gelacht, und auch seine Lefzen zogen sich ein Stückchen nach oben. Es war also wahr, Tiere konnten lachen!

»Warum willst du mich nicht fressen?«

Warum willst du mich nicht töten?

Verblüfft schwieg ich. Es war ganz leicht. Er wollte mir etwas mitteilen, und ich vernahm seine Stimme in meinem Herzen, wie vorgestern im Wald.

»Weil du schön bist«, antwortete ich flüsternd.

Was ist denn an mir schön? Ich bin ein Panther. Tiere sind nicht schön oder hässlich. Das sind Worte von Menschen. Bedeutungslos und leer.

Wow. Jetzt wurde es philosophisch. Skeptisch blickte ich ihn an, doch sein Kinn sank nur noch schwerer auf meinen Unterarm.

»Ich bin aber nun mal ein Mensch, und ... ja, stimmt, das sind unsere Kategorien. Schön, hässlich, gut, böse, richtig, falsch, schwach, stark ...« Lionels Vater zum Beispiel hielt seinen Sohn für schwach, obwohl er einen Angriff eines ausgewachsenen Bullen überstanden und im Krankenhaus wochenlang um sein Leben gekämpft hatte. Was war daran schwach? Und durfte man nach einem solchen Erlebnis nicht etwas dünnhäutiger und empfindlicher sein? »Mit schön meine ich, dass ... dass ich ... ich fühle mich wie beschenkt, wenn du bei mir bist«, versuchte ich, in Worte zu kleiden, was ich spürte, sobald er sich mir näherte. »Ich denke jedes Mal, dass ich gleich sterben werde, aber trotzdem fühle ich mich beschenkt. Ist das logisch?«

Was ist logisch?

»Oje ...« Vorsichtig zog ich meine Hand unter seinem Kinn hervor, denn das Gewicht seines Kopfes begann mir wehzutun. Er ließ es ohne jeden Widerwillen geschehen.

»Ich kann dir sagen, was unlogisch ist. Unlogisch ist es, einem Mädchen die Wunde sauber zu lecken und ihm dann mit seinem schweren Schädel beinahe das Handgelenk zu brechen.«

Doch meine Erklärung beeindruckte meinen Panther nicht. Ich war mir nicht einmal sicher, ob er mir überhaupt zugehört hatte. Als hätten wir nicht miteinander gesprochen, setzte er seine Vorderpfoten auf den Rand meiner Matratze, dehnte seinen Rücken und begann rhythmisch zu treteln, wobei er in genüsslicher Langsamkeit mein Laken zerfetzte. Ich würde daran denken müssen, morgen ein neues aufzuziehen, bevor Mama den Schaden sah. Wer wusste schon, wie sie es interpretieren würde.

Verzückt lauschte ich dem tiefen, sonoren Grollen, das aus

seinem Bauch aufstieg und das gesamte Bett in Schwingung versetzte. Er schnurrte! Ja, so hörte sich das Schnurren eines Panthers an. Es war wie Musik für mich. Allerdings flogen bereits Teile des Matratzenfüllstoffs durch die Luft und reizten meine Nase. Für meinen Panther waren sie Anlass genug, mit der Pfote danach zu haschen und keck zwei Flusen nachzujagen. Aus der Tretelposition heraus sprang er mit allen vieren in die Luft und krachte auf das Fußende des Bettes. Mit einem hölzernen »Klong« löste sich ein Stück des Lattenrosts aus seiner Halterung, und der Panther und ich sanken abrupt ein Stückchen tiefer. Verwundert hielt er inne, hob seinen Kopf und starrte mich an.

»Alles in Ordnung, das war nur der Lattenrost, bitte nicht aufregen, du bist ein wenig zu schwer für … oh, ich verstehe, du hörst mir nicht mehr zu.«

Tänzelnd löste er sich aus seiner kurzen Reglosigkeit und schritt zu mir ans Kopfende, wo er sich umständlich zusammenzurollen versuchte. Für ihn war unser Gespräch beendet und vermutlich so unbefriedigend gewesen, dass es sich nicht lohnte, mir weiter seine Aufmerksamkeit zu schenken.

»Nein, das geht nicht, du musst … Na, von mir aus.« Es war so gut wie unmöglich, mit einem ausgewachsenen Panther das Bett zu teilen, und ich rückte noch weiter an die Bettkante, sodass es ihm gelang, sich auf die Seite zu drehen und alle viere auf mir abzulegen. Ich hatte schon davon gehört (Graufink!), dass Katzen im Schlaf gerne auf ihre fünffache Größe anwuchsen, und mochte mir nicht ausdenken, was passieren würde, wenn mein Panther es tat. Seine Pfoten lasteten jetzt schon schwer genug auf mir, und eine davon befand sich gefährlich nah an meinem Gesicht. Sollte er schlecht träumen, bestand die Gefahr, dass er mir dabei die Stirn zerkratzte. Schüchtern legte ich meine rechte Hand auf seinem Rücken ab und fuhr mit meinen Fingern langsam hinunter bis zu dem Ansatz seines Schwanzes, der ab und zu nachlässig auf die Matratze klopfte. Das Schnurren schwoll erneut an, als habe er einen Achtzylinder unter seinem Fell versteckt.

Mochte ja sein, dass er keine Lust hatte, meinem Gebrabbel zuzuhören – aber ich hatte Lust, mich mitzuteilen. Das war meine Art des Schnurrens.

»Ich kann deine Rippen spüren. Du hast Hunger, oder? Du musst Hunger haben ... Gibt es nichts mehr in unserem blöden Wald, was du jagen kannst? Oder macht es dich nicht satt? Und wenn du Hunger hast, warum frisst du dann nicht mich? Ja, ist ja gut, das habe ich schon mal gefragt ...«, besänftigte ich ihn, als er einen trägen Seufzer von sich gab, ohne sein Schnurren zu unterbrechen. »Wenn du morgen in den Wald gehst, darfst du nichts von dem Fleisch fressen, das auf dem Boden liegt. Nicht einen einzigen Bissen, hörst du? Jag dir was Frisches, Lebendiges. Bitte. Geh am besten gar nicht erst in den Wald.«

Jetzt unterbrach er sein Schnurren und blinzelte mich trüb an.

Ich ließ mich in die Matratze sinken und streichelte sacht seinen Rücken, ertastete seine Rippen und Muskeln, was mich trotz der hellen Aufregung, die ich dabei empfand, schläfrig werden ließ.

Hier geschah gerade so etwas wie ein Wunder, als wäre ich in ein Märchen gefallen, das all die Jahre auf mich gewartet hatte. Nur deshalb war es noch nicht geschrieben worden. Ich streichelte einen Panther, der so wild und stark und schön war (auch wenn er das nicht hören wollte), dass mir jedes Mal der Atem stockte, wenn ich ihn betrachtete. »Du brauchst einen Namen«, sprach ich leise aus, was mir plötzlich in den Sinn kam. »Natürlich, du brauchst einen Namen.«

Sein Schnurren wurde leiser, bis es schließlich verklang, und seine Lider hoben sich. Er hörte mir wieder zu, ich spürte es wie ein Wachwerden in meiner Brust.

»Spirit«, sagte ich, was mir als Erstes zuflog und nicht mehr weichen wollte. »Ich nenne dich Spirit. Ja, du bist Spirit.«

Er bedachte mich mit einem seiner unergründlichen Blicke, die tief in meine Seele fanden und mich doch so frei ließen, wie ich mich in der Gegenwart eines Menschen niemals fühlen konnte. War das etwa ein Ja? Akzeptierte er meinen Namen? Oder war das für ihn wieder nur eine alberne Menschenschublade?

Irgendetwas war anders als vorher. Ich fühlte es so stark in mir, dass ich instinktiv meine Arme um seinen Hals legte und meine Stirn vertrauensvoll gegen seine schmiegte. Spirit, dachte ich sehnsüchtig. Was habe ich getan? Was ist nun zwischen uns? War es nur ein Name, oder war es eine Taufe, ein Segen, der immer bleiben würde?

Es ist niemals nur ein Name. Niemals.

»Aber was ist es dann? Und woher kommst du? Woher kommst du, Spirit?«

Aus deiner Seele.

»Aber du bist echt! Ich weiß es, du bist echt, auch andere haben dich gesehen. Mein Verband ist weg, und meine Bettdecke ist zerfetzt und Haare von dir hängen an meinem Kopfkissen und ... ja, schön, alles uninteressant. Du haust jetzt wieder ab, fein, bitte, dann geh zurück in die Wildnis, wenn es hier so langweilig ist. Du bist ein Männchen, oder? Das ist pures Männerverhalten, was du hier abziehst. Pass auf dich auf, Spirit, bitte …«

Doch weder Bitten noch Schimpfen noch Scherzen drang zu ihm durch. Er streckte sich, bis eine weitere Latte aus dem Rost knallte, sprang in hohem Bogen von meinem Bett, schüttelte die linke Hinterpfote aus und hechtete ohne einen Blick zurück aus dem Fenster, um lautlos in der Nacht zu verschwinden.

Sofort stürzte ich hinterher, doch ich konnte nicht einmal mehr seinen Schatten erkennen. Er war fort.

War ich dabei, meinen Verstand zu verlieren? Kam Spirit wirklich aus meiner Seele und war pure Einbildung? Aber warum spielte dann die ganze Stadt verrückt? Warum sahen ihn auch andere Menschen? Das ergab doch keinen Sinn! Diese Macht hatte ich nicht. Trotzdem kam mir die ganze Geschichte völlig surreal vor.

Das panische Gebell des Nachbarhunds und sein kurz darauf folgendes Todesquieken jedoch klangen so real, dass meine Zweifel sofort wieder in sich zusammenfielen. Auch die Schreie des Nachbarn, die wenige Sekunden später die Stille der Nacht zerrissen, waren echt. Denn in den umliegenden Häusern sprangen die Lichter an, Stimmen wurden laut, und dann sah ich, wie ein Mann auf den Rasen lief und wehklagend nach seinem Hund rief. Doch alles, was er fand, war eine Lache Blut.

Rasch schloss ich das Fenster, zog die Vorhänge zu und brauchte drei ausgedehnte Runden durch mein Zimmer, um mich wieder in mein Bett legen zu können – dort, wo ich gedankenverloren mit einem Raubtier geschmust hatte, das anschließend einen Pinscher namens Missy zum Nachtmahl verspeist hatte.

Und niemand anderes als ich persönlich hatte ihn dazu überredet. Doch das war nicht der Grund, weshalb ich lange keinen Schlaf fand.

Sondern weil ich mich unentwegt nach ihm sehnte.

HASCH MICH!

»Nina, mach bitte auf! Sofort!«

»Gleich, Mama …« Hektisch knüllte ich das zerfetzte Laken zusammen und stopfte es in meine Unterhosenschublade – nein, keine gute Idee, dort könnte Mama reinschauen, wenn sie mir frische Wäsche brachte. Zwar wusch ich meine Klamotten meistens selbst, aber Mama war seit einigen Tagen unberechenbar geworden. Also wohin damit? Meine Blicke flogen durchs Zimmer. Ah, die Kiste mit meinen alten Puppen. Darin war noch Platz, und der Inhalt interessierte ohnehin niemand mehr. Einhändig zog ich sie aus dem obersten Schrankfach, zerrte die Puppen an den Haaren heraus, stopfte das Laken hinein und warf Maja, Karolin und Jeannie wieder darauf. »Ruhet sanft«, hauchte ich ihnen zu und schickte sie zurück in ihre dunkle Verbannung.

»Wieso hast du überhaupt die Tür abgeschlossen, und das am frühen Morgen? Das hast du doch noch nie gemacht!« Mama hingegen hatte noch nie einen solch misstrauischen Unterton in ihrer Stimme gehabt – vor allem nicht morgens, wo sie an anderen Tagen liebend gerne auf jegliche Kommunikation verzichtete. Sie hörte sich hellwach an, während ich kaum aus meinen verquollenen Augen schauen konnte. Da ich kein frisches Laken parat hatte, warf ich Bettdecke und Tagesdecke großzügig auf meine zerschundene Matratze, dekorierte sie mit meinem Pyjama und drehte den Schlüssel herum.

»Oh mein Gott …« Ohne mich anzusehen, stürzte Mama ans Fenster und schloss es. »Das stand doch nicht etwa die ganze Nacht offen, oder?«

»Nein. Guten Morgen, liebe Mama«, erwiderte ich übertrieben galant, um sie an die ganz normalen Höflichkeitsregeln in unserer Familie zu erinnern, doch sie sah mich an, als habe ich sie angebrüllt.

»Es ist kein guter Morgen, Nina, und es war auch keine gute Nacht. Dieses Vieh hat Missy getötet. Okay, wir konnten den fürchterlichen Köter alle nicht leiden, aber so etwas hat kein Hund dieser Welt verdient. Es war nur noch das Halsband übrig und … und eine Pfote.« Mama schluckte. »Dieser Panther schleicht neuerdings nachts durch unsere Gärten und tötet Haustiere.« Ungläubig schloss sie die Augen und schüttelte den Kopf. Ja, es fiel auch mir schwer, sich das vorzustellen, zumal Spirit vor wenigen Stunden in meinem Bett vor sich hin geschnurrt und liebe Katze gespielt hatte. »Das ist nicht mehr lustig. Sag mal, hast du gar keine Angst!?«

»Ich lebe ja noch«, entgegnete ich gelassen und in der Hoffnung, dass sich meine Ruhe auf Mama übertragen würde, denn sie war auf dem besten Weg, sich von der allgemeinen Hysterie anstecken zu lassen.

»Noch!«, prustete sie und stützte sich rücklings auf der Fensterbank ab, genau dort, wo sich heute Nacht die Silhouette von Spirit erhoben hatte. Wenn du wüsstest, dachte ich und erschauerte. »Noch. Papa wird dir heute einen Ventilator für dein Zimmer besorgen. Ab sofort werden die Läden heruntergelassen, sobald es dunkel ist, ja? Lieber im eigenen Schweiß als im eigenen Blut liegen. Dieses Tier ist hungrig, und du bist jung und lecker. Nina, ich meine das ernst …« Mama trat zu mir und umfasste meine Schultern. »Bis Schröter und Konsorten ihn erwischt haben, gelten ab jetzt andere Regeln. Alleine hältst du dich in diesem Haus nicht mehr auf. Außerdem gehst du heute wieder in die Schule.«

»Aber ich …« Verwundert unterbrach ich mich. Gerade hatte ich anklagend auf meine Wunde zeigen wollen, doch die rote Kruste hatte sich gelöst und es begann sich neue blassrosa Haut zu bilden.

»Na siehst du, schaut doch schon viel besser aus. Du hast ja sogar den Verband abgemacht. Normalerweise dürftest du dich noch ausruhen, aber du bist fieberfrei …« Mama legte mir die Hand auf die Stirn, um sicherzugehen, dass sie die Wahrheit sagte. »… und die Schule wird bewacht. Dort bist du sicher. Die haben ein SEK-Team in die Stadt bestellt, das alle wichtigen Einrichtungen kontrollieren wird, aber leider können sie nicht genug Beamte holen, um auch die Privathäuser zu bewachen. Das müssen in diesem Haus also Papa und ich übernehmen. Und das werden wir auch!«

»Meinst du nicht, du übertreibst ein bisschen? Es war nur ein Hund, bisher hat er keinen Menschen getötet.«

»Nur ein Hund?« Entrüstet schnappte Mama nach Luft. »Nina, ich bitte dich!«

»Missy hat uns jedes Mal angekläfft, wenn wir am Zaun vorbeigelaufen sind, und ständig in unseren Vorgarten gekackt. Als Tragödie würde ich es nicht bezeichnen, dass sie weg ist.«

»Guten Morgen, Iwan. Schön, dich wiederzusehen«, entgegnete Mama fassungslos. »Möchtest du eine frisch erlegte Katze zum Frühstück? Wir hätten da sicher noch was für dich in den Nachbargärten.«

»Gern«, feixte ich und streckte Mama die Zunge raus. »Und jetzt muss ich mich anziehen, ich soll ja schließlich in die Schule gehen, obwohl ich vorgestern erst angeschossen wurde.«

Wortlos, aber mit einem vielsagenden Blick rauschte Mama nach draußen, während ich einem neuen Gähnkrampf erlag. Ich hatte keine Ahnung, wie ich sechs Stunden Unterricht überstehen sollte. Lustlos suchte ich ein paar leichte Klamotten heraus, schlüpfte in meine Flip-Flops und schüttete mir im Badezimmer Unmengen kaltes Wasser ins Gesicht, was aber auch nicht großartig gegen die Müdigkeit half.

Zehn Minuten später fuhr mich Papa mit hochrotem Kopf zur Schule und begleitete mich bis zu meinem Klassenzimmer, was ich nicht nur überflüssig, sondern auch peinlich fand. Doch ich konnte es kaum mehr schlimmer machen. Niemand gab sich noch Mühe, sein Tuscheln und Glotzen zu verbergen. Ich war mindestens so interessant wie der Panther geworden.

Nachdem ich Platz genommen hatte, bemerkte ich, dass heute auffällig viele Schüler zu Hause geblieben waren. Fünf Bänke waren leer, und bevor wir mit dem Unterricht begannen, las Frau Scherlig uns eine Reihe neuer Verhaltensregeln vor, die Mr Right für Schülerschaft und Kollegium verordnet hatte und wir penibel befolgen mussten. Hofpausen waren ab sofort gestrichen; wir sollten uns stattdessen in den Gängen und in der Cafeteria aufhalten, bis der Panther offiziell erlegt oder gefangen worden war. Außerdem bekamen wir mit auf den Weg, was ich schon lange wusste und nie befolgt hatte – bei einer Begegnung mit dem Panther sollten wir den direkten Blickkontakt vermeiden, uns langsam rückwärts entfernen, dabei nicht sprechen und nicht rennen.

Immer wieder unterbrach Frau Scherlig ihren Text und schaute mich fordernd an, als habe ich etwas dazu zu sagen, doch ich tat so, als sei ich damit beschäftigt, mir Notizen zu machen – wie Lionel, der in gewohnter Manier vor sich hin kritzelte.

Erst in der zweiten Pause konnten wir in der Bibliothek miteinander sprechen, gut verborgen zwischen dem Biologie- und dem Geografie-Regal.

»Wie hältst du das nur durch mit deinem abendlichen Heimlich-Training und der Schule. Ich bin jetzt schon völlig im Eimer«, jammerte ich und rieb mir die Augen, weil ich keine Macht mehr über meine Lider hatte. Ständig fielen sie zu.

»Er war heute Nacht bei euch, oder?«, kam Lionel ohne Umschweife zur Sache. »Kaufmann-Allee, das ist doch eure Straße?«

»Ja, ist sie«, antwortete ich widerstrebend. »Er hat einen Pinscher gerissen, der ohnehin nur genervt hat.«

»Hast du es mitbekommen?«

»Ich … so halb«, gab ich mich reserviert. »War nicht zu überhören.«

»Wenn ich das richtig verstanden habe, als ich heute früh an der Bürotür von meinem Vater gelauscht habe, brauchen sie jetzt keine Genehmigung mehr. Mit dem Tod des Pinschers ist der Panther zum Abschuss freigegeben. Niemand zweifelt mehr daran, dass so schnell wie möglich gehandelt werden muss. Sie werden heute Nachmittag die Köder auslegen, und heute Nacht …« Lionel redete nicht weiter, aber das musste er gar nicht. Ich wusste genug, um den Kopf hängen zu lassen, und meine Ausweglosigkeit ließ mich vertrauensselig werden.

»Er war bei mir. Heute Nacht. Er saß auf meinem Fensterbrett und hechelte wie ein Hund, und wie du siehst, bin ich unverletzt.«

»Er saß – was?« Lionels Gesichtsausdruck wechselte von purem Unglauben zu Missmut. »Willst du dich jetzt wieder wichtigmachen?«

»Es ist wahr.« Meine Stimme brach beinahe, als ich daran dachte, dass ich ihn vielleicht zum letzten Mal gesehen hatte. »Er war bei mir.«

»Fotobeweis?«

»Scheiße …« Ich fluchte zu oft in letzter Zeit, doch es gab auch so viel mehr als früher, worüber man fluchen konnte. »Warum vergesse ich das nur immer wieder?«

Lionel drehte sich zur Seite und drückte seine Stirn gegen das kühle Metall des Regalgestells. »Oh Mann, Nina … Du machst mich fertig. Wie soll ich dir das denn nur alles glauben?«

»Keine Ahnung. Ist aber nicht mein Problem. Früher hatte man auch keine Fotos als Beweis, wenn man etwas Besonderes gesehen hatte. Leute, die einem vertrauten, glaubten es.«

Schweigend ging Lionel in die Hocke und zerwühlte sich seine schwarzen Haare, die er heute zu einer Art Tolle gekämmt hatte, aus der sich immer wieder glänzende Strähnen lösten.

»Ich zeig nicht jedem meine Narben, Nina. Das hab ich nur bei dir getan, und ich hab mich dazu durchgerungen, damit dir klar wird, was ein wildes Tier anrichten kann! Meinst du, das fällt mir leicht? Das hat mich ganz schön Überwindung gekostet.«

»Kann ich mir schon denken«, beschwichtigte ich ihn leise. Genauso wie ich mir nun denken konnte, warum Lionel nie am Schwimmunterricht teilgenommen hatte. Er schämte sich, obwohl es nichts gab, wofür er sich schämen musste. Nur Helden trugen Narben. Übernächtigt, wie ich war, setzte ich mich ebenfalls auf den Boden, im Schneidersitz, denn mehr Platz blieb nicht, und meine Knie berührten die Spitzen von Lionels Boots. Er zog sie nicht weg. Für ein paar Sekunden fielen mir die Augen zu, und ich nickte ein. Lionel stupste mich vorsichtig gegen den Ellenbogen, um mich zurück zu den Lebenden zu lotsen.

»Kommst du heute Abend wieder in die Halle?«

Müde schüttelte ich den Kopf. »Meine Eltern drehen durch. Sie wollen Wache halten. Ich weiß nicht, ob ich rauskomme, und ich kann auch nicht eislaufen, wenn ich weiß, dass ...« Meine Stimme zitterte so sehr, dass ich aufhörte zu reden.

»Die müssen das tun! Wie soll das denn sonst weitergehen?«

Darauf wusste ich keine Antwort, denn dasselbe fragte ich mich seit heute Morgen ohne Unterlass. Wie sollte es weitergehen? Gab es überhaupt noch eine Richtung, die die Geschichte nehmen konnte, ohne dass der Panther dabei sein Leben lassen musste? Der Signalton zum Unterricht ertönte, viel zu früh, und Lionel erhob sich, um über mich drüberzusteigen und in unsere Klasse zu gehen, während ich apathisch sitzen blieb und meinen Kopf auf meinen Armen ablegte.

Spirit, dachte ich flehend und rief mir sein Bild in den Kopf, wie er neben mir auf der ruinierten Matratze gelegen und sich von mir hatte streicheln und kraulen lassen. Sieh mich an.

Nimm mich wahr, bitte. Ich schaffe das alles nicht mehr alleine. Was soll ich nur tun?

Für den Bruchteil einer Sekunde glaubte ich ihn zu sehen, schlafend auf seinem Felsen im Wald, doch das Bild war schneller wieder verflogen, als ich überprüfen konnte, ob es Fantasie, Erinnerung oder eine Vision war. Also stellte ich mich darauf ein, mich durch zwei weitere langatmige Unterrichtsstunden zu quälen. Doch schon in der ersten platzte Mr Right ins Klassenzimmer und bat mich, mit ihm nach draußen zu kommen. Was hatte ich denn nun wieder verbrochen?

»Ich habe weder was für die Zeitung geschrieben noch sonst was angestellt, ehrlich, und ich … oh, hallo, Papa. Was ist passiert?«

Papa lehnte ein paar Meter entfernt an einer Säule im Korridor – totenbleich, aber mit krebsroten Flecken auf Wangen und Stirn. »Ist Mama etwa … ist ihr etwas zugestoßen?« Mir wurde so schlecht, dass ich ebenfalls nach Halt suchen musste. Ich Idiotin! Dass Spirit mir nichts tat, hieß noch lange nicht, dass er meinen Eltern nichts tat – und ich hatte ihn gebeten, bei mir zu bleiben. »Bei mir« bedeutete aber unser Haus, in dem auch meine Eltern ein und aus gingen. Und jetzt hatte er – hatte er meine Mutter aufgefressen, während ich mir den Kopf zerbrochen hatte, wie ich ihn retten konnte?

»Alles halb so wild, Ninchen, Mama steht zwar unter Schock, aber es geht ihr gut. Komm bitte mit uns nach Hause, es ist – ach, du musst dir das selbst anschauen, wir wissen nicht einmal, was überhaupt gestohlen wurde.«

Papa nahm mir meinen Rucksack ab, nickte dem besorgt wirkenden Mr Right dankend zu und ergriff meine Hand, um mit mir nach draußen zum Auto zu laufen.

»Gestohlen? Wieso denn gestohlen?«

»Ja, jetzt hat es uns erwischt. Ich wusste, dass das irgendwann passiert, ich wusste es! Diese Raffzähne nutzen die Ausnahmesituation in Bornhausen natürlich aus … hier hat ja niemand mehr seine Gedanken bei sich …«

»Du meinst, bei uns ist eingebrochen worden?«

»Ich meine?« Papa lachte kehlig auf. »In unserem Haus sieht es aus, als sei ein Tornado durchs Wohnzimmer gefahren. Natürlich ist eingebrochen worden!«

Dieses Mal übertrieb Papa nicht, doch im Gegensatz zu ihm wusste ich auf den ersten Blick, dass er, Mama und die Polizei sich irrten, wenn sie glaubten, Opfer eines Einbruchs geworden zu sein, auch wenn sie allen Grund dazu hatten, dies zu tun. Genau so sah es aus, wenn in amerikanischen Filmen ein Hotelzimmer oder Appartement von Ganoven verwüstet worden war. Es herrschte das absolute Chaos. Nichts stand mehr dort, wo es vorher seinen Platz gehabt hatte, und alles, was zerbrechen konnte, war zu Bruch gegangen.

Doch im Gegensatz zu Mama und Papa sah ich den zitronengelben Schmetterling, der mit zitternden Flügeln an der Decke hockte, und roch den Nachhall des wilden Blütendufts, den Spirit verströmt hatte, während er versuchte, ihn zu fangen.

»Sie haben offenbar nur das Wohnzimmer durchsucht«, meldete einer der beiden Beamten, die mit Mama am Küchentisch saßen und den Bericht aufnahmen. »Versuchen Sie bitte herauszufinden, was Ihnen fehlt, aber fassen Sie nicht zu viel an. Wir sind noch dabei, Spuren aufzunehmen.«

Das musste ich mir nicht zweimal sagen lassen.

»Bleib sitzen, Mama, ich schau nach.« Ich drückte Mama einen Kuss auf die Wange und stakste zwischen den umgekippten Sesseln, dem auseinandergenommenen Wohnzimmertisch und den heruntergefallenen Bildern hindurch zum hinteren Fenster, um die zerrissenen Gardinen unauffällig zusammenzuknüllen und in den Garten zu werfen. Einbrecher hängten sich nicht mit Krallen an Vorhänge.

Etwas Überwindung brauchte ich, um mit einem feuchten Tuch einen Ballen ausgewürgter schwarzer Haare hinter dem Sofa aufzulesen und zu entsorgen, doch es gelang mir, auch das zu erledigen, ohne die Aufmerksamkeit der Polizisten oder meiner Eltern zu wecken, die viel zu sehr mit sich selbst, der Spurensuche und dem Bericht beschäftigt waren.

»Das ist doch wirklich merkwürdig. Sie haben den Fernseher dagelassen ... gut, er ist jetzt kaputt, aber ... Das ist doch merkwürdig«, sinnierte Papa und blickte leer auf den zerbrochenen LED-Bildschirm, den er sich erst Weihnachten gegönnt hatte. »Warum machen sie den kaputt?«

»Gar nicht merkwürdig«, widersprach ein Beamter. »Sie haben Glück, wir haben es hier mit einem typischen Beschaffungseinbruch zu tun. Drogen, verstehen Sie? Die suchen Geld, und wenn sie keines finden, drehen sie durch. Hunger hatten sie jedenfalls«, schmunzelte er und deutete auf die herausgerissenen Schubladen unseres Vorratsschränkchens in der Küche. Zwei Gläser Schröter-Würstchen lagen zerbrochen auf den Fliesen, die Würstchen jedoch waren fort. Nur die Brühe hatte Spirit übrig gelassen – er musste es eilig gehabt haben nach seiner Schmetterlingsjagd. Das hatte ihn jedoch nicht davon abhalten können, Mehl, Zucker, Nüsse und Nudeln auf dem Boden zu verteilen.

»Tja. Bargeld lassen wir nie im Haus herumliegen. Meine Frau zahlt ohnehin nur mit Karte«, erlaubte Papa sich einen kleinen Seitenhieb, denn Mama hatte ein chronisches Bargeldproblem, verlor im Gegenzug aber überall im Haus Cent-Münzen.

»Da haben Sie es. Wenn die Typen auf Entzug sind, muss die Einrichtung daran glauben. Man sieht schon an der Art des Einbruchs, dass es keine Profis waren.« Der Beamte deutete auf das eingedrückte Fenster. Spirit hatte den Rahmen so stark verbogen, dass es sich geöffnet hatte.

»Allerdings konnte ich bisher keine Fingerabdrücke finden«, brummte sein Kollege. »An Handschuhe haben sie wohl gedacht.«

»Ich glaub, es ist alles noch da«, meldete ich mich unterwürfig zu Wort. »Kann ich mich ein bisschen ausruhen? Die Schule war total anstrengend.« Papa nickte abwesend und starrte weiterhin auf den kaputten Fernseher, sodass ich ohne Gegenwehr verschwinden konnte. Mein Zimmer war unberührt geblieben, und obwohl ich wusste, dass Mama das gar nicht passen würde, schloss ich sofort die Tür ab, öffnete das Fenster, sprang hinaus und schlich ums Haus, um die Vorhänge in den Mülleimer zu stopfen. Wenn die Beamten Pantherspuren und Verdachtsmomente finden konnten, dann sicherlich in den Gardinen. Doch im Moment schien niemand daran zu denken.

Mit einem Stoßseufzer ließ ich mich auf mein Bett plumpsen. Das war also der Unterschied zwischen einer Hauskatze und einem Panther. Wenn ein Panther einen Schmetterling zu fangen versuchte, ging dabei die gesamte Inneneinrichtung zu Bruch. Was hatte ihn um diese Tageszeit zu uns getrieben? Wie ich ihn kannte, war der Schmetterling nur ein willkommener Nebeneffekt gewesen. Spirit hatte einen sehr sprunghaften Charakter und war der geborene Opportunist. Deshalb vermutete ich, dass es der Hunger gewesen war, der ihn gelockt hatte – in Kombination mit meiner leichtsinnigen Aufforderung, es sich bei uns gemütlich zu machen.

Missy hatte ihn nicht lange satt halten können. Für einen Panther war sie wahrscheinlich nur ein Dessert, falls überhaupt – und die Schröter-Würstchen ein winziger Snack zwischendurch, vergleichbar mit einer Hand trockener Cornflakes für mich. Spirit litt nach wie vor unter Hunger, wurde dadurch immer unberechenbarer, kam den Menschen immer näher. Wie nur sollte ich ihn satt kriegen? Selbst wenn ich all mein Taschengeld in rohes Fleisch investieren würde, würde das nur für einen halben Tag reichen, und seinen Jagdtrieb, den er derzeit mit Pinschern, Insekten und Matratzenflusen auslebte, würde es auch nicht stillen können.

Doch viel schwerer lastete auf mir, dass ich niemandem von meinen Sorgen und Nöten erzählen konnte, da ich niemandem beweisen konnte, was zwischen mir und Spirit geschah und wie innig wir miteinander verbunden waren. Wenn uns nur jemand zusammen sehen könnte, ja, wenn jemand mit eigenen Augen beobachten könnte, wie nahe wir uns waren und wie friedlich er in meiner Gegenwart blieb, trotz seines bohrenden Hungers!, dachte ich verzweifelt. Doch sobald er sich einem anderen Menschen näherte, drehten diese durch und schrien um ihr Leben. Er weckte in ihnen nichts als Panik und Mordlust.

Alleine würde ich diese Situation jedoch nicht dauerhaft bewältigen können. Vor allem wollte ich es nicht mehr. Ich bekam schon Kopfschmerzen vom vielen Grübeln, ich schlief kaum mehr, log permanent meine Eltern an – und nun wollten sie mich nicht mehr alleine nach draußen lassen …

Doch wie sollte ich herausfinden, ob Spirit nur mir nichts tat oder alle Menschen verschonte, die ihm begegneten, ohne dass bei diesem Experiment jemand sein Leben verlor?

Würde er es mir verraten, wenn ich ihn danach fragte? Heute Nacht hatten wir miteinander kommuniziert, und ich hatte Antworten bekommen, wenn auch philosophisch angehaucht, aber es waren Antworten gewesen. Versuchen musste ich es. Auf den Knien ließ ich mich auf dem Boden nieder, legte meine Hände auf den Oberschenkeln ab und atmete langsam ein und aus, bis ich das Gefühl hatte, mich so weit beruhigt zu haben, dass ich Kontakt mit ihm aufnehmen konnte.

Ich werde jetzt schlafen, Spirit, schickte ich meine Gedanken auf Reise – wo auch immer er gerade war. Sonst hab ich nicht genug Kraft, mich um dich zu kümmern. Bitte komm zu mir. Mein Fenster steht offen. Komm bitte nur zu mir und nur in mein Zimmer, in mein Revier, zu niemandem sonst, in Ordnung? Zeig dich keinem anderen Menschen. Schleich dich an, im Schatten.

Aber komm zu mir.

Als ich einschlief, sah ich, wie er sich gemächlich von seinem Felsen erhob, gähnte, sich schüttelte und auf den Weg zu mir machte.

Er hatte mich gehört.

V-MANN

»Mir ist schon klar, dass du lieber auf Bäumen und Felsen liegst oder durchs Dickicht streifst, aber wir brauchen einen Unterschlupf für den Notfall, also bitte. Versuch es.«

Ein Labrador hätte sich schon längst mit einem Leckerchen unter mein Bett locken lassen und es wahrscheinlich anschließend freudig und freiwillig wieder getan – nur um des Lobes willen. Hunde wurden furchtbar gerne gelobt. Panther hingegen interessierte Lob einen feuchten Kehricht.

»Nicht vollständig zähmbar« schoss mir durch den Kopf, als ich Spirit betrachtete, der es nicht mal für nötig hielt, sich mir zuzuwenden, sondern mit fernem Blick durch das geschlossene Fenster schaute. Nur hin und wieder durchlief ein Zucken sein schimmerndes Rückenfell, wenn er draußen im gleißenden Nachmittagslicht etwas wahrnahm, was mir verborgen blieb. Vielleicht hätte es eine Chance gegeben, ihn zu dressieren, wenn man es von klein auf versucht hätte, so wie Dompteure es mit ihren Tieren handhabten. Schon im Babyalter wurden Löwen und Tigern die ersten Tricks beigebracht. Doch dass Spirit mich nicht anfiel, hieß noch lange nicht, dass ihn interessierte, was ich von ihm wollte. Er war meinem Rufen gefolgt, weil er nichts anderes zu tun hatte. Wäre auf dem Weg hierher eine Gazelle über die Straße gesprungen, säße ich jetzt alleine hier.

»Dann probieren wir es eben anders«, unternahm ich einen neuen Versuch und kroch selbst unter mein Bett, bis ganz hinten an die Wand, klopfte sacht mit der Hand auf den Boden und machte Kussgeräusche mit dem Mund.

Gelangweilt drehte Spirit seinen Kopf, um zu schauen, was Frauchen da Blödsinniges anstellte, und wandte sich dann wieder dem Nichts vor meinem Fenster zu.

»Spirit, bitte … Bitte. Ich muss dich verstecken können, und das hier ist der einzige Ort in meinem Zimmer, an dem das möglich ist. Das Wort ›bitte‹ kennst du nicht, oder? Bitte und danke, das sind wahrscheinlich auch nur Menschenkategorien. Stimmt's?«

Resigniert drehte ich mich auf den Rücken und guckte auf den in Mitleidenschaft gezogenen Lattenrost. Mir war schon wieder danach zu weinen, doch ich würgte die Tränen mühsam hinunter. Was ich hier versuchte, war aussichtslos. Ich würde Spirit wieder nach draußen lassen müssen, alleine schon deshalb, damit er sein Geschäft verrichten konnte, denn das wollte ich – bei aller Liebe – nicht in meinem Zimmer geschehen lassen. Es war ein Wunder, dass er bisher nicht die Wände markiert hatte, wie es männliche Katzen gerne taten, und dass er männlich war, hatte mir seine ausgiebige Putzaktion, die er eben noch mitten in meinem Zimmer zelebriert hatte, unzweifelhaft demonstriert.

Mit einem tiefen Seufzen ließ ich meine Anspannung gehen. Wozu noch anstrengen? Spirit und ich, das waren zwei grundverschiedene Kategorien. Wenn ich das nicht begriff, würde ich mich an dieser Geschichte aufreiben. Ich konnte ihn nicht kontrollieren. Das änderte jedoch nichts daran, dass ich ihn in mein Herz geschlossen hatte und wenigstens das für ihn tun wollte, was im Bereich des Möglichen war.

»Verdammt, ich liebe dich doch ...«, flüsterte ich und legte meine Hand auf mein Herz, weil es wehtat, und ließ sie darauf ruhen, bis ich merkte, dass ich beobachtet wurde. Tastend griff ich zur Seite und stieß mit den Fingerspitzen gegen eine vertraute, dicke Pfote.

»Ich muss also erst leiden, bis du gehorchst? Ja, läuft das so ab zwischen uns?«

Statt einer Antwort schob Spirit seinen mächtigen Körper zu mir unter mein Bett, bis wir wie zwei Ölsardinen nebeneinanderlagen, und lehnte seinen Kopf freundschaftlich gegen meinen.

»Bevor ich ersticke, musst du mir eine wichtige Frage beantworten: Würdest du einen Menschen töten? Bin ich die Einzige, die du verschonst, oder bist du wirklich eine große Gefahr für Bornhausen?«

Ich musste auf eine Antwort warten. Als ich schon dachte, er höre mir wieder nicht zu, erreichte sie mich, doch es dauerte ungewöhnlich lange, bis ich sie entschlüsseln konnte. Denn ich empfing ein Gefühl, das mir neu und unbekannt vorkam, obwohl ich mich sofort hineinfallen lassen konnte. Ich tanzte mit einem dunklen Fremden, ganz ohne Musik, meine Augen geschlossen, und ließ mich von ihm führen. Keine meiner Bewegungen entsprang meinem Kopf oder wurde von mir entschieden. Es war der andere, der es für mich tat. Was ich dabei empfand, war vollkommenes, pures Vertrauen – denn wir tanzten auf hauchdünnem Eis. Mein Leben lag in seiner Hand.

»Vertrauen? Ist es das? Du tötest mich nicht, weil ich dir vertraue? Oder weil ich mir selbst vertraue?«

Ist das nicht das Gleiche?

Ich dachte eine Weile nach, während die Luft unter meinem Bett immer stickiger wurde und Spirit leise zu hecheln begann. Ja, vielleicht gab es keinen Unterschied – oder das eine musste sein, damit das andere überhaupt möglich wurde.

»Und wenn ich jemanden dazu bringe, dir ebenfalls zu vertrauen?«, spann ich meinen Gedanken laut weiter. »Nein, das geht nicht … Er muss erst sich selbst vertrauen, und wie soll ich das garantieren können? Es liegt nicht in meiner Macht, oder? Ich kann das gar nicht überprüfen oder beeinflussen«, stellte ich traurig fest.

Mit den Fingern fuhr ich über seine Stirn und vergrub sie dann in seinem dichten Nackenfell. Ein leises Echo des Schnurrens von heute Nacht ließ seine Brust vibrieren, als seine Antwort mich erreichte.

Ein anderer Mensch, ein einziger. Du gabst mir einen Namen. Vertraue ihm, wie du mir und dir vertraust. Somit seid ihr verbunden und für mich eins. Es ist niemals nur ein Name.

»Wenn ich nur wüsste, ob ich dich richtig verstehe und übersetze …«, stöhnte ich. Was ich empfing, war mal wieder hochpoetisches Panther-Kauderwelsch – und es forderte mich mehr als jede Schulaufgabe. Zärtlich ließ ich meine Finger unter Spirits Kinn wandern, während ich versuchte, seine Botschaft zu deuten. Sofort hob er seinen Kopf ein Stückchen, damit ich ihn besser liebkosen konnte, und ich fühlte, wie seine Aufmerksamkeit schwand und er sich vollends meinen Berührungen hingab. Das Gespräch war beendet, weil anderes wichtiger geworden war. Ihn konnte ich also nicht mehr fragen.

Ihr seid verbunden und für mich eins, hatte er gesagt, und dass ich mir einen Menschen suchen solle, dem ich vertraue wie mir selbst. Doch das war nicht die alleinige Lösung. Wenn Spirit mir nur einen einzigen Menschen gestattete, für den er nicht gefährlich war, musste ich jemanden wählen, der seinen Kopf ein Stück weit ausschalten und mir überdies helfen konnte.

Mama und Papa schieden aus, sosehr ich ihnen auch vertraute und sie liebte. Sie waren meine Eltern, und aus der Nummer würden sie nicht rauskommen. Selbst wenn sie mit eigenen Augen sehen würden, wie ich den Panther kraulte – ihre Vernunft würde stärker sein. Sie hatten eine Verantwortung für mich. Jeder Erwachsene würde das so sehen. Also waren Erwachsene tabu. Selbst Graufink, dem ich noch zutrauen würde, verzückt statt panisch zu reagieren, würde mich keine Sekunde mit Spirit alleine lassen.

Es musste jemand sein, der nicht in diesem Erwachsenending festhing und mir helfen konnte, dem Panther Essen zu verschaffen, am besten lebendiges Essen …

»Gratulation, Nina«, beglückwünschte ich mich spöttisch, schob mich unter dem Bett hervor, wo Spirit sanft schnurrend eingedöst war, und lehnte mich mit dem Rücken an die Tür, um frische Luft zu schöpfen. »Lionel … Es ist Lionel.«

Lionel hatte Zugang zu lebenden, großen Tieren, die ohnehin sterben sollten. Dann konnten sie es auch im Maul eines Panthers tun. Lionel war kein Erwachsener, auch wenn er von den unsympathischsten Erwachsenen gezeugt und aufgezogen worden war, die mir bislang begegnet waren. Er war jemand, der nach einem Abenteuer suchte, mit dem er beweisen konnte, dass er weder schwach noch ein Würstchen war. Außerdem hatte ich es selbst gesagt – er war der einzige verbliebene Freund, den ich noch hatte. Aber konnte ich ihm denn vertrauen?

Verwirrt fuhr ich mir durch die Haare. Eine verflixte Sache war das mit dem Vertrauen. Denn zu vieles sprach gegen Lionel. Sein Vater setzte seit Tagen alles daran, den Panther zu erlegen, und auch Lionel hatte mir ins Gewissen geredet, mich ihm nicht mehr zu nähern, weil er nicht wollte, dass ich zerfetzt wurde wie er damals von dem Bullen. Oder aber er wollte sich nur wichtigmachen.

Andererseits hatte er mich noch nie zusammen mit Spirit erlebt. Das konnte alles ändern. Wenn er ihn dann auch berühren und streicheln durfte – wie würde er Spirits Magie widerstehen können?

Spirit schlief genau jetzt unter meinem Bett, tief und selig, und durch meine Recherchen wusste ich, dass Raubtiere gerne bis in die Abendstunden dösten, um Kraft für die Nacht und ihre Jagd zu sammeln.

Niemals würde ich ihn friedlicher und zahmer einem anderen Menschen präsentieren können. Ich musste die Gunst der Stunde nutzen. Wenn Lionel panisch wurde und abhaute, konnte ich Spirit immer noch aus dem Fenster springen lassen und anschließend behaupten, Lionel sei nicht ganz sauber im Oberstübchen und wolle sich aufspielen. Entschlossen kramte ich mein Handy aus der Hosentasche und öffnete WhatsApp.

»Kannst du bei mir vorbeikommen?«, schrieb ich.

»Jetzt!?«, trudelte nur Sekunden später die Antwort ein.

»Ja. Jetzt. Es ist wichtig.« »Bitte«, schob ich nach, als Lionel nicht reagierte. Doch das reichte nicht. Immer noch keine Antwort. »Wie viele ›bitte‹ muss ich schicken, damit du dich in Bewegung setzt? Ich kann auch meine Mutter einschalten …«

»Ist ja gut, ich mach mich auf den Weg, du Nervensäge. Bis gleich.«

Das würde also meine erste richtige Verabredung werden – und sie kam zustande, weil ich einem Jungen, den ich eigentlich nicht leiden konnte, mit meiner Mutter drohte, um ihn dann mit einem lebendigen Raubtier zu überraschen. Besonders romantisch klang das nicht, und es war keine Geschichte, die ich später meinen Enkelkindern erzählen konnte. Abgesehen davon würde sie mir niemand glauben.

So beiläufig wie möglich gesellte ich mich zu meinen Eltern, die mit vereinten Kräften das Wohnzimmer in Ordnung zu bringen versuchten, schloss aber vorher die Tür meines Zimmers ab und steckte den Schlüssel in meine Hosentasche. Schlaf weiter, Spirit, dachte ich so intensiv ich konnte. Schlaf, und alles wird gut.

Als es eine nervenzerreißende Viertelstunde später an der Tür klingelte, schoss Mama wie von der Tarantel gestochen zur Sprechanlage und riss den Hörer heraus. »Habt ihr Arschlöcher gar keinen Anstand? Lasst endlich meine Tochter in Frieden!«

»Äh – ich bin's, Lionel«, tönte es leicht verzagt aus dem Hörer. »Nina will mich sehen.«

»Aha.« Fragend drehte sich Mama zu mir um. »Ist das wahr?«

»Ja, ist wahr. Ich dachte, er … er kann mich ein bisschen trösten wegen dem ganzen Schrecken hier, und außerdem wollte ich mit ihm die versäumten Schulaufgaben nachholen. Falls ihr nichts dagegen habt.«

»Sie trifft sich mit einem Jungen?« Papas Misstrauen zeigte sich in einem zarten Graurosa auf Stirn und Wangen. »Und will sich von ihm trösten lassen? Warum nicht von uns?«

»Sie ist vierzehn. Natürlich trifft sich auch Nina irgendwann mit einem Jungen«, antwortete Mama in einer schrägen Mischung aus Besänftigung und Drohen. »Das ist nun mal der Lauf der Dinge. – Komm rein, Lionel.« Sie drückte den Summer.

»Ach du Scheiße ...«, entfuhr es Lionel, als er ins Wohnzimmer trat und auf das allgemeine Chaos blickte. »Was ist denn hier passiert?«

»Einbrecher«, sagte ich schnell, als sei das das Normalste von der Welt, und nahm ihn am Handgelenk, um ihn zu meinem Zimmer zu ziehen, ließ aber sofort wieder los, als ich Papas versteinerte Miene bemerkte. Auch Lionel entging sie nicht. Entschuldigend hob er beide Hände, obwohl er gar nichts gemacht hatte. Mamas Augen blieben ebenfalls an ihm hängen und scannten ihn dreimal von oben bis unten. Was war los, sie hatte ihn doch erst gestern gesehen?

»Steht dir gut, das da«, bemerkte sie in undefinierbarem Ton und deutete auf seine zerwühlte Haartolle. »Ein bisschen wie der King 68, was?« Ihr Lächeln gefror und taute wieder auf, als sie unsere fragenden Gesichter sah. »Elvis. Elvis Presley. Nie gehört? Oje.«

»Das war im vorigen Jahrhundert, Mama.«

»Ja, und die Mädchen warfen ihm Schlüpfer ins Gesicht.«

»Jenny!«, fuhr Papa sie entsetzt an. »Sag doch so was nicht!«

»Genau. Finde ich auch. Wir sind dann weg. Komm endlich, Lionel ...« Nun war es mir egal, wie Mama und Papa guckten und welche Farbe Papa dabei annahm, denn unser neugeborener Elvis 68 hatte sich in Beton verwandelt und klebte an den Fliesen fest. Ich musste zweimal an seinem Arm ziehen, bis er sich an seine Füße erinnerte und mir schleppend folgte.

»Was war denn das gerade?«, fragte er gedämpft, als wir vor meiner Tür standen und ich den Schlüssel aus meiner Hosentasche nestelte.

»Keine Ahnung. Eltern, die durchdrehen wahrscheinlich. Ihre Nerven liegen blank.«

»Sie haben mich angestarrt, als würde ich dich gleich auffressen. Wieso schließt du deine Tür von außen ab?«

»Weil ...« Argwöhnisch lauschte ich den Flur hinunter, doch Mama und Papa hatten ihre Aufräumarbeiten wieder aufgenommen und unterhielten sich lautstark miteinander. Wahrscheinlich über mich, Lionel, Elvis 1968 und getragene Schlüpfer. Heute Abend Elvis googeln, nahm ich mir vor, als ich mich zu Lionel umdrehte. Ich musste ihn vorbereiten.

»Bevor du ins Zimmer gehst, solltest du wissen, dass da ... noch jemand ist.«

»Du hast noch jemanden eingeladen?«

»Nicht ganz ... Er ist von alleine gekommen, und meine Eltern wissen nichts davon, also bitte verhalte dich ruhig.«

»Du willst ein Date mit zwei Jungs, und das auch noch heimlich?« Lionel lugte den Flur hinunter und duckte sich ein wenig, als denke er darüber nach zu flüchten.

»Das ist kein Date! Es ist viel mehr als das.«

»Mehr? Nina, ich weiß echt nicht, ob ich ... ob ich hier richtig bin.« Zweifelnd sah Lionel an mir herunter, wie Mama es eben noch bei ihm getan hatte. Nun ahnte ich auch, warum. Er trug eine schmale dunkle Jeans und ein zu weit offenes schwarzes dünnes Hemd. Dazu seine verwegenen, feuchten Haare, die wahrscheinlich gar nicht Absicht waren, ebenso wie das zu weit offen stehende Hemd, denn …

»Du bist falsch zugeknöpft«, bemerkte ich sachlich und deutete auf seine Brust. »Ist aber jetzt nicht wichtig, du sollst dich einfach ruhig verhalten und nichts sagen, bis ich dir ein Zeichen gebe. Beweg dich langsam und erschreck ihn nicht. Überlass mir das Reden.«

»Das ist ja nichts Neues«, entgegnete Lionel gehässig und korrigierte lieblos seine verkehrte Knopftechnik. »Du hast mich grad aus der Dusche geholt, sorry.«

»Hast du Duschgel benutzt?« Skeptisch roch ich an seinem Hals. »Oh … du hast … Hättest du nicht weniger benutzen können?«

»Ich habe ganz normal viel benutzt«, verteidigte Lionel sich mit einem Blick, der klar besagte, dass er mich für absolut irre hielt. »Was hast du eigentlich für ein Problem, Nina?«

»Dieses hier«, antwortete ich matt und drückte vorsichtig die Klinke herunter. »Sag bitte nichts, okay? Folge mir einfach und mach keine hektischen Bewegungen. Bleib ruhig und stell dich hinter mich, sobald wir drinnen sind.«

Ehe Lionel es sich anders überlegen konnte, schob ich ihn durch die Tür, schloss sie wieder ab und steckte den Schlüssel in meine Hosentasche. Wir befanden uns noch keine Sekunde im Raum, als unter dem Bett ein grelles Fauchen ertönte, das selbst mir den Angstschweiß auf die Stirn trieb.

»Scht«, machte ich beruhigend. »Alles gut. Ich vertraue ihm. Alles gut, Spirit!«

Doch für Spirit war gar nichts gut. Sein Fauchen wurde dumpfer, aggressiver, und wir konnten hören, wie Speichel auf den Boden tropfte und seine Krallen über den Teppich fuhren.

»Nina … was zum Teufel ist das?« Ich griff nach hinten und bekam eine eiskalte, zitternde Hand zu fassen. »Lass mich gehen! Sofort!«

»Nein«, widersprach ich resolut. »Er kennt dich noch nicht. Du musst dich ihm zeigen. Er sieht nur deine Füße.«

Das war Quatsch, ich wusste es selbst. Spirit hatte Lionel bereits wahrnehmen können, als er noch vor der Tür stand – ach, wahrscheinlich als er auf dem Fahrrad zu mir gefahren war. Doch noch war er nicht unter dem Bett hervorgeschossen und hatte sich auf ihn gestürzt. Er regte sich nur ein bisschen auf. Das durfte er, mein Zimmer war seit gestern Nacht sein Revier.

Ohne Lionel loszulassen, ging ich in die Hocke und linste unter das Bett. Grell leuchteten mir Spirits grüne Augen entgegen, und trotz des Dämmerlichts konnte ich seine entblößten Reißzähne erkennen – so deutlich, dass ich erschauerte. Himmel, war er sauer. Keuchend zog Lionel seine Hand aus meiner.

»Es ist niemals nur ein Name«, beschwor ich Spirit mit weicher Stimme. »Vertrauen, weißt du noch? Spirit, das ist der Mensch, dem ich vertraue. Wir sind eins. Für dich sind wir eins.«

Sein Nein war so deutlich, dass ich zurückfuhr und gegen Lionel prallte, der mit gelblichem Gesicht an der Tür lehnte und die Hände gegen seine Narben presste.

»Das ist der … er … es ist der … oh Gott …«

»Ja, er ist es«, entgegnete ich ruhig. Erneut griff ich nach Lionels leichenstarrer Hand, verschränkte meine Finger mit seinen und zeigte sie Spirit. »Schau doch. Wir vertrauen uns.«

»Oh nein, das tun wir nicht! Nina, lass mich raus, bitte … Lass mich hier raus, oder ich rufe meinen Vater an und …«

Nun fauchte und brüllte Spirit zu Recht. Ich konnte ihm beileibe nicht böse sein und wurde ebenfalls so zornig, dass meine Angst verschwand.

»Jetzt hör mir mal gut zu.« Ohne mich um Spirit zu kümmern, dessen Grollen leiser, dabei aber umso drohender wurde, wandte ich mich zu Lionel und näherte ich mich ihm so weit, dass ich das angstvolle Flackern in seinen Augen sehen konnte. Doch ich ließ mich davon nicht beeindrucken. »Dieses Tier vertraut mir, und ich vertraue ihm. Aber ich brauche Hilfe. Deine Hilfe. Ich habe dich herausgesucht aus all den Menschen, die ich kenne, damit du uns hilfst. Weil ich dir vertraue. Okay? Er wird dir nichts tun, wenn du endlich mal damit aufhörst, dir in die Hosen zu machen.«

Wieder empfing ich ein Nein von unter dem Bett, und so langsam wurde ich auch auf Spirit sauer.

»Ihr Männer geht mir echt auf den Senkel! Klappe!«, setzte ich nach, als Lionel protestieren wollte. »Was passt dir nicht an ihm, Spirit? Ich habe keinen besseren.«

»Na, vielen Dank«, murmelte Lionel und hustete gepresst. Wahrscheinlich war ihm speiübel.

»Bitte sei still, ich muss mich konzentrieren.«

Noch einmal hustete Lionel, dann folgte er meiner Anweisung. Auch Spirit knurrte nicht mehr. Ich schloss die Augen und versuchte, mich darauf zu konzentrieren, was er mir übermittelte. Ein Band, das im Wind flatterte … ein blaues, dünnes Band. Nicht die stürmischste Böe konnte es zerreißen, es trotzte Blitz und Donner, Hitze und Regen, so zart und seidig es auch wirkte. Was bedeutete das? Dass ich ein Band zwischen Lionel und mir knüpfen musste, eine Verbindung, die nie mehr zerschnitten werden konnte? Aber wie sollte das gelingen? »Wir müssen ein Band knüpfen«, fasste ich halblaut zusammen.

»Was?!«

»Pscht. Lass mich nachdenken.«

Und so dachte ich ein Weilchen über all die Bänder nach, die es zwischen mir und anderen Menschen bisher gegeben hatte. Dabei fiel mir Nikki ein. In der fünften Klasse war sie eine Zeit lang eine Art allerbeste Freundin gewesen – bis zu dem Zeitpunkt, an dem sie mein Tagebuch lesen wollte und mir ihres gegeben hatte. Dummerweise führte ich kein Tagebuch. Auch hatte ich keine Lust, extra wegen ihr eines anzufangen. Ich hatte keine Zeit zum Tagebuchschreiben. Das hatte sie so sehr enttäuscht, dass unsere Freundschaft sich wieder abgekühlt hatte. Aber an einem Abend hatten wir zusammen auf meinem Schrank gesessen und uns Geheimnisse anvertraut, und das hatte sich angefühlt, als würde ein Band zwischen uns wachsen. Nur hatte ich meine Geheimnisse erfunden. Damals hatte ich noch keine echten Geheimnisse. Jetzt hatte ich eines, eins mit Reißzähnen und Smaragdaugen und Jagdtrieb – und ich hatte es Lionel gerade offenbart. Nun war er dran. Er war es, der dafür sorgen musste, dass das Band stabil wurde! Es hing an ihm.

»Gut, ich weiß, was zu tun ist. Verrate mir dein größtes Geheimnis. Dann wird er sich beruhigen.«

Spirit schickte ein tiefes Grollen unter dem Bett hervor, ließ es jedoch wieder zu einem etwas weniger bösartigen Dauerknurren abschwellen, sodass ich es wagte, meine Aufmerksamkeit auf Lionel zu richten. Er sah aus, als würde er mit offenen Augen träumen – und es war zweifelsohne ein Albtraum.

»Nicht wieder auf mich draufkotzen, ja? Du hast doch sicher

ein Geheimnis, jeder hat eins, und ich habe dir meins gerade gezeigt, jetzt bist du dran. Spirit spürt so was, er spürt, dass du mir nicht vertraust …«

»Du hast mich ja auch gerade in eine Todeszelle geschickt.«

»Habe ich nicht. Nicht, wenn du mir etwas erzählst, was sonst keiner weiß. Bitte, Lionel. Ich brauch deine Hilfe! Du willst doch weiterleben, oder?«

»Mann, ich hab dir schon meine Narben gezeigt, was willst du denn noch? Kriegst du nie genug?«

»Aber die kennen auch andere«, versuchte ich es weiter, ohne auf seine Beleidigungen zu achten. »Die Ärzte, deine Eltern. Sie sind nicht wirklich ein Geheimnis, ebenso wenig wie die Geschichte dazu. Gibt es nicht etwas, von dem bisher niemand weiß und das du mir erzählen kannst?«

»Hey, das ist schon wieder Erpressung.« Lionel sah mich kalt an, die Hand an der Türklinke. »Was soll denn das bitte für ein Vertrauen sein, wenn einem das Geheimnis als Alternative zum Tod entlockt wird?«

Entmutigt drückte ich meine Hände gegen meine Wangen. »Ich weiß es nicht. Aber vielleicht … vielleicht hättest du es mir sowieso irgendwann erzählt. Vielleicht sogar bald. Wir haben leider keine Zeit, das zu überprüfen. Ich wünschte, wir hätten sie. Ich sag es auch nicht weiter, das verspreche ich dir.«

»Können wir nicht was anderes tun, um ihn zu überzeugen? Knutschen oder so?«

»Lionel!« Empört sah ich ihn an, und meine Wangen flammten. »Ich glaub, du spinnst!«

Er schob trotzig seine Unterlippe vor. »Würde mir aber leichter fallen, und dann wüsste ich wenigstens, wie es ist, bevor ich sterbe.«

»Das ist aber nicht das Gleiche. Bitte, gib dir einen Ruck, er hat Hunger, siehst du das nicht?«

»Scheiße«, fluchte Lionel tonlos und verschränkte seine Hände ineinander, als würde er zu beten anfangen. »Irgendwann zahl ich dir das heim, Nina, darauf kannst du dich verlassen …«

»Also tust du es?«

Lionel schwieg ein paar Atemzüge, während Spirit sein Groll- und Fauchkonzert weiter ausbaute und dabei ordentlich Eindruck schund. Als seine Zähne unter dem Bett nach einem besonders bissigen Knurren aufeinanderschlugen, war Lionel endgültig überstimmt.

»Also gut«, begann er so leise, dass ich ihn kaum hören konnte. »Es ist schnell erzählt, und einen Teil davon weißt du schon. Diese Gedichte in der Schülerzeitung, die immer wieder in letzter Sekunde eingereicht werden … die … na ja, die sind von mir. Ich schreibe sie.«

»Du – du schreibst Gedichte?« Ich lachte auf. »Das ist nicht wahr, oder? Das erfindest du! Das ist… oh. Nein, du erfindest es nicht. Tja. Gedichte, hm? Kein Sudoku?«

Lionel zog unbehaglich die Schultern hoch. »Weißt du, das ist genau das, was ich so ätzend an euch Mädchen finde. Ihr wollt Männer haben, die euch Rosenblüten in die Badewanne werfen und Lieder für euch komponieren und irgendwelche Herzen im Schnee abbrennen … jedenfalls sieht man das immer im Fernsehen bei diesen blöden Kuppelsendungen. Aber wenn wir dann solche Dinge einfach so tun, für uns selbst, lacht ihr uns aus und wollt am liebsten davonlaufen.«

»Ich hab doch nur ›Oh‹ gesagt!«

»Ja, aber wie.« Lionel schnaufte verächtlich.

»He, es war ein überraschtes Oh! Stimmt, ich träume nicht von Jungs, die Gedichte schreiben, eher von welchen, die eislaufen können und ... Mist.« Errötend biss ich mir auf die Zunge. Na, das lief ja wieder prächtig. »Vergiss das mit dem Eislaufen. Dieses ›Oh‹ bedeutete nur, dass ich dachte, du schreibst Sudokus, wenn du vor dich hin kritzelst, und du und Gedichte, das hätte ich nie zusammengebracht. Ehrlich.«

»Ich ja auch nicht. Ich hab damals im Krankenhaus damit angefangen. Ich hatte so viel Zeit, war so viel alleine, konnte nur liegen und warten, dass ich gesund werde. Immer nur fernzusehen und zu lesen war auch langweilig. Also hab ich angefangen zu schreiben. Wenn ich etwas sehe oder fühle, das mich beschäftigt, dann finde ich Worte dafür. Das ist alles. Mehr ist es nicht.«

»Und warum weiß es dann niemand? Warum schreibst du deinen Namen nicht drunter? Du bist doch in unserem Team«, fragte ich, ohne ihn anzusehen.

»Weil ich keinen Bock auf weitere amüsierte ›Ohs‹ habe. Deshalb. Und weil das nur ein weiteres Häkchen in der ›Schwacher Junge‹-Liste wäre. Mein Vater würde sich in Grund und Boden schämen, wenn er wüsste, dass die Gedichte von mir sind. Er lacht sich in jeder Ausgabe darüber schlapp.«

»Ich hab sie mir ehrlich gesagt nie durchgelesen«, gab ich zu. »Ich hab es nicht so mit Romanen und Lyrik.«

»Ist vielleicht auch besser«, erwiderte Lionel gleichgültig. »Es tut gut, dass sie überhaupt gelesen werden. Irgendjemand liest sie ja noch außer meinem Vater, oder?« Er erwartete keine Antwort, doch ich fand den Mut, ihn anzuschauen. Wie sehr du dich verändert hast, dachte ich, als ich sein schmales Gesicht betrachtete, das langsam wieder Farbe bekam. Oder nehme ich dich anders wahr? Habe ich dich vorher nie richtig angesehen? Ruhig erwiderte er meinen Blick. Das Flackern in seinen Augen hatte sich gelegt, doch das helle Blau erschien mir tiefer als zuvor. Beinahe endlos. Unser Band war da – ja, wir hatten das Band zwischen uns geknüpft.

»Fällt dir was auf?« Ich deutete unter das Bett, wo es endlich still geworden war. »Er hat sich beruhigt. – Komm raus, Spirit. Na, komm schon, das ist kein Platz für dich da unten …«

Dieses Mal reagierte er sofort. Er musste sich mit den Vorderpfoten in den Teppich krallen und nach vorne ziehen, um sich aus seinem engen Versteck zu befreien, doch dann richtete er sich zu seiner vollen Größe auf und blickte Lionel aufmerksam an. Ich hörte, wie er hinter mir schluckte.

»Das ist Lionel.« Ich sprach nicht wegen Spirit, er brauchte keine Worte. Ich tat es, damit Lionel nicht ohnmächtig wurde. Vielleicht half sein eigener Name ihm dabei.

Spirit fauchte erneut, doch es war kein Angriffsgebaren mehr, nur ein deutliches Zeichen, zu wem er gehörte und dass er Lionel zwar akzeptierte, er ihm aber bloß nicht zu nahe kommen sollte. Oder mir? Behutsam strich ich über seinen breiten Kopf und kraulte ihm den Nacken.

»Das ist … ich glaub das nicht, Nina. Wann wache ich auf?«

»Gar nicht.«

Fassungslos schaute Lionel mir dabei zu, wie ich mich neben Spirit kniete und gegen seine Schulter lehnte, während er seinen Kopf auf meinem Scheitel ablegte, ohne Lionel aus den Augen zu lassen.

»Er ist so schön. Wahnsinn. Und riesig …«

»Und hungrig. Er braucht Fleisch. Lebendiges Fleisch. Deshalb habe ich dich um Hilfe gebeten. Dein Vater hat Masttiere, und die müssen sowieso sterben. Wenn wir ihn ein oder zwei jagen lassen, ist er satt und kommt nicht auf dumme Ideen. Das im Wohnzimmer, das waren keine Einbrecher, das war Spirit. Er hat einen Schmetterling gejagt. Er ist nicht ausgeglichen!«

»Das ist ja sehr beruhigend«, murmelte Lionel und rückte ein Stückchen von uns ab. Spirit beobachtete jede seiner Bewegungen, und Lionel war nicht wohl dabei – erst recht nicht, als ich ihn einen Moment aus den Augen ließ, um den Schlüssel wieder in die Tür zu stecken. »Ich weiß nicht, wie du dir das vorstellst, aber ich kann nicht einfach mal ein paar Schweine aus der Anlage laufen lassen. Das fällt auf!«

»Bei Hunderten? Sicher? Dein Vater hat den gesamten Wald leer gejagt, die Schweine sind die einzige Chance und werden ihn außerdem von den Jägern fernhalten! Heute Abend ist dein Vater im Wald, wir könnten unbehelligt zusammen zum Mastbetrieb laufen, die Tiere freilassen und Spirit wird sie erlegen. Das ist eine Sache von fünf Minuten. Für den Pinscher hat er nicht einmal eine halbe gebraucht.«

»Alles in Ordnung bei euch da drinnen?«, drang plötzlich Mamas Stimme durch die Tür. Blitzschnell hielt ich Spirit das Maul zu. Kein Fauchen, nicht jetzt. »Fenster auf!«, befahl ich Lionel in Zischlautstärke. Er gehorchte ohne Zögern, und mit einem einzigen Satz hechtete Spirit an ihm vorbei nach draußen, dankbar, wieder in der Freiheit zu sein. Magnetisiert blickten wir ihm nach, wie er durch das hohe Gras trabte, den Zaun übersprang und schließlich im Weizenfeld verschwand.

Komm zurück. Heute Abend, bevor es dunkel wird, rief ich ihn in Gedanken an und glaubte, ein Lächeln zu fühlen.

»He! Wieso habt ihr abgeschlossen? Nina, mach sofort die Tür auf, oder ich trete sie ein!«

Lionel kam mir zuvor und prallte dabei gegen Mama, die so schnell ins Zimmer schoss, dass sie ihn fast umrannte.

»Gut, ihr seid beide vollständig angezogen und macht ... was macht ihr eigentlich?«

»Erzählen«, antwortete ich eisig. »Das ist ja wohl erlaubt, oder?«

»Und wieso muss man dazu die Tür abschließen? Hm?«

»Sie hatte Angst, die Einbrecher kommen zurück. Deshalb«, sprang Lionel mir zur Seite.

»Aber das Fenster lasst ihr offen stehen. Sehr klug«, stichelte Mama. Sie glaubte uns kein Wort. »Ich habe arme Ritter gemacht. Vielleicht habt ihr Appetit?«

»Danke, Frau Bouvier, aber ich muss jetzt gehen. Bei uns ist ... viel los im Moment. Tschau, Nina.« Als Lionel sich umdrehte, sah ich, dass sein Hemd am Rücken durchgeschwitzt war. Er würde ein weiteres Mal duschen müssen.

»Alle Achtung, Nina. Zwanzig Minuten Date, und er ist reif für die Insel. War Iwan wieder zu Besuch?«

»Es war kein Date! Und alles andere geht dich nichts an«, sagte ich pampig und lief an ihr vorbei ins Bad, wo ich mich erneut einschloss und hastig eine Nachricht ins Handy tippte.

»Heute Abend bei Einbruch der Dunkelheit am alten Bolzplatz. Ich bringe ihn mit. Überleg dir einen Plan. Bis dann.«

»So nicht«, lautete Lionels enervierend kurze Antwort.

»Lieber Lionel, könntest du bitte deinen entzückenden Hintern in Bewegung setzen, um heute Abend bei Einbruch der Dunkelheit am Bolzplatz zu sein? Wenn du einen schlüssigen Plan hättest, wäre ich dir auf ewig dankbar. Grüße und Küsse, deine Nina. P.S. Spaß beiseite, ich brauche dich. Spirit braucht dich. Bitte lass uns nicht im Stich.«

Nun kam gar keine Antwort mehr. Aber ich hatte alles getan, was ich hatte tun können, und ein paar arme Ritter würden mir nicht schaden.

Also setzte ich mich zu Mama und Papa an den Esstisch, guckte auf unser verwüstetes Wohnzimmer und tat so, als ob alles wäre wie früher. Dabei blickten meine Eltern mich ununterbrochen an, als würden sie sich fragen, wer ich überhaupt war.

JUNGSCHWEIN-ELEND

»Ich bin in zehn Minuten da. Aber dir wird nicht gefallen, was du siehst.«

»Das ist mir egal«, kommentierte ich Lionels Nachricht und steckte das Handy zurück in meine Hosentasche, um weiter Spirit zu beobachten, der hechelnd neben mir im Gras lag und ein paar welken Blättern nachschaute, die vom Abendwind aufgewirbelt wurden und in Kreisen durch die laue Luft tanzten. Noch immer schwitzte ich, so sehr hatte mich die Pirsch an den Rand der Stadt angestrengt.

In letzter Sekunde war Spirit vor meinem Zimmerfenster erschienen – und doch keinen Moment zu spät, denn meine Eltern waren erst nach zehn Uhr ins Bett gegangen, und Mama hatte kurz vor Spirits Auftauchen nach mir geschaut und die Läden heruntergelassen. Alleine bei dem Unterfangen, sie lautlos wieder nach oben zu schieben, hatte ich mindestens die Hälfte der Arme-Ritter-Kalorien verbraucht.

Das Schwierigste jedoch war gewesen, Spirit dazu zu bringen, mir zu folgen, denn es gab Ablenkungen vielerlei Art für eine Großkatze, und mindestens die Hälfte davon befand sich für mich im Bereich des Unsichtbaren, Unriechbaren und Unhörbaren. Die Welt musste unvorstellbar spannend sein, wenn man ein Panther war.

Doch irgendwann schien er zu verstehen, dass ich ein Ziel hatte, dem zu folgen sich lohnen würde, und schlich folgsam neben oder hinter mir her, immer gut verborgen im Gebüsch oder Feld. Sobald ich das Neubaugebiet, in dem auch unser Bungalow stand, hinter mir gelassen hatte, wäre diese Vorsicht gar nicht mehr nötig gewesen, doch sie gehörte offenbar zu seiner Natur. Wie bei meinem letzten Ausflug in den Wald hatte ich eine Route abseits der Stadt gewählt, und außer mir traute sich um diese Uhrzeit niemand mehr nach draußen. Die Journalisten hatten bis auf weiteres aufgegeben, an mich heranzukommen, und sich an den städtischen Waldrand begeben, wo in wenigen Minuten der große Jäger-Showdown beginnen sollte.

Inzwischen war es so dämmrig geworden, dass die Farben aus der Natur zu weichen begannen – einzig der Himmel glühte im Westen orange-rosa, während sich im Osten ein sanftes helles Blau zeigte, das zunehmend in Anthrazit überging. Doch das Gras unter mir und die Blätter, die Spirit mit seinen Blicken verfolgte, besaßen nur noch leblose Grauschattierungen.

Spirits Unruhe wuchs unaufhörlich, ebenso wie meine. Je dunkler es wurde, desto deutlicher nahm ich das Leben um mich herum wahr, das sich immer wacher zu regen begann und jenen Tieren gehörte, die zur Nacht aktiv wurden und Spirits Jagdfieber zusätzlich anstachelten. Wenn Lionel nicht bald auftauchte, würde Spirit alleine losziehen. Immer wieder reckte er den Kopf, sog die Luft ein, machte sich lang, während seine Schwanzspitze aufgeregt über den Boden peitschte. Meine

Streicheleinheiten, mit denen ich ihn abzulenken versuchte, interessierten ihn nicht mehr. Er schüttelte meine Hand ab wie ein unwillkommenes Insekt.

»Bleib noch ein bisschen, Spirit. Lionel kommt gleich.« Ich hatte das Törchen im Zaun, der um den alten, verlassenen Bolzplatz verlief, geschlossen, doch Spirit würde mit einem Satz darüberspringen können. Es würde ihn nicht aufhalten. Das Schwein jedoch schon. Und dieses Schwein musste endlich …

»Er ist da!«, rief ich unterdrückt, als ich Schritte vernahm und aufschaute. »Spirit, er ist da. Abendessen!«

Doch der Humor verging mir sofort wieder. Was uns neben Lionel durch die Abenddämmerung entgegenkam, war mehr ein Monster als ein Schwein – und es war viel zu jung. An seinem linken Hinterbein schwärte eine offene Wunde, die sein Laufen zu einem schwerfälligen Humpeln verkommen ließ, und statt seines Ringelschwanzes prangte ein nässender Abszess. Irgendjemand musste ihm den Schwanz abgeschnitten haben.

»Wieso bringst du ein junges Tier? Konntest du nicht eins von den alten nehmen, das sowieso sterben muss?«

»Das hier muss sterben«, erwiderte Lionel gepresst und blickte mich durch den Zaun hindurch an. Er wirkte, als habe er gerade erst eine schwere Krankheit überwunden. »Mit sieben Monaten sind sie dran. Die werden kein Jahr alt, hast du das nicht gewusst?«

»Ist es denn krank?«

»Die sind alle krank. Treten sich gegenseitig auf die Füße, liegen sich wund, beißen sich, weil es zu eng wird. Ich … ehrlich gesagt, ich dachte nicht, dass es so … ekelhaft ist.« Lionel lehnte sich mit grauem Gesicht gegen den Zaun, während das Schwein apathisch neben ihm stehen blieb und trüb auf das Gras unter sich blickte. Es kannte kein Gras, begriff ich betroffen. Es hatte nie welches gesehen. Deshalb konnte es auch nichts damit anfangen.

Lionel hatte es an eine Leine gebunden, einen schmalen Lederriemen, und es dachte gar nicht erst darüber nach, sich dagegen zu wehren. Doch am meisten verunsicherte mich die Reaktion von Spirit – falls man überhaupt von einer Reaktion sprechen konnte. Seine Nase zog sich kraus, und er versuchte zu wittern, was Lionel ihm da mitgebracht hatte, doch er schien das Schwein nicht als Tier wahrzunehmen.

»Eigentlich müssen wir es freilassen, oder?«, fragte ich mit rauer Stimme.

»Das würde es nicht überleben, Nina. Das ist genauso, wie wenn du eine Henne aus einem Mastbetrieb in die Freiheit setzt. Die erfriert in der ersten Nacht oder wird von den anderen totgehackt.«

»Warum hat es denn keinen Schwanz?«

»Die werden entfernt. Sie beißen sich sonst gegenseitig die Schwänze ab. Kannibalismus, wegen der Enge. Manchmal entzündet sich die Stelle trotzdem.«

Das Jungschwein saß noch immer reglos auf dem Boden und ließ den Kopf hängen. Das war also sein Dasein gewesen. Gedränge, Beißereien, niemals Tageslicht.

»Es sieht so traurig aus.« Ich musste mich wegdrehen, um nicht zu weinen.

»So sitzen manche die ganze Zeit da. Trauerhaltung nennt man das. – Schau mich nicht so an, Nina, ich hab das nicht erfunden. Das kann man auch alles im Internet nachlesen. Wenigstens weiß ich, dass dieses hier morgen sowieso geschlachtet worden wäre, und so hat es vorher noch die Welt gesehen und frische Luft geschnuppert.«

»Können wir nicht beide retten?«, fragte ich kläglich und musste mich zwingen, das Schwein nicht zu streicheln – denn würde ich eine Beziehung zu ihm aufbauen, könnte ich es Spirit nicht überlassen.

»Dann musst du alle retten«, antwortete Lionel bitter. »Ich dachte am Anfang, das Schwierigste wäre, bei meinem eigenen Vater einzubrechen, ohne erwischt zu werden und riesigen Ärger zu kriegen. Aber es war viel schwieriger, mit offenen Augen durch die Halle zu laufen. Ich glaub, ich kann nie wieder ein Würstchen essen.«

»Und was machen wir jetzt?« Ich rupfte ein Büschel Gras aus dem Boden und hielt es dem Schwein vor die Nase, doch es blickte leer über meine Hand hinweg.

»Plan A umsetzen, oder nicht?« Lionel zog das Schwein zum Törchen, während Spirit ihm desinteressiert nachsah. »Ein Schwein für deinen Panther. Oder willst du es jetzt auch in deinem Zimmer leben lassen?«

»Nein, natürlich nicht.« Obwohl ich vor Mitleid hätte heulen können, wollte ich dieses Tier nicht mit nach Hause nehmen. Doch ich wollte es auch nicht sterben sehen. »Lionel, warte bitte ...« Nun standen wir uns gegenüber, zwischen uns das Törchen, und ich sah, dass Lionels Lider gerötet waren.

»Nina, bleib jetzt vernünftig, ja? Ich hab das nicht auf mich genommen, um es wieder zurückzubringen, und es gibt in Bornhausen keinen anderen Schweinebauern mehr, der ein gemästetes, medikamentenverseuchtes, krankes Schwein aufnehmen würde. Es stirbt, so oder so! Hier wird es gejagt und muss nicht die Panik der anderen Schweine spüren und ihre Schreie hören. Denn das tun sie, bevor sie sterben, sie schreien!«

»Dann wird es das jetzt auch, oder?«

Lionel antwortete nicht, sondern öffnete die Tür, damit ich zu ihm nach draußen schlüpfen konnte. Mit zusammengekniffenen Lippen löste er die Leine vom Hals des Schweins und schob es beidhändig durch das Tor, um es gleich wieder zu schließen. Nun war es Spirit überlassen. Ich wollte wegsehen, mir die Ohren zuhalten, laut singen, um nichts von dem mitzukriegen, was jetzt geschehen würde, doch ich war wie gelähmt. Auch Lionel blieb mit in den Hosentaschen vergrabenen Händen neben mir stehen und schaute mit dunklem Blick auf den Bolzplatz.

Wieder nahm Spirit Witterung auf und näherte sich dem Schwein in geduckter Schleichhaltung – mit unnachahmlicher Eleganz setzte er eine Pfote vor die andere, doch ihm war anzusehen, dass das Schwein sein Misstrauen weckte.

»Es riecht nicht gut für ihn«, flüsterte ich.

»Für mich auch nicht ...« Lionel schüttelte sich vor Ekel. »Keine Ahnung, ob ich den Gestank da drin je wieder vergessen kann. Und wir essen so was. Das ist abartig.«

Lauernd blieb Spirit stehen und fixierte das Schwein, das sich wieder hingesetzt hatte und in seiner Trauerhaltung verweilte, als ginge ihn das alles nichts an. Dieses Tier wusste nicht, was Spirit in manchen Momenten so beneidenswert sicher in sich trug – dass die Welt vollkommen und alles in Ordnung war. Es hatte diese Erfahrung niemals machen dürfen.

»Lauf wenigstens weg!«, bat ich es zittrig. »Lauf ein einziges Mal um dein Leben, du kannst es jetzt!« Denn da drinnen im Mastbetrieb, das wussten Lionel und ich nun, hatte es nicht die geringste Chance. Mit dem ersten Tag seines Lebens begann es zu sterben, und es hatte keine Möglichkeit, sein Schicksal zu wenden.

Endlich quiekte es dumpf auf und humpelte in die andere Ecke des Bolzplatzes. Ohne jede Eile trabte Spirit ihm hinterher. Es war für ihn kein ernst zu nehmendes Opfer und bot auch keinen Anreiz zum Spielen. Wieder verharrten beide; das Schwein lethargisch und mit leerem Blick, Spirit misstrauisch witternd.

»Ich kann nicht mehr zusehen. Achtung!« Lionel schob zwei Finger in den Mund und stieß einen so lauten, schrillen Pfiff aus, dass Spirit wütend aufbrüllte und das Schwein zu kreischen begann. Lionel hatte es geweckt. Für eine Sekunde wurden seine kleinen Augen klar und wissend, und es stob torkelnd über den Platz. Doch es schaffte es nicht mal bis zur Mitte. Ohne jedes Geräusch hatte Spirit sich ihm hinterhergestürzt und die Zähne in sein Genick geschlagen. Während es noch zuckte, lief er zum Zaun, sprang darüber und erkletterte mit seiner Beute im Maul den nächsten großen Baum. Erst als das Tier nicht mehr zappelte, begann er damit, eines seiner Beine rauszureißen und zu fressen, doch er hielt immer wieder inne und schnüffelte daran, als sei er sich nicht sicher, ob es genießbar sei.

»Wow. Hast du das gesehen?« Lionel blickte ihm staunend zu. »Er krabbelt mit der Beute auf den Baum … Nicht übel.«

»Ich glaub, mir wird schlecht.« Mühevoll schluckte ich gegen den säuerlichen Geschmack in meinem Gaumen an.

»Dann setz dich. Hier …« Lionel führte mich zu einer der Bänke vor der alten Vereinshütte, die mit den Jahren von Moos und Kletterpflanzen überwuchert worden war, und pustete mir kühlend gegen die Stirn. »Es ist vorbei, er hat es schnell gemacht, das Schwein musste nicht leiden. Ehe es kapiert hatte, was los war, war es tot.«

»Aber vorher musste es sein ganzes kurzes Leben lang leiden. Und wie es geschrien hat!«

»Ja«, erwiderte Lionel schlicht und strich mir mit den Fingerknöcheln über meinen Unterarm. »Aber in der Anlage schreien sie lauter und länger. Vielleicht hat Graufink doch recht. Vielleicht sollte man das Fleisch von Tieren, die so viel Panik vor ihrem Tod durchleben, nicht essen.«

Doch ich war mit anderen Dingen beschäftigt. Als Spirit den Pinscher getötet hatte, war mir das nicht so nahegegangen wie diese Situation. Denn ich hatte damit nichts zu tun gehabt. Spirit war nur seinen Instinkten gefolgt, und ich hatte seinen Angriff weder gesehen noch war ich daran beteiligt gewesen noch hätte ich ihn verhindern können. Doch jetzt hatte ich ihm sein Opfer organisiert und dafür Lionel in die Sache hineingezogen. An unseren Händen klebte Blut. Ich konnte nicht länger ignorieren, was Spirit war, obwohl er uns eine abgemilderte Performance des Tötens geliefert hatte. Er war ein Raubtier und brauchte lebendiges Essen. Wenn ich ihn bei mir behalten und vor den Jägern schützen wollte, würde es nicht bei dem heutigen Horrorabend bleiben. Dann mussten Lionel und ich das von nun an jeden Abend tun – ihm lebendiges Essen organisieren. Wir mussten jeden Abend dabei zusehen, wie ein Tier starb, das kein echtes Leben gehabt hatte. Lieber wäre es mir gewesen, ich hätte Spirit wilde Beute jagen lassen, die in Freiheit aufgewachsen war, im Wald – Rehe, Wildschweine, Füchse. Gab ich ihm Mastschweine, führte ich Schröters Todesreigen nur fort. Dennoch hatte ich keine andere Wahl. Nicht wenn ich Spirit vor seinem eigenen Tod schützen wollte. Denn dort, wo die letzten Rehe, Wildschweine und Füchse zu Hause waren, lief er direkt vor die Visiere der Jäger.

»Ich kann das nicht jeden Abend machen, Nina. Das geht nicht«, las Lionel meine Gedanken. »Es fällt auf, und ich geh kaputt dabei. Eigentlich will ich nie wieder da rein. Ich will vergessen, was ich gesehen habe, für immer!«

»Nur noch ein paar Tage, bitte.«

Lionel antwortete nicht, und auch ich wollte nicht mehr reden. Wir würden uns dabei nur im Kreis drehen. Heute würde Spirit satt sein. Vielleicht auch morgen noch. Bis dahin musste ich mir keine Sorgen machen, und was geschehen war, konnten wir nicht mehr ändern. Schweigend hörten wir dabei zu, wie Spirit Knochen zerbiss, Sehnen auseinanderriss und Fleisch kaute. Als er fürs Erste gesättigt war, ließ er sich mit dem Rest seiner Beute im Maul den Baum hinunter, wandte sich in Richtung Feld, fort vom Wald, und verschmolz mit dem Schwarz des Dickichts, als sei er nur eine Fata Morgana gewesen. Hinter dem Bolzplatz war ein leicht eingedellter orangegelber Mond aufgegangen und tauchte das Gras und die Felder vor uns in ein unwirkliches Licht. Stumm schauten wir ihn an.

»Der scheint auch aufs Eis …«, murmelte Lionel bedeutungsvoll. »Ich glaub, wir sollten uns ablenken. Oder kannst du jetzt schlafen?«

»Nein.« Bekümmert schüttelte ich den Kopf. »Ich weiß nicht, ob ich je wieder schlafen, essen und glücklich sein kann.«

»Klar kannst du.« Lionel rempelte mich sanft in die Seite. »Komm mit aufs Eis. Du musst doch eigentlich eh für die Quali und die Show trainieren, oder?«

»Welche Show?«, fragte ich und sah Lionel benebelt an.

»Ach ja, das ...« Nun fiel mir mein altes Dasein wieder ein, das so übersichtlich, geordnet und geregelt gewesen war. Unterricht, Schülerzeitung, Training. Das war alles so weit weg. Morgen würde ich Ludmilla wiedersehen, ich hatte das Okay von Mama und Papa bekommen, das Training wieder aufzunehmen, doch ich hatte so viele Stunden versäumt, dass ich daran zweifelte, es noch zu den deutschen Meisterschaften zu schaffen. Auch in der Schule würde ich bald Probleme bekommen, wenn ich weiterhin so wenig schlief und im Unterricht nur vor mich hin döste und träumte. Der Panther hatte mein ganzes Leben umgekrempelt. Aus Nina war Iwan geworden.

»Ich hab mein Rad heute Nachmittag schon hier im Gebüsch geparkt. Ich nehm dich auf dem Gepäckträger mit.«

Ich leistete keinen Widerstand. Nach Hause wollte ich nicht, und Spirit war mit seiner zweifelhaften Beute beschäftigt. Menschen wie ich kümmerten ihn vorerst nicht mehr. Irgendwie tat es gut, auf den Gepäckträger des Fahrrads zu steigen, meinen Kopf an Lionels Rücken zu lehnen und mich von ihm zur Halle bringen zu lassen, ohne dass ich etwas dafür tun musste.

An diesem Abend teilten Lionel und ich die Eisfläche nicht auf. Wir liefen von Anfang an zusammen – erst nebeneinander, dann Hand in Hand, bis wir begannen, herumzualbern und zu experimentieren, synchrone Wendungen zu drehen, uns gegenseitig zu verfolgen und wieder einzufangen. Wir waren zu allem bereit, was uns das Erlebte vergessen ließ.

Als Lionel versuchte, mich im Lauf anzuheben, verlor er das Gleichgewicht und landete auf dem Bauch. Lachend fing er sich mit den Fäusten an der Bande ab, während ich mich nur mit einer wagemutigen Drehung austarieren konnte.

»Ich weiß, ich bin zu schwer für dich …«

»So ein Quatsch.« Er drehte sich auf den Rücken und sah grinsend zu mir hoch, während sein Bauch sich im schnellen Rhythmus seines Atems hob und senkte. »Meinst du etwa, ich hab keine Kraft, weil ich so viele Narben hab?«

»Ich mag deine Narben«, rutschte es mir heraus, und ich verspürte den sofortigen Wunsch, meine Zunge abzubeißen. »Ich bin fünf Kilo zu schwer für Hebefiguren. Ich esse zu viel Nutella.«

»Du bist genau richtig. Komm, hilf mir hoch, du dickes Ding.«

»Arsch«, erwiderte ich freundlich und nahm seine Hand, um ihn nach oben zu ziehen. Seine dunkle Jacke glitzerte, so viele Eiskristalle hafteten auf ihr. Jetzt schien der Mond wahrhaftig durch die gläserne Hallendecke, wie Lionel es prophezeit hatte, und das Eis schimmerte so blau wie seine Augen.

»Meinst du, du kannst schlafen?«

»Und du?«, fragte ich zurück. Ich hatte mich lange nicht mehr so wach und lebendig gefühlt.

Lionel zuckte lässig mit den Schultern. »Keine Ahnung. Aber es ist Mitternacht, also … sollten wir es vielleicht versuchen.«

»Wir«, echote ich in einem Tonfall, den ich selbst nicht verstand. Wie er das gesagt hatte – es klang beinahe, als wollten wir uns in ein und demselben Zimmer schlafen legen, als gäbe es keine Trennung zwischen uns. Aber war es nicht das, was Spirit gefordert hatte – das blaue Band?

Eilig lief ich zur Bande und schlüpfte durchs Törchen. Erst nach einer Weile folgte Lionel mir.

Nachdem ich endlich im Bett lag und mir bereits die Augen zufielen, erreichte mich eine Nachricht von ihm.

Doch er schrieb gar nichts. Er hatte mir lediglich einen Link geschickt. Ich dachte, es habe etwas mit Schweinen oder Panthern oder der Jagd auf Spirit zu tun, und überlegte schon, ob ich ihn lieber erst morgen anklicken sollte.

Doch als ich ihn nach einigem Zögern öffnete, fand ich mich in einem Eislauf-Musikvideo wieder. »She's the one« von Robbie Williams. Er kannte es also auch ... Oder kam man als Eisläufer nicht daran vorbei? Ich hatte mich nie entscheiden können, ob ich Robbie in diesem Video mochte oder nicht. Er legte eine astreine Show hin, und als Paar funktionierten die beiden super, aber er hatte von der Verletzung ihres Partners profitiert und damit sein Ego aufpoliert, und das sah man ihm an. Außerdem hatte ich zwischendurch das Gefühl, dass sie ihn führte und nicht umgekehrt – und ich litt mit dem armen verletzten Tropf mit, der sich die Performance von der Bande aus angucken und auf Krücken gehen musste. In diesem Sport konnte alles so schnell vorbei sein.

Erst nachdem ich das Video fünfmal angeschaut hatte und mir ungefähr fünfzigmal überlegt hatte, wie es sich anfühlen würde, auf diese Weise mit Lionel über das Eis zu tanzen und ob er es wirklich schaffen würde, mich im Laufen zu halten, wie Robbie es im Video tat, konnte ich mich überwinden, ihm zu antworten. Ich schrieb nur einen Satz. »Welcher von beiden bist du?«

SEEPFERDCHEN

»Setz dich.« Mit gesenktem Blick ließ ich mich gegenüber von Mama auf dem Sessel nieder. »Ich war immer der Meinung gewesen, dass ich diese Art von Gesprächen niemals mit dir führen muss, aber so kann man sich irren.« Mama seufzte und streckte ihre Beine aus, wobei ihre Knie vernehmlich knackten. »Du musst mir dich erklären, Nina. Ich brauche eine neue Gebrauchsanweisung für dich. Außerdem gibt es Grenzen, und die hast du zu respektieren. Eine Familie ist eine Gemeinschaft, und die funktioniert nur, wenn wir uns aufeinander einstellen und Rücksicht nehmen.«

»Was hat meine Zimmertür mit dieser Gemeinschaft zu tun?«, fragte ich störrisch, und Mama seufzte ein weiteres Mal. »Ich meine das ernst, Mama – warum hat sie einen Schlüssel, wenn ich ihn nicht benutzen darf?«

»Wieso bewahrst du diesen Schlüssel in deiner Hosentasche auf und schließt die Tür ab, bevor du zur Schule gehst, und lässt vorher das Rollo runter, sodass ich auch von außen nicht reinkomme?«, entgegnete Mama scharf. »Ich weiß nicht, ob du es vergessen hast, aber Papa und ich schaffen uns jeden Tag den Buckel krumm, damit wir die Raten für dieses spießige Ding hier stemmen können, das unser Zuhause ist, also ist dieses Zimmer streng genommen unser Zimmer, und somit habe ich das Recht, dieses Zimmer zu betreten, wann ich will und …« Schnaubend brach Mama ab. »Ich dachte nicht, dass es so weit kommt und ich eines Tages solche Dinge zu dir sagen muss.«

»Dann tu es nicht!«, entgegnete ich hitzig. »Ich will wenigstens noch in einem Raum meine Freiheit haben! Ich hab sie doch sonst nirgendwo mehr. Ich kann keinen Meter alleine gehen.« Es sei denn, ich führte Spirit zu kranken Schweinen oder tanzte zu Unzeiten übers Eis. Aber ich *musste* mein Zimmer abschließen, wenn ich das Haus verließ, um Mama zu schützen, denn ich wusste nie, wann Spirit unter dem heruntergelassenen Rollladen hindurchkroch und sich unter (oder auch auf) mein Bett legte. Trotzdem war nicht erfunden, was ich Mama vor die Nase knallte. »Papa fährt mich zur Schule und holt mich ab, ich darf nicht mehr alleine zu Hause sein, du bringst mich zum Training und bleibst in der Halle sitzen wie eine dieser Eislauf-Mamis, die du nie sein wolltest, vor der Schule stehen Polizisten, wir dürfen während der Pausen nicht in den Hof gehen …«

»Das weiß ich doch alles, Schatz, und mich nervt die Hysterie auch. Aber sie ist nicht unberechtigt. Trotzdem verstehe ich nicht, warum dein Zimmer abgeschlossen sein muss. Ich klopfe doch jedes Mal an, bevor ich reingehe. Was geht da drinnen vor sich? Was versteckst du vor mir?«

»Ich …« Einen Panther, hätte ich sagen müssen. Selbst wenn ich es getan hätte – sie hätte nur gelacht. »Ich brauche meine Privatsphäre.«

»Gibt es etwas, das ich nicht sehen sollte? Die Antibabypille? Kondome? Lüsterne Liebesbriefe?«

»Mama!«, rief ich entrüstet. »Auf welchem Trip bist du denn?«

»Nina, wir können darüber sprechen, du warst deinem Alter immer ein bisschen voraus, und vielleicht bist du es ja auch in diesen Dingen ...«

»Nein, bin ich nicht!«, plusterte ich mich auf, wäre aber am liebsten getürmt. Dieses Gespräch nahm eine Richtung, die nach abrupter Flucht schrie. »Überhaupt nicht!«

»Aber du weißt, dass wir drüber reden können, wenn es ansteht. Dieser Lionel ... Ich hab ihn mir vorgestern mal genauer angeschaut. Er ist nicht mehr der verstockte Knabe von früher. Er wirkt reifer und – na ja, er sieht doch ganz gut aus. Er ist ein Jahr älter als du, dem Stimmbruch entronnen, weiß, wie er sich anzieht, und hat etwas in seinem Gebaren, das mir nicht geheuer ist.«

»Elvis 68, was?«, erwiderte ich schnippisch. Ihn hatte ich inzwischen gegoogelt und festgestellt, dass Mama so unrecht mit ihrem Vergleich gar nicht hatte. Elvis zeigte ebenfalls ein schiefes Grinsen, und Lionels Haare und Augen glichen ihm verblüffend. Aber er war damals Mitte dreißig gewesen, also uralt, und wenn Lionel plötzlich in einer glänzend schwarzen Ledermontur und mit Siegelringen an den Händen in Bornhausen auftauchen würde, würde ich mich nicht mehr zusammen mit ihm in der Öffentlichkeit zeigen.

»Ja, Elvis hatte auch eine gewisse – Strahlung«, antwortete Mama betont langsam. »Er schlich über die Bühne wie ein Raubtier. Wie die Frauen darauf reagierten, habe ich dir ja schon erzählt.«

»Keine Sorge, ich kann mit Raubtieren umgehen.«

Mama atmete lautstark ein und wieder aus, doch ich hielt ihrem Blick stand. Ich sagte die Wahrheit. Ich konnte ihr in die Augen sehen, wohl wissend, dass sie etwas ganz anderes meinte als ich.

»Da ist er wieder, der kleine Iwan. Hello again. Ich sehe schon, auf dieser Ebene kommen wir nicht weiter. Deshalb bitte ich dich, mir mitzuteilen, wenn du gedenkst, auf Kuschelkurs zu gehen, ja? Und was dein Zimmer betrifft: Ich muss es betreten können. Ich muss dir deine Wäsche reinlegen und ab und zu mal durchsaugen und ...«

»Seit wann saugst du mein Zimmer? Ich glaube, das ist Heiligabend vor zwei Jahren das letzte Mal passiert. Meine Wäsche mache ich auch alleine, schon eine ganze Weile lang. Du musst gar nicht in mein Zimmer.«

»Ja, ich bin eine beschissene Hausfrau, ich weiß«, gestand Mama offenherzig und ohne Bedauern. »Dafür habe ich einen Vollzeitjob, bin selbstständig und bisher ist niemand von uns verhungert. Alles geht eben nicht. Trotzdem bin ich deine Mutter und mache mir Sorgen. Herr Richt hat gestern angerufen und gesagt, du wärst im Unterricht auffallend still geworden und dass er sich Gedanken um deine Leistungen mache. Auch würdest du nicht mehr bei den Vertrauensschüler-Sprechstunden erscheinen.«

»Weil niemand mehr zu mir kommt. Seit dem Graufink-Supergau sitze ich alleine im blauen Zimmer. Dann kann ich in der Pause auch in die Bibliothek gehen.«

»Ich geb auf ...« Mama erhob sich und begann, ihre Sachen zusammenzusuchen. »Weißt du, Nina, ich könnte auch einfach das Schloss austauschen. Andere Mütter würden das tun. Aber irgendwie – ich kann das nicht! Ich bring es nicht fertig! So was finde ich mies.« Auf einem Bein stehend, zog sie sich ihre Stallboots über, wobei winzige Schlammkügelchen auf die Fliesen rieselten. »Doch wenn das so weitergeht, dann … Wie sollen wir uns noch vertrauen?«

»Ich weiß es nicht«, antwortete ich ehrlich. Ich hatte keine Ahnung, wie ich aus dieser Nummer jemals wieder herauskommen würde. Sosehr ich Mama verstand, so sehr liebte ich es, wenn Spirit nachts zu mir schlich und die Latten im Rost herausknallen ließ, indem er neben mir auf die Matratze kroch und mir seine Pfoten ins Gesicht streckte. Wenn sein tiefes Schnurren sich auf mich übertrug, ich dabei einschlief und in meinen Träumen zusammen mit ihm durch den Dschungel streifte, um uns herum sonnendurchflutetes Grün, wilde Blüten und schillernde Vögel. Ihr das zu erzählen, würde seinen Tod bedeuten. Ihr zu erzählen, was Lionel und ich zusammen unternahmen, um ihn am Leben zu halten, erst recht.

»Willst du heute Abend ins Training gehen, oder ist dir das jetzt auch egal geworden?«

»Nein. Ich will trainieren.« Ich wusste nur nicht ganz, wie ich das fertigstellen sollte. Meine Müdigkeit war permanent in meinen Knochen und Muskeln zu spüren. Lionel hatte seinen eigenen Weg gefunden, sein Schlafdefizit auszugleichen. Sobald er die Hausaufgaben beendet hatte, legte er sich ins Bett und schlief vor. Für seine Eltern ein weiteres Indiz dafür, dass er ein »schwacher Sohn« war, aber für ihn die einzige Chance, einigermaßen wach am Unterricht teilzunehmen und eine gesunde Gesichtsfarbe zu bewahren. Für mich gab es diese Möglichkeit nicht. Wenn ich mit den Hausaufgaben fertig war, musste ich trainieren. Aber ich wollte den Traum mit den Meisterschaften nicht loslassen. Die Stunden auf dem Eis waren das einzig Verlässliche, was ich noch hatte – und dazu gehörte für mich auch, mich spätabends noch einmal in die Halle zu stehlen und zusammen mit Lionel zu laufen.

»Gut, Nina. Ich fahr dich hin und hol dich ab, aber ich bleibe heute nicht hinter der Bande sitzen. Ich muss noch einkaufen, das schaffe ich sonst nicht.« Nervös sah sie auf die Uhr. »Wo bleibt dein Vater? Er hat doch jetzt Feierabend.«

»Der Panther wurde seit Tagen nicht gesichtet, wahrscheinlich ist er längst weg. Er wird hier schon nicht aufkreuzen, wenn ich mal zwanzig Minuten alleine bin.«

»Das dachte Missy auch«, erwiderte Mama trocken, beschloss jedoch nach einem weiteren Blick auf die Uhr, meinen Tod zu riskieren und aufzubrechen. »Ruf mich an, wenn was ist. Bis später, Iwan.«

Erst als sie weggefahren war, las ich mir ein weiteres Mal die Nachricht durch, die Lionel mir als Antwort auf meine spätnächtliche Frage geschickt hatte und nur aus einem Wort bestand. »Beide.« Es war also von beiden Typen etwas in ihm – dem vor Selbstbewusstsein strotzendem Robbie, der überheblich über das Eis rauschte, und von dem unsicheren, schüchternen jungen Mann, der sich beim Training den Fuß brach? Oder war das nur ein Scherz gewesen?

Mit dem Handy in der Hand ging ich zurück zu meinem Zimmer, schloss es auf und sah nach Spirit. Noch immer lag er lang gestreckt auf dem Teppich und hechelte. Eine bleierne Hitze lag über Bornhausen, schon heute Morgen hatte das Thermometer fast dreißig Grad angezeigt, und es ging kein einziges Lüftchen. Trotzdem musste ein Leopard solche Temperaturen locker aushalten können. Den Dschungel stellte ich mir um einiges schwüler vor, und die Hitze der afrikanischen Steppe war auch kein ausgeglichenes Klima. Wieso verhielt sich Spirit so passiv, so teilnahmslos? Lag es an den Mastschweinen, die er gefressen hatte? Oder begann ihm die Freiheit zu fehlen? Ich wusste, dass Leoparden tagsüber gerne Schatten aufsuchten – sie legten sich ins hohe Gras oder dösten in Baumkronen, bis es kühler wurde. Vermisste er das?

»Du willst raus, oder?« Wie so oft strich ich ihm über den Rücken, und er dehnte seine Vorderläufe so weit, dass er seine Pfoten an meinen Knien abstützte, blieb aber auf der Seite liegen. Auch seine Augen hielt er zu schmalen Schlitzen geschlossen, aus denen ein helles Grün herausleuchtete. Da die Sonne auf den Teppich schien, konnte ich seine Pupillen kaum mehr erkennen, so sehr hatten sie sich zusammengezogen. Sein Fell duftete herb nach Harz und Bäumen.

Ich ging in die Knie und kuschelte mich vorsichtig zwischen seine Vorder- und Hinterläufe, sodass ich mich mit der Wange auf seine Schulter schmiegen konnte. Wie jedes Mal wenn wir uns nah waren, blieb ich wachsam, lauschte auf seinen Körper, seine Instinkte. Selbst wenn er mir nichts antun wollte – es musste nur eine Libelle durchs Fenster surren, und er würde aufspringen, mich im Eifer des Gefechts womöglich mitreißen und verletzen. In dem Moment, als ich an dieses Risiko dachte, brummte eine Biene ins Zimmer und torkelte schwerfällig über unsere Köpfe hinweg. Spirit zuckte jedoch nur kurz, ohne seinen Kopf zu heben oder die Augen zu öffnen.

»Du gefällst mir nicht«, flüsterte ich und versuchte, trotz seiner Schläfrigkeit Kontakt zu ihm aufzunehmen. »Was wünschst du dir? Was geht in dir vor, Spirit? Was brauchst du? Wovon träumst du?«

Es verstrichen einige Herzschläge, bis das Dunkel vor meinen geschlossenen Augen sich lichtete und ich Bilder sehen konnte, die mich mit solcher Sehnsucht erfüllten, dass ich aufseufzte. Vor mir rauschte ein Wasserfall, umgeben von runden, ausgewaschenen Felsen und dichtem Grün, und ergoss sich in einen flachen, klaren Teich, in dem die Strömung ruhiger wurde und Spirit mit paddelnden Bewegungen schwamm, während ich in einem leuchtend blauen Kleid auf einem Felsen lag und ihm zusah. Nur noch sein Kopf schaute aus dem Wasser heraus, und sein Blick, mit dem er mich ansah, mutete so geheimnisvoll und weise an, wie ich ihn noch bei keinem anderen Tier gesehen hatte – und auch nicht bei einem Menschen.

»Wasser … du brauchst Wasser, oder?« Seitdem Spirit einen Großteil der Nachmittage und Abende bei mir verbrachte, stand eine Schüssel mit frischem Wasser unter meinem Bett, damit er jederzeit saufen konnte, doch diese Bilder meinten etwas anderes. Er sehnte sich nach der Wildnis, nach alldem, was er so gerne getan hatte, bevor ich ihn an mich gebunden hatte, indem ich ihm seinen Namen gab. Sicherlich war er in unserem Weiher baden gewesen und hatte sich erfrischt, um sich danach im Schatten auszuruhen und die Stunden an sich vorüberziehen zu lassen. Was war mein Zimmer im Vergleich zu dieser Fülle? Ein elendes Gefängnis. Jeder Zoo bot mehr Abwechslung. Ich brachte ihn lediglich von einem Käfig in den nächsten, wenn ich ihn abends zum Bolzplatz führte. Aber da ich ihn führen konnte, musste es auch für dieses Problem eine Lösung geben. Statt Lionel umständlich anzuschreiben, rief ich ihn kurzerhand an. Es dauerte, bis er abnahm, und seine Stimme verriet, dass er gerade geschlafen hatte.

»Ist es wichtig? Ich hole jetzt kein Schwein aus der Anlage.«

»Das musst du auch nicht. Er hat keinen Hunger. Entweder er ist noch satt von gestern, oder er wird krank. Ich weiß es nicht.«

Das Rascheln von Bettwäsche und ein dumpfes Rumpeln drangen durch die Leitung. War ihm sein Handy heruntergefallen?

»Fuck«, hörte ich Lionel aus der Ferne fluchen, dann war seine Stimme wieder an meinem Ohr. »Krank? Bist du sicher?«

»Nein, aber ich weiß, dass ihm etwas fehlt. Wasser. Er will baden. Dein Vater hat doch das Freibad gesponsert, und wenn er den Schlüssel zur Eishalle hat, dann ...«

»Stopp«, unterbrach Lionel mich gähnend. »Mein Vater ist nicht Gott, und ich bin nicht Gottes Sohn. Es ist schon Irrsinn, dass wir Schweine aus seiner Anlage stehlen, und ich hab nicht freien Zutritt zu allen Einrichtungen der Stadt. Woher willst du überhaupt wissen, dass Spirit Wasser braucht und baden will?«

»Ich weiß es eben«, antwortete ich undurchsichtig. »Ihm ist warm, er liegt seit Stunden auf dem Teppich, hechelt und rührt sich nicht. Großkatzen schwimmen lieber, als man denkt. Es würde ihm guttun. Zum Weiher kann ich ihn schlecht bringen. Dann könnte ich ihn gleich bei deinem Vater abliefern.«

»Oh Mann, Nina ...« Lionels Brummeln klang nicht unfreundlich, aber Begeisterung war auch nicht darin zu hören. Trotzdem begann ich mich an seine »Oh Mann, Nina« zu gewöhnen. Sie gehörten zu meinem neuen Leben, und ich war dankbar für jeden, der mich nicht Iwan rief. »Ich glaub nicht, dass Dad einen Schlüssel zum Freibad hat. Er hat nur den Sprungturm und die neuen Umkleidekabinen bezahlt. Das macht ihn nicht zum Inhaber. Aber ...«

»Aber?«, bohrte ich, als Lionel aufhörte zu reden. »Was aber?«

»Na ja, das ist doch so ein Lieblingssport von den Oberstufenschülern. Nachts ins Freibad einbrechen und dort Party machen. Zurzeit werden sie es kaum tun, denke ich jedenfalls, aber …«

»Nichts aber«, fiel ich dazwischen. »Es gibt also eine Möglichkeit, ohne Schlüssel reinzukommen?«

»Spirit könnte übers Tor springen. Du könntest drüberklettern. Sag mal, warst du noch nie dort?«

»In letzter Zeit nicht, nein«, erwiderte ich und zuckte mit den Schultern. »Wann sollte ich das denn tun? Wenn ihr baden geht, bin ich in der Halle und trainiere.«

»Du kannst dir denken, dass ich mich dort auch nicht öffentlich zur Schau stelle. Aber vorher … also vor dem Unfall war ich oft dort.«

»Ich bin höchstens mal mit Mama an den Weiher gefahren. Bis Graufink anfing, nackt zu baden.«

Lionel gab ein schnaubendes Geräusch von sich, wurde aber rasch wieder ernst. »Ich fühl mich irgendwie komisch dabei, jeden Abend etwas Verbotenes zu unternehmen. Streng genommen ist ja schon mein einziges Hobby verboten.«

»Eislaufen ist doch nicht verboten. Vielleicht solltest du mal mit deinen Eltern reden. Aber heute gehen wir schwimmen. In Ordnung? So gegen elf Uhr?«

»Nina, ich … Ich weiß nicht. Muss das sein?«

»Bis später! Wir treffen uns an der Grillhütte.«

Ich musste zugeben, dass Lionel nicht ganz verkehrt gelegen hatte, als er behauptete, ich wüsste immer alles besser und sei dominant. Aber ich konnte nicht länger dabei zusehen, wie

Spirit in meinem Zimmer lag und vor sich hin starrte. Es fiel mir schwer, ihn alleine zu lassen, als ich zum Training aufbrach. Er spitzte zwar die Ohren, wenn ich mit ihm redete, doch ansonsten blieb er reglos, als würde er meditieren – und in der gleichen Haltung empfing er mich auch, als ich zwei Stunden später zurückkehrte, meine Badesachen und ein Handtuch in meinen Rucksack packte, mich auf mein Bett setzte und lauschend wartete, bis Mama und Papa schlafen gingen. Erst dann traute ich mich, auf mein Handy zu schauen, denn mich ließ das ungute Gefühl nicht los, dass Lionel sich noch einmal per WhatsApp gemeldet hatte. Und das hatte er auch.

»Wozu willst du mich überhaupt dabeihaben? Ich wollte eigentlich in die Halle fahren.«

Er hatte diese Worte geschickt, bevor ich zum Training aufgebrochen war – und ich hatte stundenlang nicht geantwortet. Vielleicht drehte er längst auf dem Eis seine Runden. Er hatte recht, eigentlich brauchte ich ihn für das Freibad nicht. Was die Oberstufenschüler schafften, schaffte ich sicher auch, anscheinend war das Freibad nicht übermäßig gesichert. Doch ich hatte gar nicht darüber nachgedacht, ohne Lionel dorthin zu gehen – mir war, als musste er dabei sein. Würde er mit uns kommen? Oder zog er sein Training durch? Lionel hatte etwas Stures, Eigensinniges an sich. Ja, wahrscheinlich war ihm das Eis an diesem Abend wichtiger als Spirit und ich – und wenn ich an meinem bestimmenden Tonfall dachte, konnte ich es ihm nicht übel nehmen.

Ich musste Spirit dreimal ausgiebig kraulen und auf ihn einreden, bis er aufstand, sich streckte und mir folgte. Noch immer war die Luft so heiß und drückend, dass der Rucksack mit den Badesachen an meinem Rücken klebte und Spirits Hecheln immer lauter wurde. Jeder Schritt kostete mich Überwindung, jeder Atemzug strengte mich an.

Doch die größte Last war die sichere Ahnung, dass ich mich heute Abend ganz alleine um ihn kümmern musste.

LILA WOLKEN

Eigentlich wusste ich gar nicht, warum ich den Umweg über die Grillhütte überhaupt noch machte. Ich ging doch fest davon aus, dass Lionel in die Halle gefahren war, anstatt sich mit mir die Nacht um die Ohren zu hauen. Verstehen konnte ich ihn. Das zweite Schwein hatte sich noch passiver verhalten als das erste, und Lionel war grün im Gesicht gewesen, als er es zum Bolzplatz führte. Andere Teenager in unserem Alter gingen zusammen ins Kino oder auf eine Party oder hingen zu Hause rum – wir jedoch organisierten Lebendbeute, die zu degeneriert war, um sich gegen ihren Mörder zu wehren. Das konnte einem gründlich die Stimmung verhageln. Auch wenn die heutige Unternehmung in ihrem Kern einen Hauch normaler anmutete – wir starteten sie nachts und mussten einen Einbruch begehen, um sie durchziehen zu können. Wenn die Oberstufenschüler dies taten, nachdem sie angetrunken von einer Party kamen, hatte das womöglich einen charmanten Reiz.

Doch in meiner jetzigen Stimmung wirkte die Vorstellung gruselig auf mich. Alleine in ein menschenleeres Freibad einzubrechen, hatte für mich die gleiche morbide Note, wie wenn man morgens über einen Rummelplatz lief, auf dem bereits mit den Abbauarbeiten begonnen worden war. Selbst der blauschwarze, mit Sternen übersäte Sommerhimmel und das stetige Zirpen der Grillen änderte nichts daran. Deshalb blickte ich gar nicht erst auf, als ich die Grillhütte erreicht hatte, und setzte mich mit hängenden Schultern auf eine der hölzernen Bänke, um zu warten, bis Spirit zu mir aufgeschlossen hatte. Schnurrend rieb er seinen Kopf an meinem Bein, als hätten wir uns tagelang nicht gesehen, lief ein paar Meter weiter auf ein Wiesenstück und ließ sich auffordernd auf den Rücken fallen. Klares »Bitte kraul mich«-Signal.

»Nein, mein Schatz, wir müssen weiter … kein Schmusepäuschen heute …«

»Nein? Das ist aber schade.« Erschrocken hob ich meinen Kopf und blickte direkt in Lionels amüsiertes Gesicht. Doch sein Feixen konnte nicht übertünchen, dass er ebenso müde war wie ich und ihm alles andere als zum Lachen zumute war.

»Du bist ja doch da!«, rief ich erstaunt aus und spürte, wie ich errötete – was man im Dunkeln zum Glück nicht sah.

»Hatte ich denn eine Wahl?«, erwiderte Lionel lakonisch. »Wo ist dein zweiter Schatten hin? Eben war er noch hier.«

Ich deutete vage hinter mich ins Gebüsch. Sobald Lionel mir nahe kam, entfernte sich Spirit, doch nie weiter als ein paar Meter, sodass er uns noch beobachten konnte. »Er blieb die ganze Zeit ein paar Meter hinter mir. Ich glaube, er fürchtet, wir könnten ihm wieder ein übermästetes Jungschwein vorsetzen.« Seufzend stand ich auf, schloss meine Augen und versuchte mich, mit Spirit zu verbinden. »Ja, er ist ganz in der Nähe. Lass uns gehen.«

Lionel schüttelte fast unmerklich den Kopf, als würde er mal wieder an meinem Verstand zweifeln, und lief eine Weile schweigend neben mir her, während das Rascheln im hohen Gras schräg hinter uns verriet, dass Spirit uns dicht auf den Fersen war.

»Ich dachte, du bist in der Halle.«

»Hm«, machte Lionel mundfaul. Schien ja ein munterer Abend zu werden.

»Wann willst du eigentlich mal anfangen, mehr zu tun, als nur im Kreis zu laufen?«, versuchte ich es weiter, während Lionel sich prüfend umsah, ob uns auch niemand nachlief. »Du bist doch jetzt relativ sicher auf dem Eis.« Relativ war untertrieben – nach dem ersten Abend war er nur noch ein einziges Mal gestürzt, und das, als er versucht hatte, mich hochzuheben. In Wahrheit lief er viel besser, als ich für möglich gehalten hatte.

»Hm.«

»Nettes Gespräch. So lebendig«, konterte ich. Doch noch wollte ich nicht aufgeben. »Das gestern – was war das eigentlich?«

»Was das?«, stellte Lionel sich dumm.

»Du weißt genau, was ich meine. Dieses – na, ich weiß nicht, wie ich es nennen soll, aber … ich hab da was gesehen. In deinen Bewegungen und in dem, was du manchmal tust, wenn du … Runden läufst. He, ich nehm dir einfach nicht ab, dass du dich dreimal in der Woche heimlich in die Halle schleichst, um nur im Kreis zu laufen, also …«

»Boah, kannst du nerven, Nina.« Schnaufend blieb Lionel stehen, sandte mir einen tiefgefrorenen Blick in Blau und setzte sich wieder in Bewegung.

»Jaaa, okay, ich will nicht nur im Kreis laufen! Wollte ich nie, wenn du es genau wissen willst! Bist du jetzt zufrieden?«

»Nein«, antwortete ich knapp. »Was ist es dann, was du eigentlich auf dem Eis tun möchtest? Bitte, ich muss das wissen, denn …« Atemlos brach ich ab. Denn es sieht umwerfend cool aus, dachte ich, was ich ihm nicht sagen konnte. Es war etwas, das ich noch nie zuvor gesehen hatte, aber von dem ich wusste, dass es das gab. Denn wenn Ludmilla mich von der Leine ließ, machte ich etwas ganz Ähnliches.

»Denn?« Lionel genoss es sichtlich, dass er nun derjenige war, der eine Frage stellen konnte, die ans Eingemachte ging.

»Ich bin nun mal die Eisprinzessin«, erwiderte ich affektiert und streckte ihm die Zunge raus. »Ich muss wissen, was in meinem Revier so passiert.«

»Dein Revier, was? Träum weiter, Nina …«

»Mann, hast du eine Laune heute! Das sollte ein Witz sein, ich hab versucht, diesen Leidenszug hier ein wenig aufzulockern, und du …« Ich drehte mich zu Spirit herum, der mit halb geschlossenen Lidern und Hechelmaul hinter uns her trottete. »… könntest auch etwas mehr Haltung an den Tag legen. Du bist ein Panther!« Statt einer Antwort gähnte er. »Man hat ja auf einer Beerdigung mehr Spaß als mit euch beiden.«

Wir hatten den Zaun des Freibads erreicht, doch ich verspürte keinen Wunsch, ihn zu überklettern. Mit zwei schlecht gelaunten Männern im Schlepptau machte nichts Freude, und ihre Märtyrer-Mienen zogen nur Kraft aus mir.

»Okay, in Kurzform, damit du aufhörst zu meckern. Ich hatte einen Mega-Krach mit meinem Vater, weil ich seit vorgestern kein Schweinefleisch mehr gegessen habe, und bei uns gibt es schon zum Frühstück Mettbrötchen.« Lionel spuckte aus, um zu demonstrieren, was er davon hielt. »Es fällt auf, verstehst du? Also haben sie mich ausgequetscht, und als ich dann sagte, dass ich es nicht mehr essen will, weil die Tiere von Geburt an gequält werden und nur auf die Welt kommen, um viel zu früh zu sterben – du kannst es dir vorstellen. Er hat sich aufgeführt, als hätte ich seine Firma abgefackelt, und außerdem mal wieder meine Männlichkeit infrage gestellt.«

»Was hat denn Schweinezucht mit Männlichkeit zu tun?«

»Männer jagen, Männer schießen, Männer töten. So in etwa. Ein echter Mann lässt sich nicht in Gefühlsduseleien hinabziehen, wenn er Tiere schlachtet. Er tut, was getan werden muss, denn Menschen essen Fleisch. Blablabla. Was mich dabei so aufregt, ist, dass er gar nicht weiß, wovon er redet! Er schaut sich das gar nicht mehr an! Er hockt dick und fett hinter seinem Computer und steuert alles mit ein paar Mausklicks, und einmal im Monat macht er sonntags einen Rundgang, wenn nicht geschlachtet wird, um nach dem Rechten zu sehen. Ich glaube, er hat es vergessen! Er weiß gar nicht mehr, was da passiert!«

»Du wolltest es auch wieder vergessen«, erinnerte ich Lionel milde an unser erstes Schweineopfer.

»Aber ich bin nicht verantwortlich dafür! Doch genau das soll ich werden, ich soll den Betrieb übernehmen, wenn ich meine Ausbildung gemacht oder BWL studiert habe, ich soll das alles weiterführen. Und das kann ich nicht. Ehrlich, ich kann's nicht. Weißt du, was ich heute gedacht hab?« Lionel wartete gar nicht erst auf mein Ja. »Diese Jagd im Wald – das ist noch fair. Auch wenn sie den Panther locken. Diese Tiere da draußen haben eine Wahl. Sie können weglaufen. Niemand zwingt sie, vor die Flinte zu rennen. Aber in diesem Mastbetrieb, da … Egal, ich kann das nicht. Und jetzt lass uns reingehen, es ändert ja alles nichts.«

Ich verzichtete darauf, ihn daran zu erinnern, dass ich nach etwas ganz anderem gefragt hatte als nach dem, was er mir erzählt hatte, denn sein Blick sprach Bände. Ohne mich wäre das alles nie passiert. Lionel hätte nie die Masthalle betreten und das Elend nicht gesehen. Er hätte weiter Schwartenmagen, Mettbrötchen und Würstchen zum Frühstück gegessen und hätte in Frieden neben seinen Eltern her gelebt. Ich war froh, dass er den Betrieb nicht weiterführen wollte, aber ich hatte auch seinen Vater erlebt – er würde ein Nein nicht ohne Weiteres akzeptieren und einen Druck aufbauen, dem Lionel womöglich nicht gewachsen war. Deshalb sagte ich nichts mehr, bis wir über das Eingangstörchen geklettert waren und uns unter den Schranken hindurchgewunden hatten, die Spirit elegant übersprang.

»Hallo. Lionel!« Missmutig drehte er sich um und schaute mich an. »Du musst das nicht machen. Geh ruhig in die Halle, wir sind ja jetzt drin, und vielleicht kannst du dich auf dem Eis abregen.«

»Doch, ich muss das machen. Heute ist Freitag, und auch wenn die Stadt sich in der Schreckstarre befindet – die Oberstufenschüler juckt das vielleicht nicht. Ich lass dich nicht alleine hier planschen, wenn irgendwelche angesoffenen Achtzehnjährigen einfallen. Das mach ich nicht, kannste vergessen. Ich weiß, dass du hier bist, also muss ich auch hier sein. So ist das nun mal.«

»Ich hab einen Panther dabei, ich brauch keinen Bodyguard. Der macht die alle, wenn es drauf ankommt.«

»Oder frisst einen Pinscher. Das wissen wir nicht.« Wir hatten die Umkleidekabinen erreicht – links die rosafarbenen für die Frauen, rechts die blauen für die Männer. Obwohl es mir albern vorkam, in dieser Situation auf so etwas zu achten, wählte ich die äußerste rosafarbene, während Lionel sich in der gegenüberliegenden blauen einschloss.

Mir lagen etliche Fragen auf den Lippen, und die mit dem Eislaufen war immer noch nicht beantwortet – doch mir kam es seltsam vor, mit Lionel zu sprechen, während wir uns auszogen. War er denn jetzt gerade nackt? Oder hatte er seine Badehose schon drunter? Ja, das hatte er, denn ich hörte seine Tür klacken, während ich mich noch mit dem Bändeln an meinem Bikini abmühte, der mir plötzlich zu knapp und gewagt vorkam. Aber in meinen Badeanzug passte ich nicht mehr rein. Darin sah ich aus wie eine Presswurst. Im Dunkeln konnte ich mein Spiegelbild nicht erkennen – allerdings war es auch draußen dunkel. Lionel sah nicht mehr als ich. Ich würde so tun, als wären wir ganz normal gekleidet und keiner von uns zu kräftig oder von Narben übersät.

Als ich meine Kabinentür öffnete, stieß sie fast an Spirits Nase. Er hatte offenbar Position bezogen, während ich mit meinem Bikinioberteil gekämpft hatte, und rieb nun schnurrend seine kühle Schnauze an meinem nackten Oberschenkel. Er benahm sich, als sei ich monatelang weg gewesen – ein wenig zu viel Liebesbekundung für eine Großkatze, fand ich.

»Ist ja gut«, flüsterte ich und strich ihm über den Nacken, was sein Schnurren hörbar verstärkte und ihn dazu ermutigte, seine Lefzen so fest an mein Knie zu drücken, dass sein rechter Reißzahn im Dunkeln aufleuchtete. Lionel hob etwas in die Luft – etwas Eckiges. Sein Handy?

»Entschuldige, aber das muss ich …«

Ehe er abdrücken konnte, schallte ein fauchendes Knurren durch die Nacht, und mit einem unmissverständlichen Scheppern fiel Lionels Smartphone zu Boden. Doch ihm blieb keine Zeit, sich darum zu kümmern. Starr drückte er sich gegen einen steinernen Pfosten, während Spirit erneut fauchte und drei drohende, unendlich langsame Schritte auf ihn zu machte.

»Fotografieren? Du wolltest mich nackt fotografieren?«, empörte ich mich.

»Du bist nicht nackt! Du hast einen Bikini an!«, wehrte sich Lionel gedämpft, blieb aber regungslos stehen. »Und jetzt ruf deinen Anstandswauwau zurück!«

»Spirit. Hier.« Spirit zeigte ein drittes Mal, wie Furcht einflößend er fauchen konnte, und ging rückwärts, bis er wieder bei mir angelangt war. »Er – er mag das wohl nicht. Fotografiert zu werden. Ich mag es allerdings auch nicht, wenn ich gerade fast nichts anhabe. Was wolltest du denn damit machen?«

»Nichts, ich ... Es ist nur ... Du müsstest das sehen, Nina! Wie du mit ihm umgehst und er mit dir! Ich hab jedes Mal das Gefühl, ich bin in einen Fantasyfilm geraten. Irgendjemand muss das filmen, es glaubt dir sonst keiner!«

»Ja, aber bitte nicht, wenn ich einen Bikini trage.«

»Entschuldige.« Lionel räusperte sich und sah verlegen zu Boden. »Ich hab nicht nachgedacht. War purer Instinkt, ich wollte euch einfangen. Ihr saht so schön aus.«

»Stimmt. Spirit ist wunderschön. Aber Schönheit ist eine Menschenkategorie.«

Ich ignorierte Lionels fragenden Blick, gab Spirit einen kleinen Klaps auf den Hintern und lief zum großen Becken rüber. Die Steinplatten fühlten sich kühl an unter meinen Füßen und das sanft plätschernde Wasser umso wärmer, als ich es mit meinem großen Zeh testete. Obwohl der Mond abnahm und eben erst aufgegangen war, spendeten er und die Sterne genügend Licht, um die türkisfarbenen Kacheln matt aufleuchten zu lassen. Dennoch wirkte das Wasser beinahe schwarz, wenn ich direkt hineinsah. Vor dem Sternenhimmel hoben sich die Sprungtürme wie mahnende Statuen ab, die sich jederzeit in Bewegung setzen konnten, wenn sie wollten, und nur uns zuliebe still verharrten. Doch die Szenerie war nicht unheimlich, wie ich auf dem Weg hierher noch befürchtet hatte. Nein, sie war wie verzaubert. Wir hatten ein geheimes Reich betreten.

Spirit ließ sich am Rand des Beckens nieder, robbte bäuchlings bis ganz nach vorne und blickte in das Wasser, wo sich sein Spiegelbild zitternd auf und ab bewegte. Sekundenlang schaute er sich selbst an, vertieft und rätselnd, als erblicke er sich zum ersten Mal. Ob er wusste, was das hier war? Und dass man darin schwimmen konnte wie in einem Bach oder im See im Wald?

»Nixen zuerst«, forderte Lionel mich auf und gab mir einen kleinen Stups in den Rücken. »Zeig ihm, wie es geht.«

Das musste er mir nicht zweimal sagen, obwohl ich mir nicht sicher war, ob in diesem Becken des Nachts nicht tatsächlich Undinen, Wasserfeen und Nymphen herumgeisterten, die unser menschliches Auge nicht sehen konnte. Gebückt sprang ich ab und hechtete mit einem soliden Köpper in das türkis schimmernde Nass. Noch unter Wasser vernahm ich einen zweiten, mächtigeren Sprung hinter mir. Spirit war mir gefolgt. Als ich auftauchte, schwamm er bereits auf mich zu – so, wie ich es in meinen inneren Bildern gesehen hatte, als ich ihn gefragt hatte, was ihm fehle. Er paddelte mit allen vieren, den Kopf über dem Wasser, und sah dabei so zufrieden und zugleich geheimnisvoll aus, dass sich ein warmes, wissendes Lächeln in meinem Bauch ausbreitete. In einem großen Kreis schwamm er um mich herum, seine Augen stets bei mir, bis ich mich an seinen Nacken hängen konnte und er mich ein paar Meter zog. Lionel saß am Beckenrand, die Beine im Wasser, und sah uns stumm bei unserem vertrauten Spiel zu, dessen Regeln nur wir kannten. Dennoch fehlte etwas. Ich vermisste die dichte Vegetation um uns herum, die ich in Spirits und meinen Bildern gesehen hatte, die duftende Luft des Dschungels, das Brausen des Wasserfalls, das Kreischen der Vögel in den Baumwipfeln und das Wispern der Insekten. All das musste ich mir herbeiträumen, und solange ich in Bewegung und im Wasser war, gelang es mir – aber konnte Spirit das auch? Hatten Tiere Fantasie? Konnten sie sich die Wirklichkeit schöner malen, als sie war, wenigstens für ein Weilchen?

Nun löste Spirit sich aus meiner Nähe und paddelte den Sprungtürmen entgegen. Übermütig tauchte ich ihm ein Stückchen nach, um mich an dem Anblick zu ergötzen, wie seine Pfoten durch das Becken pflügten, so behutsam und gleichmäßig, als wolle er dem Wasser nicht wehtun. Erst nachdem ich mich daran sattgesehen hatte, kraulte ich zu Lionel zurück, der inzwischen ebenfalls in den Pool geglitten war und sich mit ausgebreiteten Armen am Beckenrand festhielt. Selbst im bewegten Wasser, das unsere Körper verzerrte und unserer Haut einen bläulichen Teint verlieh, konnte ich seine Narben sehen. Rasch wandte ich meine Blicke wieder ab, denn meine Augen hatten sich ohne mein Zutun an seinen Oberarmmuskeln und dann in seinen Achselhöhlen verfangen.

»Und, was meinst du? Ist er jetzt glücklich?«

»Weiß nicht«, nuschelte ich und versuchte, mich mit kreisenden Bewegungen zu stabilisieren, denn stehen konnte ich hier nicht. »Ich glaube, den Begriff glücklich gibt es für Panther nicht. Wahrscheinlich eher ein *Sinnvoll-Gefühl.*«

Ich wollte nicht weiter darüber nachdenken, ob es sich für einen Panther sinnvoll anfühlte, in einem Menschenschwimmbad von einer Begrenzung zur nächsten zu paddeln. Denn ich ahnte die Antwort. Aber mehr konnte ich ihm nicht bieten, ohne ihn in Gefahr zu bringen.

»Schau mal«, raunte Lionel, als ich nach einem Handstandversuch prustend wieder aufgetaucht war. »Da!« Er deutete zum mittleren Sprungturm. Spirit war die schmale Leiter hinaufgeklettert und hatte sich ganz vorne auf das Brett gesetzt, in seiner typisch bewegungslosen Pantherhaltung, und schaute hinauf in die Sterne. Etwas tat weh in mir, als ich ihn ansah. Nun spürte ich die Sehnsucht nach ihm auch dann, wenn er in meiner Nähe war. Er folgte mir wie ein Hund, ging bei Fuß, kroch unter mein Bett, wenn es nötig war – doch die Sehnsucht wurde immer stärker. Wieso tat sie so weh? Er war doch hier, bei mir!

»Komm mit.« Lionel drehte sich um und wuchtete sich mit einer gleitenden Bewegung aus dem Becken, wobei ich sehen konnte, dass auch über seinen Rücken eine Narbe verlief, die im Mondlicht kurz aufleuchtete. Seine Füße hinterließen schwarze Spuren auf den Fliesen, als wir hinüber zu den Türmen liefen und den höchsten von ihnen erklommen. Das Absprungbrett unter uns war warm von der Hitze des Tages. Spirit blickte nicht zu uns hinauf, als wir uns wie er an den Rand setzten. Noch immer war er in den Sternenhimmel versunken.

»Wenn mein Handy noch ganz wäre, würde ich dir zeigen, was es ist. Aber ich fürchte, es ist Schrott.«

»Du meinst, das zeigen, was du auf dem Eis machst?«, vergewisserte ich mich schüchtern. Noch immer musste ich an die Narbe auf seinem Rücken denken, die ich eben entdeckt hatte. Lionel war eine Narben-Wundertüte. Immer wenn man dachte, man hätte alle gesehen, wurde man eines Besseren belehrt.

»Ja. Ich wollte nie nur im Kreis laufen. Was ich versuche, wenn du nicht da bist, ist etwas anderes. Geht mehr in deine Richtung.« Lionel grinste schwach. Seine nassen Haare fielen ihm in die Stirn, als er sein Kinn senkte. »Es nennt sich Ice-Freestyle. Vater besuchte mit mir mehrere große Hallen, um sich zu informieren, bevor diese hier gebaut wurde. Ich war acht oder neun Jahre alt. In Bremen gab es ein paar Jungs, die machten Stunts auf dem Eis. Sic sind gesprungen, haben Breakdance-Moves oder Kampfsport-Sequenzen eingebaut, alles war erlaubt. Totale Freiheit. Das, was du gestern gesehen hast, das ... das war sozusagen meine Form davon.«

»Also doch«, murmelte ich.

»Was doch?«

»Ich dachte das von Anfang an – dass du eigentlich ein Eistänzer bist. Ob Freestyle oder nicht, du möchtest dich zu Musik auf dem Eis bewegen! Ich wusste es!« Meine Hände kribbelten, als ich mich an das erinnerte, was Lionel gestern in einem unbeobachteten Moment getan hatte – ja, es war der Ansatz eines Stunts gewesen, eines Sprungs! »Und wieso dürfen deine Eltern das nicht wissen?«

»Das hab ich dir doch schon gesagt. Mein Vater würde durchdrehen, wenn er davon wüsste. Er bezeichnet alle männlichen Eistänzer als Tucken. Ins Eishockey würde er mich sofort schicken, aber das, was ich will ...« Lionel zog die Mundwinkel nach unten. »Für meinen Dad ist Eistanz nur etwas für Mädchen – eben für eine Eisprinzessin, wie du es bist, die all die klassischen Sprünge übt und sich einen Dutt macht und ein Kleidchen anzieht, wenn sie zu ihren Wettbewerben startet.«

»Ja, leider muss ich das«, erwiderte ich miesepetrig. »Ich hasse Dutts. Aber wenn ich meine Freestyle-Runden drehen darf, ist das im Grunde nichts anderes als das, was du tust – nur dass man damit keine Preise gewinnen kann.«

»Kann man schon«, widersprach Lionel. »Es gibt inzwischen Wettbewerbe darin. Aber das kann ich mir gleich wieder aus dem Kopf schlagen, das haut nicht hin.«

»Warum denn nicht? Vielleicht wären deine Eltern sogar stolz auf dich! Deine Mutter bestimmt!«

»Meine Mutter würde einen Herzinfarkt kriegen, wenn sie wüsste, was ich da tue.« Lionel fuhr sich mit der Rechten durch die Haare, und winzige Wassertropfen benetzten meinen Arm. Ich wagte nicht, sie wegzuwischen. »Du kennst mich doch jetzt, ich bin Frankensteins Monster. Mehr Narben kann man auf einem menschlichen Körper kaum versammeln.«

»Aber es sind nur Narben! Narben zeigen an, dass etwas verheilt ist, dass man überlebt hat! Oder nicht?«

Lionel nahm meine Hand und führte meine Fingerspitzen an seinen nackten Rücken, direkt dorthin, wo ich vorhin die Narbe Nummer xy entdeckt hatte.

»Spürst du das? Kannst du das fühlen?«

Ich schloss die Augen, um mich besser konzentrieren zu können. Ja, da war etwas, rechts und links neben dem Wirbel. Es war kantig und fühlte sich kühl an.

»Okay, du kannst. Ich hab ein Metallteil in meinem Rücken, um meine Wirbelsäule zu stabilisieren. Dieser Bulle war wirklich sehr wütend gewesen, das kannst du mir glauben. Wenn ich auf den Rücken falle, genau auf diese Stelle, könnte es passieren, dass ich gar keinen Schritt mehr laufen kann. Und erst recht keinen Sprung auf dem Eis drehen. Du weißt selbst, dass Eislaufen … na ja, Schach wäre ein ungefährlicheres Hobby für mich.«

Mich überfiel das brennende Bedürfnis, Lionel vom Sprungturm zu zerren und sofort in Sicherheit zu bringen, irgendwohin, wo ihm nichts geschehen konnte. Doch ich wusste selbst zu gut, dass es einen solchen Ort nicht gab. Man konnte überall auf den Rücken fallen. Dazu brauchte man kein Eis. Man konnte sogar so dämlich in einen Pool springen, dass einem das Wasser das Kreuz verletzte. Es gab keine hundertprozentige Sicherheit.

»Warum spielst du dann kein Schach?«, fragte ich mit kläglicher Stimme, obwohl ich die Antwort ahnte.

»Weil ich schon dabei einschlafe, wenn ich mir nur die Regeln durchlese. Immer nur Gedichte schreiben – das ist es auch nicht, was ich will. Auf dem Eis fühle ich mich lebendig und frei. Außerdem übe ich das Fallen, so oft ich kann, bis mein Körper eingespeichert hat, dass ich nach links fallen darf und nach rechts und von mir aus mitten auf die Fresse, nur nicht nach hinten. Auf den Rücken fallen ist tabu. Aber erklär das mal meiner Mutter.«

»Hilfst du mir deshalb mit Spirit?« Ich wagte es kaum, laut zu sprechen. »Obwohl er mich töten könnte? Weil du verstehst, dass man sich manchmal in Gefahr begeben muss, um sich lebendig zu fühlen?«

»Ich weiß ehrlich gesagt nicht genau, warum ich dir helfe«, gestand Lionel. »Jedes Mal wenn ich euch zusammen sehe, dann … Ich kann's nicht beschreiben. Ist wie Magie. Ich hab das Gefühl, ihr könnt miteinander kommunizieren. Gleichzeitig weiß ich, dass wir das nicht ewig so machen können, das wird nicht funktionieren, und schau doch, er – wo ist er eigentlich? Er ist weg, Nina!«

Ich hatte Lionel so gebannt zugehört, dass ich Spirit für einen Moment vergessen hatte – doch er hatte recht, der Panther saß nicht mehr auf seinem Sprungturm. Auch das Becken lag still unter uns. Kein schwarzer Schatten, der paddelnd durchs Wasser glitt.

»Shit!«, stieß ich hervor, sprang auf und nahm ohne nachzudenken den direkten Weg in den Pool, doch als ich aufgetaucht war, hockte Lionel schon am Rand und streckte mir die Hand entgegen, um mir rauszuhelfen. Tropfnass durchkämmten wir den gesamten Schwimmbadbereich, die Oben-ohne-Wiese, das Kinderbecken, die Kioskterrasse, doch erst am Ausgang sahen wir Spirit mitten auf der Straße stehen, den Hals gestreckt und die Nase witternd. Im gleichen Moment, in dem ich ihn erblickte, fuhr ein kalter, fordernder Schmerz in meinen Magen, und ich wusste sofort, dass es nicht mein eigener war. Stöhnend krümmte ich mich nach vorne.

»Nina? Was ist mit dir, alles okay? Kriegst du deine …«

»Ich krieg gar nichts«, unterbrach ich Lionel barsch. »Er ist es! Spirit hat Schmerzen, nicht ich. Hol unsere Klamotten, schnell, ich kümmer mich um ihn.«

Sorgenvoll tastete ich Spirits Brust und Bauch ab, während das Wasser aus meinen Haaren auf den Asphalt tropfte und ich trotz der schwülen Luft zu schlottern begann.

»Hunger … Du musst Hunger haben. Ist es das? Tut dir dein Hunger weh?«

Spirit schluckte und hickste, wie eine Katze, die etwas in der

Kehle sitzen hatte, das sie loswerden möchte. Ein schwacher Chlorgeruch drang in meine Nase.

»Oh nein … Du hast Wasser aus dem Pool getrunken? Oder versehentlich verschluckt? Du bist doch ein Raubtier, wie kann dir so was nur passieren!« Wieder schluckte er und schaute mich dabei fast wehleidig an, doch dann erweckte ein Bellen in der Ferne seine Aufmerksamkeit und er schien seine Schmerzen mit einem Mal zu vergessen. Sein Hals wurde wieder lang, und sein Schwanz peitschte aufgeregt hin und her. Er roch lebendiges Fleisch.

»Nicht, Spirit. Warte. Wir organisieren dir ein Schwein, vielleicht ein jüngeres und gesünderes, nicht weglaufen, nicht … Bleib bei mir, Spirit!«

Doch sein Hunger war stärker als unsere Verbindung. Ohne zurückzuschauen, trabte er dem Bellen entgegen, den Blick stur geradeaus gerichtet, und ich konnte ihm nur noch nachrufen, ein verzweifeltes Bitten und Flehen, das ungehört durch die Sommernacht hallte.

»Was macht er denn? Wo ist er hingelaufen?«

Lionel rannte zu mir auf die Straße und ließ unsere Sachen auf den Asphalt plumpsen. Ich zeigte wortlos nach vorne, zum Ende der Straße, wo Spirits Schatten zwischen zwei Autos verschwand – genau bei der ersten Hausreihe der Grenztal-Siedlung. Noch einmal bellte der Hund, dann legte sich jene Stille über die Stadt, die ich schon vor drei Nächten wahrgenommen hatte – die Stille vor den Schreien, so dicht und endlos, als würde sie bis ins All reichen. Doch in dieser Nacht ertönte kein Schreien. Es ertönte ein Schuss.

»Nein!«, rief ich gellend und wollte Spirit hinterherrennen, doch Lionel umschlang mit beiden Armen meinen Bauch und hielt mich fest. »Lass mich los! Lass mich zu ihm, du musst mich zu ihm lassen!« Erbittert kratzte und biss und trat und fluchte ich, bis keine Flüche mehr übrig waren und meine Kraft verpuffte. Lionel keuchte vor Anstrengung, doch er hatte mich keine Sekunde losgelassen. Zitternd sank ich in die Hocke.

»Nein … Das darf nicht sein …«

Doch Lionel stülpte mir mein T-Shirt über den Kopf und zwang mich, meine Hose anzuziehen, während er gedämpft mit mir redete – was, wollte ich sofort wieder vergessen, es war mir egal. Alles, was zählte, war Spirit. Der Rest der Welt interessierte mich nicht mehr. Ich hörte ihm zu wie einem Tonband, das keinen Bezug zu meinem Leben hatte.

»Wir müssen nach Hause, Nina, dein Handy hat eben geklingelt, und auf dem Display wurde deine Mutter angezeigt. Es ist aus deiner Hose gefallen, ich wollte nicht spannen, aber wir müssen hier weg! Nina, hörst du mich? Komm mit, komm! Deine Eltern suchen dich!«

An der Hand zog er mich durch die Straßen, den kürzesten Weg zu mir nach Hause, doch ich schaffte es kaum, einen Fuß vor den anderen zu setzen, denn die Richtung war falsch, so falsch! Ich durfte nicht nach Hause gehen, ich musste zu Spirit. Ich musste ihm helfen, falls er verletzt war, ihn wegschaffen, bevor die Jäger kamen, mich auf ihn legen und seine Wärme spüren, ihn streicheln und mit ihm sprechen, falls er tödlich getroffen worden war und starb … Oh Gott, was würde ich nur tun, wenn er starb? Vor lauter Kummer lief ich fast in das Auto, das uns gefolgt war und nun direkt neben uns bremste. Leise surrte die Seitenscheibe hinunter.

»Einsteigen. Sofort.«

»Fuck«, knurrte Lionel unterdrückt und ließ mich los, damit

Mama meine Hand ergreifen und mich zum Fenster ziehen konnte.

»Steig du auch ein, Lionel, ich fahr dich nach Hause. Was macht ihr beide hier nur mitten in der Nacht – und ihr seid ja tropfnass! Seid ihr etwas ins Schwimmbad eingebrochen?«

»Wir … also, wir wollten nur … wir …«, stotterte ich, ohne einen klaren Gedanken fassen zu können. Egal, was ich sagte, es würde sich verdächtig anhören und die Situation nur schlimmer machen. Lionel rang sich ein höfliches Lächeln ab, obwohl auch ihm die Röte ins Gesicht stieg.

»Danke, Frau Bouvier, ich komm schon klar. Sie brauchen mich nicht mitzunehmen.«

Mama zuckte nur mit den Schultern, während Lionel auf dem Bürgersteig stehen blieb und uns mit den Händen in den Hosentaschen nachsah, bis wir um die Kurve gefahren und aus seinem Blickfeld verschwunden waren.

»Verrate ihn nicht. Bitte, Mama. Er hat es nicht leicht, bitte ruf seine Eltern nicht an.«

Doch Mama sprach keinen einzigen Satz mehr, bis wir zu Hause angekommen waren, wo überall Licht brannte und Papa mit grüngrauem Gesicht auf dem Sofa saß und telefonierte.

»Sie ist da. Gott sei Dank, Jenny hat sie gefunden«, stieß er aus, als Mama mich wie eine Trophäe ins Wohnzimmer schob und ich bebend vor mich hin zitterte.

»Unsere Tochter hatte ein heimliches Date«, erklärte sie schneidend und legte mir eine Hand auf die Schulter – keine zärtliche Berührung, sondern ein unbarmherziges »Du bleibst jetzt hier.«. »Ich kümmere mich um die Einzelheiten.«

Seufzend drehte sie mich zu sich um. In ihren Augen stand die Angst und Sorge, die sie wegen mir durchlebt hatte, und ich wusste, dass ihnen Tränen folgen würden, sobald Mama alleine war. Es schmerzte mich, sie so zu sehen und zu wissen, dass ich diesen Blick verursacht hatte. Doch wenn ich eine Chance gehabt hätte, hätte ich auch sie stehen gelassen und Spirit gesucht. Ich musste meine Fäuste ballen, um mich nicht von ihr loszureißen und davonzulaufen, weit weg, wo es nur den Panther und mich gab.

»Geh duschen, und zieh dir was Trockenes an, Nina. Anschließend reden wir.«

STIRN AN STIRN

»Dann erzähl doch mal.«

Verstockt hantierte ich in meinen feuchten Haaren herum. Wenn Mama Fragen stellte, war das schon unangenehm genug – aber dass sie mich aufforderte, »mal zu erzählen«, hatte eine beklemmende Wirkung. Ich wusste weder, wo ich anfangen sollte, noch, was ich ihr an neuen Lügengebilden auftischen sollte. Sobald ich den Panther wegließ – und er war nun mal Dreh- und Angelpunkt gewesen –, wurde die Geschichte äußerst merkwürdig. Deshalb versuchte ich, das Pferd nach einigem Stottern und Herumdrucksen von der anderen Seite aufzuzäumen, während Mama mit einer Tasse Kaffee in den Händen neben mir auf dem Sofa saß und wartete.

»Ach, Mama, der Panther wurde doch seit Tagen nicht mehr gesehen, so gefährlich ist es da draußen nicht mehr, und …«

»Du denkst, es geht mir um den Panther? Nein, Nina. Der ist mir inzwischen egal. Hier geht es um etwas ganz anderes!« Mit der Tasse in der Hand drehte sie sich zu mir, sodass sie mein Profil fixieren konnte. Wen sah sie jetzt – Nina oder Iwan? »Es geht darum, dass du spätabends heimlich abhaust, um mit einem Jungen durch die Straßen zu streifen, ins Freibad einzubrechen und zusammen baden zu gehen! Nackt vielleicht sogar? Das wäre auch ohne einen streunenden Panther fatal!«

»Nein, nicht nackt! Ich hatte einen Bikini an und er eine Badehose! Was denkst du nur von mir?« Ich hätte mich gerne von ihr weggesetzt, doch wahrscheinlich wäre sie mir gefolgt, um mir erneut dicht auf die Pelle zu rücken. Sie hatte sich festgebissen.

»Genau das weiß ich eben nicht mehr, Nina. Ich weiß nicht, was ich von dir denken soll. Als ich in deinem Alter war, sind die Oberstufenschüler nachts ins Freibad eingebrochen – und davon auch nur die ganz Coolen. Machen es heute schon die Mittelstufenschüler?«

»Ist mir egal, wann die anderen es machen und warum. Wir haben es heute gemacht.« Oh Himmel, wie sich das anhörte! »Schwimmen gegangen«, setzte ich sicherheitshalber hinterher. Alles andere war undenkbar.

»Hey, ich will dir hier keine moralische Standpauke halten. Darum geht's mir nicht. Du weißt, dass ich keine von diesen typischen Müttern bin. Aber du hast uns einen gigantischen Schrecken eingejagt. Ich will nach dir schauen, deine Tür ist abgeschlossen, du antwortest nicht, und ich muss unter dem Rollladen durchkriechen, um festzustellen, dass dein Bett leer ist. Mensch, Nina!«

»Tut mir leid«, murmelte ich. »Ich wollte dich nicht erschrecken.«

»Das glaub ich dir sogar. Wolltest du dich mit Lionel treffen? War das der Grund, weshalb du alles andere um dich herum vergessen hast?«

»Hm«, machte ich vage und zählte in Gedanken die Punkte

auf dem Kissen, das ich auf meinen Schoß gezogen hatte. »Kann sein, ja.«

»Warum trefft ihr euch nicht nachmittags? Wir würden dir das doch nicht verbieten. Warum nachts und warum so weit weg von hier?«

»Nachmittags? Soll das ein Witz sein?« Ich richtete mich auf und drehte mich mit blitzenden Augen zu Mama um. »Du kennst mein Programm. Schule, Hausaufgaben, Krafttraining, Eislauftraining, Abendessen, Schlafengehen. Zeit für Dates habe ich nur, wenn ich angeschossen wurde.«

»Dieses Programm war deine Entscheidung, Nina. Nicht meine und auch nicht Papas. Du wolltest das so. Hat sich daran etwas geändert? Dann lass uns darüber reden.«

»Ich weiß es nicht genau«, antwortete ich nach einem kurzen Schweigen. »Seitdem das mit der Schülerzeitung passiert ist, hat sich alles verändert.« Weil zeitgleich der Panther aufgetaucht war. Ich hatte überhaupt keine Zeit gehabt, mich mit der neuen Situation anzufreunden.

»Für uns musst du keine Preise gewinnen und dich von Ludmilla triezen lassen. Das weißt du doch, oder?«

Mamas Worte klangen so eindringlich, dass meine Protesthaltung sich auflöste und ich spürte, wie meine Welt ins Schlingern geriet – einmal mehr. Doch das Schlingern, das mich jetzt schüttelte, beinhaltete die Möglichkeit einer völlig neuen Richtung. War das denn für mich vorstellbar – aus dem Leistungssport auszusteigen, meine Nachmittage wieder für mich zu haben und die Wochenenden auch? Kein Ludmilla-Gekreische mehr, keine Verletzungen, kein Krafttraining? Ludmilla hatte kürzlich noch gesagt, dass ich auf meine Hochform zusteuerte und ich jetzt dranbleiben müsste, auch deshalb, da sich mein

Körper zu verändern begann. Ich befände mich in jener kritischen Phase, in der viele Mädchen ausstiegen, weil ihnen der Zeitaufwand zu hoch wurde oder sie sich in einen Jungen verknallten. Doch ich war felsenfest davon überzeugt gewesen, dass ich keines von diesen Mädchen war. Ich liebte das Eis doch! Schweigend blickte ich auf das Kissen, ohne eine klare Antwort geben zu können. Eines aber wusste ich genau – ich war durch das Eislaufen zu einer Außenseiterin geworden, ohne dass ich das jemals gewollt hatte. Ich wurde zwar nicht gehänselt, sondern bewundert, aber die Folge davon war gewesen, dass ich mich abgeschottet und immer öfter so benommen hatte, wie Lionel mich bei unserer ersten Begegnung in der Eishalle beschrieben hatte. Dominant, besserwisserisch, perfekt. Dabei war ich kein bisschen perfekt. Ich hatte auch keine Lust mehr zu versuchen, perfekt zu sein. Das war anstrengend und langweilig – und es machte einsam. Wie gerne hätte ich jetzt einer guten Freundin erzählt, was ich heute Abend erlebt hatte, selbst wenn ich den Panther dabei ausließ. Aber diese gute Freundin gab es nicht.

»Wenn das Eislaufen dich auffrisst und du lieber Zeit mit deinen Klassenkameraden verbringen willst, dann lass es sein«, erlöste mich Mama von meinem stummen Grübeln. »Niemand ist dir deshalb böse. Was Schröter will, spielt keine Rolle, und auch nicht, was Ludmilla so vorschwebt. Nur du zählst.«

»Ich weiß es nicht, Mama. Ich liebe das Eislaufen. Ich hab nur manchmal das Gefühl, ich verpasse etwas und dass … dass mir etwas fehlt.«

»Und wenn du mit Lionel unterwegs bist, ist das nicht so?«

Ich zuckte mit den Schultern. Auch darauf gab es keine stimmige Antwort. Dass wir uns angefreundet hatten, vielleicht sogar mehr als das, hatte mich wie ein Blitz aus heiterem Himmel getroffen. Niemals hätte ich damit gerechnet. Denn ich hatte mich kolossal in ihm verschätzt. Ob ich mich auch in anderen Menschen getäuscht hatte?

»Sei ein bisschen vorsichtig mit ihm, Nina. Er ist älter als du, und wenn er nur ein bisschen so gestrickt ist wie sein Vater, akzeptiert er kein Nein. Wozu auch immer.«

»Er ist nicht so wie sein Vater! Gar nicht! Lionel ist anders. Das heißt nicht, dass ich ihn toll finde, aber er ist kein selbstherrliches Arschloch, das alle anderen dominieren will.«

»Trotzdem könnt ihr euch nicht da draußen die Nächte um die Ohren schlagen! Dafür seid ihr zu jung. Nina, das geht nicht. Ich will dir keinen Hausarrest erteilen, weil du dann nicht mehr zum Training gehen kannst, aber ab sofort bist du ab 19 Uhr hier bei uns und nirgendwo anders. Ist das klar? – Nina, antworte mir.«

»Ist klar«, flüsterte ich, und meine Augen füllten sich erneut mit Tränen. Wenn Spirit erschossen worden war, gab es ohnehin nichts mehr, was ich abends tun konnte. Dann war alles vorbei. Doch wenn er lebte, hatte ich Mama eben ins Gesicht gelogen. Denn dann musste ich weiter für ihn sorgen – dazu gab es keine Alternative.

»Geh ins Bett, Schatz. Schlaf dich mal richtig aus. Danach sehen wir, wie wir den Samstag totschlagen. Okay? Ich muss die Zügel jetzt anziehen. Das ist meine Pflicht.«

Ich nickte nur, zu erschöpft, um zu widersprechen oder Fluchtwege zu suchen. Ich traute Mama zu, sich nachts stündlich den Wecker zu stellen, um mich und mein Bett zu kontrollieren. Sie würde das so lange tun, bis mir die Lust auf weitere Ausbruchsversuche vergangen war.

Obwohl ich wieder fast aus Angst vor dem, was ich möglicherweise erfahren würde, verging, checkte ich an meinem Handy die neusten Nachrichten. Ich fand nur eine, wieder auf der Website von Radio Salü. Schuss in Bornhausen, Panther fiel weiteren Hund an. Rüde überlebte schwer verletzt. Panther vermutlich angeschossen, aber unauffindbar.

Vermutlich angeschossen – also hatten sie Blutspuren gefunden? Oder mussten sie das Blut erst untersuchen, bevor sie wussten, von wem es stammte – nur von dem Hund oder von Spirit und dem Hund? Lag Spirit jetzt draußen im Feld, alleine und schutzlos, und blutete langsam aus? Doch das Schwimmen, das Reden und das Weinen hatten mich so entkräftet, dass ich in einen unruhigen Schlaf fiel, sobald ich mich hingelegt hatte – und ich kam nur langsam zu mir, als meine Matratze plötzlich ächzte und quietschte und der Lattenrost sich bedenklich nach unten verbog.

»Spirit … Oh, Spirit … du lebst …«, flüsterte ich schlaftrunken.

Schon drückte er seinen Kopf an meinen und leckte mir über die Wange, während meine Hände ihn erneut fiebrig abtasteten, doch sie fanden nur ein paar Tannennadeln und Zweige, die in seinem Fell hingen. Die Kugel hatte ihn nicht erwischt. Noch nicht.

»Geh nicht mehr weg, bitte, bleib bei mir.« Sehnsüchtig schlang ich meine Arme um seinen warmen Nacken. Seine Antwort schmerzte mich. Ich sah üppige grüne Wildnis, weit und breit keine Autos, keine Straßen, keinen einzigen Menschen. Das, was ich sah, war nicht Bornhausen, und die Botschaft barg keine Missverständnisse, keine Auswege. Spirit hatte Heimweh. Er wollte hier weg, diese Stadt wurde mehr und mehr zu einem trostlosen Gefängnis, in dem er bekämpft und gejagt wurde.

Wieso kehrte er dann immer wieder zu mir zurück? Wieso floh er nicht? Musste ich erst verstehen, was es bedeutete, dass er mir begegnet war?

»Verlass mich nicht, Spirit. Ich will ohne dich nicht hier sein.«

Ich bin da. Ich werde immer da sein. Immer.

Doch seine Worte trösteten mich nicht, denn sie meinten etwas anderes als das, was ich erhoffte, und ich konnte sie nicht entschlüsseln. Sie blieben fern und rätselhaft.

Stirn an Stirn schliefen wir ein.

Als die Sonne mich am nächsten Morgen weckte, war er fort.

KIRCHGANG MIT KOMPLIKATIONEN

»Muss ich da wirklich hin? Wir waren seit Jahren nicht mehr im Gottesdienst, nicht mal an Weihnachten. Die werden uns alle anstarren!«

»Ich erinnere dich dezent daran, dass du nächstes Jahr konfirmiert wirst«, bemerkte Mama und prüfte im Flurspiegel ihr Erscheinungsbild. Ich fand, dass ihre Jeans am Hintern ein bisschen zu eng für einen Kirchbesuch saßen und die Boots ein wenig zu staubig wirkten, um damit Gottes heilige Hallen zu betreten. Im Vergleich zu ihr sah ich in meinem knielangen Sommerkleid fast schon spießig aus, obwohl ich es mit einer Wildlederjacke aufgepeppt hatte. Dennoch waren Mama und ich in Kombination viel zu bunt für die Bornhausener Kirche.

»Ja, nächstes Jahr, und zu meiner Konfirmation werde ich sicher in die Kirche gehen, sie findet schließlich dort statt«, motzte ich und zog eine Schnute. »Aber heute? Bei schönstem Sommerwetter?«

»Nina, so läuft das nun mal. Gefallene Töchter müssen den Gottesdienst besuchen und Buße tun. Das gehört zum guten Ton.« Mama zwinkerte mir grinsend zu. Sie nahm sich selbst nicht ernst. Buße war etwas, das in ihrem Leben nicht stattfand, und das hatte mir immer gefallen. Mama hatte es eher mit Verantwortung anstatt mit Buße, Sühne und Rache. Auch hatte ich sie noch nie beten sehen. Also wozu der ganze Aufstand?

»Du weißt, wer heute predigt. Oder? Ja, dein nacktbadender Religionslehrer. Wir müssen ihm beistehen. Ich bin überzeugt davon, dass er schon dreimal sein Frühstück rückwärtsgegessen hat vor lauter Aufregung. Ich hab sogar Rescue-Tropfen für ihn eingesteckt, falls er von der Kanzel kippt. Er wird sich freuen, dich zu sehen.«

»Mich?« Ich lachte kieksend auf. »Ich, die dafür gesorgt hat, dass er im Krankenhaus gelandet ist? Ich dcnke, meine Anwesenheit wird es nur schlimmer machen!«

»Nein, Nina, auch das zieht nicht. Er hat dir längst vergeben, das weißt du selbst. Ich lasse kein Argument gelten. Wir machen heute einen auf brave Bornhausener Bürger und besuchen den Sonntagsgottesdienst.«

»Aber Papa ist ...«

»Papa hat Dienst«, unterbrach Mama mich resolut. »Wir sollten jetzt aufbrechen, damit wir einen Logenplatz in der ersten Reihe bekommen. Du kennst das aus den Filmen und Serien – wenn ein Dorf in Not ist, ist die Kirche gerammelt voll, und jeder macht sich wichtig. Heute machen wir uns auch wichtig.«

»Du solltest aufhören, Gilmore Girls zu schauen«, murrte ich, ergriff jedoch Mamas ausgestreckte Hand und ließ mich von ihr zum Auto ziehen. Dieser Morgen wäre die passende Gelegenheit gewesen, in den Wald zu gehen und nach Spirit zu suchen. Schröter und seine Kollegen verpassten keinen einzigen Gottesdienst, das war allseits bekannt. Ich ahnte nun auch, warum. Wenn ich neben meinem Haus eine Tötungsanlage für übermästete, trauernde Tiere erbaut hätte, würde mich auch der Wunsch plagen, um Vergebung zu bitten.

Doch wie ich auf der Fahrt zum Marktplatz feststellte, hatte Mama recht gehabt. Graufink hatte es sicher nicht darauf angelegt, doch sein erster Gottesdienst als Vertretungspfarrer zog die Menschen in Scharen an und schien das Bornhausener Sommerereignis schlechthin zu werden. Nicht nur Einheimische strömten zur Paulus-Kirche, deren sonores Geläut bereits durch die klare Morgenluft schallte, nein, offenbar hatten die Nachrichten über Spirit auch Touristen und Schaulustige angelockt. Dazu kamen all die Reporter und Pressemenschen, die schon seit Tagen die Stadt belagerten und denen Lionel und ich abends immer so geschickt aus dem Weg gegangen waren. Erst jetzt wurde mir klar, wie sehr Spirit Bornhausen in Atem hielt – seitdem der Schuss gefallen war und deutlich wurde, dass die Bürger vor Selbstjustiz nicht mehr zurückscheuten, war das Medieninteresse wieder aufgeflammt.

Kaum waren Mama und ich aus dem Auto gestiegen, sprach uns der erste Journalist an, verstummte aber schlagartig wieder, als er Mamas Blick sah. Sie konnte alleine durch direkten Augenkontakt gestandene Männer in die Flucht treiben, und heute war ich ihr sehr dankbar dafür.

Doch die ganze Situation kam mir absurd vor. Wir hatten hier nichts verloren, Mama und ich. Ich sah es an den Blicken, die uns streiften, an den Missbilligungen und Wertungen, die darin lauerten. Mama hatte sich immer einen Spaß daraus gemacht, sich humorig als Dorfhexe zu bezeichnen, und ich hatte sie dabei nie ernst genommen, doch nun ahnte ich, dass in diesem Scherz ein Körnchen Wahrheit lag. Es gab Menschen, die ihr zutiefst misstrauten und denen sie ein Dorn im Auge war mit ihrer ungewöhnlichen Lebensweise, ihrem unerschrockenen Mundwerk und ihrem exotischen Beruf. Doch sie hielt sich nur noch aufrechter, als wir zusammen den schmalen Weg zur Kirche entlangschritten, und all die Tuscheleien kümmerten sie nicht. Ich hingegen schaute die meiste Zeit auf meine Füße, um mir nicht anmerken zu lassen, wie unwohl ich mich dabei fühlte. Aber ich ließ Mamas Hand keine Sekunde los, auch wenn ich eigentlich viel zu alt war, um auf diese Weise mit ihr durch die Stadt zu laufen. Ein paar Fernsehteams hatten ihre Ü-Wagen neben der Kirche aufgebaut und versuchten, die Passanten dazu zu überreden, in ihr Mikro zu sprechen, aber Mama haute das, das uns vor die Nase gehalten wurde, einfach wieder weg. Mut hatte sie, das musste ich ihr lassen. Erst am Eingang der Kirche machte sie ihren Mund auf – und das nicht zu knapp.

»Das ist nicht Ihr Ernst, oder?«, sprach sie die beiden Beamten an, die sich in SEK-Klamotten und bis an die Hutkante bewaffnet rechts und links neben der schweren, alten Eichentür postiert haben. »Es ist ein Panther. Kein Terroristenkommando.«

»Es geht um die allgemeine Sicherheit, junge Frau«, entgegnete der linke Beamte würdevoll, doch Mama schoss einen weiteren vernichteten Blick ab, und seine Würde schwand dahin.

»Mach kein Aufstand, Mama«, raunte ich und drängelte sie nach vorne, sodass sie zusammen mit mir in die Kirche gehen musste. Tatsächlich gab es in den hinteren Reihen keinen Platz mehr, doch die vorderen beiden Reihen waren weitgehend frei geblieben. Zielsicher steuerte Mama sie an.

»Ich frag mich, wo er ist!«, zischelte sie, nachdem wir uns gesetzt hatten.

»Wer? Schröter?« Schon die ganze Zeit hatte ich nach ihm und Lionel Ausschau gehalten, doch außer ein paar seiner Jagdkollegen, die in voller Lodenmontur erschienen waren, hatte ich kein Schröter-Familienmitglied entdecken können.

»Graufink! Müsste er nicht an der Tür stehen und die Leute begrüßen?«

»Verabschieden, Mama«, erinnerte ich sie. »Nach dem Gottesdienst stehen die Pfarrer vor der Kirche und schütteln ihren Schäfchen die Hände. Nicht vor dem Gottesdienst.«

»Dann hab ich das wohl mit einem Film verwechselt. Meinst du, wir sollten zu ihm gehen? Er ist bestimmt krank vor Angst.«

»Das dürfen wir nicht! Man kann in diese Räume nicht einfach so reingehen, und wenn er mich sehen würde – wie gesagt, ich glaub nicht, dass ihn das beruhigt.«

Ich sprach so leise, dass mir der Hals wehzutun begann, denn von hinten bohrten sich bereits strafende Blicke in unsere Rücken. Wie erwartet stachen Mama und ich durch unsere Outfits aus der grau-beigen Masse der Kirchgänger heraus. Obwohl meine Oberschenkel vollständig bedeckt waren, kam mir mein Kleid plötzlich unzüchtig vor, und ich sehnte mich nach einer dicken Jeans und einem unförmigen Fleecepulli. Ich sollte nicht hier sein, sondern im Wald. Das hier war der falsche Ort für mich. Doch jetzt aufzustehen und zu gehen, hätte die Aufmerksamkeit erst recht auf Mama und mich gezogen, denn sie wäre mir umgehend gefolgt, und das sicherlich nicht ohne gut hörbare Diskussionen. Also blieb ich mit verkrampftem Rücken sitzen und wartete darauf, dass der Gottesdienst endlich begann.

Die Glocken verhallten bereits, und nach dem letzten, verwehenden Schlag hörten die Menschen auf, miteinander zu sprechen, bis auch das hin und wieder aufflackernde Flüstern und Husten verstummte und ich den Luftzug hören konnte, der von der offen stehenden Tür durch die Bankreihen wehte. Warum wurde die Tür nicht geschlossen? Neugierig drehte ich mich um und lugte durch die Bankreihen – um direkt in Schröters rot angelaufene Dreitagebart-Visage zu blicken. Er und seine Jagdkollegen nahmen gerade mit gezückten Gewehren rechts und links neben der Tür Stellung – erst dann fiel sie krachend ins Schloss. Zwei der Jäger lösten sich aus der lodengrünen Gruppe, marschierten bis nach vorne und positionierten sich außen neben den Bankreihen. Ihre Mienen verrieten, wie wichtig sie sich fühlten und wie gut es ihnen tat, sich derart aufzuspielen. Ihre Gehabe war lächerlich. Die Tür war geschlossen – was sollte schon passieren?

Auch Mama gab ein bezeichnendes Stöhnen von sich. Doch niemand wagte zu protestieren oder die Schröter-Armee infrage zu stellen.

»Ich glaube, er traut sich nicht …«, hauchte Mama mir zu, nachdem weitere fünf Minuten vergangen waren und das Tuscheln langsam wieder anschwoll. Nun wurde auch ich nervös. Armer Graufink. Erst die Bloßstellung in der Schülerzeitung und nun die Gefahr, dass er an seiner großen Herausforderung scheiterte. Vielleicht hatte Mama recht, und er litt unter solch dramatischem Lampenfieber, dass er es nicht schaffte, die Kanzel zu betreten – und das vor den Augen der versammelten Presse?

Mach schon, Bennet, bat ich ihn in Gedanken. In solchen Situationen war Siezen fehl am Platz, und ich fühlte so stark mit ihm mit, dass ich am liebsten laut nach ihm gerufen hätte. Komm raus, und zeig dich, du kannst das!

Ein Flüstern ging durch die Reihen, als plötzlich hallende Schritte ertönten und ein verschwitzter, kreidebleicher Graufink am Altar vorbeischritt und die Treppe zur Kanzel erkletterte. Seine Lippen zitterten, und sein gesamter Körper wankte, als habe er zu viel getrunken, doch sein Blick war fest und gewiss, als er die Schultern straffte und hinunter in die Bankreihen sah. Mit einem weißen Taschentuch wischte er sich die Schweißtropfen von der Stirn.

»Liebe Gemeinde – ich beginne erst mit dem Gottesdienst, wenn diese Kirche wieder ein Ort des Friedens ist. Denn ich dulde keine Waffen in meinem Haus. Wir warten also, bis die Waffen entfernt werden.«

Nun gab sich niemand mehr Mühe zu flüstern. Das Stimmengewirr summte wie ein aufgeregter Bienenschwarm, der sich entscheiden musste, ob er angriff oder floh. Doch Schröter und seine Kollegen rührten sich nicht von der Stelle.

»Ich habe Zeit.« Graufinks Stimme klang bereits sicherer und voller, nicht mehr so wackelig und übelkeitsgetränkt wie eben noch. »Es bleibt dabei – keine Waffen in meiner Kirche.«

»Wir schützen die Bevölkerung!«, bellte Schröter. »Hier geht ein menschenfressendes Untier um!«

»Bisher hat es keinen Menschen gefressen, und in der Kirche sind wir sicher«, erwiderte Graufink so selbstbewusst, wie ich ihn im Unterricht nie erlebt hatte. »Dieses Gotteshaus ist besser bewacht als Alcatraz, und von außen dulde ich das gerne. Aber im Gottesdienst haben Waffen nichts verloren. Ich beginne, sobald die Waffen entfernt wurden.«

»Bravo, Graufink«, beglückwünschte ihn Mama im Flüsterton und drückte meine Hand. »Er hat wirklich Courage. Respekt.«

»Nun kommen Sie mal runter von ihrem Öko-Wahn, lieber Herr Graufink, wir haben es hier nicht mit Fröschen oder Störchen zu tun, sondern mit einem Raubtier!«, wetterte Schröter und deutete nach draußen. »Es ist hier! Hier unter uns!«

»Ja, richtig«, entgegnete Graufink ruhig, doch seine Hände zitterten immer noch. »Die Raubtiere sind stets mitten unter uns.«

»Woah«, formte Mama mit dem Mund und hob anerkennend den Daumen, aber zum Glück so, dass nur ich es sehen konnte.

»Was soll denn das jetzt heißen? Werden Sie unverschämt, ja?« Schröter machte einen Schritt nach vorne, als wolle er zu Graufink auf die Kanzel stürmen, falls dieser nicht sofort nachgab.

»Menschen sind Raubtiere. Das waren sie immer und sind es noch«, erwiderte Graufink gelassen. »Es scheint in unserer Natur zu liegen. Aber Waffen gehören nicht in eine Kirche. Ich beginne mit der Predigt, sobald die Waffen vor der Tür sind.«

»Sie!« Schröter begann mit seinem dicken, behaarten Zeigefinger zu fuchteln, wagte es aber nicht, die Treppe der Kanzel zu betreten. »Sie werden mich noch kennenlernen! Ich tue nur meine Pflicht, und davon können Sie mich nicht abhalten!«

»Ich bin hier der Hausherr«, stellte Graufink klar. »Und es mag Leute geben, die auf meine Predigt warten. Mein Wort gilt: Keine Waffen in meiner Kirche.«

»Ja, ich möchte gerne die Predigt von unserem neuen Pfarrer hören!«, sprang Mama Graufink zur Seite, und ich empfand Lust, unter die Bank zu kriechen, denn im Nu waren sämtliche Blicke auf uns gerichtet. »Ich bin mir sicher, viele andere Bornhausener auch.« In aufreizender Langsamkeit schaute sie nach hinten zu den Jägern und drehte sich dann wieder zu Schröter um. »Also bitte, meine Herren, Penisse runter.«

»Mama!«, entfuhr es mir entsetzt, und auch Herr Graufink lief leuchtend rot an, doch in einigen Bankreihen wurde belustigtes Kichern laut. Schröter schnappte nach Luft, als hätte ihm jemand sein Gewehr in den Bauch gestoßen.

»Ist doch wahr«, erwiderte Mama entspannt und lehnte sich zurück. »Ich würde jetzt gerne die Predigt hören.«

»Wörter wie dieses eben …« Herr Graufink räusperte sich und wischte sich erneut mit seinem Taschentuch über die Stirn. »… sind in diesem Haus auch nicht angebracht, liebe Frau Bouvier. Doch ich bleibe dabei. Keine Waffen.«

»Nun tut sie schon raus«, hörte ich eine Frau schräg hinter mir in Schröters Richtung zischen. »Mir brennt sonst noch der Braten an.«

»Ja, das sind echte Sorgen«, spöttelte Mama, doch die Dame hatte mitten ins Hausfrauenherz getroffen. Auch aus den übrigen Reihen wurde bittend oder im wehleidigen Märtyrerton zur Räson gebeten, während anderswo aufgeregte Diskussionen entbrannten und ich hätte schwören können, dabei mehrmals das Wort »Penisse« gehört zu haben. Unter das eifrige Geplapper mischte sich nun auch das Klicken von Kameras. Ein Reporter filmte sogar und hielt dabei direkt auf Mama und mich. Seitdem Spirit aufgetaucht war, hatte ich den Scheiterhaufen vergessen, auf den mich meine Satire katapultiert hatte. Nun sah ich mich wieder mitten auf ihm stehen, dieses Mal mit meiner Mutter an meiner Seite, und die Flammen züngelten gierig.

»Schön. Danke, die Herren«, sagte Graufink, nachdem Schröter und Co sich entwaffnet hatten, die Tür aber demonstrativ offen stehen ließen, um ihre Gewehre nicht unbeaufsichtigt zu lassen. »Dann können wir ja beginnen – und sind bereits mitten im Thema. In dieser Stadt wird Jagd gemacht – Jagd auf eine Kreatur Gottes, die sich in unsere kleine Gemeinde verirrt hat. Ja, der Panther hat getötet, das lässt sich nicht leugnen. Er hat einen Hund erlegt und versucht, einen anderen Hund zu seiner Beute zu machen. Doch es ist nichts Böses, nichts Dämonisches daran, wenn ein Raubtier sich um seine Nahrung kümmert – es kennt sein Leben nicht anders. Aber wir erschrecken uns, wenn dies mitten unter uns passiert.

Diese Gefühle des Schreckens und der Angst sind menschlich, genau wie die Jagd des Panthers tierisch ist. Haben wir deshalb das Recht, den ersten Stein zu werfen? Haben wir das Recht, dieses Tier dafür zu verurteilen? Auch wir töten unsere Nahrung. Tag für Tag lassen Millionen von Tieren ihr Leben, eine Überproduktion, die schon lange ihre vernünftigen Dimensionen gesprengt hat. Wir sehen diese Mordmaschinerie nur nicht mehr. Aber ist es etwas anderes – oder gar besser?

Tiere sind unser Spiegel. Ja, sie halten uns den Spiegel vor! Dieser Panther spiegelt unser Wesen. Er zeigt uns, wie wir sind. Er bringt feste Strukturen durcheinander, und aus diesem Durcheinander beginnt das Sehen, das Erkennen. Konflikte brechen auf, die vorher im Verborgenen schwelten. Wir begreifen, wo wir verletzbar sind, wo unsere ureigene Sicherheit beginnt und aufhört, wo wir Toleranz leben können und wo nicht. Wir werden mit unseren Ängsten und unseren Hoffnungen konfrontiert, mit unseren geheimsten Wünschen, unserer ureigenen, längst vergessenen Wildheit.«

Mit offenen Mündern hingen Mama und ich an Graufinks

Lippen. Nicht nur das, was er sagte, nahm mich in seinen Bann – es war vor allem die Art und Weise, wie er es sagte. Ihm war das geschehen, was auch Mama widerfahren war. Er tat endlich, wozu er berufen war, und hatte dabei nichts mehr mit dem zerstreuten, verhuschten Religionslehrer gemein, über den ich mich in meinem Artikel lustig gemacht hatte. Zwar musste er nach jedem zweiten Satz vor Aufregung schlucken, und ab und zu zuckte sein linkes Augenlid, doch seine Stimme klang klar und voluminös und erreichte auch die letzten Reihen. Niemand flüsterte oder tuschelte mehr, alle hörten ihm zu, selbst das Weinen des Babys schräg hinter uns war verklungen.

»Wir sollten begreifen, welches Wunder uns hier widerfährt. Wir könnten daraus lernen und es ansehen, anstatt erbittert zu vertreiben und zu jagen, was sich uns freiwillig zeigt und uns die Möglichkeit gibt, uns besser kennenzulernen. Dieses Tier, dieses wunderschöne, wilde, starke Tier, ist ein Teil unserer Schöpfung, ein Teil des göttlichen Kosmos', in dem es keinen Irrtum und keine Fehler gibt. Wir Menschen sind es, die Fehler machen. Und wir sind es, die … oh lieber Gott, steh mir bei. Steh uns allen bei.« Die letzten Worte flüsterte Graufink. Seine Augen waren starr geworden, und sämtliche Farbe wich aus seinem Gesicht. »Bitte … jetzt … keine … Panik«, stammelte er, obwohl ihn seine eigene Panik am ganzen Leib zittern ließ.

Ich musste mich nicht umdrehen, um zu wissen, was gerade geschehen war. Ich roch ihn, ahnte ihn, witterte ihn auf jene unmissverständliche Weise, wie es von Anfang an der Fall gewesen war. Was auch immer Spirit hierhergetrieben hatte – er legte es darauf an, sein Leben in dieser Kirche zu opfern. Doch das würde ich nicht zulassen.

Schon erklangen die ersten erstickten Schreie, ich konnte die aufkeimende Angst beinahe schmecken, und auch Mama griff ruckartig nach meinem Arm. Ehe sie meinen Ärmel packen konnte, schoss ich hoch und trat zwischen die Bankreihen, mit dem Rücken zu Graufink und meinen Blick fest auf Spirit gerichtet, der durch die offene Tür geschlichen war und exakt in der Mitte der Kirche stand, umgeben von Menschen.

»Nicht schreien«, bat ich leise, aber so deutlich, dass man mich überall hören konnte. »Nicht wegrennen. Nicht anstarren. Bitte bleibt ruhig. Dann wird er euch nichts tun. – Auch du, Mama!«

»Oh Gott ...«, hörte ich sie wimmern. »Nina ...« Ich streckte warnend meine Hand aus, als ich spürte, dass sie aufstehen wollte, und sie erstarrte mitten in der Bewegung. Ich hatte sie gestoppt.

»Komm mit mir. Wir gehen nach draußen. Das hier ist nichts für dich.« Mit weichen Schritten lief ich Spirit entgegen, und kaum hatte ich ihn erreicht, rieb er seinen Kopf an meinem Knie, wobei mein Kleid verrutschte und einen Teil meines Oberschenkels entblößte.

»Nicht hier. Komm mit. Bitte komm mit!«

Spirit hob den Kopf, um an mir vorbei zur Kanzel zu sehen, seine grünen Augen fast suchend auf Graufink gerichtet, als würde er ihm etwas sagen wollen, was von Bedeutung für die ganze Menschheit war.

»Nicht schreien«, wiederholte ich erneut, weil es sich nur noch um Sekunden handeln konnte, bis blinde Hysterie ausbrach. Es war ein Wunder, dass noch niemand schrie. »Nicht rennen. Das weckt seinen Jagdtrieb. Bitte bleibt ruhig, dann wird nichts passieren. Komm jetzt mit mir. Komm.«

Endlich löste Spirit seine Augen von Graufink, drehte sich

um und setzte sich in Bewegung. Sicherheitshalber legte ich meine Hand in seinen Nacken, während wir nebeneinander zur Tür gingen, er lautlos, ich mit klappernden Sandalen. Doch ich verließ die Kirche nicht durch den Haupteingang. Kurz vor der Tür wandten Spirit und ich uns blitzartig ab, als seien unsere Gehirne miteinander verschmolzen, und jagten gemeinsam dem Nebeneingang entgegen, dessen Tür angelehnt war und der direkt auf den Friedhof führte.

»Lauf«, rief ich Spirit hinterher, als er nach vorne hechtete und das erste Grab übersprang. »Lauf, so schnell du kannst!«

Die Schützen kamen zu spät. Als sie um die Ecke stürmten, war Spirit bereits nicht mehr zu sehen. Die Schüsse gingen ins Leere. Nun begannen auch meine Knie zu wackeln. Für einen Moment glaubte ich, das Bewusstsein zu verlieren und zu fallen, doch jemand griff in meinen Rücken und stützte mich ab, um mich dann hochzunehmen und zurück in die Kirche zu tragen, wo die Menschen durcheinanderriefen, Kinder weinten und die Reporter sich die Finger wund knipsten. Mit erhobenen Händen rannte Mama auf mich zu.

»Das …« Ihr Gesicht war so blass, dass ich die Adern um ihre Augen herum blau schimmern sehen konnte. »Das wirst du nie wieder tun. Nina. Nie wieder!«

»Wie ich dir gesagt hatte. Ich kann mit Raubtieren umgehen«, erwiderte ich tonlos, doch auch mir war auf einmal schlecht. Das war knapp gewesen. Nur ein einziger Mensch stand in meinem und damit in Spirits Schutz – und das war Lionel. Eine ganze Gemeinde konnte ich nicht vor Spirit schützen, und es hatte sich ein Baby in der Kirche befunden, direkt in meiner Nähe. Jetzt brüllte es aus Leibeskräften, und seine Mutter presste es fest an sich, als wolle es ihr jemand aus den

Armen reißen. Als Spirit die Kirche betreten hatte, war eine unsichtbare Grenze überschritten worden, wie damals bei meiner Satire. Irgendetwas war zerrissen, und dieses Gefühl machte mir Angst.

»Waffen raus aus der Kirche, ja?«, hörte ich Schröter zetern, während Mama mich fest im Arm hielt und nicht mehr loslassen wollte. »Das war Ihre Idee, Mann! Waffen aus der Kirche! Jetzt sehen Sie ja, was Sie davon haben!«

Graufink saß blass auf den Stufen zur Kanzel und beachtete Schröter nicht, doch das spielte für den keine Rolle – er suchte sich einfach ein neues Opfer. Wütend trampelte er auf Mama und mich zu. »Ein Panther ist kein Kuscheltier, Mädchen! Du hättest auf deinem Platz sitzen bleiben sollen und uns die Waffen holen lassen! Du hast die ganze Gemeinde gefährdet mit deinem pubertären Streichelkurs!«

»Die Waffen holen? Damit Sie endlich mal ein richtiges Raubtier abknallen können, ja? Ihnen geht es doch um nichts anderes!«, fauchte ich ihn an.

»Entschuldigung. Darf ich?« Ein junger Reporter mit Brille und Dreitagebart schob Schröter von mir weg. »Wie hast du das gemacht? Kannst du mir das verraten? Wie ging es dir dabei? Was hast du gefühlt? Wieso hat der Panther dir gehorcht?«

»Mich sollten Sie mal fragen, Junge!«, nölte Schröter und packte ihn an der Schulter. »Ich bin dem Tier seit Tagen auf der Spur! Das hier, das sind doch nur feuchte Mädchenfantasien!«

»Jetzt reicht es aber!«, schrie Mama so laut, dass Schröter und der Reporter zurückzuckten und ihre Köpfe dabei krachend aneinanderstießen. »Lassen Sie sofort meine Tochter in Frieden! Schröter, ich warne Sie, noch ein solcher Satz, und ich erzähle Ihnen, dass …«

»Nein, das wirst du nicht!«, fiel ich dazwischen und hängte mich so schwer an Mamas Arm, dass sie mir folgen musste. Das mit Lionel und mir durfte er nicht wissen. Wenigstens Lionel musste sich noch frei bewegen können. Verdammt, wo war er überhaupt? Warum war er nicht hier? »Ich will nach Hause, mir ist schlecht, bitte.«

»Dann komm. Ich lotse dich hier raus.«

Wir mussten fünf weitere Journalisten abwehren und wurden unzählige Male fotografiert, bis wir endlich am Auto angelangt waren. Ich kam mir vor wie ein Schwerverbrecher und Rockstar in einem. Gejagt, gehasst und doch begehrt. Es war furchtbar.

»Kannst du mir bitte verraten, was das eben war?«, stieß Mama hervor, als unser Auto endlich in der heimischen Garage stand und hinter uns das Tor schnarrend nach unten rollte. »Was war das, Nina?«

»Instinkt«, antwortete ich wahrheitsgemäß, doch jetzt zitterte auch ich. Ich hatte das Gefühl, weder aufstehen noch laufen zu können. Auch die Übelkeit hielt an. »Einfach nur Instinkt.«

Mama legte die flachen Hände auf ihr Gesicht, bis nur noch ihre Nasenspitze herausschaute.

»Ich weiß nicht, ob dein Verhalten genial oder dumm war, ob du uns gerettet oder in Lebensgefahr gebracht hast. Ob Graufink mutig war oder leichtsinnig, ob Schröter Mist redet oder in manchen Dingen sogar recht hat.« Mama nahm die Hände von ihrem Gesicht und blickte blinzelnd zur Autodecke. »Ich werde mir nie verzeihen, dass ich nicht aufgesprungen und zu dir gegangen bin. Denn das hätte ich tun müssen! Ich bin doch deine Mutter! Warum hab ich es nicht getan?«

»Weil du dann jetzt tot wärst.«

»Gott, Nina ...« Ich wollte über ihren Arm streichen, doch sie stieß mich weg. »Ich will Schröter nicht beipflichten, aber was du getan hast, war größenwahnsinnig! Es hätte in einer Katastrophe enden können. Ich möchte, dass der Panther verschwindet und dieses Chaos hier endlich vorbei ist. Er muss wieder verschwinden. Ich will, dass es zu Ende geht.«

Und ich möchte, dass es niemals zu Ende geht, dachte ich voll wilder, bohrender Sehnsucht, und ahnte bereits, dass genau dieses Ende gerade begonnen hatte. Ein Ende, das zugleich ein Anfang sein konnte, denn so wie vorher würde mein Leben nie wieder werden – doch es war ein Anfang, den niemand kannte.

Ich hatte Angst.

LOCKSTOFFE

»Dann … tja, dann machen wir zwei uns mal einen netten Vormittag.«

Papa blickte hilfesuchend aus dem Fenster, wo es nichts zu sehen gab, dann richtete er seine Augen zur Decke, als müsse er prüfen, ob der Rauchmelder noch an der richtigen Stelle saß, dann auf die Küchenzeile, die schon blitzblank geputzt war, um sich schließlich wie eine Schaufensterpuppe vor die Anrichte zu stellen und mir ein gekünsteltes Lächeln zu schenken.

»Ich wäre lieber in der Schule«, stellte ich schmollend klar.

»Selbst wenn die Schulen und Kindergärten heute geöffnet wären – ich würde dir eine Entschuldigung schreiben. Diese Typen da draußen haben jeden Anstand verloren.«

Darin konnte ich ihm nicht widersprechen. Seit gestern Abend stand ein Übertragungswagen in unserer Straße, dessen Besetzung anscheinend nur darauf wartete, dass ich das Haus verließ. Betont unauffällig gekleidete Männer mit Notizblöcken, Kameras und Smartphones in der Hand lungerten zu Dutzenden an den nachbarlichen Vorgartenzäunen herum – selbst ernannte Netzreporter, Redakteure vom Privatfernsehen und Zeitungsjournalisten, die sich allesamt auf mich stürzen würden, wenn ich es wagte, aus der Tür zu treten. Aber irgendwann würden sie ihre Geduld verlieren.

»Wie lange soll ich hier denn noch rumsitzen? Ich muss heute Abend sowieso trainieren!«

»Musst du nicht. Das Training kann warten. Sie müssen dieses Tier ja irgendwann kriegen. Bis dahin bleibst du hier, und wir passen auf dich auf.« Wie zur Bestätigung fegte Papa ein paar Krümel von der Anrichte.

Aufpassen war eine sehr beschönigende Version jener Nonstop-Überwachung, die sich hier seit dem sonntäglichen Kirchgang abspielte. Selbst meine kühnsten Fantasien waren übertroffen worden. Mama hatte sich nicht nur den Wecker gestellt, um stündlich nach mir zu schauen – oh nein. Sie schickte Papa zum Schlafen in mein Zimmer und nahm mich zu sich ins Ehebett – eine Situation, die ich im Alter von sieben Jahren das letzte Mal erlebt hatte, als ich die Grippe gehabt hatte und wegen meiner Halsschmerzen nachts nicht schlafen konnte. Doch mit vierzehn neben der eigenen (und lautstark schnarchenden) Mutter zu schlafen, die außerdem die Tür von innen abgeschlossen hatte und den Schlüssel dazu in ihrem BH trug, grenzte an Körperverletzung und psychische Grausamkeit. Mama hasste BHs, es musste sie ebenfalls Überwindung kosten, ein lebendiger Tresor für den Zimmerschlüssel zu sein.

Doch sie sah die Sache pragmatisch. Zum einen galt es, mich zu schützen, zum anderen, mir einen Denkzettel zu verpassen. Wenn ich die Tür abschließen konnte, konnte sie das auch – so ihr knappes Statement dazu. Von Strafen halte sie nichts, sagte sie; eher von Erfahrungen, die einem stets in Erinnerung blieben und einen mahnen würden, seine Fehler bloß nicht zu wiederholen. Glücklicherweise hatte mein angstbegabter Vater in meinem Zimmer vor dem Schlafengehen die Rollläden vollständig heruntergelassen und das Fenster geschlossen. Trotzdem machte ich die ganze Nacht kein Auge zu, da ich fürchtete, Spirit würde zurückkehren und Papa zum Nachtmahl verspeisen. Die Situation war unerträglich geworden, und sie durfte so nicht bleiben. Im nächsten unbeobachteten Moment musste ich fliehen und Lionel aufsuchen. Seit unserem nächtlichen Schwimmbad-Einbruch hatte ich keinen Pieps mehr von ihm gehört. Auch das zerfledderte mein ohnehin lädiertes Nervenkostüm. Wenn schon ich nicht nach Spirit schauen konnte, musste er es tun, und ich hatte ihm bereits fünf Nachrichten mit genau dieser Aufforderung geschickt, per SMS, WhatsApp und Facebook – ohne Antwort.

»Hier. Lesestoff!«, riss Papa mich aus meinen Gedankenirrfahrten und warf mir ein Bündel Zeitungen auf das Sofa, die er von seiner Frühschicht mitgebracht hatte. »Du bist berühmt, Ninchen. Das Wunder von Bornhausen geht um!«

Seine Worte hatten einen auffällig sarkastischen Unterton, den ich nicht verdrängen konnte, denn er benutzte ihn nur in Ausnahmesituationen. Für ihn war es keine heilige Fügung, dass der Panther mir nichts getan und sich von mir hatte aus der Kirche führen lassen, sondern ein rein zufälliges Glück, wie es nur alle paar Jahrhunderte passierte und das man nicht auf die Probe stellen sollte. Doch die Presse machte ein Wunder daraus.

Ich überflog die Berichte nur, las bei den meisten lediglich die Überschriften. »Das Wunder von Bornhausen«, »14-Jährige rettet Kirchengemeinde vor Blutbad«, »Mut oder Leichtsinn?«, »Wie eine Eisprinzessin zur Heldin wird«, »Bornhausen außer Kontrolle – Waffen und Raubtiere in der Kirche«, »Glaubenskrieg in Bornhausen«. Sie berichteten nicht nur auf der ersten Seite über mich. Es gab einen Leitartikel über Spirit und mich, Meldungen im Panorama-Teil und auf der Tratsch-und-Klatsch-Seite, und einige Zeitungen hatten dem Ereignis sogar ein Special mit mehreren Seiten gewidmet. Doch ein Foto von jenen Momenten, in denen ich Spirit durch den Gang zwischen den Kirchenbänken geführt hatte, gab es nicht – nur ein paar verschwommene Aufnahmen, auf denen er als schwarze Silhouette über die Gräber flüchtete und wie bei den anderen europäischen Panthersichtungen nicht zweifelsfrei als eine Raubkatze identifiziert werden konnte. Zum Ausgleich gab es eindrucksvolle Fotos von Graufink, der mit erhobenen Armen auf der Kanzel stand, dem rot angelaufenen Schröter samt gezücktem Gewehr, meiner Mutter, die sich mit blitzenden Augen gegen einen Reporter wehrte, und natürlich von uns beiden, wie wir Arm in Arm aus der Kirche liefen, wobei Mama sich bemüht hatte, mit ihrer Handtasche mein Gesicht zu schützen. Trotzdem war ich gut zu erkennen – ganz im Gegensatz zu Spirit.

Dennoch las ich keinen einzigen der mir gewidmeten Artikel. Ich wusste, was mich bei dieser Lektüre erwarten würde – neben zahlreichen Spekulationen zwischen Dichtung und Wahrheit würde ich mit jenen Plänen konfrontiert werden, die Spirit endlich stellen sollten. Bornhausen war zur nationalen Angelegenheit geworden, und auch ich konnte nicht weiter ignorieren, dass Handlungsbedarf bestand. Spirit hatte sich mit seinem Kirchbesuch selbst ans Messer geliefert. Jetzt konnte ich nicht mehr so tun, als sei er mein persönliches Seelentier, das mir einen weiteren Vertrauten gestattete. Sein Auftritt in der Kirche hätte ganz anders ausgehen können, trotz Gedankenkommunikation und Welpenschutz für Lionel.

In der Öffentlichkeit stand dabei leider nun auch Graufink in der Kritik – mit seiner »Waffen raus!«-Forderung hatte er bei Schröter und Konsorten Öl ins Feuer gegossen. Ihre Argumentation: Hätte Graufink nicht auf die Entwaffnung bestanden, wäre die Tür nicht offen geblieben und Spirit hätte nicht hereinkommen können. Doch am schärfsten wurden die Sicherheitsleute rund um die Kirche attackiert, die sich nach Beginn des Gottesdienstes in den Schatten eines Baumes zurückgezogen und einen Kaffee getrunken hatten. Dieses Verhalten konnte selbst ich nicht nachvollziehen, obwohl Spirit nur deshalb noch lebte.

Kurz: Alle Bornhausener benahmen sich, als hätten sie den Verstand verloren, meine eigenen Eltern inbegriffen. Nichts war mehr normal oder vertraut, auf niemanden war mehr Verlass. Auch ich begann mich zu fragen, wo das alles hinführen sollte, und musste an Mamas flehentliche Worte gestern Morgen denken. »Ich will, dass es vorbei geht.« Es verlieh mir ein elendes, schwaches Gefühl, dass ein Teil von mir diesen Wunsch verstehen konnte. Spirit ließ die Stadt in Angst und Panik erstarren, und jeder wandte sich gegen jeden. Und nun, da ich Lionel nicht mehr erreichen konnte, fühlte ich mich in diesem Chaos hilfloser denn je.

»Oh nein. Nicht jetzt«, drang Papas Stimme durch meine dunklen Gedanken, die mich beinahe ununterbrochen heimsuchten. Sein Uralt-Handy klingelte, und er musste erst seine Lesebrille suchen, um zu erkennen, wer ihn anrief, doch sein

Verdacht bestätigte sich, das konnte ich an seinen Gesichtsfarben ablesen – es war die Rettungsstation, wie fast immer, wenn es läutete.

»Ja? Was? Ach so …« Die purpurnen Flecken auf seinen Wangen verblassten ein wenig. »Das ist gerade ganz schlecht. Nein, ehrlich, ganz schlecht. Ich kann hier nicht weg. Doch, ich bin gesund. Aber ich muss auf Nina aufpassen. Das Haus ist von der Presse umstellt. Ja, ich weiß, dass sie kein Kind mehr ist, aber … Ja, das verstehe ich. Natürlich. Sicherheit. Klar. Ich … ja, in Ordnung, bis gleich.« Entnervt legte er das Handy weg und schaute mich mit großen Augen und zerzausten Locken an. »Ich will einen anderen Beruf. Sofort. – Moment. Idee.«

Ohne mir seine Idee zu erklären, nahm er das Handy wieder zu sich und wählte eine Nummer. »Jenny? Ich muss einspringen, in einer halben Stunde. Doppelschicht. Ein Kollege ist krank geworden. Kannst du bis dahin bei Nina sein? Nein? Aber warum denn nicht?« Nun kehrten die Flecken zurück, dieses Mal aber in der Farbe der untergehenden Julisonne. Mamas Stimme schallte bis zu mir, doch ich verstand kein Wort. Sie sprach schnell und hektisch, wie meistens, wenn Papa sie bei einer Behandlung unterbrach.

»Dann ist sie aber ganz alleine hier, Jenny! Nein, ich kann sie nicht mitnehmen, wir haben keinen Platz frei im Wagen für mitfahrende Kinder, und sie soll bestimmt nicht das sehen, was ich sehe!«

Intuitiv wusste ich, dass jetzt jedes vermittelnde Wort von meiner Seite verkehrt war. Auf keinen Fall durfte ich mich einmischen. Deshalb tat ich so, als lese ich die Artikel über mich, während Papa und Mama in Halbsätzen miteinander diskutierten und Papa anschließend versuchte, unsere Nachbarin zu erreichen, doch es ging niemand ans Telefon.

»Nun gut. Das Haus ist von Journalisten umstellt, und wenn man so will, passen die auch auf dich auf. Du wirst ihnen kaum in die Arme laufen wollen, oder?«, fasste er tapfer zusammen.

»Ganz sicher nicht«, antwortete ich im Brustton der Überzeugung, denn das wollte ich wirklich nicht. Ihre Sensationsgier war mir verhasst, und dass sie mich binnen einer Nacht zu einer deutschlandweit bekannten Person gemacht hatten, obwohl ich für meine Pläne inkognito unterwegs sein musste, nahm ich ihnen übel. Ich konnte nicht mehr nachvollziehen, wieso ich so wild darauf gewesen war, eine Schülerzeitung zu führen. War diesen Menschen denn gar nicht bewusst, dass sie uns belästigten und unseren Alltag ruinierten?

»Dann bleib hier, bis Mama kommt. Sie ist in spätestens einer Stunde zurück. Mach niemandem die Tür auf, geh nicht an die Sprechanlage und nimm auch nicht das Telefon ab, wenn eine fremde Nummer übertragen wird, okay?«

Ich nickte nur, als Papa sich zu mir runterbeugte und mir einen Kuss auf die Stirn drückte. Trotz seiner Sorgen wirkte er erleichtert. Ich war für ihn in den vergangenen Tagen ebenfalls eine Art Iwan geworden. Er wusste nicht mehr, wie er sich mir gegenüber verhalten sollte. Seit meinem Freibad-Ausflug hatte Mama das Regime übernommen, wie fast immer in Krisensituationen, aber selbst sie konnte nicht in mich hineinschauen, auch wenn wir inzwischen nebeneinander im Ehebett schliefen.

Und nun? Was sollte ich tun, nachdem Papa zur Arbeit gefahren war? Das Fenster in meinem Zimmer aufreißen und Spirit gedanklich herbeibitten? Nein, das war zu riskant. Panther hatten ihre eigene Zeitvorstellung, und ab dem Abend würde sich Papa in diesem Zimmer befinden. Ich durfte Spirit überhaupt nicht mehr zu unserem Haus locken. In den Wald konnte ich jedoch auch nicht mehr unbehelligt laufen, das wusste ich, ohne es zu prüfen. Außerdem reichte dafür keine halbe Stunde. Unruhig wippte ich mit den Füßen und trommelte mit den Fingern gegen meine Schläfen, ohne eine Eingebung zu haben, wie ich handeln sollte. Schließlich ging ich in mein Zimmer, um zum x-ten Mal eine Nachricht an Lionel zu schicken. Während ich WhatsApp aufrief, vernahm ich plötzlich ein kratzendes Geräusch am Rollladen, das mich sofort erstarren ließ.

»Spirit?«, flüsterte ich. »Bist du das?«

Wieder erklang das Geräusch, jedoch lauter und fordernder – mehr ein Klopfen als ein Kratzen, und ich konnte sehen, wie der Rollladen hin und her federte.

»Hallo? Nina? Bist du da drin?«

»Lionel!« Mit zwei großen Schritten war ich am Fenster und zog den Laden hoch, doch ich blickte nicht in Lionels Gesicht, sondern in das eines fremden Mannes mit kurz geschorenen Haaren, Ziegenbärtchen und einer Filmkamera über der Schulter.

»Nicht schreien, Nina, ich bin nicht wie die anderen! Bitte hör mir zu!«, rief er beschwörend, als ich meinen Mund öffnete, um ihm meine Meinung zu sagen – und zwar in ähnlich deutlichen Worten, wie Mama es getan hätte.

»Ich bin nicht wie die anderen – sehr glaubhaft!«, spottete ich etwas leiser als geplant und zog mein Handy aus der Tasche. Das war der richtige Zeitpunkt, um Mama oder Papa anzurufen.

»Okay, du kannst mich verpetzen, und ich weiß auch, dass du das eigentlich tun solltest und meine Nummer hier nicht die korrekte Art ist, mit dir in Kontakt zu treten. Aber ich habe eine Idee, wie wir ihn retten können!«

Ihn? Ich stutzte und ließ das Handy wieder sinken. Hatte ich den Mann richtig verstanden? »Wen ihn?«, vergewisserte ich mich.

»Den Panther. Hör zu, ich verfolge diese Geschichte von Anfang an, ich habe alle Informationen dazu gelesen und alles recherchiert, was es zum Thema Panthersichtungen gibt, und was bei allen Sichtungen bisher fehlt, ist eine verifizierte Videoaufnahme oder ein Foto.«

»Ich weiß«, erwiderte ich nüchtern. »Und weiter?«

»Wir könnten zusammen den Beweis liefern, wir beide – den Beweis, dass es nicht nur einen schwarzen Panther gibt ...«

»Daran zweifelt inzwischen niemand mehr«, fuhr ich gelangweilt dazwischen.

»Stimmt. Aber ich will ja auch mehr als das. Wie gesagt, ich habe dich beobachtet, und wenn mich meine Wahrnehmung nicht vollkommen täuscht, dann ...« Der Reporter blickte sich prüfend um und senkte seine Stimme zu einem vertraulichen Raunen. »... dann gibt es da irgendeine besondere Verbindung zwischen dir und dem Panther. Er tut dir nichts. Ich habe es gesehen, er hat auf dich gehört, in der Kirche und in all den Situationen, in denen ihr zusammengetroffen seid, hat er dich nicht angefallen.«

»Es waren zwei«, gab ich mich weiterhin distanziert. »Eishalle und Kirche.«

»Zwei, in denen ihr direkt aufeinandergetroffen seid, ja. Und etliche andere, in denen du in nächster Nähe warst.« Oh, da hatte einer aber gut recherchiert. »Natürlich kann ich mich täuschen, und ich wüsste auch nicht, wie man diese Verbindung wissenschaftlich erklären sollte, aber es gibt Menschen, die mit bestimmten Tierarten besonders gut umgehen können, und ich … ich gehe davon aus, dass du gestern wusstest, was du tust. Es war nicht das erste Mal, oder? Dass du ihn berührt hast?«

»Ich … also, ich weiß immer noch nicht, was Sie von mir wollen, und eigentlich geht Sie das alles nichts an.« Erklären konnte ich mir meine Abwehrhaltung selbst nicht, aber ich wollte diesem Mann nichts von mir und Spirit erzählen. Bei Lionel war es mir leichtgefallen, es hatte mir sogar gutgetan. Aber jetzt spürte ich eine deutliche, kalte Sperre in meinem Herzen.

»Manchmal verlassen Journalisten die Distanz. Weil es nicht anders geht«, flüsterte der Mann und beugte sich noch weiter zu mir ins Zimmer, sodass ich sein Aftershave riechen konnte. »Weil sie nicht anders können. Weil sie etwas an dieser Story berührt. Was ich gestern beobachtet habe, hat mich berührt, und ich will nicht, dass dieses Tier abgeknallt wird. Deshalb könnte ich eine Filmaufnahme von dir und dem Panther machen, die zeigt, wie du nah bei ihm bist, ohne dass er dir was tut, und dann wird alle Welt sehen, dass er kein Monster ist, und er wird berühmt werden wie du, niemand wird ihn noch töten wollen! Die Menschen werden ihn lieben, und ihm wird es gut gehen. Willst du das denn nicht?«

»Es ist mir egal, ob die Menschen ihn lieben oder nicht«, versuchte ich mich weiter abweisend zu geben, doch meine Coolness begann aufzuweichen. Dieser Kerl hatte recht! Was er wollte, wäre so was wie die Sache mit Eisbär Knut und seinem

Pfleger – diese Geschichte hatte die ganze Welt fasziniert. Allerdings waren beide inzwischen tot.

»Dass die Menschen ihn und dich lieben, wäre die Voraussetzung dafür, dass niemand ihn mehr töten will. Es muss ein Interesse der Öffentlichkeit an seinem Überleben vorhanden sein. Im Moment ist es umgekehrt. Aber wir könnten diese Situation verändern, du und ich.«

Kritisch musterte ich den Mann. Seine Augen funkelten, und er wirkte energisch und tatendurstig. Er war mir nicht durchweg unsympathisch, doch noch immer verspürte ich keinerlei Bedürfnis, ihn daran teilhaben zu lassen, wie ich mich Spirit näherte und wir miteinander kommunizierten. Auf der anderen Seite hatte ich keine bessere Idee parat, und wie so oft rannte mir die Zeit davon.

»Was Sie vorhaben, ist gefährlich. Er könnte Sie anfallen. Und dann?«

»Keine Bange, Nina, darüber habe ich schon nachgedacht. Ich habe eine Sondergenehmigung für den Wald und darf heute auf einem Hochsitz Platz nehmen, ziemlich am Rand, in der Nähe des Weihers. Von dort aus darf ich filmen. Wenn ich mich auf den Hochsitze setze …«

»Zu einem Jäger?« Ich lachte auf und winkte ab. »Keine Chance, da mache ich nicht mit.«

»Nicht zu einem Jäger. Die Jägerhochsitze sind woanders, dort, wo die Köder ausliegen. Auf die lassen sie auch keine Journalisten drauf. Die sind bereits voll besetzt. Nein, wir wären ein wenig abseits, genau deshalb habe ich diesen Sitz ja bekommen. Weil die denken, dass dort eh nichts Interessantes geschieht.«

Konnte ich ihm das glauben? Was er sagte, klang plausibel,

und überall konnten die Jäger nicht sein. Genauso wenig konnten sie den gesamten Wald mit Ködern pflastern.

»Ich weiß nicht. Ich habe meinen Eltern versprochen, dass ich hierbleibe …«

»Deine Eltern. Ist das jetzt wirklich ein Argument? Wenn es um das Leben von deinem Panther geht? Ich denke, dass sie ihn heute Abend kriegen. Wenn wir ihn retten wollen, müssen wir sofort starten, sonst schnappt sich ein anderer Kollege den Hochsitz und dann hab ich keine Chance mehr.«

»Also gut«, gab ich nach, obwohl ich die kalte Schranke in meinem Herzen immer noch spürte und mir der Gedanke, dieser Mann würde mich und Spirit filmen, nach wie vor zuwider war. Aber der Zweck heiligte bekanntlich die Mittel. Die Chancen standen gut, dass Spirit sich im Wald aufhielt, denn vormittags war er noch nie bei mir gewesen, und in die Stadt würde er sich nach dem gestrigen Aufstand hoffentlich nicht mehr wagen. Wenn er irgendwo auf die Schnelle zu finden war, dann im Wald. »Lass es uns versuchen.«

»Toll! Klasse, Nina, du bist echt tough! Wir treffen uns in fünf Minuten hinten auf dem Feldweg, ja? Ich nehme dich in meinem Auto mit.«

Mein ungutes Gefühl verstärkte sich, als ich an dem vereinbarten Treffpunkt auf ihn wartete und er neben mir hielt. Ich wusste zwar, dass Spirit mir nichts tun würde, aber wie konnte der Typ sich in diesem Umstand so sicher sein, dass er ein solch riskantes Unternehmen plante? Gar nicht daran denken wollte ich, was Mama und Papa davon halten würden. Wahrscheinlich würden sie ihn anzeigen und hätten damit gute Karten, ihn in den Knast zu bringen. Doch wenn alles klappte, hatte Spirit jene Chance bekommen, die er verdiente. Vielleicht wurde ihm sogar in Bornhausen ein Gehege gebaut, wo ich ihn besuchen konnte, auch wenn ich das nie gewollt hatte und die Vorstellung, ihn hinter Gittern zu sehen, das hohle, finstere Gefühl in meinem Magen nährte. Doch ganz und gar unvorstellbar war, seine Rettung unversucht zu lassen. Irgendwann würden sie ihn kriegen.

»Ich bin übrigens Fabian.«

»Wie ich heiße, weißt du ja schon. Und alles andere vermutlich auch«, erwiderte ich verschnupft und sank so weit in den Sitz zurück, damit mich niemand durch das Fenster sehen oder gar erkennen konnte. Aber Fabian nahm weite Umwege, um die Altstadt zu meiden, und parkte in der Nähe jenes Maisfeldes, durch das ich gekrochen war, als ich das letzte Mal in den Wald marschiert war.

Auch verhielt er sich ähnlich wie ich, als wir aus dem Auto stiegen und uns geduckt wie zwei Verbrecher dem Waldrand näherten. In regelmäßigen Abständen sah er sich um, schaute auf sein Handy, als warte er auf Nachrichten, und schaltete schließlich ein mobiles GPS-Gerät ein, um sich zu orientieren. Ich folgte ihm schweigend, aber genauso aufmerksam wie er. Wenn er doch eine offizielle Genehmigung für diesen Hochsitz hatte, warum stellte er sich dann an, als dürfe er hier nicht sein? Hatte er Angst vor Spirit oder mir gar Lügengeschichten erzählt – und wie konnte ich herausfinden, wie die Wahrheit lautete?

»Ist nicht mehr weit!«, keuchte er beschwichtigend und stapfte mir voraus durch das Meer von Indischem Springkraut, das auch ich schon durchpflügt hatte. Ja, er nahm genau meinen Weg, und wir kamen der Stelle, an der ich angeschossen worden war, immer näher. Das ergab keinen Sinn! Sie gehörte zur Mitte des städtischen Waldes, von dort aus hatte Hubert mich angeschossen. Hier mussten Jäger sein!

»Warte.« Fabian blieb stehen und nahm sein Handy ans Ohr. »Ich muss kurz telefonieren.« Mit der anderen Hand ergriff er mein Handgelenk – zu fest, zu eisern. Irgendetwas hier bewegte sich in eine völlig falsche Richtung.

»Hallo. Fabian Schriebeck hier. Ich komme jetzt gleich hoch, in Ordnung? Ja, hab alles dabei. Gut, danke.«

»Mit wem hast du da gesprochen? He, lass mich los!« Erbost schüttelte ich mein Handgelenk, doch er tat, als merke er nichts davon. »Wer war das?«

»Keine Sorge, ich muss nur Bescheid geben, wenn ich da bin. Alle sind nervös, hier geht nichts mehr ohne Genehmigungen und ständige Absprachen. Hab ich dir doch gesagt. Schau, da ist er.«

Er deutete nach vorne zwischen zwei Fichten, wo ein solider, neu wirkender Hochsitz mit festem Holzverschlag, Dach und einem kleinen Schornstein stand – viel zu nobel für einen Journalisten-Ausguck.

»Dann bleibe ich unten und warte auf Spirit«, versuchte ich, ihn auf Abstand zu bringen.

»Nein, du musst kurz mit hochkommen, ich muss dir noch ein paar Fragen stellen, für den Bericht, und danach … Hierbleiben.« Erneut hatte ich versucht, mich loszureißen, doch Fabian hatte mehr Kraft als ich.

»Ich komme nicht mit hoch. Auf keinen Fall«, wehrte ich mich und versuchte, ihn durch eine Drehung meines Ellenbogens loszuwerden. »Wir hatten eine andere Abmachung.«

Nun rannen Schweißperlen Fabians Schläfen hinunter, und er sah sich gehetzt um. »Na gut, Nina. Dann lösen wir es eben anders.« Der freundschaftliche Ton war endgültig aus seiner Stimme verschwunden. Zum zweiten Mal wählte er eine Nummer, während ich ihm gegen die Schienbeine trat und in den Arm biss, um meine Freiheit zurückzuerlangen – erfolglos.

»Bitte kommen Sie runter. Ich kann sie alleine nicht hochbringen und – es ist schwierig. Schnell! – Autsch! Lass das, du Biest!« Fabian riss an meinem Arm, um mich zur Vernunft zu bringen, doch ich nutzte die Bewegung, um einen Kreis zu drehen und mich damit aus seinem Griff zu winden. Endlich – ich war frei! Sofort rannte ich los, blindlings nach vorne, um nach wenigen Metern über eine Wurzel zu stolpern und mit dem Kopf gegen einen weichen, dicken Lodenbauch zu prallen. Bevor ich fallen konnte, wuchteten mich zwei kräftige Arme nach oben, wobei es in meinen Schultergelenken schmerzhaft knackste.

»Nina? Nina Bouvier? Was zur Hölle … Schriebeck, was soll das? Was soll dieses Mädchen hier?«

Erzürnt spie ich ein paar Lodenflusen aus, doch Schröter ließ mich nicht los, und ich hatte diese ständige Festhalterei so satt, dass ich laut aufschrie. »Lassen Sie mich gehen! Jetzt! Sofort! Ich brülle sonst den ganzen Wald zusammen!«

»Nein, das wirst du nicht«, raunzte Schröter autoritär und drückte mir seine schwielige Hand vor den Mund. Würgend rammte ich meine Knie in seine Oberschenkel, doch er stand wie ein Felsen. Fabian jedoch begann immer stärker zu schwitzen. Er wirkte nicht mehr selbstsicher, sondern nervös und abgedreht. So hatte ich mir immer einen Psychopathen vorgestellt.

»Sie ist der Köder, von dem ich gesprochen habe. Ihr Köder. Der Köder für den Panther, Mann! Sie lockt ihn an! Immer wenn er aufgetaucht ist, war sie in der Nähe, wahrscheinlich sind es irgendwelche Pheromone, so eine Frauensache, aber sie funktioniert! Wenn Sie sie mit nach oben auf den Hochstuhl nehmen, wird er kommen, ganz sicher!«

»Sagen Sie, haben Sie den Verstand verloren?«, donnerte Schröter los. »Sie wollen ein vierzehnjähriges Mädchen als Köder für ein wildes Tier missbrauchen? Hat Ihnen jemand ins Hirn geschissen?«

»Sie haben gesagt, wenn ich Ihnen einen Köder bringe, dann …«

»Sie haben mich belabert, Sie hätten den besten Raubtierköder überhaupt, und wollten Unterstützung für Ihren Web-Kanal, falls dic Sache klappt! So sieht es aus, Mann, verdrehen Sie hier mal nicht die Tatsachen!« Mit mir im Griff machte Schröter zwei Schritte auf den schwitzenden Schriebeck zu, der sofort torkelnd zurückwich. »Stundenlang haben Sie auf mich eingeschwätzt, bis ich Ja gesagt habe – und jetzt schleppen Sie ein junges Mädchen an, weil Sie glauben, es könne den Panther anlocken? Sehen Sie zu, dass Sie verschwinden, und zwar ganz weit weg – und kommen Sie nie wieder! Raus aus meinem Wald, hab ich gesagt!« Doch Fabian hatte sich schon umgedreht und zu rennen begonnen, so planlos und übereilt, dass er bei jedem dritten Schritt gegen Baumstämme prallte und an Dornenzweigen hängen blieb. »Idiot!« Knurrend drehte sich Schröter zu mir um. »Alles in Ordnung, Nina?«

»Nein«, flüsterte ich paralysiert und ließ mich an Schröters Pranke auf den Waldboden sinken. »Er hat mich verarscht … Ich wusste, dass was nicht stimmt, aber … aber …«

»Anzeigen müsste man den. Ich schlag drei Kreuze, wenn dieses Journalisten-Gesocks endlich unsere Stadt verlässt!«

Schröter zerrte mich unbarmherzig nach oben, um dann ein Funkgerät aus seinem Gürtel zu ziehen und hineinzublaffen. »Achtung, Leute, ich durchquere den Wald von Westen aus, Weiherweg und Trimm-dich-Pfad, zusammen mit einer Person. In den nächsten zehn Minuten nicht schießen. Ich wiederhole: Kein Feuer in den nächsten zehn Minuten. Over.«

»Nein, Herr Schröter, ich will hier nicht weg, bitte nicht, er darf nicht sterben ...«, bettelte ich ihn an, denn er hatte schon wieder meine Hand genommen und besaß mindestens doppelt so viel Kraft wie Fabian. Widerstand war zwecklos.

»Oh doch, du kommst mit. Das ist kein Ort für Kinder. Ich fahre dich nach Hause, wo du hingehörst! Und wenn ich dich die ganze Strecke zum Auto tragen muss!«, drohte Schröter, aber irgendwie gelang es mir, aus eigener Kraft mit seinem Stechschritt mitzuhalten, auch wenn ich ständig ins Torkeln geriet und Schröter mich wieder ins Gleichgewicht bringen musste.

»Was hat dieser Kerl dir eigentlich versprochen?«, fragte er grantig, als wir nach acht Minuten schweigendem Gewaltmarsch durch den schwülen Wald in seinem olivgrünen Jeep saßen und er den Motor anließ, der dabei aufröhrte wie ein Traktor.

»Dass wir ... ach, ist doch egal. Spielt keine Rolle mehr. Bitte, Herr Schröter, können Sie das nicht abblasen, diese ganze Hetzjagd? Warum müssen Sie ihn unbedingt erschießen?«

»Ach Nina ...« Schröter schüttelte seinen bulligen Kopf und zündete sich während des Fahrens seine Pfeife an. »Das sind doch romantische Kleinmädchenfantasien. Dieses Tier ist eine Gefahr für die Stadt, verstehst du das nicht? Bornhausen ist nicht sein Lebensraum, er gehört hier nicht hin!«

»Ja, und Sie macht es heiß, ihn vor die Flinte zu kriegen, was? Weil Sie sich besser fühlen, wenn Sie ein Tier erlegen, das viel stärker ist als Sie! Darum geht es Ihnen doch!«, herrschte ich ihn an. Eigentlich war ich viel wütender auf Fabian als auf Schröter, denn Schröter hatte mich vor ihm beschützt, aber er war nun mal gerade hier. Mit der Pfeife zwischen den Zähnen stieß er ein pfeifendes Geräusch aus.

»Ich bin kein Mörder, Mädchen.«

»Ach nein? Sind Sie nicht? Und was passiert mit den Schweinen, die jeden Tag bei Ihnen sterben?«

»Die werden geschlachtet!« Schröters Brauen zuckten belustigt.

»Was ist Schlachten denn anderes als Morden? Was? Sagen Sie es mir! Und was ist mit den Geweihen an Ihrem Haus und an Ihrer Hütte – alles Beweise, dass Sie es lieben, anderen Wesen das Leben zu nehmen!«

»Jetzt aber mal halblang, Nina. Die Menschen wollen Fleisch essen, ich produziere Fleisch. So, wie es auf der ganzen Welt passiert. Die Großwildjagd in Afrika wird streng überwacht und dient der Erhaltung der Tiere, nicht umgekehrt. Ich bezahl Tausende von Euro für einen Tag Safari, und das Geld fließt in den Naturschutz.«

»Das ist pervers!«, rief ich. »Und zynisch!«

»Dann mach mir einen besseren Vorschlag.«

»Sie könnten das Geld zahlen, ohne zu jagen. Was wäre damit? Sie haben doch genug davon, oder?«, schlug ich kampflustig vor. »Und das, was da in Ihrem Betrieb tagtäglich passiert – das ist Mord, und zwar zweifach! Das Morden fängt bereits an, wenn die Tiere auf die Welt kommen, sie haben gar keine Chance, ein gesundes, normales Leben zu führen – und ihr Leid endet damit, dass sie ein zweites Mal sterben. Das ist nicht fair!«

»Du weißt doch gar nicht, wovon du sprichst«, erwiderte Schröter nach einem kurzen Schweigen abfällig, doch immerhin zwang er mich nicht auszusteigen, obwohl wir vor unserem Haus angelangt waren. Er hatte seinen Jeep in einem Affenzahn durch Bornhausen geprügelt. Fahren konnte er, das musste ich ihm lassen.

»Aber Lionel weiß es. Er hat es gesehen.«

»Ach, daher weht der Wind …« Schröter paffte nachdenklich ein paar bläuliche Ringe in Richtung Autodecke. »Er war drinnen? Er soll doch da nicht rein, das ist nichts für ihn!«

»Ja, und warum wohl? Irgendeine Idee?«, fragte ich ironisch.

»Weil Lionel so etwas nicht verkraftet. Er ist zu weich dafür.«

»Er ist nicht weich. Er kann im Gegensatz zu Ihnen noch fühlen, das ist der Unterschied! Er hat mit eigenen Augen gesehen, was mit den Schweinen passiert, er hat es mir erzählt und auch, dass Sie es sich gar nicht mehr anschauen und den Schlachtbetrieb nur noch über den Computer regeln. Jetzt wollen Sie das Gleiche mit dem Panther machen. Ein Leben technisiert auslöschen, von oben herab wie immer.«

»Huh, jetzt wird es aber pathetisch. Ganz die Mama, ganz Pastor Graufink. Ihr seid doch alle Fantasten …« Schröter spuckte einen Tabakkrümel aus.

»Wir sind keine Fantasten! Was ich sage, ist die Wahrheit! Diese Schweine sterben, oder nicht? Sie sterben!« Wütend hieb ich mein Knie gegen das Handschuhfach, das sofort aufklappte und eine Ladung Landkarten und gebrauchte Taschentücher auf meine Beine fallen ließ. Seufzend packte sie Schröter wieder hinein und schloss das Fach, blieb aber sitzen.

»Menschen essen Tiere, Nina, das habe ich nicht erfunden. Es ist seit Jahrtausenden so, und seit Jahrtausenden töten Raubtiere jeden Tag andere Tiere, ohne vorher um Erlaubnis zu bitten, denn sie würden sie nicht bekommen. Meinst du, dein Panther empfindet Mitleid, wenn er einen Hund totbeißt, mit dem Stunden vorher noch ein Kind gespielt hat, das diesen Hund liebte? Er kennt dieses Gefühl gar nicht, aber ihn magst du mehr als mich, ja? Wo ist da die Logik? Wir töten, Menschen wie Tiere! Diese Firma, die ich leite und aufgebaut habe, mit meinen eigenen Händen, ist mein Leben. Als mein Vater anfing, hatten wir gerade fünfzig Tiere, zwanzig Rinder und dreißig Schweine, und als mein Großvater anfing, waren es fünf. Fünf! Schau an, was daraus geworden ist! Du selbst profitierst davon, jeden Abend, wenn du zum Training fährst und übers Eis tanzt. Deine Zeitung hat davon profitiert. Euer Schulball, euer Schulfest. Das Freibad. Die Ställe, in denen deine Mutter arbeitet, ja, auch die unterstütze ich! Die Vereine, das Theater, das kleine Museum.«

»Ich muss nicht eislaufen, um glücklich zu sein«, erwiderte ich trotzig. »Auch das Museum und das Freibad brauche ich nicht dazu. Ich möchte, dass der Panther am Leben bleibt, das ist alles.«

»Aber das versuchen wir doch! Die Devise lautet immer noch, ihn lebend zu fangen, lebend, Nina! Die meisten Jäger und alle Biologen haben Betäubungsmunition in ihren Gewehren. Mehr als siebzig Prozent! Nur du redest von Mord.«

»Ich glaub Ihnen das nicht! Sie haben den ganzen Wald leer gejagt. Das weiß jeder. Sie jagen gerne!«

»Ich richte mich nach den Abschussquoten, wie alle anderen auch. Rede doch keinen Mist!« Schröter drehte sich zu mir um, sah mich forschend an und paffte mir dabei ins Gesicht. Hustend wedelte ich den bläulichen Qualm weg. »Was willst du eigentlich, hm? Muss es so weit kommen, dass der Panther einen deiner Freunde anfällt und ihn tötet? Begreifst du es erst dann?«

»Nein, das will ich nicht, aber …«

»Du kennst meinen Sohn, ja? Lionel, ein guter Junge. Nina, ich habe miterlebt, wie es ist, wenn man wochenlang um das Leben seines einzigen Kindes bangt und nicht weiß, ob man es verliert. Es ist die Hölle. Und es ist die Hölle, anzusehen, wie ein wild gewordenes Tier den geliebten Sohn auf den Hörnern tanzen lässt. Lio hatte sieben OPs, und bei keiner konnten die Ärzte vorher sicher sagen, dass er wieder aufwacht. Ich werde das niemals vergessen, und wenn ich etwas tun kann, um diese Gemeinde vor solch einer Katastrophe zu schützen, dann ist das meine verdammte Pflicht!«

»Ich … ich weiß das mit Lionel, und ich finde das auch schrecklich, aber … vielleicht hätte der Bulle ihn nicht angegriffen, wenn er nicht auf die Schlachtbank gemusst hätte und …«

»Schlachtbank?« Schröter lachte polternd auf. »Mädchen, der Kerl war mein Zuchtbulle! Die werden erst geschlachtet, wenn sie nicht mehr absamen können. Lionel hatte gedacht, er könne mit ihm einen auf Cowboy machen! Danach hab ich komplett auf Schweine umgesattelt.«

»Okay, ja, aber …«

»Ein Aber hast du immer auf Lager, oder? Mann, Mann, Mann … Ihr Kinder könnt so anstrengend sein.« Schröter schob sich die Lodenmütze in den Nacken und rieb seine erhitzte Stirn. »Ich halte vierzig Arbeitsplätze aufrecht, nicht mitgezählt die in der Verwaltung und die Ausbildungsplätze, dazu kommen die Lieferanten, die auf ihre Ware warten, Vereine, für die ich zu Sonderpreisen und manchmal sogar umsonst catere, die Gewerbesteuer, mit der die Gemeinde rechnet. Die Krebshilfe, die jedes Jahr einen satten Scheck von mir bekommt. Ich kann das nicht alles aufgeben, nur weil euch ein Furz quersitzt.«

»Aber einer muss anfangen!«, argumentierte ich stur weiter. Solange ich mit ihm redete, konnte er Spirit nicht töten. »Einer muss anfangen, diese Massenschlachtungen und die Tierquälerei zu ändern. Bornhausen ist jetzt berühmt. Sie könnten das nutzen und auf Bio umstellen.«

Wieder lachte Schröter auf. »Bio-Schweine sterben auch. Nur ein bisschen später, und sie sehen vorher die Sonne. Ob das ihren Tod besser macht, weiß ich nicht.«

»Dann satteln Sie eben ganz um. Hören Sie auf mit dem Töten. Machen Sie einen Gnadenhof auf, für Tiere, die niemand mehr will. So wie Gut Aiderbichl. Nur, dass es Gut Schröter heißt.« Schröters Lachen wurde lauter, doch ich redete unbeirrt weiter. »Platz haben Sie doch ohne Ende und Erfahrung mit Tieren auch. Sie könnten dem Panther dort ein Gehege bauen und ...« Nein, bei aller Überzeugungskraft, die ich gerade in mir spürte – das wollte ich nicht. Das hatte Spirit nicht verdient.

»Nina. Hast du mal einen Menschen hungern sehen? So sehr, dass ihm die Zähne ausfallen und seine Haut sich verfärbt und offene Stellen bekommt, weil der Körper alle Reserven aufbraucht? Mein Vater musste das mit ansehen, bei seiner eigenen Mutter, und ich habe diese Geschichte so oft gehört, dass sie sich mir eingebrannt hat. Mein Betrieb baut auf der Idee auf, dass niemand mehr hungern muss. Bezahlbares Fleisch für alle. Das war die Vision meines Vaters, und meine ist es auch. Mag sein, dass es etwas aus dem Ruder läuft. Mag sein, dass die Zeiten sich ändern. Aber die Grundidee ist edel. Ja, das ist sie immer noch. So, und jetzt bring ich dich zur Haustür, denn ich muss zurück in den Wald. Wir müssen die Sache zu Ende führen. Dieses Mal hältst du uns nicht auf.«

»Versprechen Sie mir, dass er nicht getötet wird. Bitte, Herr Schröter!«

Ich überwand meine Scheu, ergriff seinen Arm und sah ihm fest in die Augen, deren Farbe der von Lionel gar nicht so unähnlich war. »Versprechen Sie es mir.«

»Nein, das kann ich dir nicht versprechen. Ich kann dir nur versprechen, dass ich diese Gemeinde schützen werde, was immer auch dafür notwendig ist. Alles andere wäre purer Leichtsinn. Wenn der Panther auf die Stadt zusteuert und an einem Hochsitz vorbeiläuft, in dem ein Jäger mit normaler Munition sitzt, muss er schießen. Er muss! Du wirst das irgendwann verstehen. Irgendwann hast du auch Kinder, und dann wirst du es verstehen.«

»Lionel liebt Spirit doch genau so sehr wie ich …«, wimmerte ich erstickt, nachdem Schröter zurück in den Wald gefahren war und ich wieder auf dem Sofa saß, als sei nichts passiert. Alle meine Hoffnungen hatten sich als Illusion entpuppt. Nur der Staub auf meinen Schuhen und die Tannennadeln in meinen Haaren verrieten, was gerade geschehen war und dass ich kurz daran hatte glauben können, es gebe eine Rettung für ihn. »Er liebt ihn, ich weiß es.«

Schluchzend stand ich auf und schlurfte in mein Zimmer, langsam und gebeugt. Mir tat alles weh.

Mit den Fingern in den Ohren, weil ich den Schuss nicht hören wollte, rollte ich mich unter der Bettdecke zusammen, die noch nach Spirit roch, und betete stumm vor mich hin, bis ich plötzlich binnen eines Atemzuges einschlief, als habe mich selbst eine Kugel getroffen.

VERRAT HOCH DREI

»Wie spät ist es? Welchen Tag haben wir? Ist es Morgen oder Abend?« Ich war so durcheinander, dass ich Mama beinahe noch gefragt hätte, wo ich war, obwohl dies offensichtlich schien – in ihrem Schlafzimmer im elterlichen Ehebett, und wenn ich das grelle Licht vor dem Fenster richtig deutete, war es nicht Nacht, sondern Tag. Trotzdem hatte ich größte Schwierigkeiten, mich in Zeit und Raum zu orientieren, und auch das Sprechen kostete Mühe. Meine Lippen und meine Zunge waren träge, und mein Gaumen fühlte sich an, als würde ich eine schwere Erkältung bekommen.

»Vormittag. Da hatte wohl jemand was nachzuholen …« Mama lächelte mich liebevoll an und strich mir mit den Fingern durch mein zerzaustes Haar, das sich wie jeden Morgen zu einer »Willkommen im Tornado«-Frisur umgestylt hatte. »Gratulation, du hast seit gestern Mittag durchgeschlafen. Kann es sein, dass du restlos übermüdet warst und dieser nächtliche Ausflug mit Lionel nicht der einzige gewesen ist? – Keine Panik, Nina, die Schule fällt heute noch mal aus, denn gestern war ja noch nicht klar, dass …« Sie zögerte.

»Dass was?«, fragte ich beunruhigt und setzte mich auf, obwohl mein Kopf sofort mit Schwindel und in meinem Blickfeld umhertanzenden Sternchen darauf reagierte. Mama legte ihre Hand auf mein rechtes Knie und drückte es sanft. Alleine diese kurze Geste verriet mir, dass etwas Bedeutendes geschehen sein musste, während ich geschlafen hatte – aber es war nicht nur Mamas Verhalten, das darauf hinwies. Es war das liebliche Zwitschern der Vögel vor dem Fenster, die fast kirchliche Ruhe im Garten, das sonnige Licht um das Haus herum – dieser idyllische, süße Frieden. Ja, es herrschte Frieden, und doch hätte mich kaum etwas mehr in Angst versetzen können als jene entspannte, gelöste Stille, die uns umgab.

»Der Spuk ist vorbei. Es ist vorbei, Nina, wir können jetzt alle wieder ein normales Leben führen – na ja, normal war es bei uns nie, das gebe ich zu, aber Bornhausen wird wieder das sein, was es einst war, und ehrlich gesagt freue ich mich darauf, auch wenn dir nicht gefallen wird, wie es dazu gekommen ist.« Mamas Lächeln verflog, und sie griff nach der Zeitung, die hinter ihr auf dem Nachttisch lag, während sich in meinem Herzen ein stummer Schrei erhob, der meine Brust zerreißen würde. »Ich wollte, dass du es von mir erfährst und in meinem Beisein. Ich weiß ja, dass du an ihm gehangen hast. Sieht so aus, als ob du andere Menschen zu Heldentaten motivierst. Jetzt seid ihr beide berühmt.«

»Ich verstehe nicht …«, wisperte ich, doch Mama hatte mir die Zeitung schon auf die Knie geschoben und gleichzeitig ihre Hand in meinen Nacken gelegt, schützend und zärtlich. Ich stieß sie weg, als ich verstand, was ich auf dem Bild des Leitartikels sah – ohne es glauben zu können, es glauben zu wollen. Aber das Foto war gestochen scharf, und beide Wesen darauf erkannte ich sofort. Wesen, denen ich vertraut und die ich geliebt hatte. Dieses Bild zerstörte alles, was in den vergangenen Wochen in meiner Seele erblüht war und mich am Leben gehalten hatte, und ich wusste, dass ich es nie wieder aus meinem Kopf löschen konnte. Es würde mich Tag und Nacht verfolgen, so wie sie ihn verfolgt hatten. Jetzt hatten sie gesiegt.

Spirit lag seitlings auf dem Waldboden, die Pfoten weit ausgestreckt, genauso, wie er immer neben mir im Bett geruht und vor sich hin geschnurrt hatte, doch aus seiner Brust rann Blut, und seine Zunge hing blass aus seinem leicht geöffneten Maul. Vor ihm hockte Lionel, seine eisblauen Augen fest in die Kamera gerichtet, das Gesicht ernst, aber gefasst, und auf seinen Knien ruhte ein Gewehr, das er mit beiden Händen umgriff.

»Der Retter von Bornhausen: Schröter-Sohn erlegt streunenden Panther«, lautete die Überschrift. Mehr musste ich nicht wissen – mehr würde ich nicht verkraften. Es kam mir vor, als wäre ich selbst tödlich getroffen und würde innerlich zu verbluten beginnen. Lionel hatte mich gekillt.

»Das ist ein schlechter Traum, oder? Mama, sag mir bitte, dass es ein Traum ist, aus dem ich gleich wieder aufwache! Bitte! Ich will aufwachen!«

»Ach, Nina ... Irgendjemand musste es tun, und ich denke, Lionel wollte dich beschützen! Ganz bestimmt! Er hat gehört, was in der Kirche passiert ist, und ich habe doch gesehen, dass er dich mag ... So sind Jungs nun mal!«

»Lass mich raus!«, fauchte ich, weil ich mir diesen Schwachsinn nicht länger anhören wollte, kletterte aus dem Bett und rannte hinüber in mein Zimmer, um meine Haare zu einem Zopf zu binden und in meine Klamotten von gestern zu schlüpfen.

»Ja, Nina, so ist es! Es gibt solche Beschützer-Typen!«, rief Mama und lief mir hinterher.

»Beschützen? *Das* nennst du beschützen? Er hat Spirit umgebracht!«

»Spirit?«, fragte Mama irritiert. »Du hattest dem Panther einen Namen gegeben? Oh Schatz, man sollte einem wilden Tier niemals einen Namen geben, nie! Sie sind namenlos, sie gehören den Menschen nicht, deshalb sind sie wilde Tiere! – Wo willst du denn jetzt hin?«

»Zum Mörder von Bornhausen!«, heulte ich, zwang mich aber sofort wieder, meine Tränen herunterzuschlucken und die wenigen, die bereits aus meinen Augen gespritzt waren, von meinen Wangen zu wischen. Ich musste jetzt stark bleiben. »Lionel ist kein Held, er ist ein Mörder!«

»Nina, du zitterst am ganzen Körper und hast seit gestern Abend nichts mehr gegessen, bitte frühstücke erst, und danach kannst du in Ruhe mit mir über alles reden und dann ... «

»Nein.« Schwungvoll drehte ich mich zu Mama um, die mit hilflos erhobenen Händen hinter mir stand. Ihr Blick war voller Mitgefühl, und auch ihre Augen glitzerten feucht. Spirits Tod tat ihr ebenfalls weh. »Was würdest du machen, wenn einer deiner besten Freunde dein liebstes Pferd umbringen würde? Würdest du in Ruhe frühstücken und dir einen schönen Tag machen? Mama, sag mir die Wahrheit, würdest du das tun?«

»Ich würde ihm die Eier ausreißen«, erwiderte sie eisig, und ich nickte nur. »Aber das löst den Schmerz nicht.«

»Das ist mir egal. Bitte lass mich gehen. Ich kann wieder alleine durch die Stadt laufen, eure Bestie ist tot, oder? Warum richtet ihr nicht ein Fest aus? Veranstaltet einen Umzug? Hisst die Fahnen? Gott, ich hasse dieses Nest ...«

Solange ich fluchte und schimpfte, waren meine Verletzungen noch einigermaßen zu ertragen – die klaffende Wunde in meiner Brust, die Angst vor dem, was nun sein würde, der Verrat, die Enttäuschung –, aber sobald ich das Haus verlassen hatte und durch die Straßen rannte, begann ich zu ahnen, was Lionels Tat bedeutete. Spirit würde nie wieder bei mir im Zimmer sitzen, so stolz und unnahbar, wie er sich mir oft präsentiert hatte. Wir würden nicht mehr zusammen durch die lauen Bornhausener Sommernächte streifen, ich würde sein Schnurren nicht mehr hören, seinen wilden Duft nicht mehr einatmen, seine Wärme nicht mehr spüren – und all das hatte ich ausgerechnet jenem Menschen zu verdanken, dem ich vertraut hatte? Ich wusste nicht, was mehr wehtat. Spirits Tod oder Lionels Verrat. Denn genau das war es und nichts anderes; er hatte mich verraten, mich und Spirit und das Band zwischen uns, das ich nur deshalb geknüpft hatte, weil ich glaubte, dass er es wert sei. Aber er war nur eine billige Kopie seines Vaters.

Als ich Schröters Anwesen erreicht hatte, hatte ich den Kampf gegen meine Tränen endgültig verloren. Ich schluchzte wie ein Kleinkind, ohne es in irgendeiner Weise dämmen zu können, doch ich war gleichzeitig so zornig, dass mir die Wut half, aufrecht zu stehen und zwischen den Schluchzern klar zu denken. Also würde ich auch sprechen können. Denn sprechen musste ich. Daran ging kein Weg vorbei. Schröter persönlich öffnete mir die Tür. Er sah müde aus und roch nach Tabak und Bier. Wahrscheinlich hatte er kräftig gefeiert – Grund genug gab es ja für ihn.

»Wo ist Ihr Sohn? Ich will ihn sehen, sofort!«

»Morgen, Nina. Wissen deine Eltern, dass du hier bist?«

»Ja, das wissen sie, und ich will Lionel sprechen. Sind Sie jetzt stolz auf ihn, ja? Das ist es doch, was Sie wollten, dass er in Ihre Fußstapfen tritt. Hat funktioniert, oder? Meinen Glückwunsch, er ist genau so ein Arschloch wie Sie geworden. – Lionel!«, brüllte ich so laut, dass die Schmuckteller, die neben mir im Eingang hingen und röhrende Hirsche und äsende Rehe zeigten, leise schepperten. »Zeig dich! Für die Zeitung hast du es ja auch getan!«

»Komm schon, Junge, du hast Besuch von einer Furie!«, rief nun auch Schröter, blieb aber dicht neben mir stehen, die Hand leicht erhoben und bereit, mich jeden Moment zu stoppen, falls es nötig werden würde. Doch ich war schneller. Sobald Lionel die Treppe herunterkam, flüchtete ich geduckt nach vorne, rannte ihm entgehen und hieb ihm mit voller Wucht meine Faust in die Magengrube. Stöhnend sackte er nach vorne, und erst jetzt wurde mir klar, dass ich mitten in sein Narbennetz getroffen haben musste. Doch er hatte Spirit getötet, er sollte wissen, wie weh mir das tat. Ja, er sollte meinen Schmerz spüren.

»Nina! Schluss damit!« Schröter packte mich von hinten um die Taille und zog mich von Lionel weg, sodass mein zweiter Hieb ins Leere traf.

»Du Verräter! Du mieser, kleiner Verräter! Ich hab dir vertraut, Lionel! Du warst der Einzige, dem ich vertraut habe, und was machst du? Schlachtest Spirit hinter meinem Rücken ab! Was war dein wahrer Plan, wozu hast du mich benutzt – um bei deinem Vater Eindruck zu schinden? Ich denke, das ist dir geglückt. Ich verachte dich, Lionel Schröter!« Ich zischte wie eine Schlange und spuckte ihm vor die Füße.

»Jetzt aber mal Schluss mit dem Hexentheater.« Schröter

griff nach der metallenen Gießkanne, die auf der Fensterbank stand, und schüttete ihren nassen Inhalt mit Schwung über meinem Kopf aus. »Komm wieder zu dir, Mädchen! Es gibt keinen Grund, meinen Sohn zu schlagen! Er hat getan, was er tun musste, und er hat es ordentlich getan. Ein Schuss, ein Treffer.«

»Was er tun *musste*?« Prustend schüttelte ich mir das Wasser aus den Haaren. »Erkläre mir das, Lionel, denn ich bin offenbar zu blöd, um es zu verstehen. Wieso musstest du das tun?«

Lionel wich meinem glühenden Blick aus. »Er hat mich angegriffen.«

»Du lügst! Verdammt, du lügst, ich weiß es genau!«

»Warst du dabei?«, erwiderte Lionel schleppend, blickte mich aber immer noch nicht an. »Nein, oder? Er hat mich angegriffen, glaub es mir. Es war Notwehr.«

»Du lügst«, wiederholte ich, obwohl ich mir dessen nicht mehr so sicher war. Ich hatte nie eine Garantie dafür bekommen, dass Spirit Lionel nichts tat, wenn ich nicht dabei war. Die beiden waren noch nie zusammen alleine gewesen. Möglicherweise war Spirit sogar eifersüchtig auf ihn gewesen und hatte auf eine solche Gelegenheit gewartet. »Aber selbst wenn – warum dieses ätzende Angeberfoto in der Zeitung? Solche Fotos lassen Jäger von sich machen, die stolz auf ihre Beute sind! Du widerst mich an, Lionel!«

»Was wäre dir lieber gewesen, Nina. Dass Lio tot wäre? Ja?« Schröter griff mir in den Nacken und drehte mich zu ihm, sodass er mir ins Gesicht sehen konnte. »Wäre es dir lieber, wenn dein liebes Pantherchen meinen Sohn zerrissen hätte?«

»Darum geht es doch gar nicht! Lionel weiß, was ich meine, er weiß es genau! Das weißt du. Schau mich an!« Doch Lionel fixierte irgendetwas schräg hinter mir, und seine Wimpern waren dabei so tief gesenkt, dass ich seine Iris nicht sehen konnte. Aufschluchzend drehte ich mich zu Schröter um. »Na gut, dann tue ich eben das Gleiche. Aug um Aug, Zahn um Zahn, das kennen Sie ja sicher, oder? Wissen Sie, was Ihr toller Sohn abends macht, viermal in der Woche? Er haut heimlich durchs Fenster ab, wenn Sie schlafen, fährt in die Eishalle und macht einen auf Eistänzer, ziemlich schwul, wenn Sie mich fragen, aber dazu scheint er ja sowieso zu tendieren. Das wissen Sie selbst.«

Lionel holte keuchend Luft, widersprach aber nicht, während Schröter seinen Griff lockerte und mich ungläubig anstarrte.

»Sie sagten mir selbst, dass er zu weich ist. Stimmt, ist er. Und wie!« Ich wackelte übertrieben mit den Hüften. »Er will Eistänzer werden, mit Glitzerkostümen und Glimmer im Haar und so. Er fliegt dabei dauernd auf die Schnauze, aber na ja ... Gehört wohl dazu.« Nun mischte sich Angst in Schröters Blick – eine Angst, die mich so berührte, dass ich meine Augen auf unscharf stellen musste, um weiterreden zu können. Denn ich war noch nicht fertig. »Und in der Schule schreibt er während des Unterrichts alberne Gedichte. Sie kennen diese Gedichte sogar. Sie haben sie gelesen, sie stehen in der Schülerzeitung, anonym zwar, aber sie sind von Lionel. Feige ist er eben auch.«

»Lionel.« Schröter stieß mich zur Seite, sodass ich gegen die Wand rutschte. »Ist das wahr? Du gehst heimlich aufs Eis? Bist du des Wahnsinns?«

»Und er schreibt Gedichte«, ergänzte ich, doch Schröter winkte nur ab, ohne mir noch Aufmerksamkeit zu schenken.

Die Gedichte schienen ihn nicht zu interessieren, und es war sinnlos, sie ein drittes Mal in den Raum zu werfen. Ich rächte Gleiches mit Gleichem, doch es löste nur ein dumpfes, leeres Brennen in mir aus – erkaltete Glut, aus der nichts Neues entstehen konnte. Ich hatte alles getan, was ich tun konnte. Ich hatte Lionel geschlagen, ihn beleidigt und verraten, doch das Ergebnis war, dass der Schmerz um Spirit nur noch gnadenloser in mir wütete. Mit dem Rücken zur Wand rutschte ich zu Boden, schlang die Arme um meine Knie und versuchte, gegen das Zittern in mir anzukämpfen, das nun meinen ganzen Körper erschütterte.

»Lio, du weißt doch, dass das viel zu riskant ist! Wir haben so oft darüber gesprochen! Du darfst das nicht tun!«

»Jetzt nicht, Dad. Bitte. Lass uns später drüber reden«, hörte ich Lionel wie aus weiter Ferne antworten. »Lässt du uns mal kurz alleine, Nina und mich? Ich will mit ihr reden, ohne dich.«

»Sie soll sich das Gesicht waschen und sich beruhigen«, ordnete Schröter im Befehlston an. »Kann man ja nicht mit anhören, dieses Geheule. Ruf mich, wenn du Hilfe brauchst, Junge. Ich bin in der Küche.«

»Oh ja, die wirst du brauchen«, murmelte ich drohend, als Lionels Schatten auf mich fiel und er vor mir in die Hocke ging.

»Ich möchte mit dir reden. Komm heute Abend um sechs Uhr zu mir, an die Hütte hinter dem Haus«, flüsterte er in mein Ohr. »Bitte.«

»Niemals!«, rief ich und schlug ihm meine Faust auf den Oberarm, doch er zuckte nicht. »Ich hasse dich, Lionel. Ich wusste nicht, dass man jemanden so abgrundtief hassen kann … Du hast mir alles kaputt gemacht. Dein Vater wollte ihn gar nicht töten, nur im Notfall, aber du … du machst es einfach. Klaust ein Gewehr und knallst ihn ab! Warum nur? Warum?«

»Das will ich dir gerne erklären. Komm heute Abend zu mir, und du wirst es verstehen. Ich muss dir dafür die ganze Geschichte erzählen, aber das kann ich nicht hier und jetzt, es geht nicht.«

»Ich bin fertig mit dir, Lionel. Für immer.« Mit einem rauen Schluchzer rappelte ich mich auf und ließ ihn am Boden zurück, wo er sich seufzend durch die Haare strich.

»Vertrau mir, Nina, du wirst es verstehen, wenn ich es dir genau erzähle.«

»Vertrauen – dir? Weißt du überhaupt, was du da von mir verlangst?«

Lionel antwortete nicht sofort. Natürlich – er wollte Zeit gewinnen, damit ich mich beruhigen konnte und keine Gefahr mehr bestand, dass ich ihm erneut in seine Narben schlug. Doch sein Schmerz hatte meinen eigenen nur verstärkt. Ich hätte es gar nicht ein zweites Mal tun können.

»Du willst dich also nicht von ihm verabschieden?« Lionel sprach so leise und undeutlich, dass ich mir nicht sicher war, ihn richtig verstanden zu haben. Fragend drehte ich mich um, doch er drückte nur den Zeigefinger an seine Lippen und deutete mit den Augen warnend auf die Küche, wo sein Vater mit irgendwelchen Töpfen und Tellern hantierte. Aha, so war das. Spirits Leichnam gehörte Schröter, und Lionel wollte Wiedergutmachung betreiben, indem er mich in einem unbeobachteten Moment zu seiner Beute ließ. Doch den erschossenen Spirit zu sehen, sein kaltes Fell zu berühren, ihm für immer Adieu zu sagen – das würde ich nicht übers Herz bringen.

»Wenn du nicht wärst, müsste ich gar keinen Abschied nehmen. Dann wäre er noch am Leben. Ehrlich, Lionel, ich hasse dich«, flüsterte ich kraftlos, stolperte nach draußen und lief zurück nach Hause, durch eine offene, friedliche Stadt mit freundlichen Menschen und lachenden Gesichtern, die nicht mehr mein Zuhause war.

SO ALS OB

»Nina?« Mama klopfte zum vierten Mal an diesem Nachmittag an meine Zimmertür, trat aber ein, ohne auf eine Antwort zu warten. »Es ist Viertel vor sechs.«

»Na und?« Ich rührte mich nicht und starrte weiterhin an die Decke. So lag ich seit heute Mittag da, regungslos, und immer wieder rannen Tränen aus meinen Augen und tropften ins Kissen und in meine Haare. Ich hatte Angst, vor Schmerz kaputtzugehen, sobald ich mich bewegte. Doch wie viel kaputter und zerstörter konnte man sich überhaupt noch fühlen? Und würde es je wieder anders werden?

»Lionel hat dir offenbar etwas zu sagen, und ich finde, du solltest ihm eine Chance geben und es dir wenigstens anhören. Danach kannst du ihn immer noch als Mörder abstempeln. Außerdem ist es immer gut, Abschied zu nehmen. Das wird es dir leichter machen.«

Wieder befreite sich ein Schwall Tränen aus meinen Augen und rann heiß meine Schläfen hinunter.

»Ich kann das nicht …«

»Es könnte befreiend sein. Ich kriege das doch mit in meiner

Arbeit – jene Pferdebesitzer, die ihre Tiere abholen lassen und nicht dabei sind, wenn sie sterben, trauern wesentlich länger und härter als die, die in diesen Momenten bei ihnen bleiben. Es ist wichtig, bewusst loszulassen. Gib dir diese Chance. Ich komme auch mit, wenn du magst.«

»Aber ich will Lionel nicht sehen. Ich hasse ihn.«

»Ach, so ein Blödsinn. Du kannst gar nicht aufrichtig hassen.« Mama trat in mein Zimmer, setzte sich neben mich und streichelte über meine verkrampften Hände, die ich vor meiner schmerzenden Brust gefaltet hatte. Ich lag da wie eine Mumie. »Erst recht nicht Lionel. Ihr kamt doch gut miteinander aus. Hör dir an, was er zu sagen hat. Es kann wirklich sein, dass Spirit ihn angegriffen hat. Er war eine Raubkatze, Nina! Die tun so etwas. Wäre es dir lieber, Lionel wäre tot und Spirit am Leben?«

»Ich wünschte, Lionel wäre noch mein Freund und Spirit noch da!«, brach es aus mir heraus. Meine Stimme klang krank vor Trauer. »Das ist es, was ich will! Beides! Und das kann nie wieder so sein, nie wieder!«

»Zur Hälfte schon. Lionel kann dein Freund sein. Du kannst dich entscheiden, ob du alles verlierst oder ihm eine kleine Chance gibst. Es ist sehr anstrengend, Menschen zu hassen, Nina. Das frisst einen auf.« Wieder strich sie über meine kalten Hände. »Es könnte sein, dass du das irgendwann bereust. Dass du Lionel nicht angehört und dich nicht von Spirit verabschiedet hast. Doch dann wird es zu spät sein.«

»Ich weiß nicht, wie ich das schaffen soll, Mama!«

»Dann zeige ich es dir. Komm.« Mama klopfte auffordernd auf mein Bett und ging voraus ins Badezimmer. Wieder wurde mir schwindelig, als ich aufstand und ihr folgte, doch langsam begann sich eine Gleichgültigkeit über meinen Schmerz zu legen, die mir half, mich nicht wieder auf den Fußboden fallen zu lassen, wie ich es getan hatte, als ich von Schröters zurückgekehrt war. »Erst mal waschen wir dir dein Gesicht.« Mama feuchtete einen Lappen an und fuhr mir damit über die Wangen und die Stirn. »Dann kämmen wir deine Haare. »Wir« bedeutet, dass ich da bin und an dich denke, wenn du zu Lionel gehst. So, nun ein frisches Shirt ... « Sie zog mir mein altes über den Kopf und stülpte mir ein sauberes über. »In die Wangen kneifen, fünf Rescue-Tropfen ... Mund auf.« Ich gehorchte und spitzte die Lippen wie ein Vögelchen, während sie mir die Bachblüten mit einer Pipette auf die Zunge träufelte. »Prima. Jetzt fahre ich dich zu Schröters, und du rufst mich an, wenn du abgeholt werden willst. Lass dir alle Zeit, die du brauchst. Na los, du kriegst das hin, du bist eine Bouvier.«

Als wir zehn Minuten später bei Schröters parkten, kam mir mein Leben vor wie eine einzige heillose Rennerei zwischen Wald, Eishalle, Bolzplatz und Schröters. Ich sehnte mich danach, mich auszuruhen und durchzuatmen. Doch es würde mein letzter Besuch in diesem mörderischen Anwesen werden, für immer. Es gab nur noch diese eine Sache zu erledigen, und dann würden Lionel und ich geschiedene Leute sein.

»Er erwartet mich bei der Hütte im Garten. Ich weiß, wie ich da hinkomme.«

»Okay. Ich drücke dir die Daumen. Erweise Spirit die letzte Ehre, Nina. Er war ein wunderschönes Tier, aber wir waren ihm nicht gewachsen. Es ist kein Zufall, dass Raubkatzen hier schon lange ausgestorben sind. Wir scheitern an diesen Wesen. Das ist leider so. Bis bald.«

Ich fühlte mich wie nach meinem Betäubungsstreifschuss, als

ich umständlich aus dem Auto stieg und mein Kopf bei jedem Schritt, der mich der Jagdhütte näher brachte, stechend pochte. Das gesamte Anwesen wirkte einsam und verlassen. Der große Carport war leer, auch leuchtete kein Licht hinter den Scheiben des wuchtigen Blockhauses. Doch die Tür zur Hütte stand offen, und ehe ich die Stufen zum Eingang nehmen konnte, kam Lionel mir entgegen.

»Bitte schlag mich nicht wieder, Nina. Sag am besten gar nichts, bevor wir unten sind. Meine Eltern sind zwar weg, aber … Man weiß nie, wer hier sonst noch rumschwirrt.« Als Lionel meinen warnenden Blick bemerkte, nahm er davon Abstand, meine Hand zu ergreifen. Wieso blieb er nur so gelassen, so unberührt? Er hatte doch selbst gesagt, wie sehr es ihn fasziniert hatte, mich zusammen mit Spirit zu sehen – war das alles Show gewesen, um den passenden Moment abzuwarten, in dem ich handlungsunfähig war?

Trotzdem folgte ich ihm im Abstand von einigen Metern auf dem schmalen, gewundenen Steinpfad durch den Waldgarten, bis wir an eine Art Kellereingang kamen, der in einen Felsen gehauen war.

»Was ist das?«

»Sollte mal ein Bunker werden, aber dann hat Dad ihn zu einem Kühlraum umfunktioniert. Für seine Jagdbeute.« Lionel hatte bereits die Tür geöffnet, doch ich blieb starr stehen. »Was ist?«

»Ich weiß nicht, ob ich das kann. Ich glaub, ich bringe das nicht fertig. Es könnte sein, dass ich dich dann auch töten muss. Mir ist schlecht, wenn ich dich nur ansehe.«

»Mir geht's auch nicht gerade prächtig, Nina.« Lionel knetete mit Daumen und Zeigefinger seine Augenbrauen und sah mich dann wieder an. »Aber wir haben nicht viel Zeit, also bitte. Bitte! Du bist ja nicht alleine, ich bin doch da.«

»Du bist da?« Ich schüttelte fassungslos den Kopf. »Du? Du hast das alles erst angerichtet!«

»Okay, ich mach jetzt kurzen Prozess, Nina. Tut mir leid.« Ehe ich mich versah, hakte er sich bei mir unter und schob mich durch die Tür. »Achtung, die Stufen können glitschig sein. Nicht fallen.« Doch in meinem Tempo konnte man gar nicht fallen. Mit jeder Stufe wurde ich langsamer, und ich hatte das Gefühl, dass ich immer weniger Sauerstoff atmete, obwohl die Temperatur spürbar sank und sich eine erfrischende Kühle auf meine Stirn legte. Das Innere des Bunkers war überraschend modern. Die Wände waren verputzt und der Fußboden mit Fliesen ausgelegt. Es gab einen kleinen Vorraum, in dem Lionel nun stehen blieb, und eine graumetallene Tür zu einem weiteren Raum – dem Raum, in dem Spirit liegen musste.

»Bitte krieg jetzt keinen Schrecken. Da drinnen hängen eine Sau, die gerade ausblutet, und ein halbes Reh.«

»Meinst du, davor erschrecke ich mich?«, erwiderte ich mit dünner Stimme. »Ich habe Angst, meinen toten besten Freund zu sehen! Das ist es, was ich fürchte! Ich hab ihn geliebt, Lionel!«

»Das weiß ich doch. Langsam könnte ich echt ein bisschen beleidigt sein wegen deiner Äußerungen. Was hältst du eigentlich von mir? Glaubst du das alles wirklich, was du da sagst?«

»Dass du ein widerwärtiger Mörder bist? Lionel, du hast dich sogar für die Presse ablichten lassen!«

»Du glaubst das also tatsächlich. Wow.« Lionel lehnte sich gegen die kalte Wand und fuhr sich erneut über seine Brauen. »Das – das ist krass. Ich dachte, da wäre was zwischen uns.

Vertrauen und dieses Band, das du unbedingt haben wolltest. Auf der anderen Seite … Was sollst du auch sonst denken?«, sagte er mehr zu sich selbst als zu mir. »Bei meiner Familie und all dem, was mein Vater tut … Davon komm ich wohl nie los, was?« Nun wirkte er resigniert und enttäuscht. »Dann erklär ich es dir halt. Frage: Wie bewahrt man ein Tier, das für alle anderen eine Gefahr ist, davor, gejagt und erschossen zu werden? Any ideas?«

»Nein, keine! Ich hab alles versucht, und nichts davon hat funktioniert, das weißt du doch selbst! Was soll die Frage?«

»Du hattest eine Variante vergessen. Ein Tier wird dann nicht mehr gejagt, wenn jeder glaubt, dass es bereits erschossen wurde. Oder?« Lionel nahm meine Hand, und dieses Mal ließ ich es zu. Mit der anderen stieß er die graue Tür auf, und ich schluchzte auf, als ich Spirit auf dem Boden liegen sah, umhüllt von einer blauen Decke. Nur sein Kopf schaute hervor. Noch immer hing seine Zunge aus dem Maul, und seine Augen waren fest geschlossen.

»Spirit …« Sein Anblick brach mir das Herz. Ich wollte umdrehen und nach oben in den Garten rennen, um Mama anzurufen, doch Lionel hielt mich fest bei sich.

»Du wirst es mir nicht glauben, wenn du es nicht fühlst.« Mit mir an der Hand trat er zu Spirit und zwang mich, mich niederzuknien. Dann lupfte er die blaue, weiche Decke zurück und legte meine Hand auf Spirits Brust – genau da, wo das Blut herausgeronnen war. »Spürst du das?«

»Dass er tot ist?« Meine Stimme war nur noch ein Hauch, so elend war mir. Gleich würde ich ohnmächtig werden.

»Fühl genau hin!«

Es verstrichen einige Sekunden, in denen ich gebückt vor

Spirit kniete, Lionel meine Hand an seine Brust drückte und ich endlich wahrnahm, was er meinte und längst wusste. Ein kräftiges, langsames Klopfen. Spirits Herz. Es schlug.

»Er lebt? Ist das wahr, er lebt?« Weinend und lachend zugleich drehte ich mich zu Lionel um. Jetzt hatte ich nicht mehr Angst, Spirit zu betrachten – nein, ich hatte Angst, dass ich nur träumte und das alles nicht wahr war. »Er ist gar nicht tot?«

»Natürlich lebt er. Ich kann immer noch nicht fassen, dass du glaubst, ich hätte ihn erschossen! Ehrlich, Nina, das macht mich fertig!«

»Aber jeder … jeder denkt, er sei tot, und es stand in der Zeitung und …«

»Ja, ja, die Zeitung.« Lionel schnaubte kurz. »Seit wann ist wahr, was in der Zeitung steht? Müsstest du doch am besten wissen, oder? Ein Tier wird dann nicht mehr gejagt, wenn jeder glaubt, dass es tot ist! Das war die einzige Lösung für uns! Hast du meine Nachricht denn nicht bekommen?«

»Welche Nachricht?«, fragte ich mit geschlossenen Augen und lauschte verzückt Spirits Herzschlag. Lionel log nicht, dieses Tier war am Leben! Es war kein schöner Traum, sondern die Wahrheit …

»Die E-Mail. Mein Handy ist doch Schrott, ich konnte dich anders nicht erreichen. ›Vertrau mir, egal, was passiert und die anderen sagen‹, das hab ich dir geschrieben, bevor ich in den Wald gezogen bin.«

»Nein, hab ich nicht gesehen. Aber was ist mit dem Blut? Und gut geht es ihm auch nicht, seine Pfoten sind eiskalt und sein Puls ist zu langsam – was hast du gemacht?«

Plötzlich ertönte die Eingangstür, und ich hörte Schritte die Treppe herunterkommen. Erschrocken fuhr ich herum, doch

Lionel legte mir besänftigend die Hand auf den Rücken. »Alles in Ordnung, er ist eingeweiht. Wir haben das zusammen durchgezogen.«

Mit Erstaunen erkannte ich Hubert Kieling – jenen Jäger, der mich angeschossen hatte. Mit einem Betäubungsgewehr …

»Hallo, Nina. Hat Lionel dir alles erzählt?«

»So halb«, antwortete ich verwirrt. »Sie haben mich doch angeschossen, oder?«

»Hubert ist nicht nur Jäger«, beeilte sich Lionel zu sagen, denn Hubert wich die Farbe aus der Nase, als ich ihn so direkt auf sein Versehen ansprach. »Er ist auch ausgebildeter Veterinär, und er weiß, wie man mit Betäubungen umgeht.«

»Ja, das habe ich gemerkt«, erwiderte ich trocken. »Also ist Spirit nur betäubt? Aber was ist mit dem Blut?«

Hubert zuckte mit den Achseln. »Ketchup. Wir hatten nichts anderes. Wir haben ihm die Haut angeritzt, in Größe einer Kugel, und dann ordentlich Ketchup ins Fell geschmiert. Ich prüfe für Schröter immer, ob die von uns erlegten Tiere wirklich tot sind, und teste seine Schlachttiere auf Krankheiten, insofern wäre ich sowieso ins Spiel gekommen. Er vertraut mir. Wenn ich sage, dass ein Tier tot ist, dann zweifelt er daran nicht. Außerdem … na ja.« Verlegen grinste er mich an. »Ich hab wohl was gutzumachen. Bei Dir. Und bei deiner Mutter.«

»Und bei Graufink«, ergänzte Lionel naseweis.

»Ja, auch bei Bennet.« Hubert seufzte und kniete sich neben uns, um Spirits Puls zu prüfen.

»Wieso bei meiner Mutter und bei Graufink?« Meine Verwirrung wuchs sekündlich. Lächelte Hubert Mama deshalb immer so unterwürfig an, wenn wir ihm begegneten, obwohl sie ihn jedes Mal mit einem ihrer Blicke abfrühstückte?

»Sagen wir es so – Bennet und ich gingen gemeinsam zur Schule und … Es gab Differenzen. Grobe Differenzen.«

»Sie haben Graufink gemobbt!«, schlussfolgerte ich.

»Wir waren nicht immer einer Meinung und hatten unterschiedliche Vorstellungen vom Leben«, versuchte Hubert sich herauszuwinden, doch meine Blicke nagelten ihn fest. »Was ich ihn auch habe spüren lassen, ja, korrekt. Heute würde man es wohl Mobbing nennen.«

»Und meine Mutter?«, forschte ich weiter, während Hubert eine dünne Taschenlampe herausholte, Spirits Lider nach oben schob und in seine Pupillen leuchtete.

»Ich … ähm. Sie war ein sehr schönes Mädchen, weißt du, und – oh, sie ist immer noch sehr schön, Nina, versteh mich nicht falsch, aber nun ist sie eine Frau, natürlich eine schöne Frau, und …«

»Er hat deinen Paps verprügelt. Aus Eifersucht«, kürzte Lionel Huberts verzweifeltes Stottern ab. »Seitdem redet deine Mutter nicht mehr mit ihm. Aber eigentlich waren er und dein Vater gute Freunde. Na, wie das halt so ist in Bornhausen. Jeder kennt jeden. Manchmal ist das von Vorteil. Jetzt zum Beispiel.«

»Ich versteh aber immer noch nicht, was Graufink damit zu tun hat!«

»Graufink wird uns fahren«, erklärte Hubert und ließ Spirits Lider wieder nach unten sinken. »Er kennt den Weg.«

»Cut!«, bat ich erschöpft, setzte mich vor Spirit auf den Hintern und streckte meine Beine aus. Jetzt erst hatte ich Sinn, das Wildschwein zu bemerken, dessen Blut rhythmisch in einen Eimer tropfte, doch ich betrachtete es wie ein fernes wissenschaftliches Experiment. Mein Hirn hatte keine Aufnahmefähigkeit mehr. »Gebt mir eine Pause, bitte. Das ist zu viel Info auf einmal. Ich hab den ganzen Tag geheult und seit gestern nichts mehr gegessen … Ich kann nicht mehr!« Es stimmte, was ich sagte – die Erleichterung hatte meine letzten verbliebenen Energien weggespült. Alles, was ich noch konnte, war, mich gegen Lionels Schultern zu lehnen und meinen Freudentränen nachzugeben.

»Dann geht in die Hütte und esst etwas, der Kühlschrank ist voll«, schlug Hubert uns vor. »Ich warte hier auf Bennet. Die Sitzung vom Schützenverein ist gegen acht Uhr zu Ende, und danach geht es in die Kneipe, wir haben also noch ein bisschen Zeit, bis Heinz zurückkommt, aber eine weitere volle Sedierung verkraftet der Panther nicht mehr. Ich kann ihm nur noch eine kleine Dosis geben. Wir müssen ihn heute wegbringen. Wollt ihr mitfahren?«

»Wohin mit?«, fragte ich kraftlos.

»In die Freiheit«, antwortete Lionel an Huberts Stelle, kniete sich hinter mich und legte seine Arme um meine bebenden Schultern. Kühl schmiegte sich sein Kinn in meinen Nacken. »Wir schenken Spirit die Freiheit. Denn dort gehört er hin.«

Ja, dort gehörte er hin. Er hatte sie verdient, mehr als jedes andere Lebewesen.

Und doch brach mein Herz ein zweites Mal.

WILDER, FERNER WALD

»Bist du jetzt satt? Ich hätte hier noch eine Dose Blutwurst und eine Flasche Malzbier.« Mit dem Rücken zu mir durchforstete Lionel den geplünderten Kühlschrank der Hütte. »Ach, schau mal – eisgekühlter Café Latte. Den liebt mein Dad. Magst du?«

»Danke. Hab genug und ich mag keinen Kaffee. Bier übrigens auch nicht.« Ich unterdrückte einen kleinen Rülpser und pickte die letzten Schwarzbrotkrümel von meinem dunkelgrünen Teller, aus dessen Mitte mich eine aufgemalte Wildsau anglotzte. Ich hatte nicht gedacht, dass Schröter-Würstchen so gut schmecken konnten, wenn man kurz vor dem Verhungern stand und sie mit süßem Senf, frischem Brot und knackigen Gurken kombinierte. Bei jedem zweiten Bissen hatte ich zu verinnerlichen versucht, dass diese Würstchen aus Fleisch von Schweinen, die in Trauerhaltung auf dem Boden hockten, produziert worden waren, doch meinen Bauch hatte das nicht weiter interessiert. Er begrüßte die deftige Mahlzeit mit wohliger Wärme und einem zufriedenen Gefühl. Dennoch nahm ich mir vor, in Zukunft nur noch einmal pro Woche Fleisch zu essen. Höchstens zwei.

»Ich verstehe immer noch nicht, was Graufink mit alldem zu tun hat«, griff ich jenen Faden auf, den wir vorhin noch nicht zu Ende gesponnen hatten. Lionel öffnete nach einem kurzen Zögern den Café Latte und nahm einen großen Schluck. Jetzt war er derjenige, der vor Müdigkeit kaum mehr geradeaus sehen konnte. Wir gaben wahrlich kein hübsches Paar ab – ich verheult, mit dicker Nase und rot geweinten Augen, er auf morbide Weise blass und schattig im Blick. Aber es tat gut, ihn nicht mehr hassen zu müssen. »Und wieso hast du mir nicht Bescheid gesagt? Ich hätte euch doch helfen können!«

»Hättest du nicht«, gab Lionel selbstsicher zurück und nahm einen zweiten Schluck. »Du wurdest von deinen Eltern rund um die Uhr abgeschirmt, und nach dem Ereignis in der Kirche wusste ich, dass ich nicht mehr an dich herankomme. Außerdem hätte das die Journalisten angelockt. Die haben euch beschattet. Ich glaub auch nicht, dass du zugestimmt hättest. Du wolltest ihn hier behalten, für dich. Oder? Du hättest ihn nicht in Gefahr bringen wollen. Das Ganze hätte ja auch schiefgehen können. Ich wusste nicht, ob wir gut treffen.«

»Wir?«, fragte ich verdutzt nach.

»Hubert oder ich. Es war Hubert, der den Betäubungsschuss abgesetzt hat, nicht ich. Ich hatte zwar auch ein Gewehr dabei, aber er ist ein erfahrener Jäger. Ich hätte meines nur im Notfall benutzt.«

»Also war der Zeitungsbericht eine doppelte Lüge«, schlussfolgerte ich erstaunt. »Ihr habt uns alle an der Nase herumgeführt!«

»Wir mussten dafür sorgen, dass meine Eltern sich erst einmal auf mich stürzten. Ich hab einen auf geschockt und traumatisiert gemacht. Hat ganz gut funktioniert. Ich bin ja so schwach und neuerdings auch schwul.« Errötend senkte ich meine Lider, musste aber wie Lionel grinsen. Auch das tat gut. »In der Zeit konnte Hubert Spirit in seinen Wagen laden, zum Kühlraum fahren und dort seinen angeblichen Tod feststellen. Dad hat gar nicht nachgeprüft, ob das stimmt. Er hat den Schuss gehört, später das Blut gesehen und mich erlebt – das hat ihm gereicht. Hubert hat schon recht, er vertraut ihm blind.«

»Gut durchdacht«, murmelte ich anerkennend. »Graufink ging also mit Hubert zur Schule, und Hubert hat bei mir und Mama was gutzumachen – und weiter?«

»Graufink war vor ein paar Tagen hier und redete meinem Vater ins Gewissen. Er wollte den Abschuss verhindern. Deshalb wusste ich, dass ich ihn ins Boot holen konnte. Wir brauchten einen dritten Mann, und Graufink kennt sämtliche deutschen Waldgebiete. In ihnen verbringt er seine Sommerurlaube, er wandert alleine durch den Wald.«

»Stimmt«, erinnerte ich mich nachdenklich. »Davon hat er oft erzählt. Ist für ihn wie pilgern, oder?«

Lionel nickte. »Er ist aus mehreren Gründen dabei. Jemand muss den Zustand Spirits überwachen, während wir fahren – das kann Hubert am besten. Er weiß, was zu tun ist, falls Spirit wach wird oder sein Kreislauf kippt. Also muss ein anderer das Auto steuern: Graufink – der außerdem den Weg kennt. Allerdings hatte ich Graufink als Erstes eingeweiht, weil ich wusste, dass er was bei Hubert guthat. Hubert war seit dem Fehlschuss auf dich aus dem Ruder. Er hat sich Vorwürfe gemacht und wollte sogar aus dem Schützenverein aussteigen. So ergab eins das andere.«

»Ziemlich raffiniert. Du hast mit dem schlechten Gewissen

anderer Leute gearbeitet.« Ich klang vorwurfsvoller, als ich beabsichtigte.

»Na, eher mit ihrem Wunsch, etwas anders zu machen als früher, denke ich«, erwiderte Lionel locker und stützte mir gegenüber die Arme auf die Bar. »Ich wollte das auch, Nina. Ich wollte nicht mehr nur stumm dasitzen und Gedichte auf Papier kritzeln und heimlich meine Runden auf dem Eis drehen, anstatt zu handeln. Damit kann man nicht die Welt verändern. Das nützt niemandem was. Aber wenn ich was ändern kann, spiele ich auch gerne mal das Arschloch.« Nun schaute er mir das erste Mal wieder direkt in die Augen, und ich erwiderte seinen Blick länger als nur ein paar Sekunden. Für einen Moment hatte ich den Impuls, mich an der Bar festzuhalten. Es war, als ob der Hocker unter mir sich in Götterspeise verwandelte. »War kein Vergnügen, wenn ich ehrlich bin.«

»Ich weiß es jetzt ja besser«, erwiderte ich leise und wünschte mir, die Bar stünde nicht zwischen uns, denn Lionel hob den Arm, als wolle er mich berühren. Doch er strich sich nur durch seine schwarze Tolle, deren glänzende Strähnen widerspenstig in seine Stirn fielen. Also zurück zum Thema.

»Wohin führt der Weg denn, den Graufink kennt?«

»Soonwald«, ertönte eine vertraute Stimme hinter mir, und ich staunte nicht schlecht, als ich mich umdrehte und einen gänzlich anderen Graufink erblickte als den, den ich bisher gekannt hatte – und ich hatte bereits viele Varianten von ihm erlebt. In Robe, Schlafanzug, Religionslehrer-Montur und unerfreulicherweise auch nackt. Dieser Anblick jedoch übertraf alle anderen. Er hatte sich seine langen Haare mit einem gemusterten Tuch straff aus der Stirn gebunden und trug ein lässiges Hemd, mit unzähligen Taschen besetzte Trekkinghosen und robuste Outdoorschuhe. Die Ärmel hatte er hochgekrempelt, und in seinem Ausschnitt baumelte ein hölzernes, kleines Kreuz an einem schwarzen Lederband – ein moderner Jesus auf Wanderurlaub. »Der Soonwald ist nicht weit entfernt und eins der größten zusammenhängenden Waldgebiete Deutschlands. Dort leben Hirsche, Wildkatzen, massig Schwarzwild, Füchse, Hasen, Dachse. Die Dörfer liegen kilometerweit voneinander entfernt, sodass der Panther streunen kann, ohne in die Nähe von Menschen zu geraten. Ich werde euch in die Mitte des Waldes fahren, wo es überhaupt keine Dörfer gibt. Dort wird er satt, und mit ein bisschen Glück kann er ein paar Jahre unerkannt leben. Vielleicht sogar für immer.«

Jetzt trat auch Hubert in die Hütte und klopfte Graufink freundschaftlich auf die Schultern. »Seine Lider fangen an zu zucken. Bald wird die Aufwachphase beginnen. Wir müssen los, Leute. Was ist nun, Nina und Lionel? Kommt ihr mit?«

»Nina muss mit«, antwortete Graufink an meiner Stelle. »Sie kann mit diesem Tier umgehen, das weiß ich. Wenn irgendetwas außer Plan verläuft ...« Graufink schielte skeptisch auf das Gewehr, das um Huberts Schulter hing. »... dann brauchen wir sie.«

»Was wir sicher nicht ausnutzen werden«, versuchte Hubert Graufink zurück auf den Pfad der Vernunft zu bringen, doch ich nickte, dass meine Haare flogen.

»Ich will mitfahren«, bestätigte ich tapfer. »Ich muss Spirit doch Lebewohl sagen.«

»Ich komme auch mit.« Lionel verließ seinen Platz hinter der Theke, umrundete sie und stellte sich neben mich. »Ich lass Nina jetzt nicht alleine.«

Was für ein merkwürdiger Trupp wir doch waren – ein Pfarrer auf Abwegen, ein zweifelnder Jäger, der früher gemobbt und geprügelt hatte, der rebellierende Sohn eines Fleischfabrikanten und eine katzenflüsternde Eisprinzessin. Unterschiedlicher hätten wir nicht sein können, doch in diesem Augenblick fühlte es sich an, als gäbe es keine Grenzen zwischen uns. Trotzdem zauderte ich noch.

»Hubert ... Schröter denkt, du hast den Tod von Spirit bestätigt und dass die Gefahr durch ihn gebannt ist. Wenn wir ihn nun woandershin bringen und er tut dort jemandem was zuleide, sind wir dann nicht verantwortlich dafür?«

Hubert und Graufink warfen sich einen langen Blick zu, und ich ahnte, dass sie darüber schon ausführlich diskutiert hatten.

»Garantieren können wir nichts«, begann Graufink schließlich mit ernster Miene zu antworten. »Das ist wahr. Aber wir haben in den vergangenen Stunden alle Statistiken geprüft und auch alle anderen Berichte von Panthersichtungen. Es ist in Europa noch nie ein Mensch durch ein frei lebendes Raubtier zu Schaden gekommen. Weder durch die neu eingewanderten Wölfe noch durch Luchse, Wildkatzen oder Panther. Doch etliche wurden durch Wildschweine oder aggressive Kühe verletzt und sogar getötet. Wenn wir die Raubtiere in Ruhe lassen, lassen auch sie uns in Ruhe. Die Alternative wäre gewesen, den Panther in ein Gehege oder einen Zoo zu bringen, aber wann immer Menschen durch eine Raubkatze angefallen und getötet wurden, geschah es dort. In Gefangenschaft. In Käfigen, Zirkussen, im Varieté. Nicht in der Freiheit. Aber wir können uns noch anders entscheiden, wenn du das willst, Nina. Dann fahren wir ihn in den Zoo Saarbrücken.«

»Nein«, beschloss ich, nachdem ich über Graufinks Worte nachgedacht hatte. Ich glaubte und vertraute ihm. Doch in erster Linie vertraute ich mir selbst, meiner eigenen Intuition. Spirit würde niemanden anfallen. Seine Aufgabe bei uns war eine andere gewesen – welche, würde sich wahrscheinlich erst noch zeigen. Doch er war kein Todesbote gewesen. Vielleicht sogar das Gegenteil. Vielleicht hatte er Leben nach Bornhausen gebracht, auch wenn ein Pinscher namens Missy seines dafür hatte geben müssen. Trotzdem hatte er in der Stadt nichts mehr verloren. »Wir bringen ihn in den Soonwald. – Was sollte eigentlich mit ihm passieren, nachdem alle glaubten, er sei erlegt worden?« Daran hatte ich noch gar nicht gedacht, doch die Frage drängte sich mir auf – was hatten Schröter & Co mit dem toten Spirit vorgehabt?

»Na ja.« Lionel schob verlegen einen Mundwinkel nach oben. »Du kennst meinen Dad ja jetzt ein bisschen.«

»Richtig, und ich kann mich immer noch nicht daran gewöhnen, dass du diesen Mann Dad nennst. Das ist viel zu niedlich für ihn.«

Hubert und Graufink begannen zu schmunzeln, doch viel tiefer hatte sich in meine Seele eingenistet, dass mein einstiges Feindbild seinen Sohn liebevoll Lio rief. Lio – niemand bei uns in der Klasse war jemals auf diese Idee gekommen. Stattdessen hatten wir ihn abfällig Lyoner genannt. Schröters Kosename für seinen Sohn war eine wundervolle Abkürzung.

»Er ist nun mal mein Dad, also kann ich ihn auch so nennen«, entgegnete Lionel tiefenentspannt. »Und du weißt, wie er drauf ist. Er wollte den Panther ausstopfen lassen und in unser Museum stellen. Als der Panther von Bornhausen. Ja, Nina, schon klar! Gruselig, finde ich auch. Aber es hätte die Touristen in Scharen angelockt.«

»Ich will gar nicht drüber nachdenken. Lasst uns fahren«,

forderte ich meine drei Helfer mit angeekeltem Blick auf und marschierte ihnen voraus zu Huberts verdrecktem Geländewagen, dessen Ladeklappe offen stand. Hubert hatte den Kofferraum mit Decken ausgelegt, damit Spirit warm und weich ruhen konnte. Ein festes metallenes Hundegitter trennte ihn von uns. Ja, das war das richtige Plätzchen für ihn.

Hubert und Graufink verschwanden im Kühlhaus, um Spirit mitsamt seiner blauen Denke und unter vereintem Ächzen und Stöhnen die Treppe hinauf und von dort aus zum Auto zu schleppen. Zweimal mussten sie ihn unterwegs ablegen, so schwer hatten sie an seinem Gewicht zu tragen. Bevor wir losfuhren, prüfte Hubert noch einmal seinen Puls und den Zustand seiner Augen und verpasste ihm eine letzte Mini-Dosis Sedierung. Je länger wir warteten, desto größer würde sein Hunger werden, und auch wenn er sich bisher auf keinen Menschen gestürzt hatte – niemand wusste, ob er uns die Betäubung übel nehmen würde. Sie war wie ein Vorgeschmack auf das, was Panther aggressiv machte: Gefangenschaft. Ja, wir mussten uns beeilen.

Hubert nahm neben Lionel auf der Rückbank Platz, um seinen Patienten während der Fahrt beobachten zu können, während ich mich auf den Beifahrersitz setzte und den nahenden Abschied von Spirit so gut verdrängte, wie es bei dem paradiesisch schönen Sommerabend, in den wir hineinfuhren, möglich war. Alles an dem, was uns in seiner überwältigenden Fülle umgab, erinnerte mich bereits jetzt an jene verzauberten Stunden, die ich zusammen mit meinem Panther verbracht hatte. Die Welt war wie ein optisches Echo meiner schönsten Erlebnisse – der dichte grüne Wald, die sich im Wind wiegenden Felder, der klare Sommerhimmel, die sich langsam zu einem weichen Goldorange verfärbende Sonne. Immer karger wurde die Zivilisation, immer kleiner und verlassener erschienen mir die Dörfer, immer länger zogen sich die Straßen zwischen ihnen, bis Graufink nach einem Örtchen namens Tiefenbach in den Wald einbog und wir eine schmale, asphaltierte Straße befuhren, die nicht einmal einen Mittelstreifen hatte. Mir war, als wären wir nicht nur an einem anderen Ort angelangt, sondern auch in einer anderen Zeit.

»Hier hat er alles, was er braucht, Nina. Keine Sorge.« Graufink griff nach vorne und schaltete das Radio aus, denn es bekam keinen klaren Empfang mehr und störte sowieso nur. »Es gibt Bäche, Tümpel, Eichenhaine, Felsen zum Klettern, kleine Wasserfälle. Wo immer auch wir ihn melden würden – er würde in einem Käfig landen, und in Bornhausen konnte er nicht bleiben. Das hier ist seine einzige Chance.«

»Ich weiß. Ist schon gut«, gab ich mich einsichtig. Was wir taten, fühlte sich richtig an, aber das bedeutete nicht, dass es nicht wehtat. Vergeblich versuchte ich, mich mit dem Gedanken zu trösten, dass wir Spirit das Leben retteten, indem wir ihn wegbrachten – das, was ich doch die ganze Zeit hatte erreichen wollen.

Drei weitere Male bog Graufink ab, bis der Geländewagen über einen Weg rumpelte, den sonst nur Waldarbeiter befuhren, und lautstark Schlammkügelchen gegen die Lackierung des Wagens prasselten. Immer schmaler wurde der Pfad, und ich wusste, dass es nicht mehr lange dauern würde, bis wir unser Ziel erreicht hatten. Doch erst, als der Weg sich im Nichts verlor, brachte Graufink den Wagen zum Stehen, schaltete den Motor ab und drehte sich fragend zu Hubert um.

»Und? Wie sieht es aus?«

»Er kommt langsam zu sich. Wir sollten ihn schleunigst nach draußen schaffen, bevor er wach wird und den Kofferraum zerlegt.« Hubert löste seinen Gurt, hängte sich sein Gewehr um und verließ den Wagen, um die Heckklappe zu öffnen. »Ihr zwei bleibt drinnen, Lio und Nina, ja?«

Ich wollte nicht im Wagen bleiben, doch ich fühlte mich auch nicht in der Lage, meinen Gurt zu öffnen und auszusteigen. Mit schmerzendem Bauch sah ich dabei zu, wie Hubert und Graufink Spirit unter vereinten Kräften auf eine kleine Lichtung inmitten der Bäume trugen und die Decke von ihm lösten, um sofort zurück zum Auto zu eilen, einzusteigen und die Türen zu verriegeln. Doch Hubert ließ den Motor nicht an. Unsere Augen hingen allesamt an Spirit, dessen linke Vorderpfote zuckte, als habe ihn ein Grashalm gekitzelt. Es verstrichen einige Sekunden, in denen ich nur unseren Atem vernahm, bis sich seine Lider blinzelnd öffneten und ich sehen konnte, wie seine Rippen sich kräftig hoben und senkten. Träge richtete er seinen Kopf auf. Seine Schnauze kräuselte sich leicht, seine glänzenden Barthaare vibrierten. Er roch den Wald, roch seine neue Freiheit.

Komm …, erklang es in meinem Herzen, jene Sprache aus Bildern, Gerüchen und Geräuschen, die uns auf so verwunschene Weise miteinander verbunden hatte. *Begegne mir. Berühre mich, und lass mich los.* Wieder sah ich ihn und mich im tiefen, wilden Dschungel unter dem Wasserfall, ich in meinem blauen Kleid auf dem Stein liegend und dösend, er paddelnd im Wasser.

»Ich muss zu ihm«, durchbrach ich die angespannte Stille. »Ich muss, er ruft mich!«

»Kommt nicht infrage, Nina. Das können wir nicht verantworten«, stellte Hubert in strengem Ton klar. Graufink nickte, obwohl seine Augen sich brennend auf Spirit richteten, als wolle er ebenfalls den Wagen verlassen und zu ihm laufen.

»Bitte vertraut mir, ich muss ihm Lebewohl sagen! Deshalb bin ich doch hier ...«

Hubert wollte mich aufhalten, und auch Lionel griff nach mir, doch ich hatte schon die Zentralverriegelung gelöst und war nach draußen gesprungen. Sofort vernahm ich hinter mir das Klappern einer zweiten Tür und das Entsichern des Gewehrs. Hubert war mir gefolgt. Doch er blieb am Wagen stehen, das Gewehr im Anschlag, und fluchte wie ein Berserker, während ich mich Spirit in wenigen, schnellen Schritten näherte, vor ihm niederkniete und ihm ein letztes Mal in seine fernen smaragdgrünen Augen sah.

»Du bist jetzt frei«, flüsterte ich und nahm seinen Kopf in meine Hände. Schnurrend drückte er seine Stirn gegen meine. Seine Schnurrhaare kitzelten meine Wange. »Ich werde dich nie vergessen. Ich liebe dich, Spirit. Hörst du? Ich liebe dich.«

Sanft rieb er seinen Kopf an meiner Wange, bevor er aufstand und sich lässig streckte und dehnte. Seine Rippen traten deutlich hervor, doch sein Körper wirkte gesund und stark. Als die Abendsonne durch die flüsternden Zweige über uns drang, glomm sein schwarzes Fell rötlich auf, was mir die Illusion verlieh, er sei durchsichtig. Plötzlich kam er mir auf fantastische Weise unwirklich und ätherisch vor.

»Wohin gehst du jetzt?«, fragte ich ihn kraft meiner Gedanken, während meine Hände über seinen Rücken strichen und versuchten, sich das seidige Gefühl seines Fells einzuprägen, auf dass sie es nie mehr vergaßen. Es war ein Abschied für immer und für niemals.

Dorthin, woher ich kam. In deine Seele.

Mit unendlich ruhendem Blick wandte er sich von mir ab, als gäbe es weder einen Abschied noch meine Tränen. Als hätten all die Liebe, Hoffnung und Angst der vergangenen Wochen nie existiert, und schlenderte gemächlich in das schwüle Dickicht hinein, bald nur noch ein schwarzer, ferner Schatten im ewigen Grün des Waldes.

Er drehte sich kein einziges Mal nach mir um.

EIS FÜR ZWEI

»Nein, ich will nicht baden gehen! Auch nicht shoppen! Auch nicht mit dir Gilmore Girls gucken oder einen Kuchen backen! Ich will alleine sein, wie oft soll ich dir das noch sagen? Ich möchte niemanden sehen!« Stöhnend drückte ich mir mein Kissen aufs Gesicht und rückte noch ein Stückchen weiter zur Wand. Mama gab nicht auf, und ich hasste es.

»Ich hatte nicht vor, mit dir einen Kuchen zu backen.«

»Lionel? Du?« Ich wälzte mich so schnell zur anderen Seite des Bettes, dass ich zu viel Schwung bekam und ihm direkt vor die Füße fiel, denn er stand bereits mitten im Zimmer. »Autsch. Ich dachte, du bist Mama.«

»Nicht ganz.« Hilfsbereit streckte er mir seine Hand hin, doch ich zog es vor, mich aus eigener Kraft so weit aufzurichten, dass ich mich setzen, mein Shirt glatt streichen und das Gleiche mit meinen Haaren versuchen konnte. Doch ihn anzuschauen, brachte ich nicht fertig.

»Hier. Für dich.« Wieder tauchte seine Hand vor meiner Nase auf, doch dieses Mal hielt sie einen Pappbecher voll Eis, gespickt mit einer gezuckerten Waffel und einem blauen Plastiklöffelchen, und der köstliche Duft nach Schokolade, Vanille und Waldmeister ließ meine Geschmacksknospen vor Wonne erzittern. Ich hatte seit vergangenem Sommer kein Eis mehr gegessen.

»Was ist das?«, stellte ich mich desinteressiert.

»Eis«, erwiderte Lionel mit hörbar erzwungener Geduld. »Nimm es, bevor es zerläuft.«

»Warum Eis?« Weil der betörende Geruch meinen Willen aufweichte und Lionel es offenbar vorzog, erst zu antworten, wenn ich klein beigab, klaubte ich den Becher seufzend aus seiner Hand und lugte hinein. Der Inhalt sah durchweg verführerisch aus. Das erste Mal seit meinem Abschied von Spirit verspürte ich einen Hauch von Appetit, und mein Magen knurrte vernehmlich.

»Um dich zu erinnern. Hab ich mich in dir geirrt, Nina? Sind wir nicht Freunde geworden oder so etwas in der Art? War ich nur gut genug für dich, wenn ich dir bei deinen Pantherunternehmungen geholfen und für dich den Schweinemörder gespielt habe?«

»Nein«, nuschelte ich mit vollem Mund, denn ich hatte dem Waldmeistereis nicht länger widerstehen können. »Wieso denkst du das?«

»Wieso?« Lionel hockte sich vor mir auf den Boden und begann ebenfalls, sein Eis zu löffeln. »Das fragst du, ehrlich? Vielleicht, weil du kein Wort mehr mit mir gesprochen hast, seitdem ich dir geholfen habe, Spirit aus der Stadt zu schmuggeln? Weil du mir in jeder Pause aus dem Weg gehst und permanent offline bist, damit ich auch ja nicht mit dir in Kontakt treten kann? Weil du abends nicht mehr aufs Eis kommst, nicht mal zu deinem eigenen Training? Daher übrigens das Eis.« Mit seinem Löffel deutete er auf meinen Becher und schaufelte sich dann eine Ladung Zitronensorbet in den Mund. Ich konnte es bis hierher riechen und hätte ihm seine Portion gerne aus der Hand gerissen. Zitrone fehlte in meinem Becher. »Kleine Gedankenstütze, das Eis. Was ist los, Nina? Ist das alles nichts mehr wert?«

»Doch. Nein. Ich weiß nicht.« Übereilt schob ich mir eine halbe Schokoladenkugel in den Mund und erschauerte, weil mir schlagartig eiskalt wurde. Zu viel auf einmal. »Mensch, Lionel, ich trauere!«

»Du trauerst seit zehn Tagen. Meinst du nicht, es reicht langsam? Das ist doch langweilig, oder nicht?«

»Du hörst dich schon an wie meine Mutter«, klagte ich mit vollem Mund und vertiefte mich in den betörenden Geschmack von Vanille mit einem Tick Waldmeister.

»Na ja, vielleicht haben wir ja recht, deine Ma und ich. Wie lange willst du das noch so durchziehen? Was ist mit dem Eislaufen, was ist mit uns beiden? Hast du mich nur ausgenutzt?«

»Quatsch.« Ich hatte das Eis in Rekordgeschwindigkeit vernichtet, fror wie ein Schneider, obwohl draußen wieder dreißig Grad herrschten, und verspürte erneut das Gefühl, wegrennen zu müssen – ein Gefühl, das mich seit unserem Soonwald-Ausflug jedes Mal überkam, wenn ich Lionel begegnete. Ich wollte wegrennen, und sobald ich weggerannt war, bereute ich es. Andererseits schaffte ich es auch nicht, mich ihm zu nähern oder stehen zu bleiben, wenn er sich mir näherte. Diese Sache war wie verhext. »Es ist nur … also …«

»Was? Ich bin ein bisschen schwach belichtet, du musst es mir schon erklären. Oder sag mir klipp und klar, dass du nichts mehr mit mir zu tun haben willst. Auch in Ordnung.«

Lionel stach den Löffel in seinen leeren Becher und stellte ihn neben sich auf dem Boden ab. »Es könnte übrigens dem Gespräch dienen, wenn du mich mal anschaust.«

»Ganz bestimmt nicht«, erwiderte ich tonlos.

»Warum nicht? Sehe ich so scheiße aus?«

»Nein!«, rief ich heftig. »Aber – es ist anders als vorher, verdammt! Vorher war Spirit da, er war immer bei uns oder in der Nähe, oder wir beide waren auf dem Eis, aber jetzt ... jetzt ist da so viel Raum! In meinem ganzen Leben! Es fühlt sich leer an und gleichzeitig viel zu voll. Ich finde mich darin nicht zurecht. Über was sollen wir jetzt sprechen, wo er weg ist?«

»Haben wir jemals viel über Spirit gesprochen?« Lionel hob fragend die Brauen. »Eigentlich nicht. Der war immer dein Thema, und du hast niemanden so richtig an euch rangelassen. Ich war mehr so der Depp vom Dienst, der Fleisch anliefert und dir den Rücken freihält.«

»Jetzt redest du Mist.« Ich kratzte hektisch auf dem Boden des Eisbechers herum, obwohl er so leer war, dass ich selbst mit einem Strohhalm nichts mehr hätte heraussaugen können. »Du warst meine vertraute Person.«

»Und das bin ich jetzt nicht mehr?«

Okay, er hatte recht. Ich musste ihn endlich wieder anschauen. Seit dem Abschied von Spirit hatte ich es nur noch von Ferne getan, bis mir fast die Augen ausfielen, und das war auf Dauer sehr unbefriedigend. Womöglich würde ich doch nicht tot umfallen, wenn ich es versuchte. Oh verflucht. Nun tat ich es, und es fing schon wieder an – mich überkam dieser verflixte Impuls, wegzurennen und so schnell wie möglich das Weite zu suchen, und gleichzeitig ... seine Augen ... und seine Haare ... Sein Blick.

»Wie du mich anschaust …«, flüsterte ich und ließ den Löffel fallen. Lionel wich nicht aus.

»So hab ich dich die ganze Zeit schon angeschaut, Nina. Seit unserem ersten Abend auf dem Eis.«

»Ja, vielleicht.« Meine Stimme versagte erneut, doch ich widerstand meinem Fluchtreflex und sah ihn weiterhin an, mit polterndem Herzen und Glutwellen auf den Wangen. Spirit hatte mich zu ihm geführt, und zugleich hatte er mich vor ihm beschützt. Doch jetzt war ich mit ihm alleine, und es gab nichts, womit ich mich von ihm ablenken und das zerstreuen konnte, was in meinem Bauch aufstieg und frech vor sich hin blubberte. Fühlte es sich vielleicht so für eine Katze an, wenn sie schnurrte?

Vorsichtig beugte sich Lionel nach vorne, sodass seine Haare mein Knie streiften, und las den Löffel vom Teppich auf. Dann nahm er ebenso vorsichtig den Becher aus meinen Händen, denn meine Finger begannen, ihn zu zermalmen.

»Warum gehst du nicht mehr aufs Eis?«

»Weil – ach, weil es keinen Sinn mehr hat! Ich hab so viel Training versäumt, und ich weiß auch nicht, ob es mir überhaupt noch Spaß macht, jetzt, wo Spirit weg ist … Ich weiß nicht, was ich da soll!«

»Boah, Nina! Hat Spirit auch deinen Verstand mitgenommen, als er gegangen ist? So ein Blödsinn, echt!« Lionel stand auf und schritt einmal das gesamte Zimmer ab. Er musste im Gegensatz zu mir weitertrainiert haben, denn seine Bewegungen muteten so locker und geschmeidig an, wie ich sie noch nie wahrgenommen hatte. »Hast du dich mal gesehen, wie du übers Eis fegst? Wie glücklich du dabei aussiehst? Wie zufrieden und vertieft? Und trotzdem willst du mir erzählen, du hast auf dem Eis nichts verloren? In zwei Wochen findet die große Sommergala statt, und noch stehst du als Eröffnungsnummer im Programm. Wann kriegst du endlich deinen Arsch hoch? Ludmilla fängt noch an zu saufen, wenn du nicht bald wieder in der Halle erscheinst!«

»Es hat doch keinen Zweck mehr! Sag deinem Vater, er soll mich aus dem Programm streichen. Es kommen genug andere Stars und Sternchen, mit denen Bornhausen sich schmücken kann. Ich schaffe das nicht.«

»Oh doch.« Lionel ging vor mir in die Hocke und bohrte seine Augen tief in meine. Mit einem Mal roch ich seine Haut und sein Duschgel und seine Haare und seinen Eisatem, und das alles zusammen löschte mein Denken aus. Hinter meinem Rücken ratschte meine Hand über den Teppich, als wolle ich ihn zerkratzen. Noch eine Minute, und ich würde Amok laufen und das Zimmer auseinandernehmen, wenn nicht bald ... »Was tust du da?«, fragte ich bleiern.

»Das, was ich schon die ganze Zeit tun will«, antwortete Lionel knurrig und zog mich an sich, sodass ich meine Wange auf seine Schulter betten und mein Gewicht auf ihn sinken lassen konnte. Obwohl er sich noch in der Hocke befand, geriet er nicht ins Schwanken, sondern hielt mich sicher und fest bei sich. Ja, er musste trainiert haben wie ein Bekloppter. »Mensch, ich wollte für dich da sein und dich trösten und ablenken, und du spielst zehn Tage lang Prinzessin im Elfenbeinturm«, murmelte er vorwurfsvoll in meine Haare. »Du musst aufs Eis. Komm heute Abend mit in die Halle.«

»Mit in die Halle?«, fragte ich dröge. Ich war zu sehr damit beschäftigt zu realisieren, dass mich ein Junge im Arm hielt und dieser Junge Lionel Schröter hieß. Noch vor zwei Monaten hätte ich jede Wahrsagerin verklagt, die mir das prophezeit hätte. Aber seine Nähe fühlte sich gut an, und er roch gut, und ich stellte wieder einmal fest, dass ich es vermisste, seine Narben zu sehen. Beinahe jede Nacht hatte ich von ihnen geträumt. Denn wann immer Spirit in meinen Träumen auftauchte, hatte er Lionel mitgebracht.

»Ja. Ich darf offiziell aufs Eis. Mit einer beschämenden Schutzweste, aber schwule Jungs brauchen so was nun mal. Übrigens danke. Dad macht jetzt einen auf tolerant und will mich dauernd dazu aufmuntern, mich zu outen. Da hast du mir vielleicht was eingebrockt …« Ich musste lachen – ein Gefühl, das ich schon fast vergessen hatte –, und Lionel verließ die Kraft. Rücklings polterte er zu Boden.

»Oh Gott …« Sofort war ich bei ihm und tastete beidhändig seine Brust ab. »Alles okay? Kannst du deine Füße bewegen? Spürst du deine Beine noch?«

Als Antwort kickte Lionel mir sein Knie gegen den Hintern und begann zu lachen, tief und glucksend und mit einem helleren Rückstoß – und ich begriff, dass das eine Premiere war. Ich hatte ihn noch nie so frei und gelöst lachen hören. Schon jetzt konnte ich nicht genug davon bekommen. Er musste das öfter tun.

»Ich muss dich leider enttäuschen, so schnell geh ich nicht kaputt«, japste er, nachdem er sich ein wenig beruhigt hatte und ich ihn immer noch mit verklärtem Blick betrachtete. »Ich bin ja nicht aus Zucker.«

»Aber du riechst nach Eis. Was war das in deinem Becher? Zitrone und Himbeere?«

»Himbeer-Mascarpone. Die neueste Kreation von Antonio. Wo übrigens jetzt alle anderen sitzen und ihre Zeugnisse feiern. Es sind Sommerferien – und du hockst in deinem Zimmer und bemitleidest dich selbst.«

»Ich hatte vor, das die ganzen Ferien lang zu tun.«

Lionel drehte sich zur Seite und streckte die Arme lang aus. Er schien sich auf meinem Teppich wohlzufühlen. Mit halb geschlossenen Augen schnippte er gegen mein Bein.

»Wirst du nicht. Du hast jetzt den ganzen Tag Zeit zu trainieren, und wir … na ja … Wir könnten zu zweit was auf die Beine stellen, wenn dir das hilft. Freestyle, so wie du es selbst am liebsten machst. Wir könnten ein paar gemeinsame Sachen einbauen, und jeder von uns könnte seinen eigenen Part laufen.«

»Bist du sicher, dass dein Vater dir das erlaubt?« Da mir wieder schwummrig wurde, legte ich mich ebenfalls auf die Seite, mit dem Gesicht zu Lionel, stützte mich aber auf meinen Ellenbogen. Lionel hingegen ließ seine Wange entspannt auf seinem ausgestreckten Arm ruhen.

»Ich hatte nicht vor, ihm davon zu erzählen. Nein, das würde er mir nicht erlauben. Aber was hält uns davon ab, es zu versuchen?«

»Akute Lähmungserscheinungen in den unteren Extremitäten?«, schlug ich vor.

»Wenn hier einer Lähmungserscheinungen hat, bist das ja wohl du. Kennst du das Video von *Beyond the invisible*?

»Enigma?« Nun musste ich mich doch wieder aufsetzen. Darüber konnte ich auf keinen Fall im Liegen sprechen. »Ja, natürlich. Es gibt ja nicht viele Videos mit Eislaufen und das – also, das ist mein liebstes. Wieso grinst du so blöd?«

»Ach nix«, erwiderte Lionel undurchsichtig, doch sein Feixen wurde breiter. Oder war es ein Lächeln? Vielleicht beides in einem?

»Jetzt sag schon!«

»Du willst also von mir durch die Halle getragen werden, Bauch an Bauch? Und dabei deine Beine um meinen Hals schlingen?«

»Du bist vielleicht ein eingebildeter Arsch! Ich glaub, dir geht's zu gut!« Mit der flachen Hand schlug ich auf seine Brust, doch er fing nur erneut an zu lachen.

»Süß, wenn du dich so aufregst. Na ja, süß ist vielleicht nicht das passende Wort, denn du siehst aus, als ob du mich gleich umbringst.« Rasch ergriff er meine erhobene Hand, bevor ich ihn erneut für seine Unverschämtheiten bestrafen konnte, und biss spielerisch in meinen Unterarm – ganz zart und ohne mir wehzutun. »Attraktiv? Ist das besser? Nein, dafür bist du zu jung. Hinreißend? Akzeptierst du hinreißend?«

»Du bist hier der Poet«, entgegnete ich flapsig. »Ich werde mir das Video nie wieder ansehen. Nie wieder!« Ich wünschte, ich hätte noch Eis übrig gehabt, um mir meine Wangen zu kühlen.

»Jetzt jedenfalls nicht. Jetzt gehen wir aufs Eis. Ich hab Ludmilla versprochen, dass du heute kommst.«

Ich versuchte ein drittes Mal, Lionel zu knuffen, doch er drückte meine Hand zu Boden, sodass auch ich mich wieder hinlegen musste. Wir rauften miteinander wie zwei junge Katzen.

»Isse Fiegung«, imitierte Lionel Ludmillas dramatisches Timbre und deutete mit seiner freien Hand das Trinken aus einem Flachmann an. »Dass Panther weg is und da war, isse Fiegung. Fiegung hat immer Sinn! Komm, Nina, gib dir einen Ruck und mach Ludmilla glücklich. Mein Dad muss sie sonst feuern, und ich denke, du hast genug Schaden in Bornhausen angerichtet.«

»Woher hast du eigentlich auf einmal dieses ätzende Selbstbewusstsein?« Mit der Linken zog ich an Lionels Haaren und verwuschelte dann seine Tolle, bis nur noch die Farbe daran an Elvis erinnerte.

»Das kriegt man auf dem Eis«, antwortete er schlagfertig. »Muss ich dich in die Halle tragen, oder kommst du freiwillig mit?«

»Du bist genauso stur wie dein Vater.« Schnaufend richtete ich mich auf, obwohl ich Stunden mit ihm hätte auf dem Teppich liegen und streiten können. Genau dort, wo Spirit sich immer so hingebungsvoll gesonnt hatte.

»Manchmal ist das sinnvoll. Gönn dir einen von Ludmillas Schreianfällen, und danach gehört die Halle uns. Ich hab schon eine Idee, welche Musik wir nehmen.«

»Aber nicht ... aber nicht Enigma, oder?«, fragte ich unsicher.

»Nein. Die leg ich auf, wenn wir knutschen. Irgendwann. Bis später.« Lionel sprang auf, hob lässig die Hand zum Gruß, trat rückwärts aus der Tür und verschwand so schnell, wie er gekommen war.

Zehn Minuten später stand ich immer noch wie ein steinernes Denkmal mitten in meinem Zimmer – etwas, was ich bei Menschen nicht für möglich gehalten hätte, aber von Spirit allzu gut kannte – und versuchte, in vernünftigen Worten zu formulieren, was genau gerade passiert war, obwohl es sich schon die ganze Zeit angebahnt hatte und jetzt erst seinen Raum fand. Jenen weiten Raum, der sich nach Spirits Weggang eröffnet hatte. Doch dafür gab es keine vernünftigen Worte.

Wie all das, was ich mit meinem Panther erlebt und durchgestanden hatte, bewegte es sich jenseits jeder Vernunft und fühlte sich dabei so berauschend an, dass ich daran zweifelte, auch nur eine einzige Kurve laufen zu können, ohne zu fallen. Doch ich würde weich fallen.

Denn ich hatte mich verliebt.

In deinen Augen

Wann wirst du dich endlich zeigen?
Mich darauf hinweisen, warum ich hier bin?
Wozu ich lebe?
Was in mir schlummert?
Ich warte.
Wann wirst du auflösen, was zu Starre gefror?
Durcheinanderwirbeln, was unveränderbar schien?
Den Schrei nach Freiheit erwecken?
Zerstören, was längst keine Macht mehr hat?
Ich warte.
Wo bist du?
Wo hältst du dich verborgen?
Bist du vielleicht schon lange da?
Kann ich dich nur nicht sehen?
Ich warte.
Bleibe.
Bin.

»Was hast du da?«

»Nichts«, log ich und stopfte den Zettel hastig zurück in die vordere Tasche meines Rucksacks, bevor Lionel bei mir war. Erst nach Spirits Weggang hatte ich nach und nach alle fünf Gedichte gelesen, die er für *Hallo, wach!* geschrieben und inkognito eingereicht hatte. Dieses hier mit dem Titel »Wo bist du?« war in unserer Katastrophenausgabe erschienen, und ich trug es unentwegt bei mir, seitdem ich wusste, dass es von Lionel stammte. Wann immer ich seine Zeilen las, rieselten mir Eiskristallschauer das Rückgrat hinunter. Ich wusste nicht, ob ich das Gedicht richtig verstand, doch was ich fühlte, wenn ich es las, ließ mich an Spirit denken und auch an das, was durch ihn zwischen Lionel und mir entstanden war – und wir in den vergangenen zwei Wochen mit großem Eifer und mittelmäßigem Erfolg ignoriert hatten.

Nach der Balgerei auf meinem Teppich hatten wir uns voller Elan und Ehrgeiz auf unser Training gestürzt und so getan, als seien wir nur deshalb zusammen in der Eishalle. Jeder Nachmittag lief nach dem gleichen Muster ab. Erst übte ich meine Kür, dann schaute Ludmilla uns noch ein halbes Stündchen mit verkniffenem Blick und der ein oder anderen Schreierei bei unseren Freestyle-Aktionen zu, bis sie uns alleine ließ, um mit Igor (und Graufink?) am Weiher nackt baden zu gehen und wir die Halle für uns alleine hatten. Da Ferien waren, konnten wir länger üben als sonst, ohne unsere Eltern in Unruhe zu versetzen, und gestern hatten wir unsere heimliche Freestyle-Duo-Nummer zum ersten Mal ohne Fehler, Karambolagen oder Sturz über die Bühne gebracht. Sie hatte sich gut angefühlt, sehr gut sogar. Ich hatte Figuren eingebaut, von denen Ludmilla keine Ahnung hatte, weil sie dachte, es sei dafür zu früh. Wider Erwarten hatte ich mich nicht verschlechtert, sondern verbessert.

Doch jetzt wurde mir plötzlich alles zu viel – der Nachhall Spirits, Lionel, seine Gedichte, das Lampenfieber und all die Menschen, die gekommen waren, um uns zu sehen. Ja, ich fand, dass es genau der passende Abend war, um alleine in meinem Zimmer zu sitzen und die Streifen auf meinem Teppich zu zählen. Denn dabei konnte mir nichts geschehen.

»Ich glaub, ich passe«, sprach ich laut aus, was ich dachte. »Das hat keinen Sinn, wir sollten das Ganze abblasen. Vielleicht lauf ich besser alleine. Oder du? Ja, genau, lauf du alleine, du bist doch Schröters Sohn, und die Halle gehört Schröter, und er wird die Begrüßungsrede halten und …«

Lionel hob seine Faust und klopfte damit sacht gegen meine Stirn. »Hallo? Nina? Bist du da drin? Oder wer ist das, der da spricht?«

»Ich meine das ernst!« Ich musste schlucken, weil mir speiübel war vor Aufregung, aber es klappte erst beim dritten Mal, sodass eine unangenehme Pause entstand, in der ich angstvoll Lionel anstarrte, der einen blauschwarzen, seidig glänzenden Anzug ohne Hemd unter dem Jackett trug, genau wie der Eistänzer in *Beyond the invisible*, und viel zu verwegen darin aussah. »Guck doch, wer alles da ist!« Mit bebendem Zeigefinger deutete ich auf die Wand meiner Umkleidekabine, in der ich die letzten zehn Minuten vor einer Show alleine sein durfte, weil ich Ludmillas Einschwörungen wenigstens für diese Zeit entkommen musste, um eine anständige Leistung zu liefern. Sobald ich an der Bande stand und auf mein Zeichen wartete, plapperte sie sowieso wieder unentwegt auf mich ein. »Unsere Eltern, unsere Klassenkameraden, zwei Fernsehteams, eines davon will eine Live-Schaltung bringen, das andere meine Kür aufzeichnen, von der niemand weiß, dass sie unsere Kür ist!

Unsere Lehrer sind da, ich habe sogar Mr Right und Graufink gesehen! Dein Vater und deine Mutter sitzen in der ersten Reihe!«

»Na und? Deine auch. Dad hat die Plätze für sie reserviert, sie sollen schließlich gut sehen können«, argumentierte Lionel sachlich, doch auch seine Nasenspitze war schneeweiß, und ich sah, dass er schneller atmete als sonst. Er war genauso nervös wie ich.

»Aber niemand weiß, dass wir zu zweit rauskommen!«

»Tun wir doch gar nicht. Erst kommst du, und nach der Bridge springe ich über die Bande, und dann können sie gar nichts mehr dagegen tun. Sie werden wohl kaum deine Vorführung unterbrechen. Warum hast du plötzlich solche Zweifel?«

Auf meinen Kufen stakste ich möglichst weit von Lionel weg, drückte meine Fäuste an die Wand und ließ meine Stirn gegen die kalte Tapete sinken. Dieser Raum war viel zu winzig, um vor ihm davonzulaufen. »Es ist so viel auf einmal. Ich weiß nicht, was es genau ist, aber es ist viel. Du und ich und das Eis und das, was ... also das, was ...«

»Das?« Von hinten umfasste Lionel meine Hüften, was sich doppelt intensiv anfühlte, weil ich einen engen Eislauf-Dress trug, der wie eine zweite Haut saß und bei jeder Bewegung glitzerte. Doch Lio legte sein Kinn auf meine Schulter und dirigierte mich Schritt für Schritt zu dem großen Ganzkörperspiegel, den ich vorhin beinahe mit einem schwarzen Tuch zugehängt hätte, weil es mich nur noch zappeliger machte, wenn ich mich ständig darin sah mit meinen hochgesteckten Haaren und meiner Schminke und diesem geradezu unanständig figurbetonten Eislauffummel.

»Schau uns doch mal an, Nina.«

Ich versuchte, meine Augen ausschließlich auf die Ärmel von Lionels Anzug zu heften, scheiterte aber bereits in der ersten Sekunde. Wie sollte man uns nicht anschauen können? Wir sahen zusammen aus wie Tag und Nacht, Feuer und Eis, Mond und Sonne. Ich war noch nie so sehr Mädchen gewesen wie jetzt, und ich hatte Lionel noch nie so männlich empfunden.

»Ich sehne mich nach meinen Jeans«, murmelte ich trotzig. »Trägt man beim Freestyle nicht coolere Klamotten als wir? Wie willst du denn in deinem Fummel deinem Papa beweisen, dass du nicht schwul bist?«

»Du bist ja wieder sehr charmant. Er wird es daran sehen, was ich mir dir mache.« Lionel zwinkerte mir vielsagend zu. »Du bist eine Prinzessin, du musst nicht cool sein. Nina, du hast mir so viel beigebracht und nie aufgegeben, auch wenn ich mich noch so doof angestellt habe. Aber jetzt kann ich es. Ich kann dich führen, du musst mir nur vertrauen.«

Ich wusste sofort, worauf er anspielte, und blickte über den Spiegel in seine Augen, deren Farbe wie ein Bergkristall funkelte, den man vor den Morgenhimmel hielt. Er meinte diese eine spezielle Figur aus *Beyond the invisible,* in der er meine Hand nahm und mich in einem Wirbel über das Eis schleuderte und dann wieder zu sich zog. Meine Beine waren voller blauer Flecken, weil Lionel anfangs nicht gegen die Fliehkraft ankam und ich wie eine Wurst über das Eis rollte, nachdem wir unseren Kontakt verloren hatten, aber gestern hatte es geklappt. Alle anderen Sprünge machten wir alleine, fanden jedoch immer wieder zueinander, und dreimal hob er mich hoch und trug mich, während er übers Eis glitt oder wir uns drehten. Auch dabei hatten wir uns vom Clip inspirieren lassen. Unsere Nummer war eine Mischung aus doppeltem Einzellauf und Paarlauf geworden – ich wusste nicht, ob es so etwas vorher schon einmal gegeben hatte. Wir hatten alle Grenzen gesprengt, und was der Sichtungskader davon halten würde, wollte ich mir gar nicht erst ausmalen. Ludmilla hatte hoffentlich genügend Wodka getrunken, um ohne einen Nervenzusammenbruch davonzukommen. Am meisten aber sorgte ich mich um Schröter und seine Frau. Denn sie hatten keine Ahnung, dass ihr Sohn gleich ohne Schutzweste übers Eis fegen würde, genauso wie es immer noch als ein Rätsel galt, auf welche Weise und durch wen der Panther aus der Kühlkammer verschwunden war. Denn es gab keine einzige Spur, keinen Hinweis auf seinen Verbleib.

»Ich weiß nicht, ob ich mich führen lassen kann. Jetzt, wo alle zusehen und so viele Blicke auf uns gerichtet sind. Eigentlich müsste ich vernünftig sein und dich hier einsperren!«

»Wäre ich in den letzten Wochen vernünftig gewesen, hätte Spirit kein Schwein bekommen, und im Schwimmbad wären wir auch nicht gewesen. Außerdem wäre er nun tot oder gefangen.« Lionel strich mit seinen Fingerknöcheln über meinen Hals, während er mir durch den Spiegel zulächelte – die erste zärtliche Berührung, seitdem er mir den Eisbecher gebracht und mich damit aus meiner Trauer gelockt hatte. Unsere Eisperformance sah zwar zärtlich aus, war in ihrer Umsetzung aber alles andere als zart. Wir brauchten unsere ganze Kraft, um sie zu verwirklichen und dabei nicht wie Blätter im Wind durch die Luft zu wirbeln, und oft hatte mir alles wehgetan, wenn ich mich nach dem Training ins Bett gelegt hatte. Aber so war der Eislauf eben. Es sah leicht aus und war knochenharte Arbeit. Umso näher ging mir das, was ich jetzt spürte, denn es bewegte sich weit weg von jeder Anstrengung. Genau deshalb strengte es mich an.

»Lass uns abhauen«, flüsterte ich und hatte das Gefühl, gleich weinen zu müssen, doch Lionel schüttelte entschieden den Kopf. »Wir kneifen jetzt nicht. Außerdem darfst du ja bald wieder ein bisschen führen.«

»Wo denn?«, fragte ich kläglich. »Auf dem Eis und im Tanz führt der Mann die Frau. Immer. Das ist ein Gesetz.«

»Ich meinte nicht das Eis.« Bei jedem seiner Worte fühlte ich Lionels Atem auf meiner Wange, und seine Stimme ließ meinen Rücken vibrieren, so eng stand er hinter mir. Wahrscheinlich wäre ich ohne ihn umgekippt wie eine Puppe. »Das mit dem Panther ist doch eine klasse Geschichte für die Schülerzeitung, oder? Gib dir einen Ruck und frag Nikki, ob du wieder mitmachen kannst. Ich glaub, sie wartet darauf. Gestern sagte sie mir, dass sie es bereut, dich gefeuert zu haben. Chefin wirst du sicher nicht mehr sein, aber zu ein paar Muffins von deiner Mutter sagt bestimmt niemand Nein.«

»Du kennst Mamas Muffins nicht.« Doch in meinem Herzen jauchzte es leise auf. Klassensprecherin würde ich sicher nicht mehr werden, und ich hatte mich inzwischen damit abgefunden, war sogar froh darüber. Aber zurück in die Redaktion zu kommen, mit Lionel an meiner Seite und nach den Sommerferien als Puffer? Wieder mehr Zeit mit Nikki zu verbringen, auch wenn ich nach wie vor nicht damit anfangen würde, Tagebuch zu führen? Ja, das konnte ich mir vorstellen, obwohl ich alles anders machen würde als vorher.

»Du musst jetzt da raus, Nina. Es ist zwei vor acht. Dad fängt immer pünktlich an. Na, los schon … geh … Toi, toi, toi! Das sagt man doch, oder?« Lionel schob mich zur Tür.

»Hals- und Beinbruch. Das sagt man. Wir sind hier ja nicht im Theater«, korrigierte ich ihn matt und geriet fast ins Trudeln, als Lionel sich vorbeugte und mir einen Kuss auf die linke Wange drückte.

»Bis gleich auf dem Eis. Ich freu mich auf dich. Vertrau mir«, flüsterte er mir ins Ohr.

Vertrauen. Dieses verfluchte Vertrauen! Ich hatte einem schwarzen Panther mit Fangzähnen und der Kraft eines Bullen vertraut und ihn sogar in meinem Bett schlafen lassen, aber Lionel zu vertrauen erschien mir wie der komplette Wahnsinn. Doch ich wusste genauso gut wie er, dass ich es tun musste, wenn ich mir bei unserer Performance nicht alle Knochen brechen wollte. Ich hatte es bei Spirit gekonnt, also würde ich es auch bei ihm können. Alles, was ich dafür tun musste, war, meinen Verstand auszuschalten, sobald ich auf dem Eis stand und die Musik ertönte.

»Da bist du ja endlich! Es geht gleich los!«, zischte Ludmilla, als ich um die Ecke zur Bande stakste, und zog mich an der Jury vorbei zum kleinen Törchen. Die Halle war brechend voll – noch nie waren die allerletzten Reihen besetzt gewesen. Schröter hatte wie ein Besessener die Werbetrommel gerührt. »Summer on Ice« lauteten die großformatigen Plakate, die nicht nur in Bornhausen hingen, sondern auch in Dillingen, Saarbrücken und allen anderen größeren Dörfern und Städtchen des Saarlands. »Nicht still stehen bleiben. Muskeln warm halten. Thymusdrüse klopfen. Klopfen, Nina.«

Mechanisch trommelte ich mit der Faust gegen mein Brustbein, während Ludmilla meine Waden knetete und dehnte und ich versuchte, den Worten Schröters zu lauschen, der sich mit einem Mikro in der Hand erhoben hatte und den tosenden Applaus abwartete. Seine Frau saß neben ihm, gehüllt in ein leuchtend blaues, raffiniert ausgeschnittenes Kleid und mit wallendem Haar, doch der Platz neben ihr war frei, und sie blickte sich immer wieder suchend um. Ich ahnte, warum – sie hielt nach Lionel Ausschau, der wahrscheinlich bereits zur anderen Seite der Bande schlich, von wo er aufs Eis springen würde. Er wusste es nicht, aber es war exakt die Stelle, die Spirit damals für seinen Überraschungsbesuch gewählt hatte. Lio hatte sie sich von ganz alleine ausgesucht.

»Meine lieben Mitbürgerinnen und Bürger, liebe Kinder, liebe Journalisten und Touristen, es ist mir eine Ehre, euch zu der lange ersehnten Gala *Summer on Ice* zu begrüßen, die dieses Jahr unter ganz besonderen Vorzeichen steht. Durch den Panther von Bornhausen, dessen ... äh ... Körper auf mysteriöse Weise verschwand ...« Schröter machte eine bedeutsame Pause und warf einen Blick in die Menge, wobei sich sein linker Mundwinkel kräuselte. Hatte er etwa eine Vermutung, was mit Spirit geschehen war? Hegte er einen Verdacht? »... wurde unsere kleine, idyllische Stadt mitten ins nationale Medieninteresse gerückt und war für einige Zeit bestimmt von Angst, Panik und Unsicherheit. Sogar die heutige Gala stand infrage, denn wir wussten nicht, ob wir es riskieren konnten, eine solche Veranstaltung auszurichten, solange der Panther noch durch unsere Gemarkung streifte.«

Ein verständnisvolles Raunen ging durch die Menge.

»Arme bewegen! Warm bleiben! Bewegen, Nina«, befahl Ludmilla in Flüsterlautstärke, und ich begann, mechanisch meine Schultern zu kreisen. Schröter wirkte verändert auf mich. Oder lag es daran, dass er sich endlich mal glatt rasiert hatte? Er sah so heiter aus – fast, als würde er etwas aushecken, etwas verkünden wollen, mit dem niemand rechnete. Das letzte Mal war das die neue Schröter Knoblauchwurst zum Grillen gewesen. Also keine echte Sensation.

»Tagelang waren wir damit beschäftigt, den Panther zu stellen, und das verlieh mir Zeit, die ich auf dem Hochsitz und abseits meiner Firma verbrachte – Zeit, nachzudenken. Es wird Veränderungen geben. Veränderungen in meinem Unternehmen und damit auch Veränderungen in Bornhausen.«

Alter Großkotz, dachte ich abfällig. Wenn du einen Pups lässt, haben wir alle was davon. Wann kam er endlich von seinem hohen Ross herunter?

»Die Zeichen in der Welt stehen anders als in jenen Jahren, in denen mein Vater diesen Betrieb auszubauen begann. Damals gab es zu wenig Fleisch, und nur die Wohlhabenden konnten es sich leisten. Heute gibt es zu viel Fleisch, und die Qualität hat darunter gelitten. So, wie mein Vater und Großvater auf die Zeichen der Zeit hörten, will auch ich es nun tun. Ich bin Metzgermeister mit Leib und Seele, und das werde ich auch bleiben, doch ich habe mich entschlossen, meinen Betrieb in den kommenden Jahren radikal zu verkleinern und umzustrukturieren.«

Schröter legte eine kunstvolle Pause ein, um dem erneuten Raunen Raum zu geben, und auch ich fiel darin ein. Hatte ich richtig gehört – er wollte umstrukturieren?

»In den nächsten beiden Jahren werde ich den Tierbestand auf zweihundert Schweine herunterfahren und die Haltung auf Bio umstellen. Des Weiteren werde ich die verbleibenden Hallen und Flächen zu landwirtschaftlichen Experimentierflächen umbauen, auf denen neue Methoden des biologischen Anbaus und der biologischen Mastung ausgetestet werden sollen. Damit sollte gewährleistet sein, dass alle Arbeitsplätze erhalten werden können. Die anfallenden Umschulungen finanziere ich, auch wird die Gemeinde nicht darunter leiden müssen. Nina Bouvier, die diese Gala in wenigen Sekunden mit einer Show-Kür eröffnen wird und, wie Sie sicher alle wissen, ein Ausnahmetalent ist, auf das wir alle stolz sind, wird selbstverständlich weiter von mir unterstützt werden, ebenso die örtlichen Vereine und die Krebshilfe. Mein Sohn hat angekündigt, meinen Betrieb nicht zu übernehmen, wenn er so bleibt, wie er ist. Ich hatte also keine andere Wahl, als umzudenken.«

»Uuuuiii«, entfuhr es Ludmilla, und auch ich vergaß meine Aufregung, als ich sah, wie Schröter amüsiert schmunzelte.

»Unsere Kinder haben mehr Macht, als wir ihnen manchmal zugestehen wollen. Aber Bornhausen, das habe ich immer betont, ist eine moderne Gemeinde, und so soll auch Schröter-Würstchen sich nicht gegen den Zeitgeist sperren. Wenn ich meine Firma auf den Kopf stellen muss, damit mein Sohn Lionel wenigstens darüber nachdenkt, sie irgendwann zu führen, dann tue ich das. Unsere Kinder sind unsere Zukunft.«

»Jawoll!«, skandierte Graufinks markante Stimme, und ein paar Leute lachten – doch es war ein freundliches, zustimmendes Lachen. Auch Schröter sandte Graufink, der mit offenem Haar und glänzendem Blick schräg gegenüber von ihm saß, ein wohlwollendes, wenn auch etwas bemühtes Lächeln, bevor er sich wieder dem Mikro zuwandte.

»Genug der Worte. Lasst uns zusammen *Summer on Ice* genießen, eine Gala voller Magie, Spannung und faszinierender Augenblicke! Ich gebe die Halle frei für unsere Bornhausener Eisprinzessin Nina Patricia Bouvier!«

»Bravo!«, hörte ich Mama rufen und sah aus den Augenwinkeln, wie sie aufsprang und Standig Ovations gab. »Bravo, Schröter!« Auch aus den anderen Reihen ertönte Lob und Beifall, sodass Ludmilla und ich noch ein paar Sekunden für uns hatten, in denen sie meine Arme und Beine rieb und ich mich aus meinem Fleecemantel befreite, den ich mir auf dem Weg zu ihr übergeworfen hatte, um mich nicht zu erkälten.

»Du bist wunderschön«, hauchte sie mit Tränen in den Augenwinkeln und küsste mich auf die Stirn. »Zeig es ihnen. Du bist die Beste! Zeig, was du kannst!«

»Go, Nina!«, schallte es aus dem Publikum, als das Licht gedimmt wurde und sich Stille auszubreiten begann. War das Cedrics Stimme gewesen? Egal, ich musste mich nun auf mich konzentrieren und die anderen Menschen ausblenden, nicht einmal an Lionel durfte ich denken. Die ersten Takte gehörten mir alleine, erst danach konnte ich mich führen lassen.

Inmitten der grauen Dunkelheit, mit der jede Kür eingeläutet wurde, lief ich zur Mitte der Halle und begab mich in Position, um jenen Moment zu durchleben, in dem sich Tore in andere Dimensionen zu öffnen schienen. Obwohl ich der einzige Mensch auf der Eisfläche war und Ludmilla hinter der Bande bleiben musste, fühlte ich mich dabei niemals alleine, sondern umgeben von unsichtbaren Kräften, die mich zu jenem Punkt leiteten, an dem endlich das Licht und der Klang der Musik die Stille durchbrachen und ich aus meiner Starre erwachte.

Irgendwie war immer klar gewesen, welchen Song wir nehmen würden. Mit ihm hatte alles angefangen. Zu ihm hatte Spirit sich mir das erste Mal in seiner vollen Pracht gezeigt und sich mir genähert, und jede Zeile, jeder Takt passte. Sogar Ludmilla hatte ihn schließlich für meine Kür gewählt, trotz ihres Schreckens. *Dangerous* von DJ Guetta, ein Song wie geschaffen für Lionels und meine Bewegungen, die sich in den vergangenen vierzehn Tagen auf so wundersame Weise aufeinander eingespielt hatten – er mit seinen zackigen, dynamischen Freestyle-Moves, ich mit meinen weichen, weiblichen Wendungen und Pirouetten. Doch wir beide wurden dabei von einer Energie und Freude getragen, von der ich nicht wusste, woher sie rührte.

Mit ausgebreiteten Armen schwebte ich über das Eis und begann, die Halle für mich einzunehmen und zu spüren, wie sicher meine Kufen dahinglitten und meine Balance jeder Bewegung standhielt, die ich meinem Körper abverlangte. Noch nie hatte ich während einer Kür einen anderen Menschen zu mir aufs Eis gelassen, es war ein absurder Gedanke gewesen, und als sich jener Part des Songs näherte, an dem Lionel über die Bande springen sollte, stieg plötzlich mein altvertrauter Fluchtinstinkt auf, verbunden mit einem tiefen Fauchen in meinem Bauch. Doch ich wollte ihm nicht die Macht überlassen, die er sich sonst immer genommen hatte, und mein nächster Sprung ließ meine Angst weit hinter sich zurück. In einer eleganten Wendung drehte ich mich um mich selbst und sah, wie Lionel über die Bande hechtete, exakt im richtigen Augenblick und mit einem Ausdruck im Gesicht, der mich strahlen und lachen ließ, während ich auf ihn zulief und unsere Hände sich ergriffen, damit wir zu zweit übers Eis flogen und uns drehten und tanzten und sprangen. Wie aus weiter Ferne hörte ich seine Mutter aufschreien, und auch Ludmillas Stimme ertönte, eine Mischung aus Zorn und Begeisterung, doch Lionel und ich befanden uns in einer anderen Welt – in unserer Welt.

Ja, ich vertraute ihm, jetzt vertraute ich ihm, und ließ mich ohne einen einzigen konkreten Gedanken von ihm führen und heben und leiten, denn es blieb mir gar nichts anderes übrig. Jede Gegenwehr, jeder Widerstand hätte uns stürzen lassen. Nur wenn es anstand, ließ er mich los, und wir drifteten voneinander weg, um unseren eigenen Tanz zu vollführen – so, wie wir es immer taten. Hier gab es kein Richtig und Falsch. Dieser Augenblick war pure Vollkommenheit.

Und er war viel zu schnell vorbei. Zu den letzten, ausklingenden Takten drehten wir uns in einer immer kleiner werdenden Spirale umeinander herum, bis sich unsere Hände zum letzten Mal fanden und wir in unserer Schlusspose zum Stehen kamen, Brust und Bauch aneinanderschmiegt, die rhythmisch gegeneinander atmeten, sein Arm um meine Taille geschlungen und unsere Gesichter so nah, dass wir uns hätten küssen können. Irgendwann würden wir es tun. Irgendwann.

Als ich meine Wimpern hob und in Lionels Augen blickte, blickte ich in die Augen von Spirit. Denn meine eigenen Augen spiegelten ihn in seinen wider. In allem, was ich sehen und erleben würde, was auch immer mir widerfahren würde, würde er da sein.

Ja, er würde für auf ewig in meiner Seele sein.

Es gab kein Leben ohne ihn.

Lächelnd senkte ich meine Lider, tauchte ab in das dunkle Leuchten meines Seins und ließ zu, wonach ich mich immer gesehnt hatte.